HELENA REICH

Engelsfall

Kommissar David Anděl ermittelt

Buch

In dem Prager Grand Hotel »Alchymist« wird ein Antiquar tot aufgefunden, neben ihm eine fast leere Flasche mit einem rätselhaften Elixier und eine Tarotkarte. Kommissar David Anděl und sein Partner Inspektor Otakar Nebeský glauben nicht an eine natürliche Todesursache und beginnen zu ermitteln. Doch die Leiche im Hotel ist nicht Anděls einziges Problem. Am Abend zuvor hat ihn Eva, ein längst vergessener One-Night-Stand, angerufen und behauptet, von ihm schwanger zu sein. Anděl trifft sich mit ihr und verbringt anschließend eine schlaflose Nacht – denn wie in aller Welt soll er seiner Freundin, der Gerichtsmedizinerin Magdalena Axamit, die Situation erklären?
Am nächsten Tag wird eine weitere Leiche entdeckt. Eine ältere Dame liegt ermordet im Keller ihrer Villa; im Wohnzimmer an der Wand: eine Tarotkarte. Nicht nur die Prager Polizei ist an den mysteriösen Todesfällen interessiert: Auch die Journalistin Larissa Khek wittert eine große Story und recherchiert. Ein Professor erzählt ihr von den verschollenen Seiten des mysteriösen Voynich-Manuskripts, seinem legendären Aufbewahrungsort sowie einem geheimnisvollen Alchemisten-Orden, der spurlos verschwunden ist. Larissa ermittelt auf eigene Faust, während die Kriminalpolizei ebenfalls mit Hochdruck den rätselhaften Spuren aus der Vergangenheit folgt. Als Kommissar David Anděl und Inspektor Otakar Nebeský endlich dem Motiv auf die Spur kommen, stellen sie entsetzt fest, dass Larissa längst zu einem Rendezvous mit dem Mörder unterwegs ist.

Autorin

Helena Reich wurde 1965 im westböhmischen Bäderdreieck (Tschechoslowakei) geboren und lebt seit 1969 in Deutschland. Nach einem Studium der Politik, Amerikanistik und Geschichte arbeitete Reich zunächst als Journalistin u.a für die *Süddeutsche Zeitung*, *The Prague Post*, *Vital* sowie *natur&kosmos*. Seit 1999 ist sie praktizierende klassische Homöopathin. Nach Stationen in München, Bonn, Berlin und Prag lebt Helena Reich mit ihrer Familie seit Kurzem in Stuttgart.

Außerdem lieferbar bei Blanvalet

Nasses Grab (37038)

Helena Reich

Engelsfall

Kommissar David Anděl ermittelt

Roman

blanvalet

Umwelthinweis:
Alle bedruckten Materialien dieses Taschenbuches
sind chlorfrei und umweltschonend.

1. Auflage
Originalausgabe Dezember 2009 bei Blanvalet,
einem Unternehmen der Verlagsgruppe
Random House GmbH, München.

Umschlaggestaltung: © HildenDesign unter Verwendung
eines Motivs von © Jozef Sedmak / shutterstock
Redaktion: teXt in form, Gerhard Seidl
NB · Herstellung: RF
Satz: Uhl + Massopust, Aalen
Druck und Bindung: GGP Media GmbH, Pößneck
Printed in Germany
ISBN: 978-3-442-37332-1

www.blanvalet.de

Dieses Buch ist zwei wunderbaren Frauen gewidmet:

Meiner Großmutter
Zdeňka Koydlová (1909–1989) –
Jsi můj anděl strážný, babi!

Und meiner Großtante
Erni Koydl-Carell (*1919) –
dem Vorbild der Agáta

1 Grand Hotel Alchymist
2 Café Imperiál
3 Azoth Naturheilmittel & Elixiere
4 Nationaltheater
5 Mordparta in der Bartolomějská-Straße
6 Wohnung von David Anděl
7 Café Sansibar
8 Wohnung von Otakar Nebeský
9 Restaurant Hühnchen in der Uhr und Wohnung von Larissa Khek
10 The Prague Post
11 Café Slávia
12 Loreta-Heiligtum
13 Villa von Apolonia Strettiová
14 Villa von Agáta Abrhámová
15 Haus und Antiquariat von Sebastián Gruß

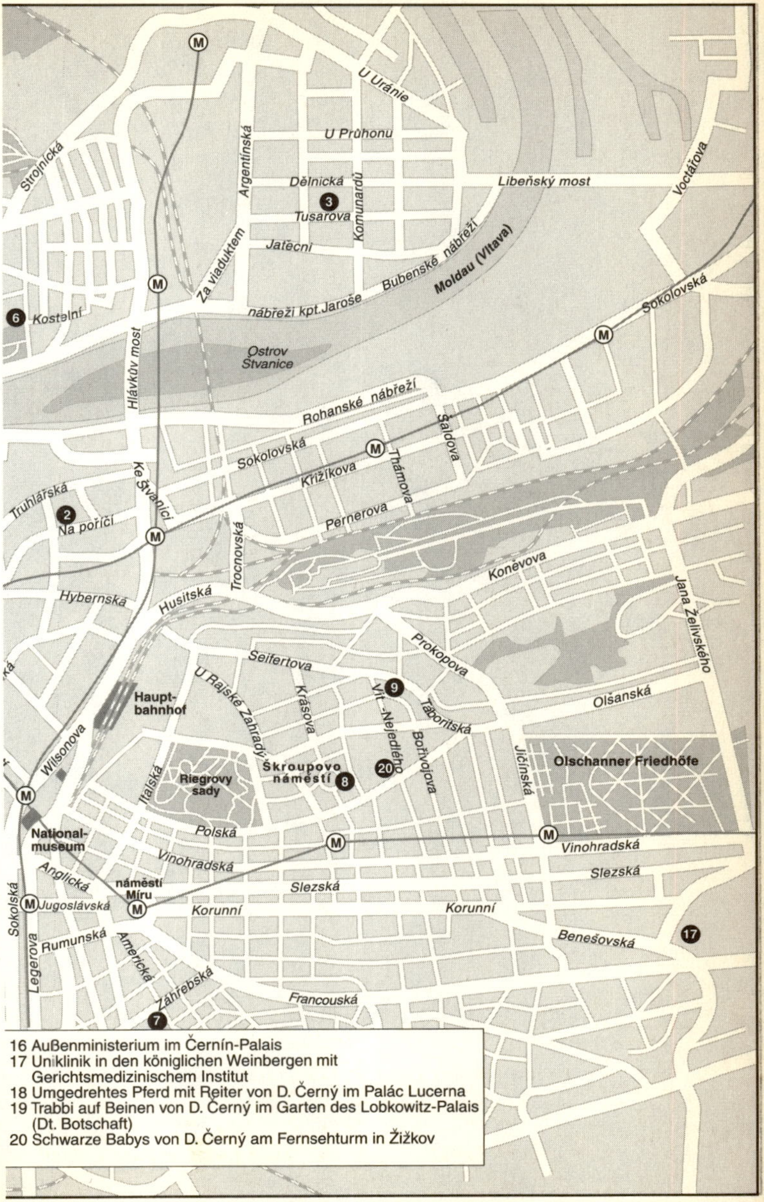

16 Außenministerium im Černín-Palais
17 Uniklinik in den königlichen Weinbergen mit Gerichtsmedizinischem Institut
18 Umgedrehtes Pferd mit Reiter von D. Černý im Palác Lucerna
19 Trabbi auf Beinen von D. Černý im Garten des Lobkowitz-Palais (Dt. Botschaft)
20 Schwarze Babys von D. Černý am Fernsehturm in Žižkov

»Im düstern Schneewetter nahm sich die Stadt nicht erfreulich aus, aber nur umso großartiger; auf beiden Ufern der Moldau, Höhen und Tal überdeckend, ragten die Massen der Gebäude nur unbestimmt aus den stöbernden Wolken hervor und regten die Fantasie mächtig zur Ergänzung des Bildes an, und als dieses bald darauf, bei hell gewordenem Himmel, in aller Klarheit vorlag, musste der Sinn über die kolossalen Umrisse staunen, die er nach allen Seiten zu verfolgen hatte … Dem Anblick, der sich auf der Moldaubrücke darstellt, wüsst ich keinen anderen städtischen vorzuziehen; einerseits der Hradschin mit seinen Palästen, der Laurentiusberg mit seinen Klostergebäuden und Gärten, auf der anderen Seite die aus der Niederung gedrängt emporsteigende Altstadt, in der Nähe das ungeheure Jesuitenkollegium, in der Ferne das Felsenschloss Wischehrad, gradaus der strömende Fluss mit seinen bepflanzten Inseln, dazu die Brückentürme, die großen Heiligenbilder auf dem Brückengeländer, alles vereinigt sich zu einem mächtigen Eindruck; die ganze Örtlichkeit, an welcher die größten Geschichtsereignisse haften, hat zugleich etwas Wundervolles, Zauberhaftes, das in die frühe Märchenwelt zurückführt und von dieser selbst den neusten Vorgängen einen Anhauch gibt …«

KARL AUGUST VARNHAGEN VON ENSE, PRAG 1810

Prolog

Februar 2002

Sebastián Gruß starrte auf das Blatt, das eben aus dem alten Buch, welches er aus der Holzkiste gezogen hatte, gerutscht und zu Boden geflattert war. Er bückte sich und hob es auf. War es möglich? Doch, die Schrift, die Zeichnungen – er schloss einen Moment die Augen. Ein Traum. Eine Fata Morgana. Materialisiertes Wunschdenken. Es konnte nicht wahr sein – nicht so zufällig nach all den Jahren systematischer Suche –, es einfach so zu finden, in einem alten Trödelladen. Er öffnete die Augen wieder. Das Blatt war noch immer da. Er hatte die Hoffnung schon beinahe aufgegeben gehabt, diesen so lange verschollenen Teil des geheimnisvollen Manuskripts je zu finden. Sachte strich er mit der rechten Hand über das vergilbte Blatt. Die jahrelange Suche hatte sich endlich gelohnt. Er hatte in unzähligen Archiven, Bibliotheken und Antiquariaten gesucht, war jedem noch so fadenscheinigen Hinweis nachgegangen. Und das hier war nun seine Belohnung – ein glücklicher Zufall. Aber er glaubte nicht an Zufälle, nein, es war ein Geschenk des Himmels, diese Handschrift ausgerechnet heute zu finden, an seinem zweiundsechzigsten Geburtstag. Sebastián Gruß betrachtete das alte Buch, es war ein Kinderbuch, *Die Geschichte vom Hündchen und vom Kätzchen* von Josef Čapek. Er schlug es auf, in der vagen Hoffnung, noch weitere dieser Blätter darin zu finden. Aber was er auf der ersten Seite des Buches entdeckte, unter dem Titel und dem Namen des Autors, nahm ihm den Atem. Ein Exlibris war dort eingeklebt, mit dem Bild einer augenzwinkernden Eule auf einem Bücherstapel und dem von Kinderhand gekritzelten Namen des Besitzers, *Sebastián*. Darunter stand in geschwungener Schrift auf Tschechisch: »*Unserem geliebten Söhnchen, zum fünften Geburtstag. Máma und Táta*«. Und ein Datum: »*Prag, den 13. Februar 1945*«.

Fassungslos starrte er auf die Zeilen. Das war unglaublich, ja unmöglich. Es war *sein* Buch, das Buch, das er sich damals so sehr gewünscht und dann tatsächlich zum Geburtstag bekommen hatte. Die lange verdrängte Erinnerung an jenen vergangenen Wintertag stieg in ihm auf, dem Tag, der nicht nur sein Geburtstag gewesen war, sondern der auch sein ganzes Leben verändert hatte. Der Tag, an dem sein junges Leben fast geendet hätte, in jenem grässlichen alten Kellergewölbe. Aber er hatte ihn überlebt, diesen Tag, und viele schlimmere, die noch folgen sollten, in den Monaten bis zum Ende des Krieges. Er hatte alles verloren in diesem wahnsinnigen Krieg: seine Familie, seine Heimat, seinen Namen, selbst seine Sprache. Jahrelang war er stumm gewesen, unfähig, auch nur einen Laut über seine Lippen zu bringen. Er hatte weder gesprochen noch gelacht oder geweint. Das Lachen war zurückgekehrt, als seine liebevolle Ziehmutter ihm eines Tages einen Welpen geschenkt hatte; da war er zehn gewesen. Er hatte das kleine weiße Knäuel angesehen und gelächelt, zum ersten Mal seit fünf Jahren. Der Hund hatte ausgesehen wie seine Bella, sein weißer Hirtenhund, den einer der Männer, die sie damals an seinem Geburtstag abgeholt hatten, einfach im Garten erschossen hatte. Aber gesprochen hatte er noch immer nicht.

Die Sprache hatte er erst weitere sieben Jahre später wiedergefunden, als er seine Ziehschwester Isabella eines Nachmittags wie immer von der Schule abholen wollte und sie vor seinen Augen von einem Wagen angefahren worden war. Sie hatte wie tot auf der Straße gelegen, und er hatte von Ferne jemanden *Nein!* schreien hören, einen langen, kreischenden, heiseren Schrei. Es war seiner gewesen. Er hatte einem Passanten zugerufen, einen Krankenwagen zu alarmieren, hatte sich zu ihr auf die Straße gesetzt, blind für den Verkehr und den fassungslosen Fahrer, und ihren Kopf auf seinen Schoß gebettet. Er hatte auf sie eingeredet, ohne es selbst zu bemerken, mit einem Wasserfall von Worten, die bis zu diesem Moment in seinem Kopf eingeschlossen gewesen waren, bis sie nach scheinbar endloser Zeit die Augen aufgeschlagen und unvermittelt gesagt hatte: *Bastián, du sprichst ja.* Da hatte er zum ersten Mal seit langer Zeit wieder geweint.

Sein Lachen, seine Tränen, seine Sprache – und nun hielt er einen Teil seiner Kindheit in Händen. Wie viele Nachmittage hatte er mit Mutter oder Vater auf dem Sofa verbracht, und sie hatten ihm ein Buch nach dem anderen vorgelesen. Seine Gier nach Büchern war unersättlich gewesen. Die Bücher waren eine Welt gewesen, in die sie gemeinsam vor der beängstigenden Wirklichkeit hatten fliehen können. Er hatte damals nichts verstanden von Krieg und Verfolgung und dem Bösen, das sie umgab; er hatte nur manchmal die Angst seiner Eltern gespürt und war dankbar gewesen für die Stunden der Flucht auf dem Sofa.

Er spürte wieder den Schmerz, der sich von seinem Kopf aus in seinem Körper auszubreiten begann, der wie ein glühendes Messer langsam durch seinen Körper fuhr und ihn nahezu lähmte. Er hatte ihn zum ersten Mal am Todestag seiner Ziehmutter gespürt. Sie war damals von ihm gegangen, und die Erinnerungen waren gekommen – zusammen mit diesem unerträglichen Schmerz. Sein Leben lang hatte er die Erinnerung an die ersten so kurzen, glücklichen fünf Jahre seines Lebens ebenso verdrängt wie die Erinnerung an die schrecklichen Monate und Jahre danach, doch seit dem Tod seiner Ziehmutter mischte sich die Vergangenheit zunehmend in sein Bewusstsein, ohne dass er etwas dagegen tun konnte. Und immer kam sie mit dem lähmenden

Schmerz. War es der Phantomschmerz seines verlorenen Glücks? Die unendliche Trauer über den Verlust seiner Familie, die er in die Tiefen seiner Seele verbannt hatte? Er ahnte nur, dass es nichts gab, was ihn dauerhaft vertreiben konnte, keine Schmerztablette, keine Droge, nichts außer dem Unmöglichen – der Rückkehr seiner Eltern und des Gefühls der Geborgenheit und Wärme, mit der ihn ihre Liebe umgeben und die er in jenem Winter des Jahres 1945 für immer verloren hatte. Der Winter hatte sich damals unwiderruflich in seiner Seele eingenistet. Er schloss einen Moment die Augen und atmete tief ein und wieder aus, ein und aus, immer wieder, bis er den Schmerz und die quälenden Erinnerungen abermals in den tiefen Keller seiner Seele zurückgestoßen hatte. Selbst die Liebe und Fürsorge seiner Ziehmutter hatte an der Eiszeit, in der er gefangen war, nichts ändern können, sie hatte die eisige Kälte nur so weit zu lindern vermocht, dass er an ihr nicht zugrunde gegangen war. Sie und vor allem Isabella, seine über alles geliebte Bella. Er lächelte. Isabella und die Suche nach diesen Blättern waren das Einzige, was seinem Leben einen Sinn verlieh. Isabella gab ihm Kraft, und die Alchemie war seine Religion. Und nun hielt er endlich den Schlüssel zu ihrem größten Geheimnis in Händen. Er strich erneut sanft über die alte Handschrift. Wie schade, dass seine Ziehmutter diesen Augenblick nicht mehr erleben konnte. Seit vierzig Jahren war er auf der Suche, einer Suche, die ihn durch ganz Europa und die halbe Welt geführt hatte. Vielleicht, dachte er, würde er nun auch die Kraft finden, endlich den Nachlass seiner Ziehmutter durchzugehen, all die Tagebücher und Dokumente, die er nach ihrem Tod vor bald fünf Jahren in dem großen Schrankkoffer in ihrem Schlafzimmer gefunden und nach Prag mitgenommen hatte. Er hatte es bisher noch nicht gewagt, sie auch nur in die Hand zu nehmen. Gelegentlich öffnete er den Koffer und betrachtete sie mit einer Mischung aus Sehnsucht und Furcht. Die Vergangenheit schien immer näher zu kommen, je älter er wurde. Ein seltsames Phänomen. Isabella war an dem Nachlass merkwürdig desinteressiert gewesen. Aber das lag vermutlich daran, dass sie weit weniger sentimental war als er. Sie war so viel pragmatischer, lebte in der Gegenwart, statt wie er in der Vergangenheit. Selbst ihre Berufswahl hatte diese unterschiedlichen Einstellungen widergespiegelt: Isabella war Sozialarbeiterin geworden, er Historiker und schließlich Antiquar. Sie gestaltete über die Kinder, die sie ihr Leben lang betreut hatte, die Zukunft, er studierte die Vergangenheit in zahllosen Büchern. Aber was wusste er schon davon, wie sie über die Vergangenheit dachte? Sie hatten nie miteinander über die Tragödie ihrer Kindheit gesprochen, es war eine Art stillschweigender Übereinkunft zwischen ihnen. Wurde Isabella auch von Albträumen geplagt? Kannte sie die Schmerzen der Erinnerung? Er wusste es nicht.

Es hatte zwei Jahre gedauert, bis er sie dazu überredet hatte, nach Prag zu ziehen, nach Hause, wie er ihr erklärt hatte. *Nach Hause?*, hatte sie ihn verwundert gefragt, *wir sind hier zu Hause, in Berlin. Prag ist Geschichte, so fern wie der Krieg – lass es gut sein, Bastián.* Aber das hatte er nicht fertiggebracht. Diese unglaubliche Wende in Europa, die Öffnung der so lange verborgenen Hälfte des Kontinents, hatte ihn in ihren Bann gezogen. Jede Faser seines Seins zog ihn nach Prag, dem einzigen Zuhause, das er je kennengelernt hatte. Seit seinem fünften Geburtstag war er überall nur Gast gewesen, mehr oder weniger wohlgelitten, je nach Ort und Zeit. Es gab so viele Orte, an denen sie gelebt hatten, immer nur ein paar Jahre – wie moderne Nomaden. Er hatte gelernt, dort zu Hause zu sein, wo er seinen Mantel an den Haken hängte. Wirklich *daheim* hatte er sich nirgendwo gefühlt. Und dann war diese eine unüberwindliche Grenze aufgegangen, plötzlich und unerwartet –

wie konnte er da nicht nach Hause wollen, endlich, nach all der langen, langen Zeit. Gleich nach der Samtenen Revolution, noch im November 89, war er in seine Heimatstadt gefahren, zum ersten Mal seit Kriegsende. Und danach hatte er jede Gelegenheit genutzt, um hinzufahren, zunächst nur, um das wunderbare Gefühl zu genießen, sich irgendwo endlich daheim zu fühlen, doch mit der Zeit auch immer häufiger auf der Suche nach verschütteten Spuren seiner Kindheit. Bella hatte seine sentimentalen Anwandlungen, wie sie seine Pragreisen nannte, immer belächelt. Nach dem Tod ihrer Ziehmutter hatte Sebastián Gruß Isabella eröffnet, er wolle sein Antiquariat in Berlin verkaufen und eines in Prag eröffnen. Er habe ein hübsches Haus gefunden, nahe der Burg. Isabella hatte ihn lange schweigend angesehen und schließlich verständnisvoll genickt. *Na schön,* hatte sie gesagt, *wenn dir so viel daran liegt, Bastián, dann gehen wir nach Prag. Ich weiß, dass es dich zu deinen Wurzeln zieht, aber du weißt, wie es mit dem Wünschen ist – man sollte genau überlegen, was man sich wünscht, denn es könnte in Erfüllung gehen.* Er hatte über diese warnenden Worte geschmunzelt, Aberglaube gehörte so gar nicht zu ihrem Repertoire.

Wie es Isabellas flexibler und bodenständiger Art entsprach, hatte sie sich schnell in Prag eingelebt und sogar eine Stelle als Sozialarbeiterin auf der Kinderstation der psychiatrischen Klinik in Bohnice gefunden. Selbst nachdem sie in Rente gegangen war, machte sie ehrenamtlich weiter, wenn gerade Not am Mann war. *Ich kann mich nicht nur um dich kümmern,* hatte sie damals zu ihm gesagt, als er erstaunt gefragt hatte, warum sie nicht aufhöre mit dieser aufreibenden Arbeit, sie könne doch zusammen mit ihm im Antiquariat arbeiten. *Meine Liebe ist für dich allein zu viel,* hatte sie erwidert, *und deine Liebe ist mir nicht genug.* Außerdem sei die Arbeit nicht aufreibend, sie liebe sie – so wie er seine Bücher und die Alchemie. Diesen Beruf habe sie seinetwegen erlernt, hatte sie ihm damals zum ersten Mal erklärt, denn an ihm habe sie erlebt, was Liebe, Verständnis und Fürsorge zu leisten imstande seien. Seither fragte er sich, ob sie es wohl bereute, nie geheiratet und eine Familie gegründet zu haben. Aber auch darüber hatten sie nie gesprochen. Er selbst behauptete, nie die richtige Frau für dieses Projekt gefunden zu haben. Das war natürlich eine Lüge. Er liebte Isabella als Schwester, die sie im Grunde nicht war, sowie seine toten Eltern und seine verstorbene Ziehmutter Fine. Für einen anderen nahen Menschen war kein Platz in seinem Herzen. Er war dankbar, dass Bella ihn – aus welchen Gründen auch immer – nie verlassen hatte. Ihm war wohl bewusst, dass er sie und ihren Lebensmut brauchte wie die Luft zum Atmen. Und nun hatte sich mit dem Fund dieses Pergaments sein größter Wunsch erfüllt, der Lebenstraum, der – neben Isabellas Liebe und der Fürsorge seiner Ziehmutter – sein flackerndes Lebenslicht am Verlöschen gehindert hatte.

Aber wie in aller Welt, fragte er sich, kam eines der seit Jahrhunderten verschollenen Blätter des geheimnisvollen Voynich-Manuskripts in *sein* altes Kinderbuch? Er betrachtete die Holzkiste mit den Büchern und hoffte gegen jede Wahrscheinlichkeit, dass er in einem der gut zwei Dutzend Kinderbücher noch mehr finden würde. Mit zitternden Händen nahm er eins nach dem anderen auf und blätterte sie durch. In jedem Buch stand sein Name auf dem Exlibris mit der zwinkernden Eule. Und er fand tatsächlich mehr: Insgesamt hielt er schließlich zwei der ersehnten Blätter in Händen, ein Viertel des verschollenen Manuskriptteils, einige Zettel mit Notizen, die in krakeliger Schrift verfasst waren, und eine Liste mit Namen. Er nahm sich nicht die Zeit, die Zettel gleich zu entziffern, sondern durchsuchte noch einmal alle Bücher, doch er fand nichts mehr. Trotzdem war er zufrieden, ja fast glücklich. All die Jahre fieberhafter Suche waren nicht vergebens gewesen.

Sebastián Gruß sah sich in dem kleinen Trödelladen um. Hinter dem Pult mit der Kasse saß missmutig der Besitzer und las Zeitung, an einer klobigen Anrichte wühlten zwei Frauen in einer Kiste mit alten Knöpfen, und am Schaufenster neben der Tür stand ein älterer Mann mit einem besonders unkleidsamen Jägerhut, offenbar vertieft in die Betrachtung der verstaubten Auslage. Sonst war der Laden leer. Sebastián bückte sich und ließ die Manuskriptblätter zusammen mit den anderen Zetteln in seine Aktentasche gleiten. Er warf einen Blick auf den Ladenbesitzer, der Mann schien nichts bemerkt zu haben. Sebastián Gruß klemmte seine Aktentasche unter den Arm und trug die Kiste zur Kasse. Dort wurde ihm ein üppiger Preis genannt, doch er feilschte nicht. Er hätte jeden Preis bezahlt. Aber er fragte den Besitzer, woher die Bücher stammten. Der Mann hob erstaunt eine Braue, zog aber aus einem zerfledderten Kassenbuch eine fleckige Visitenkarte heraus und kopierte die Angaben für ihn auf einen Zettel: *Zum Alchemisten – Antiquarisches aller Art. Bücher, Schmuck, Alchemiebedarf; Inh. Hynek Blábolil,* mit einer Adresse und Telefonnummer in Kutná Hora. Sebastián Gruß lächelte, als er den Zettel las, das Antiquariat kannte er – wie so viele andere in Tschechien und dem Rest der Welt.

Draußen vor dem Laden atmete er tief durch und hielt das Gesicht einen Moment lang in die Sonne dieses herrlichen Wintertags. Zum ersten Mal seit siebenundfünfzig Jahren spürte er so etwas wie einen Hauch von Wärme in seiner Seele.

When thou hast made the quadrangle round,
Then is all the secret found.
GEORGE RIPLEY, † 1490

I

Dezember 2002

Kommissar David Anděl schlug die Fahrertür des dunkelblauen Škoda Oktavia zu und seufzte. Die schlaflose, schwarze Nacht war einem deprimierend dunkelgrauen Morgen gewichen, und aus dem bleiernen Himmel fielen dicke Schneeflocken auf den inzwischen knöcheltiefen Matsch, der die Straßen und Bürgersteige bedeckte. Er blickte die Tržnická-Straße hinunter und fühlte sich wie in einem Schwarz-Weiß-Film – alles grau in grau, vom Himmel über die Häuser, die wenigen Passanten, bis zu dem breiigen Etwas, in dem er stand. Die Straßenreinigung hatte offenbar kapituliert, und der Himmel sah aus, als würde es bis in alle Ewigkeit weiterschneien. Er klappte seinen Mantelkragen hoch und zog den Kopf ein.

»Dreckswetter und eine Leiche zum Frühstück«, grummelte Otakar Nebeský und schob seine Strickmütze tiefer in die Stirn.

»Und Tuk nicht zu vergessen«, versetzte Anděl gereizt und nickte in Richtung des hageren Mannes, der in Gummistiefeln und einem altertümlichen Regenmantel vor dem Hotel stand, offenbar in ein angeregtes Gespräch mit einem uniformierten Polizisten vertieft. Der alte Polizeiarzt hatte Anděl heute Morgen gerade noch gefehlt. Seine Laune entsprach ohnehin schon dem grässlichen Wetter, aber die Anwesenheit von Kamil Tuk verhalf ihr zu einem neuen

Tiefpunkt. Als wären die vergangenen Wochen nicht anstrengend genug gewesen. Zwei Mordfälle, die mit der vietnamesischen Zigarettenmafia zusammenhingen, hatten sie den ganzen November über in Atem gehalten. Eine äußerst frustrierende Angelegenheit, die aber fürs Erste erledigt schien. Der dazugehörige Papierkram allerdings stapelte sich noch auf seinem Schreibtisch. Aber das war nur ein Teil der nach unten offenen Liste von Scheußlichkeiten, die David Anděl die von ihm sonst so geliebte Adventszeit zu vermiesen drohten. Abgesehen von der in den letzten Wochen mehr als deprimierenden Arbeit, hatte ihn eine längst vergessene Frühlingsnacht in Form eines Anrufs der daran beteiligten Dame mit Wucht wieder eingeholt. Er hatte abends mit einem Buch auf dem Sofa gelegen, als das Telefon geläutet hatte.

»Ich bin schwanger«, hatte ihm eine Frau eröffnet, ohne Zeit auf einen Gruß zu verschwenden oder auch nur ihren Namen zu nennen, und überflüssigerweise hinzugefügt: »Von dir, du Mistkerl.«

Das darf nicht wahr sein, war sein erster Gedanke gewesen, lieber Gott, lass das einen schlechten Scherz sein! Eine falsche Nummer. Einen bösen Traum. Was auch immer.

Der fromme Wunsch war vergebens gewesen. Er hatte nicht geträumt, sie hatte sich nicht verwählt, und wie sich herausstellte, war es alles andere als ein Scherz gewesen. Er hatte im ersten Moment überhaupt nicht gewusst, wer sie war, und selbst als sie ihm ihren Namen genannt hatte, hatte es eine Weile gedauert, bis er den Namen einem Gesicht und das Gesicht jener einen Nacht zuordnen konnte. Das hatte die Situation nicht eben verbessert.

Schließlich hatten sie sich kurz vor Mitternacht in einer Kneipe unweit ihrer Wohnung getroffen. Es war ein Albtraum gewesen. Von der hübschen Frau, die er damals anziehend genug gefunden hatte, um eine Nacht mit ihr zu verbringen, war nicht viel übrig gewesen. *Wearing too much make-up, looking like a trainwreck …*, hatte es sinnigerweise aus den Lautsprechern der Musikanlage gedröhnt. So konnte man sie durchaus auch beschreiben. Sie war verheult, das üppige Make-up verschmiert, das Haar zerzaust, und sie rauchte eine Zigarette nach der anderen. Die Frage, ob sie die Qualmerei angesichts ihres Zustands für sinnvoll hielt, hatte er sich vorsichtshalber gespart. Stattdessen hatte er angemerkt, sie habe ihm damals gesagt, sie könne aus medizinischen Gründen gar keine Kinder bekommen und trotzdem nehme sie vorsichtshalber die Pille. Ob sie gelogen habe, wollte er wissen. Nein, hatte sie böse gezischt, selbstverständlich nicht, sie wolle nämlich keine Kinder, niemals, sie habe nichts übrig für diese Plagegeister, von so was lasse sie sich ihr Leben nicht versauen, das komme überhaupt nicht in Frage, sie lasse sich nicht für den kümmerlichen Rest ihres Lebens so ein Blag ans Bein hängen – von ihm nicht und auch von sonst niemandem. Erst da hatte er entsetzt nachgerechnet. Es war im April passiert, Anfang April, wenn er sich recht erinnerte. Jetzt hatten sie Anfang Dezember. Als habe sie seine Gedanken erraten, sagte sie, der errechnete Geburtstermin sei der erste Januar. Ihn hatte fast der Schlag getroffen.

Als er drei Stunden später allein nach Hause gekommen war, hatte er gar nicht erst versucht, schlafen zu gehen. Er hatte sich einen Whisky eingeschenkt und war planlos in seiner Wohnung herumgelaufen wie ein Tiger im Käfig, wobei er das Gespräch wie ein absurdes Mantra im Geiste immer wieder rekapitulierte. Auf seine Frage, warum sie nichts unternommen habe, wenn sie das Kind nicht wolle, hatte sie behauptet, nichts von der Schwangerschaft bemerkt zu haben, erst heute sei sie zum Arzt gegangen, weil ihre Regel ausgeblieben sei, trotz Pille. Er hatte zwar schon von solchen Fällen gehört, sie aber immer ins Reich der Märchen verwiesen. Nun, offenbar gab es sie wirklich. Er hielt sich nicht damit auf, verstehen zu wollen, wie eine Frau acht Monate lang nichts von einer Schwangerschaft bemerken konnte. Verdrängung wahrscheinlich: Was nicht sein darf, kann nicht sein, also ist es nicht so. Die Frage, ob er auch sicher der Vater sei, hatte er sich gespart. Das ließ sich sowieso erst nach der Geburt feststellen. Na prächtig, Junge, hatte er gedacht, jetzt hat es dich also erwischt. So hatte er sich das Kinderkriegen weiß Gott nicht vorgestellt. Er mochte Kinder, und seit er Magda kennengelernt hatte, konnte er sich vorstellen, irgendwann ... Magda. Die Freude über ihre baldige Rückkehr wich wachsendem Grauen. Sie war seit gut fünf Wochen weg. Nach all dem Chaos, das der Sommer in ihrem Leben angerichtet hatte, schien sie wieder zu sich gefunden zu haben, jedenfalls hatte sie sich am Morgen, als sie ihn angerufen und ihm gesagt hatte, wann sie zurückkommen wollte, ganz danach angehört. Es gehe ihr sehr gut, hatte Magda fröhlich versichert, sie habe ihr Leben wieder im Griff und freue sich wahnsinnig auf ihn. Und nun das. Noch zehn Tage, dachte er, zehn Tage Galgenfrist – aber was sollte er schon innerhalb von zehn Tagen an dieser verdammten Situation ändern?

Gegen halb sechs hatte er geduscht, sich umgezogen, den unangetasteten Whisky in den Ausguss geleert, sich einen Kaffee gemacht und eine halbe Stunde später, übernächtigt und mit einer ausgewachsenen Migräne, das Haus verlassen. Die Straßenbahn war überfüllt wie immer seit dem Sommer; die Bauarbeiten an der vom Hochwasser schwer beschädigten Metro neigten sich zwar angeblich dem Ende zu, aber noch waren sie nicht abgeschlossen. Er fand die Fahrt unerträglich, in seinem Kopf hämmerte ein wahnsinniger Schmied herum, sein Schädel fühlte sich an, als wolle er platzen, vor seinen Augen tanzten silberne Pünktchen, und ihm war speiübel. Schließlich war er zwei Stationen früher als üblich entnervt ausgestiegen und durch die verwinkelten Gassen der Altstadt zu Fuß ins Büro gelaufen. Zwar hatten ihm die frische Luft und der Spaziergang durch die leeren, dunklen Straßen ganz gut getan, dafür hatte er sich aber nasse Füße eingehandelt. Im Büro war es dann nahtlos weitergegangen. Die Aspirin-Packung in seinem Schreibtisch war leer gewesen, und von den zu dieser frühen Stunde bereits anwesenden Kollegen hatte auch keiner eines gehabt. Und als hätte das noch nicht gereicht für einen Tag, war Oberst Kohout, der Chef der Mordparta, kurz vor halb acht in sein Büro gestürmt, um ihm lautstark Vorhaltungen wegen seines angeblich unangemessen groben Verhaltens gegenüber dem Anwalt eines der verhafteten Vietnamesen zu machen. Anděl hatte die Litanei unter Aufbietung aller Kräfte äußerlich ruhig über sich ergehen lassen und dem Himmel gedankt, als Nebeský seinen Kopf durch die Tür gesteckt hatte, um zu sagen, ein Zimmermädchen sei im Grand Hotel Alchymist über eine Leiche gestolpert. Anděl hatte den Oberst einfach in seinem Büro stehen lassen und war losgestürmt. Er wusste, dass der besagte Anwalt ein enger Freund des Obersts war. Sollte er doch offizielle Beschwerde einlegen, wenn er wollte. Das würde nur ans Tageslicht bringen, dass der Anwalt versucht hatte, Anděl mit einem erklecklichen Sümmchen zu bestechen, die Beweise gegen seinen Mandanten verschwinden zu lassen. Glücklicherweise hatte Anděl das Tonband nach der Vernehmung des Vietnamesen nicht ausgeschaltet, als der Anwalt ihm sein unmoralisches Angebot unterbreitet hatte.

Und nach all diesem Mist hatte er nun also auch noch Kamil Tuk zu ertragen.

»Na, dann kann's ja nur noch besser werden«, meinte Nebeský mit einem Blick auf den Polizeiarzt und zog eine spöttische Grimasse.

2

Das Grand Hotel Alchymist, erst im Frühjahr in einem aufwendig renovierten Palais auf der Prager Kleinseite eröffnet, übertraf in seinem Inneren alle Erwartungen, die sein Äußeres weckte. Doch Anděl hatte keinen Nerv für die üppige Ästhetik. Er wünschte Kamil Tuk einen guten Morgen und fragte auf dem Weg zur Rezeption den jungen Streifenbeamten, was passiert sei.

»Das Zimmermädchen hat in einem der Zimmer einen toten Hotelgast gefunden.«

»Das weiß ich auch«, fuhr Anděl ihn an. »Und weiter?«

Der Beamte zuckte verschreckt mit den Schultern. Anděl wischte ihn mit einer Handbewegung unwirsch beiseite.

An der Rezeption erwartete sie bereits eine erstaunlich gefasste Geschäftsführerin, die sie durch verwinkelte Flure und über eine gemauerte Wendeltreppe in die zweite Etage lotste. Anděl hörte ihren Ausführungen über die labyrinthartige Architektur nur mit halbem Ohr zu. Wahrscheinlich plappert sie aus Nervosität, dachte er. Kommt ja auch nicht jeden Tag vor, dass ein Hotelgast tot in seinem Zimmer gefunden wird. Wahrscheinlich nichts weiter als ein Herzinfarkt, vermutlich verplemperten sie hier nur ihre Zeit. Andererseits war er dankbar für die Ablenkung.

»Da wären wir«, sagte sie und blieb etwas unschlüssig vor einer Tür stehen. 214 stand auf dem polierten Messingschild.

Anděl nickte ihr auffordernd zu. Sie schloss die Tür auf und trat zurück, um ihm den Vortritt zu lassen. Aus dem Raum strömte ihnen eisige Dezemberluft entgegen. Er warf einen Blick durch die geöffnete Tür auf das makabre Stillleben im hinteren Teil des Hotelzimmers, dann wandte er sich an die Geschäftsführerin. »Wann genau wurde er gefunden?«

Sylva Jarolímová warf einen Blick auf ihre Armbanduhr. »Vor ungefähr einer halben Stunde. Das Zimmermädchen wollte das Zimmer machen. Es hing kein Bitte-nicht-stören-Schild an der Tür. Sie hat geklopft und, als sie nichts hörte, aufgemacht.« Sie räusperte sich. »Ich fürchte, sie hat etwas panisch reagiert… Sie ist noch sehr jung und erst seit ein paar Wochen bei uns… Sie ist in die Rezeption hinuntergelaufen und stammelte hysterisch etwas von Mord und Totschlag. Ich habe sie gebeten, mit mir hinaufzugehen, aber sie hat sich geweigert. Also bin ich alleine gegangen, um mir einen Eindruck von der Situation zu verschaffen. Dann habe ich eine Kollegin rübergeschickt, die Polizei zu holen. Glücklicherweise ist die Wache gleich im Gebäude nebenan.«

»Sie haben das Zimmer betreten?«, fragte Nebeský.

»Selbstverständlich. Ich dachte im ersten Moment, er sei vielleicht nur ohnmächtig. An einen Todesfall habe ich jedenfalls nicht geglaubt.« Ein entschuldigendes Lächeln huschte über ihr angespanntes Gesicht. »Ich bin also zu ihm gegangen und habe ihn angesprochen. Als er nicht reagierte, habe ich ihn vorsichtig an der Schulter gerüttelt, und als er sich nicht rührte, habe ich versucht, an seinem Hals den Puls zu fühlen, aber da war nichts, und er fühlte sich sehr kalt an. Deshalb habe ich auch auf Erste Hilfe verzichtet – ich hoffe, ich habe nichts falsch gemacht… Dann habe ich das Zimmer wieder verlassen und die Tür abgeschlossen.«

»Haben Sie das Fenster geöffnet?«, wollte Anděl wissen.

Sylva Jarolímová sah Anděl irritiert an. »Äh – nein. Das Fenster war bereits offen, als ich kam. Ich habe auch sonst nichts angefasst, nur seine Schulter, seinen Hals und die Türklinke.«

»Sehr gut. Dann sehen wir uns die Sache mal an«, sagte Anděl. »Ich möchte nachher auch mit dem Zimmermädchen sprechen.«

»Natürlich. Sie ist in meinem Büro, völlig aufgelöst, die Arme… Wenn ich Ihnen sonst noch irgendwie behilflich sein kann?… Nein? Gut.« Sylva Jarolímová nickte ihnen kurz zu und verschwand eilig im Gewirr der Flure.

»Er gehört dir, Tuk«, wandte sich Anděl an den Polizeiarzt.

»Keine Spurensicherung?«

»Ich will erst wissen, ob wir die überhaupt brauchen.«

»Hm«, brummte Tuk und ging mit schleppenden Schritten durch den kurzen Flur in das geräumige Schlafzimmer, wo er ein Stück vor der eleganten Chaiselongue stehen blieb, auf der ein Mann mehr lag als saß. Er stellte seine Tasche ab und machte sich an die Arbeit. Anděl folgte ihm und betrachtete den Toten. Ein älterer Mann, vielleicht Mitte sechzig, vermutete Anděl. Seinen Kopf krönte eine blank polierte Glatze, das verbliebene weiße Haar lag in langen flaumigen Büscheln wie ein Adventskranz aus Watte um sein Haupt. Zusammen mit dem faltigen Gesicht und den weit aufgerissenen Augen wirkte er wie ein perplexer Wassermann. Auch die blass-grünliche Gesichtsfarbe trug das Ihre zu dieser Ähnlichkeit mit den böhmischen Märchenwesen bei. Der Rest allerdings entsprach dem, was man bei einem Gast eines exklusiven Prager Hotels erwarten konnte: ein blütenweißes Hemd, das ein wenig über dem runden Bauch spannte, eine gestreifte Seidenkrawatte, eine dunkelgraue Anzughose und schwarze Schuhe. Alles in allem ein gepflegter älterer Herr. Anděl sah sich um. Das passende Jackett lag zusammengefaltet auf dem Fußende des Betts. Durch das offene Fenster und die geöffnete Tür zog es in dem Zimmer beträchtlich. Hereinfallende Schneeflocken bildeten kleine glänzende Pfützen auf dem dunklen Fensterbrett. Anděl fröstelte trotz seines dicken Mantels.

»Wie lange, glaubst du, ist er schon tot?«, fragte er, als der Polizeiarzt sich wieder aufrichtete und nach seiner Tasche griff. Offenbar hatte er seine Untersuchung beendet.

Tuk zuckte die Achseln. »Kommt drauf an.« Er drehte sich um und schlurfte wieder Richtung Tür. »Ungeklärter Todesfall«, fügte er noch über die Schulter hinzu.

Anděl betrachtete den Toten von Kopf bis Fuß auf der Suche nach äußeren Verletzungen. Nichts. Keine Schusswunde, kein Einstich – jedenfalls nicht von vorn. Tuk hatte den Mann nicht bewegt, geschweige denn umgedreht. Auch am Kopf sah Anděl keine Schlagspuren. »Warte mal, Tuk, wieso ungeklärter Todesfall?«

Der Polizeiarzt blieb stehen und wandte sich halb um. »Er ist tot«, stellte er missmutig fest, was offensichtlich war.

»Das sehe ich auch – aber warum? Könnte es nicht ein einfacher Herzinfarkt gewesen sein? Oder ein Schlaganfall oder was auch immer … Er war immerhin nicht mehr der Jüngste.«

»Möglich.«

»Du glaubst, jemand hat nachgeholfen?«, fragte Anděl, der langsam die Geduld verlor. »Oder denkst du an Selbstmord? Oder *was*?«

»Möglich.«

»Woraus schließt du das? Sprich, Mann. Wenn es kein natürlicher Tod war, was dann? Mord? Selbstmord? Unfall?« Er hatte gute Lust, die Diagnose häppchenweise aus dem Polizeiarzt herauszuprügeln. Der Schmied in seinem Kopf begann wieder zu hämmern.

»Bin ich der brennende Busch?«, raunzte Tuk und setzte träge seinen Weg zur Tür fort.

»Mann, du bist ’ne echte Hilfe. Herzlichen Dank für die

wie üblich äußerst informativen Ausführungen«, erwiderte Anděl sarkastisch.

»Bitteschön«, kam es ebenso zurück.

»Ruf wenigstens den Leichenwagen.«

»Hab kein Handy.« Tuk verschwand um die Ecke.

3

»Wann geht der Kerl endlich in Rente? Der raubt mir noch den letzten Nerv…« Anděl schlug mit der flachen Hand gegen die Wand. Der Schmerz tat gut, jedenfalls überlagerte er für einen Moment seine Kopfschmerzen.

Nebeský klappte sein Handy zu und sah seinen Partner mit hochgezogener Braue an. Natürlich wusste er, dass David den alten Polizeiarzt nicht besonders mochte, wie alle anderen auch, doch einen solchen Gefühlsausbruch war der alte Tuk ihm bisher noch nicht wert gewesen. Die guten Nerven und der freundliche Umgangston des Kommissars waren sprichwörtlich. Vielleicht lag es nur am Wetter. Seit Wochen hing eine bleierne Smogglocke über der Stadt, und es schneite und taute in fröhlichem Wechsel. Oder – der Inspektor lächelte – sollte es tatsächlich an der inzwischen bald sechswöchigen Abwesenheit von Magda Axamit liegen? Es war kein Geheimnis, dass der Kommissar und die Gerichtsmedizinerin seit dem Fall der Mumie aus der Metro im Sommer ein Paar waren. Dieser Fall war es aber auch gewesen, der dazu geführt hatte, dass Magda Ende Oktober in einen längeren Erholungsurlaub gefahren war. Nicht dass jemand überrascht gewesen wäre. Im Grunde hatten sich alle gewundert, wie gut sie anfangs die für sie beträchtlichen Folgen des Falls weggesteckt hatte. Der eine oder andere hatte sogar gemeint, die Frau habe wohl überhaupt keine Gefühle. Oberst Kohout hatte sich gar zu der Behauptung verstiegen, deshalb sei sie wohl auch Leichenschnipslerin geworden, statt sich um lebende Patienten zu kümmern – sie habe offensichtlich das Gefühlsleben einer Makrele. Dass sich die Sache anders verhielt, stellte sich einige Wochen später heraus, als Magda eines Tages in Tränen aufgelöst vom Obduktionstisch fortgelaufen war, auf dem die halb verweste Leiche einer jungen Frau auf sie gewartet hatte. Sie brauche Zeit, um ihr Leben neu zu ordnen, hatte sie erklärt. So gehe es nicht weiter. Sie müsse nachdenken, zu ihrer Familie fahren – und sie brauche vor allem Zeit für sich allein. Eine Auszeit von allem. Jirka Kratochvíl, der kommissarische Leiter der Gerichtsmedizin, war sehr verständnisvoll gewesen. Sie könne unbezahlten Urlaub nehmen, er würde ihr die Stelle freihalten. Und so war Magda auf eine Reise in ihre Vergangenheit aufgebrochen, um ihr aus den Fugen geratenes Leben zu einem neuen zusammenzufügen. Außer David Anděl wusste niemand, wohin sie gefahren war oder was sie mit »Auszeit von allem« genau gemeint hatte. Vielleicht, spekulierte Nebeský nun, wusste aber nicht einmal David, was damit gemeint war. Wurde Zeit, dass Magda wiederkam.

»Hast du dich sattgeglotzt?«, riss ihn Anděl unwirsch aus seinen Gedanken.

»Du hast einen Fleck auf der Krawatte«, sagte Nebeský ernst.

Anděl sah entsetzt an sich herunter. »Wo?« Er inspizierte das blau-rot gestreifte Prachtstück. »Blödmann – da ist nichts«, sagte er schließlich erleichtert und grinste schief.

»Wunschdenken«, erwiderte Nebeský ebenfalls grinsend. »Dann wollen wir uns mal umsehen. Spurensicherung und Leichenwagen sind auf dem Weg.«

Anděl nickte und sah sich in dem Zimmer um. Es war, wie das ganze Hotel, mit barockem Überschwang eingerichtet. Die Wände waren in zartem Sonnengelb getüncht, links an der Wand stand ein Himmelbett mit dunkelrotem Überwurf und zwei Nachttischen und unter dem rechten Fenster gegenüber der Tür die brokatbezogene Chaiselongue mit Couchtisch. Zwischen den beiden Kassettenfenstern befand sich ein zierlicher Sekretär mit einem goldfarbenen Stuhl.

Die üppige Kommode gegenüber dem Bett zierte ein Flachbildschirm – das einzige offensichtliche Zugeständnis an die moderne Zeit. Der große, mit Schnitzereien verzierte Schrank befand sich im Flur, von dem auch das Badezimmer abging. Ein Zimmer wie aus einem Märchenschloss. Fehlte nur noch das Burgfräulein.

»Keine persönlichen Gegenstände«, sagte Nebeský.

»Was hast du erwartet?«, fragte Anděl gereizt. »Eine Fotogalerie der lieben Familie?«

»Schlecht geschlafen?«

»Warum?«

»Deine Laune ist so beschissen wie das Wetter. Und an Tuk allein kann's nicht liegen…«

»Beides zusammen wäre Grund genug«, zischte Anděl, nahm das Jackett vom Bett und tastete die Taschen ab. Mit einem Taschentuch zog er vorsichtig eine Brieftasche heraus und klappte sie auf. »Geld und Papiere sind da.« Er schloss sie wieder und ließ sie in einen Plastikbeutel gleiten, den Nebeský ihm hinhielt.

»Vltavský wird dich lynchen, wenn du ihm den Tatort versaust«, sagte Nebeský leichthin.

»Das ist noch kein Tatort, bestenfalls der Ort eines *ungeklärten Todesfalls.*« Er fasste noch in die anderen Taschen und fischte ein Päckchen Visitenkarten heraus. *Zum Alchemisten – Antiquarisches aller Art. Bücher, Schmuck, Alchemiebedarf; Inh. Hynek Blábolil*, stand darauf, mit einer Adresse in Kutná Hora. »So so, ein Antiquar«, sagte er und steckte eine der Visitenkarten ein, während er den Rest in eine zweite Plastiktüte gleiten ließ.

»Komischer Name für ein Antiquariat«, sagte Nebeský, »dass sich mit diesem Alchemiezeug überhaupt noch jemand befasst…« Er schüttelte verwundert den Kopf.

»Offensichtlich kann man davon sogar leben«, sagte Anděl, »Esoteriker gibt es ja genug.« Er drehte sich zu dem kleinen Couchtisch um und betrachtete eine bauchige Flasche mit vier Gläsern, neben denen eine Bildkarte lag. Eine kunstvolle Collage einer Statue und eines Freskos. »Hast du so was schon mal gesehen?«

Nebeský warf einen Blick auf die Karte und schüttelte den Kopf. »Nö. Was steht da drauf? *The Magician?*«

»Der Magier. Hm, wenn ich mich nicht irre, ist das eine Tarot-Karte. Würde zu seinem Arbeitsgebiet passen …«

»Was haben wir denn Hübsches, heute Morgen?« Im Türrahmen stand Jarda Vltavský, der Chef der Spurensicherung, mit zweien seiner Leute und einem Fotografen. »Gnade euch Gott, wenn ihr mir den Tatort versaut habt.«

»Keine Sorge. Wir haben höchstens ein paar Schneeflöckchen fallen lassen«, erwiderte Anděl und reichte dem Chef der Spurensicherung die Tüte mit der Brieftasche. »Wir sind bei der Geschäftsführerin. Sag Bescheid, wenn ihr hier fertig seid. Der Leichenwagen müsste auch gleich da sein.«

»Die sind gerade unten vorgefahren«, erwiderte Vltavský und reichte die Tüte mit spitzen Fingern einem seiner Kollegen. »Hmm, mit der Geschäftsführerin würde ich auch gerne *quatschen.*« Er zwinkerte Anděl vielsagend zu und machte eine beredte wellenförmige Geste mit seinen großen Händen.

Anděl warf dem Chef der Spurensicherung einen genervten Blick zu, murmelte etwas wie »Geht doch alle zum Teufel« und verließ das Zimmer.

»Was hat den denn gebissen?«, fragte Vltavský.

»Entzugserscheinungen«, erwiderte Nebeský grinsend und folgte seinem Partner.

Draußen blieb Anděl stehen, schloss einen Moment die Augen und atmete tief durch. *Entzugserscheinungen*, hatte er Nebeský halblaut sagen hören. Von wegen Entzugserscheinungen, so ein Blödsinn, dachte er. Magdas Abwesenheit war sein geringstes Problem. Natürlich vermisste er sie, aber seit der vergangenen Nacht war er nachgerade glücklich, dass sie weg war. Noch ein paar Tage – und dann würde er ihr zur Begrüßung eröffnen müssen, dass eine Nacht vor acht Monaten, verbracht mit einer Frau, die offenbar zu dämlich war, rechtzeitig zu merken, dass sie schwanger war, dazu führen würde, dass er in wenigen Wochen Vater wurde. Scheiße, verdammte! Bei dem Gedanken an dieses bevorstehende Gespräch wurde ihm wieder übel. Nicht jetzt, dachte er, denk einfach nicht darüber nach. Mit einiger Mühe konzentrierte er sich auf das Hier und Jetzt. Und im Hier und Jetzt hatte er nicht nur zu klären, warum in Zimmer 214 ein toter alter Mann lag, sondern auch wie er durch dieses Labyrinth von einem Hotel wieder zur Rezeption finden sollte. Normalerweise verfügte er über einen guten Orientierungssinn, aber er hatte vorhin vor lauter Grübeln und Kopfschmerzen nicht aufgepasst. Er sah sich in dem verwinkelten Hotelflur um. Rechts oder links? Was hatte die Geschäftsführerin gesagt, als sie sie zu dem Zimmer mit dem Toten geführt hatte – drei Gebäude (oder waren es vier?), zwei Aufzüge, drei Treppenhäuser und nur ein Stockwerk, durch das alle Gebäude miteinander verbunden waren. Wo war nur die Wendeltreppe? Oder der Aufzug?

»Weißt du, wo es lang geht?«, fragte Nebeský neben ihm, der sich ebenso planlos umsah.

»Links«, erwiderte Anděl mit mehr Entschlossenheit, als er fühlte. »Hast du ein Aspirin?«, fragte er, als sie um eine Ecke bogen, hinter der tatsächlich die Tür eines Aufzugs zum Vorschein kam.

»Kopfschmerzen?«, fragte Nebeský überrascht, kramte eine zerbeulte Schachtel aus einer der zahlreichen Taschen seines Parkas und reichte sie ihm. »Kautablette mit Sofortwirkung. Kann man ohne Wasser nehmen.« Er sah Anděl nachdenklich an. Seit dem Sommer hatte David keine Kopfschmerzen mehr erwähnt. Selbst die anstrengenden, arbeitsreichen vergangenen Wochen waren ohne die früher in Stresszeiten üblichen tagelangen Kopfschmerzen seines Partners vorübergegangen. Fast hatte Nebeský angefangen zu glauben, dieses homöopathische Zeug, das Magda seinem Partner gegeben hatte, wirke tatsächlich. Entweder das Zeug war doch Humbug oder irgendwas war ziemlich in Unordnung. So wie David wirkte, tippte er auf Letzteres. »Was ist los? Ich dachte, Magda hätte dich mit ihren Zauberkügelchen von deinen Migräneattacken geheilt?«

Anděl steckte sich eine Tablette in den Mund und kaute. »War 'ne Scheißnacht. Nichts weiter.« Er fuhr sich mit der Hand über das Gesicht. »Die beschissenste Nacht meines bisherigen Lebens, wenn du es genau wissen willst.«

Nebeský blieb stehen. »Magda?«, fragte er besorgt.

Anděl schüttelte den Kopf. »Nein, mit Magda ist alles in Ordnung – noch.« Er biss sich auf die Unterlippe und fügte nach einem Moment hinzu: »Nicht jetzt, Ota, später. Jetzt haben wir erst mal eine Leiche an der Backe. Die andere Sache – ich kann da sowieso nichts tun.«

»Okay. Dann später.« Nebeský nickte und klopfte ihm auf die Schulter.

Anděl blickte sich in dem Hotelflur um, als sehe er das Interieur zum ersten Mal. »Ein richtiges Märchenschloss, was?«

»Hm«, brummte Nebeský, »wenn man auf Barock steht, ist es nachgerade spektakulär.«

Während sie weitergingen, ließ Anděl die Umgebung zum ersten Mal bewusst auf sich wirken. Der Innenarchitekt hatte ganze Arbeit geleistet. Das Hotel war ein Komplex von drei oder vier Barockgebäuden, dessen vorderstes ein ehemaliges Nonnenkloster war, soweit er sich an die Erläuterungen der Geschäftsführerin erinnerte. Zwei Jahre Renovierung – und zweifellos viel Geld – hatten aus dem verwahrlosten Palais ein barockes Schmuckstück gemacht, und die Einrichtung stand dem Äußeren in nichts nach. Vergoldete und brokatbezogene Stilmöbel, wohin das Auge reichte, Gemälde an den zartgelben Wänden, Vitrinen mit Sammlerstücken aus aller Welt. Die Deckengewölbe zierte in Pastellfarben gehaltener Stuck in Form von Blumenornamenten, und auf dem Boden hatte man italienisches Terrakotta verlegt. Das Hotel atmete aus allen Winkeln Stil und Eleganz, aber eigenartigerweise schien es sich trotz der Rundumerneuerung einen Hauch von Geschichte bewahrt zu haben, der der glänzenden, neuen Oberfläche altes Leben verlieh. Anděl schmunzelte angesichts seiner romantischen Gedanken. Solche Anwandlungen hatte er selten. Wahrscheinlich lag es an der Jahreszeit. Oder eher an dem Aspirin; sein Kopf fühlte sich jedenfalls langsam besser an, das Hämmern war einem leisen Klopfen gewichen. »Da hinten ist der Aufzug«, sagte er. Wenigstens hatte er wieder alle seine Sinne beieinander.

»Wahrscheinlich war es nur ein Herzinfarkt«, sagte Nebeský, um auf ihren Fall zurückzukommen, »wäre nicht das erste Mal, dass Tuk aus einer Mücke einen Elefanten macht.«

»Dein Wort in Gottes Ohr, Ota«, erwiderte Anděl.

»Wetten, dass es hier kein Zimmer mit der Nummer 13 gibt?«, sagte Nebeský, als sie den Aufzug betraten.

»Wieso nicht? Wir sind doch nicht in Amerika.«

»Die Leute sind abergläubisch – vor allem die Touristen«, beharrte Nebeský.

Anděl überlegte einen Moment. Er hatte nicht auf die anderen Zimmernummern geachtet, als sie durch die Flure gelaufen waren, aber das wäre doch zu albern. »Du meinst, es gibt nicht nur keine 13, sondern auch keine 113, 213 und so weiter?«

Nebeský nickte. »Keine 13, auf keiner Etage.«

»Glaub ich nicht.«

Der Aufzug hielt. Sie stiegen aus.

»Wetten?«

»*Du* willst mit *mir* wetten? – Im Ernst?« Anděl blieb vor dem Aufzug stehen und sah Nebeský verblüfft an. Nach leidvoller Erfahrung hielt sich sein Partner inzwischen mit Wettangeboten an ihn vornehm zurück. Bisher hatte Anděl jede einzelne kleine Wette, die sie abgeschlossen hatten, gewonnen.

»Im Ernst. Um ein Essen im Kleinen Glenn.«

»Okay, wenn du unbedingt willst. Die Wette gilt.« Anděl lachte. »Warum im Kleinen Glenn?« Sonst wollte Nebeský in der Regel ins Ráj, Magdas Restaurant in den Weinbergen.

»Ach – hm, nur so. Mal was anderes. Ist 'ne nette Kneipe.«

Anděl legte den Kopf schief und musterte seinen Partner. Im Grunde sah er aus wie immer – Jeans, T-Shirt, Pullover, Parka, Springerstiefel. Aber jetzt, da er ihn genauer betrachtete, fiel ihm auf, dass Ota irgendwie – ja, eindeutig *gebügelter* aussah. Nicht so, als habe er in seinen Klamotten geschlafen. Und was sollte das mit dieser Jazz-Kneipe? Nebeskýs Musik war der Rock, hart und laut. Bei der Erwähnung von Jazz hatte er bisher immer nur die Augen verdreht. Anděl grinste. »Wie heißt sie?«

Nebeský wurde rot bis über beide Ohren. »Ach, geh doch zum Teufel«, grummelte er und stapfte weiter, die Hände tief in die Taschen seines Parkas vergraben.

Anděl sah ihm mit verdutztem Gesichtsausdruck nach und konnte sich ein leises Pfeifen nicht verkneifen. Sieh einer an, nun hatte es also auch den größten aller Frauenhelden erwischt! Seine Sorgen waren für den Augenblick vergessen. Otakar Nebeský hatte sich offenbar verliebt.

4

Sie fanden die Geschäftsführerin in ihrem Büro hinter der Rezeption, wo sie mit dem verstörten Zimmermädchen auf dem Sofa saß und beruhigend auf sie einredete. Als die beiden Beamten eintraten, stand sie auf.

»Das ging aber schnell – Sie sind schon fertig?«, fragte Sylva Jarolímová.

Das Zimmermädchen blickte nicht auf. Sie sah aus, als sei sie einem alten Film entsprungen, mit ihrem blau-weiß gestreiften Kleid und der blauen Schürze. Anděl musste unwillkürlich lächeln.

»Das ist Tereza Nováková«, stellte die Geschäftsführerin die junge Frau vor. »Tereza, die Herren möchten mit Ihnen über… äh, den Gast sprechen.« Sie legte ihr fürsorglich eine Hand auf die Schulter. »Keine Angst, alles ist in Ordnung.«

Das Zimmermädchen erhob sich langsam und sah die beiden Ermittler verunsichert an. Sie war klein und rundlich, mit dunkelblondem Haar, das sie zu einem Pferdeschwanz gebunden trug, aus dem sich ein paar Strähnen gelöst hatten. Sie strich sie ungeschickt aus dem Gesicht.

»Kapitán David Anděl und Inspektor Otakar Nebeský von der Mordparta«, stellte Anděl sich und seinen Partner vor.

»Mordparta?«, hauchte das Zimmermädchen und blickte entsetzt von Anděl zu ihrer Chefin.

»Ein ungeklärter Todesfall. Woran der Mann gestorben ist, muss die Gerichtsmedizin feststellen. Setzen Sie sich doch bitte wieder, Frau Nováková.«

Sie gehorchte zögernd und strich sich nervös den Rock glatt.

»Wenn Sie uns bitte allein lassen würden, Frau Jarolímová«, sagte Anděl und hielt ihr die Tür auf.

Nebeský setzte sich ebenfalls, während Anděl sich an den Schreibtisch lehnte. Als der Inspektor die Personalien der jungen Frau aufgenommen hatte, sagte Anděl: »So, Frau Nováková, nun erzählen Sie uns bitte alles von Anfang an.«

Stockend begann Tereza Nováková zu erzählen. Es lief alles in allem auf das hinaus, was sie auch schon von Sylva Jarolímová gehört hatten. Allerdings war deren Bericht weit zusammenhängender ausgefallen.

»Ist Ihnen in dem Zimmer irgendetwas aufgefallen?«, fragte Anděl schließlich.

»Etwas aufgefallen? Nein, nein – gar nichts. Ich war doch gar nicht drin – in dem Zimmer, meine ich.« Sie zupfte nervös an ihrem Ärmel herum.

»War zum Beispiel das Fenster offen?«

Sie starrte ihn an, als habe sie die Frage nicht verstanden. Anděl wiederholte sie.

»Ich ... ich weiß nicht«, stammelte das Zimmermädchen und rutschte nervös auf ihrem Stuhl hin und her. »Ich war nicht in dem Zimmer, ich habe nur die Tür aufgemacht ...«

»Zog es denn, als Sie die Tür geöffnet hatten?«

»Nein ... vielleicht ... ach, ich habe mich so erschrocken, als ich ihn da so liegen sah – ich habe sonst auf nichts geachtet ...«

»Sie tragen ein dünnes Baumwollkleid«, sagte Anděl.

Sie blickte an ihrem Kleid hinunter als sehe sie es zum ersten Mal, dann sah sie wieder den Kommissar an. »Ich weiß nicht, aber ... na ja, mir war schon kalt, aber ich dachte, das wär wegen der ... der Leiche ...«

Anděl nickte. Gut möglich, dass sie vom Anblick des toten Mannes so schockiert gewesen war, dass sie außer der Leiche nichts wahrgenommen hatte. Jedenfalls hatte er nicht das Gefühl, dass sie log.

»Haben Sie den Mann gekannt?«, wechselte er das Thema.

»Den … den Gast?«

»Ja, den toten Gast.«

Sie schüttelte den Kopf.

»Na schön, Frau Nováková. Das ist fürs Erste alles. Hier ist meine Karte. Falls Ihnen noch etwas einfallen sollte, rufen Sie mich bitte an. Und sagen Sie bitte Frau Jarolímová, sie möchte hereinkommen.« Er stand auf, reichte ihr die Hand. Die ihre lag kurz wie ein toter Fisch in der seinen, bevor sie sie schnell zurückzog und gedankenverloren an ihrer Schürze abwischte. Sie sah weder ihn noch Nebeský an und verschwand grußlos aus dem Büro.

»Dumm wie Bohnenstroh«, sagte Nebeský, als die Tür hinter ihr zugefallen war.

»Sagen wir, ein schlichtes Gemüt«, erwiderte Anděl, »aber immerhin neigt sie nicht dazu, Dinge dazuzudichten.«

Es klopfte, die Tür ging auf und Sylva Jarolímová streckte ihren Kopf in das Büro.

»Kommen Sie doch bitte herein, Frau Jarolímová«, bat Anděl, »ich habe noch ein paar Fragen an Sie.« Anděl musterte die Frau aufmerksam, während sie zu ihrem Schreibtisch ging und sich setzte. Sie war vielleicht Anfang dreißig, eine üppige Rothaarige mit ausdrucksvollen Gesichtszügen und geschmeidigen Bewegungen. Sympathisch und kompetent, wie er fand.

Sie verschränkte die Hände auf der ledernen Unterlage und sah ihn mit ihren großen brauen Augen interessiert an. »Was kann ich noch für Sie tun? Der arme Mann … Konnte der Arzt denn eine Todesursache feststellen?«

»Was wissen Sie über Ihren Gast, Frau Jarolímová?«

»Nun, nicht viel mehr als seinen Namen und seine Adresse. Er heißt – hieß, sollte ich wohl sagen, Hynek Blábolil. Er ist aus Kutná Hora. Ein Antiquitätenhändler, soviel ich weiß.«

Nebeský notierte ihre Angaben.

»Wann ist er angekommen?«

»Gestern, am frühen Nachmittag.«

»Wissen Sie, was er in Prag wollte?«

»Nein, tut mir leid. Aber er hat sich gestern kurz mit der Rezeptionistin unterhalten, wenn ich mich recht erinnere. Sie ist da, wenn Sie mit ihr sprechen möchten.«

»Das werden wir tun. Wissen Sie, ob er gestern Abend hier im Restaurant gegessen hat?«, fragte Anděl.

»Nein, leider nicht. Aber vielleicht kann Ihnen einer der Angestellten helfen – der Barmann oder einer der Kellner … Sie meinen doch nicht, dass er hier etwas Schlechtes gegessen haben könnte?«, fragte sie entsetzt.

Der Albtraum eines jeden Hoteliers, Salmonellen in der Hotelküche.

»Im Moment haben wir einen ungeklärten Todesfall, Frau Jarolímová. Die genaue Todesursache wird die Obduktion ergeben. Bis dahin müssen wir in alle Richtungen ermitteln.«

Sie nickte, wirkte aber nicht wirklich erleichtert.

»Lass uns nachsehen, ob die Jungs oben schon fertig sind«, sagte Anděl, als sie das Büro verlassen hatten.

»Wenn wir das Zimmer denn wiederfinden«, erwiderte Nebeský zweifelnd.

Die Leute von der Spurensicherung waren gerade dabei zusammenzupacken, als sie oben ankamen.

»Wir sind hier fertig«, sagte Vltavský. »Vrba hat Fotos gemacht, die müssten heute Nachmittag bei euch sein. Und die Leiche ist auch auf dem Weg.«

»Habt ihr irgendwas gefunden?«, fragte Anděl.

»Nur ein paar verschmierte Fingerabdrücke. Sieht aus, als hätte sich jemand bemüht, alles abzuwischen.«

»Na prächtig«, sagte Nebeský.

»Die Türklinken, die Gläser, die Flasche und die Tarot-Karte auf dem Tisch sind jedenfalls blank. Aber aus den Gläsern wurde getrunken. Die Flasche ist ja auch fast leer.«

»Ist mir auch schon aufgefallen. Fasern oder Haare?«, fragte Anděl.

»Wenig«, sagte Vltavský. »Nichts auf dem Kopfkissen. Schätze, er hat nicht in seinem Bett geschlafen. Sein Waschzeug im Bad war auch nicht ausgepackt. Den Koffer hat er in den Schrank gestellt, aber nicht ausgepackt. Sein Mantel hängt an der Garderobe – in der Innentasche war ein Taschenkalender. Hier, die Beutel mit der Brieftasche, den Visitenkarten und den Kalender kannst du haben. Damit sind wir fertig. Und hier ist die Tarot-Karte.« Er drückte Anděl die Sachen in die Hand und fügte hinzu: »Ich wette auf Gift – das versüßt euch bestimmt die Adventszeit.« Er nickte den beiden zu und verließ mit seinen Leuten das Hotelzimmer.

»War wohl doch nichts mit dem Herzinfarkt«, bemerkte Nebeský.

»Wohl nicht, der griesgrämige Alte im Himmel hat bei deinem frommen Wunsch vorhin offensichtlich weggehört.« Und bei meinem gestern Abend auch, fügte er für sich hinzu.

5

Anděl schob die Akten, an denen er gearbeitet hatte, zur Seite und sah aus dem Fenster. Draußen hatte sich der graue, verschneite Morgen überraschend zu einem herrlichen Tag gemausert. Die Sonne strahlte von einem fast wolkenlosen Himmel auf die Stadt herab und verwandelte den Matsch auf den Straßen in riesige Pfützen. Seine Migräne hatte sich mithilfe von Nebeskýs Tabletten ebenso verzogen wie die Wolken. Wenigstens etwas. Geblieben waren die Nachwirkungen der schaflosen Nacht und die Leiche im Hotel Alchymist. Kein ungeklärter Todesfall, sondern Mord, wie es aussah. Natürlich wäre auch ein Selbstmord im Prinzip möglich, aber welcher Selbstmörder wischte schon alles ab, bevor er das Zeitliche segnete? Das Fehlen von Fingerabdrücken auf der Flasche, den benutzten Gläsern und der Tarot-Karte sah eher nach Mord aus. Aber warum hatte der Mörder die Gläser und die Flasche dann überhaupt im Zimmer gelassen? Und was sollte die Tarot-Karte? Ohne diese Utensilien wäre die Wahrscheinlichkeit recht groß gewesen, dass der Todesfall letztendlich als natürliches Ableben durchgegangen wäre. Vltavský hatte auf einen Giftmord gewettet … Wahrscheinlich hatte er recht.

Anděl hatte das kleine Gefäß erst für eine ungewöhnliche Weinflasche gehalten, aber auf dem Etikett hatte *Aurum potabile* gestanden. Trinkbares Gold – was auch immer das sein mochte. Der verbliebene Inhalt allerdings hatte eher nach Rotwein ausgesehen als nach Gold. Er hatte sich die Adresse der Firma notiert, die das seltsame Gebräu hergestellt hatte. Sie war in Prag ansässig und hörte auf den ausgefallenen Namen *Azoth – Naturheilmittel und Elixiere,* mit einer Adresse im Stadtteil Holešovice. Interessant, was es alles zu kaufen gab, dachte Anděl. Von der Firma hatte er noch nie gehört, obwohl sie nicht allzu weit entfernt von seiner Wohnung liegen musste. Vermutlich war er schon hundertmal daran vorbeigefahren, ohne sie wahrzunehmen.

Nachdem Blábolils Hotelzimmer versiegelt war, hatten Anděl und Nebeský noch mit der Rezeptionistin und einem Kellner gesprochen, der allerdings am Abend zuvor nicht im Dienst gewesen war. Die junge, etwas aufgeregte Frau von der Rezeption hingegen hatte berichtet, Hynek Blábolil habe am späten Abend noch Besuch gehabt: eine Frau ungewissen Alters, gepflegt, aber etwas zu stark geschminkt, mit einem breitkrempigen Hut und darunter einem Tuch, das die Haare verhüllt hatte. Alles in Schwarz – Hut, Tuch, Mantel, Handschuhe, Hose, Schuhe, Handtasche. Sie habe an der Rezeption nach Blábolil gefragt und sei, nachdem die Rezeptionistin bei ihm angerufen hatte, zu ihm aufs Zimmer gegangen. Das müsse gegen zweiundzwanzig Uhr gewesen sein. Das Hotel habe sie kurz nach elf wieder verlassen. Die Rezeptionistin hatte ihre Notizen konsultiert und ihnen sogar den Namen der Frau genannt: Ektamatri Vajrapani. Sie habe sich, sagte sie, den Namen extra buchstabieren lassen, weil er so ungewöhnlich war. Das konnte man wohl sagen, hatte Anděl gedacht. Der Name hörte sich indisch an. *Eine Inderin?*, hatte er gefragt. *Möglich,* hatte die Rezeptionistin nachdenklich erwidert, sie habe Englisch gesprochen und ihr Teint sei schon ein bisschen dunkler gewesen, aber das könne auch das dicke Make-up gewesen sein.

Sie brauchten also nur diese ominöse Frau mit dem indischen Namen zu finden. Er hatte da allerdings so seine Zweifel. Die Beschreibung hörte sich nach Verkleidung an, allein schon der Name. Aber Blábolil hatte sie nach oben gebeten, dachte er, offenbar hatte er sie also erwartet oder zumindest gekannt. Die Frage war außerdem: War sie seine Mörderin? Oder hatte Blábolil nach ihr noch andere Gäste gehabt? Entweder das, oder die Frau und Blábolil hatten je zwei Gläser benutzt. Das war zwar nicht unmöglich, aber doch ziemlich unwahrscheinlich. Aber von anderen Gästen auf Blábolils Zimmer hatte die Rezeptionistin nichts gewusst, allerdings hinzugefügt, natürlich könne auch ein anderer *Hotelgast* Blábolil besucht haben. Wie sich herausgestellt hatte, war die Anzahl der Hotelgäste halbwegs überschaubar, es waren knapp zwei Dutzend. Anděl hatte ihr gedankt, und angekündigt, ein paar seiner Kollegen würden später vorbeikommen, um die Hotelgäste zu befragen. Als sie schon gehen wollten, hatte die Rezeptionistin sie noch einmal zurückgerufen, ihr war noch etwas eingefallen. Die Dame habe auf ihre Uhr gesehen, während die Rezeptionistin bei Blábolil angerufen habe, und dabei ihren Ärmel hochgeschoben. Dabei waren einige tätowierte Ziffern auf ihrem Unterarm sichtbar geworden, eine vier, eine sieben und eine drei, alle ziemlich verblasst. Ob das vielleicht eine Hilfe sei, hatte sie gefragt. *Durchaus,* hatte Anděl erwidert. Sie seien für alle Hinweise dankbar.

Tätowierte Ziffern auf dem Unterarm – und ob das eine Hilfe war! Das ungewisse Alter der Frau verschob sich damit eindeutig in Richtung älter bis alt. Jedenfalls, wenn die Ziffern das bedeuteten, was Anděl vermutete – einen lange zurückliegenden Aufenthalt in einem Konzentrationslager. Hatte die Frau eine persönliche Rechnung beglichen? Wohl kaum, denn der Tote war im Krieg ein kleines Kind gewesen. Wenn Vltavský allerdings mit seiner Vermutung recht haben und sich die Sache tatsächlich als Giftmord herausstellen sollte, konnte Blábolil das Gift auch schon vor dem Besuch der geheimnisvollen Frau verabreicht worden sein. Keine tröstliche Aussicht. Ihm waren eine Pistole, ein Messer oder der berühmte stumpfe Gegenstand als Schlagwaffe allemal lieber als Gift. Denn mit ihnen waren Alibis möglicherweise beteiligter Personen in der Regel wesentlich einfacher zu knacken. Mal sehen, was die Toxikologie sagen würde. Das Fehlen von Fingerabdrücken allerdings machte die Sache noch komplizierter.

Als er am späten Vormittag ins Büro gekommen war, hatte er auf seinem Schreibtisch eine Notiz von Antonín Cajthaml gefunden, eine Eva Urbanová habe für ihn angerufen und eine Telefonnummer hinterlassen. So hieß sie also mit Nachnamen. Er hatte nie danach gefragt, ebenso wenig wie nach ihrer Telefonnummer. Damals nicht, weil er kein Interesse an einem Wiedersehen gehabt hatte, und auch am gestrigen Abend nicht – er verdrängte die wenig schmeichelhaften Gründe dafür. Er hatte keine Lust auf eine Fortsetzung des nächtlichen Gesprächs. Es gab im Grunde fürs Erste nichts mehr zu bereden. Er hatte ihr, wie er fand, ein großzügiges Angebot gemacht, das sein Leben komplett umkrempeln würde. Sie hatte es abgelehnt. Nun, vielleicht hatte sie es sich anders überlegt. Er nahm sich vor, sie am Abend anzurufen. Albträume gehörten zur Nacht, nicht zum helllichten Tag.

Er hatte den Notizzettel eingesteckt und seine Kollegin Meda Cyanová gebeten, alles über den toten Hynek Blábolil in Erfahrung zu bringen, was sie konnte. Sie hatten nicht viel mehr als einen Namen, ein Geburtsdatum und eine Adresse in Kutná Hora, einer alten, kleinen Stadt östlich von Prag, aber noch im Landkreis Mittelböhmen gelegen, die neben der Hauptstadt eines der beliebtesten Touristenziele des Landes war – Kuttenberg, die alte Silberminenstadt. Aber Anděl war zuversichtlich, Meda würde nicht mit leeren Händen wiederkommen.

Er warf einen Blick auf seine Armbanduhr. Halb eins. Er hatte länger an den lästigen Akten gesessen, als er gedacht hatte. Nachdem er diesen Notizzettel gefunden hatte, hatte er sich mit Verve an seinen Papierkram gemacht. Ablenkung war die Devise gewesen, aber jetzt hatte er genug davon. Er legte seinen Füller auf den Stapel, nahm den Telefonhörer und wählte die Nummer von Jarda Vltavský. Vielleicht hatte der schon etwas über dieses *Aurum potabile*, das trinkbare Gold aus Blábolils Zimmer. Das Gespräch war kurz. Es gab noch nichts. Er sei auf der Arbeit und nicht auf der Flucht, meinte der Chef der Spurensicherung genervt, außerdem sei Davids Leiche beileibe nicht die einzige Arbeit, die er habe. Er werde ihn schon anrufen, wenn es etwas gebe. *Don't call us, we'll call you*, war der Grundsatz, den Vltavský seit Jahren in die Hirne der Ermittler einzuhämmern versuchte, bisher allerdings ohne nennenswerten Erfolg.

Anděls Blick fiel auf die Plastiktüten mit den Habseligkeiten des toten Hynek Blábolil. Er fischte den Taschenkalender aus einer der Tüten und blätterte vom gegenwärtigen Datum an zurück. Er notierte sich die spärlichen Einträge, ein paar Namen und Telefonnummern, das war alles. Er klappte den Kalender wieder zu und steckte ihn zusammen mit seinen Notizen in die Innentasche seines Jacketts. Die Einträge würde er sich später in Ruhe ansehen.

Es klopfte, und Antonín Cajthaml, der jüngste Kollege aus Anděls Team, ein schlaksiger und sommersprossiger Mann Anfang zwanzig, der seine klobigen Turnschuhe grundsätzlich unverschnürt trug, streckte den Kopf zur Tür herein. »Chef, die Pforte hat gerade angerufen, da sei eine Dame, die dich sprechen will.«

»Mich?«, fragte er erschrocken. Kam Eva jetzt auch noch hier bei ihm im Büro vorbei? Das fehlte ihm gerade noch. »Was für eine *Dame*? Wie heißt sie?«

»Abrhámová oder so ähnlich, glaube ich. Soll ich sie unten abholen?«

Anděl entspannte sich wieder. Alles war gut. »Worum geht es?«

»Der Pförtner sagt, um irgendeinen Fuß. Vielleicht das Bein vom Sommer.«

Anděl zog die Augenbrauen hoch. »Das Bein vom Sommer?«

»Na, das Bein, das dieser Fußgänger im Sommer nach dem Hochwasser in Roztoky gefunden hat – du weißt schon. Das, zu dem der Rest noch nicht aufgetaucht ist.«

Sieh einer an, das ist ja interessant, dachte er, das herrenlose Bein vom Sommer. Nun, irgendwann musste der Rest der Leiche ja irgendwo auftauchen – oder jemand mit einer Vermisstenanzeige kommen. Lange genug hatte es gedauert. »Na schön, hol sie rauf, Cajtík. Ich kann eine Pause von diesem Papierkram brauchen.«

Cajthaml, von seinen Kollegen meist nur Cajtík genannt, verschwand und kehrte ein paar Minuten später mit besagter Dame zurück. Anděl erhob sich.

Cajtík zog sich gleich wieder zurück. Wahrscheinlich, um nicht in die Verlegenheit zu kommen, mitschreiben zu müssen, dachte Anděl amüsiert. Er überlegte kurz, ob er ihn nicht zurückrufen sollte, ließ es aber dann. Cajtíks Mitschriften waren haarsträubend.

»Setzen Sie sich doch bitte«, wandte sich der Kommissar an seine Besucherin, reichte ihr die Hand und deutete auf den Stuhl vor seinem Schreibtisch. »Ich bin Kapitán David Anděl.«

»Danke schön, Herr Kommissar.« Sie hatte ein charmantes Lächeln und einen trotz ihrer zierlichen Gestalt sehr festen Händedruck. Sie setzte sich, stellte ihre große Handtasche auf ihre Knie und sagte: »Mein Name ist Agáta Abrhámová.«

Anděl betrachtete sie aufmerksam und fragte sich, wie alt sie wohl sein mochte. Sie hatte schneeweißes Haar, doch ihr Gesicht sah erstaunlich alterslos aus. Er schätzte sie auf möglicherweise Anfang oder Mitte sechzig, doch ihre Hände, gepflegt und manikürt mit roséfarbenem Nagellack, zeigten deutliche Altersflecken. In ihrer Jugend musste sie eine schöne Frau gewesen sein, das sah man immer noch. Ihr schmales Gesicht war dezent geschminkt, nur etwas Wimperntusche an den noch immer langen und dichten Wimpern, die große hellblaue Augen umrahmten, und ein Hauch von Rouge auf den hohen Wangenknochen. Er erwiderte ihr Lächeln.

»Sie sagten meinem Kollegen, sie hätten Informationen bezüglich des Beins, das im Sommer an der Moldau gefunden wurde, Frau Abrhámová?«

»Nein, eigentlich nicht. Ich fürchte, ich habe das nur gesagt, weil ich wusste, dass Sie mit dem Fall befasst waren und ich mit *Ihnen* sprechen wollte. Ich hoffe, Sie entschuldigen meine Notlüge.«

»Hm. Kommt darauf an, worum es geht. Fahren Sie bitte fort.« Hoffentlich ist sie keiner dieser bemitleidenswerten alten Menschen, dachte er, die sich allerlei wilde Geschichten zurechtzimmerten, damit überhaupt irgendjemand mit ihnen sprach. Aber für gewöhnlich erfanden diese Leute eher Krankengeschichten und belagerten ihre Ärzte, als sich Dinge auszudenken, die in die Zuständigkeit der Mordparta fielen. Aber man wusste ja nie …

»Heute Mittag brachte mein Hund etwas von draußen mit. Er ist meistens im Garten, wissen Sie, ein ungarischer Hirtenhund, die brauchen viel Auslauf, sind eigentlich nichts für die Stadt, aber ich habe einen großen Garten. Er darf nur gelegentlich ins Haus, wenn es sehr kalt ist.« Sie machte eine Pause und blickte sich im Büro um.

»Darf ich Ihnen etwas zu trinken anbieten, Frau Abrhámová?«, fragte Anděl angesichts ihres suchenden Blicks.

»Oh, das wäre sehr nett von Ihnen, Herr Kommissar. Danke schön.«

Anděl ging zur Tür und rief nach Cajthaml, er möge bitte zwei Kaffee und eine Flasche Wasser mit Gläsern bringen. Als er sich wieder gesetzt hatte, fuhr sie fort.

»Nun, wie gesagt, heute Mittag brachte er etwas mit. Ich habe es dabei. Hier.« Sie öffnete ihre große Handtasche und zog eine mit Klebeband umwickelte Plastiktüte heraus, die sie vorsichtig auf seinen Schreibtisch legte.

»Was hat Ihr Hund denn mitgebracht?«, fragte Anděl und betrachtete etwas irritiert die sorgfältig verklebte Plastiktüte, die der Aufdruck einer großen Supermarktkette zierte.

»Einen Fuß.«

»Einen *Fuß*?«, fragte er überrascht.

Sie nickte. »Jawohl. Einen Fuß.«

»Der Fuß ist in der *Plastiktüte*?«

»Ja. Jedenfalls das, was davon übrig ist. Das Ding ist ziemlich verwest und angefressen – ich fürchte, von meinem Hund. Wahrscheinlich auch von anderen Tieren. Mäusen, vermutlich. Ich habe ihn mit einer Kehrschaufel da hineingesteckt.«

Anděl war sprachlos. Aus ihrem nur von wenigen Fältchen durchzogenen Gesicht blickten ihn zwei wache, intelligente Augen an. Sie sah nicht aus, als sei sie nicht ganz zurechnungsfähig. Eine sympathische ältere Dame. Gut gekleidet, machte einen sehr gepflegten Eindruck in ihrem dunklen Kostüm und dem eleganten Mantel. Und sie war offenbar mit einer Portion Kaltblütigkeit gesegnet, die er ihr beim besten Willen nicht zugetraut hätte.

Sie ließ die Musterung schmunzelnd über sich ergehen und sagte schließlich: »Ich nehme Sie nicht auf den Arm, Herr Kommissar, und ich bin auch nicht senil, obwohl ich demnächst meinen fünfundachtzigsten Geburtstag feiern werde. Ich bin auch nicht verrückter als der Durchschnitt der Bevölkerung.«

Anděl zog überrascht eine Braue hoch. Fünfundachtzig – nie im Leben hätte er sie so alt geschätzt.

Sie kicherte amüsiert, als sie seine Überraschung bemerkte, fuhr jedoch unbeirrt fort: »Was ich Ihnen erzähle, ist die Wahrheit, Herr Kommissar. Sie können gerne nachsehen, obwohl ich davon abraten würde. Der Fuß – nun, er stinkt ziemlich. Deshalb habe ich ihn in mehrere Tüten gepackt. Ich wollte kein Aufsehen in der Straßenbahn erregen.«

»Natürlich… ich, ähm, ich gebe zu, ich bin überrascht.« Er räusperte sich und fragte: »Sie scheinen sicher zu sein, dass es sich bei diesen Überresten um einen menschlichen Fuß handelt…« Es kam gelegentlich vor, dass Leute in ihrem Garten oder im Wald Knochen fanden und damit zur Polizei gingen, doch meist stellten sich die Funde als Tierknochen heraus.

»Das bin ich, Herr Kommissar. Ich habe Medizin studiert, und auch wenn das schon sehr lange her ist, und ich seit mehr als zwanzig Jahren im Ruhestand bin, traue ich mir zu, einen menschlichen Fuß von einer Tierpfote zu unterscheiden.«

Anděl nickte. Ihr Beruf erklärte vielleicht auch ihre Kaltblütigkeit im Umgang mit Überresten dieser Art. »Wo wohnen Sie, Frau Abrhámová?«, fragte er.

»In Hradschany, Na náspu 3. Das ist eine Sackgasse, die von der Černínská-Straße abgeht.«

»Warum haben Sie nicht einfach die Polizei gerufen?«, wollte Anděl wissen, nachdem er sich die Adresse notiert hatte.

»Nun, bitte entschuldigen Sie, wenn ich offen mit Ihnen spreche, Herr Kommissar. Ich hoffe, Sie nehmen meine Worte nicht persönlich…«

»Aber bitte, Frau Abrhámová…«

»Also gut. Einerseits halte ich, kurz gesagt, nicht allzu viel von den Fähigkeiten der uniformierten Polizei. Ich fand es besser, mich gleich an die… Fachleute zu wenden.« Sie hielt einen Moment inne.

»Und warum wollten Sie unbedingt mit *mir* sprechen?«,

fragte Anděl, der die Vorbehalte gegen die Polizei allzu gut kannte. Es hatte keinen Sinn, sich auf eine Diskussion über dieses leidige Thema einzulassen. Aber es erklärte nicht, warum die Dame speziell nach ihm verlangt hatte.

Sie lächelte, sichtlich erleichtert, dass er Verständnis für ihr unkonventionelles Handeln und ihre Vorbehalte hatte. »Ach, ich habe im Sommer den Fall der Mumie verfolgt, den Sie bearbeitet haben, und Sie scheinen ein kompetenter Ermittler zu sein, genau das, was dieser Fuß – und der Rest davon – benötigt.« Sie nahm einen Schluck von ihrem Kaffee. »Ich befürchte nämlich, dass der Fuß meiner Nachbarin gehört«, setzte sie dann hinzu.

»Wie bitte?«, fragte Anděl perplex. »Wie kommen Sie denn darauf?«

»Nun, gerade als mein Hund den Fuß auf meiner Türschwelle ablegte, kam meine Putzfrau Sorina heute Mittag zur Arbeit. Nachdem sie den ersten Schock überwunden hatte, erzählte sie mir von meiner Nachbarin, Frau Strettiová. Sorina putzt auch bei ihr, einmal die Woche. Morgens ist sie bei meiner Nachbarin und kommt dann gegen Mittag zu mir. Jedenfalls machte Sorina sich Sorgen, weil Frau Strettiová noch nicht wieder zurück war. Sie hatte Sorina Ende September gesagt, sie fahre für acht Wochen zu einer entfernten Verwandten. Ich habe natürlich davon gewusst, aber ich hatte nicht bemerkt, dass die acht Wochen schon vergangen waren, ich dachte, sie käme erst nächste Woche wieder. Sorina war sich aber sicher, dass Frau Strettiová diese Woche wieder zurück sein wollte.«

»Hat Ihre Putzfrau ihre Arbeitgeberin denn vermisst gemeldet?«, fragte Anděl.

»O nein, sie kam damit erst einmal zu mir. Sie wollte wissen, was sie tun sollte. Sie weiß, dass ich mit meiner Nachbarin befreundet bin. Außerdem ist Sorina Rumänin, wissen Sie, und wollte nichts mit der Polizei zu tun haben, aber sie fand es seltsam, dass Frau Strettiová noch nicht wieder zurück war und ihr auch nicht Bescheid gesagt hatte, dass sie länger fortbleiben würde. Das sei noch nie passiert, meinte Sorina, und ich muss ihr recht geben. Frau Strettiová ist in dieser Beziehung sehr zuverlässig, sie fährt häufig fort, aber man kann sich darauf verlassen, dass sie sich an die genannten Reisedaten hält oder anruft, wenn irgendetwas dazwischenkommt. Nun, Sorina hatte die Nummer der Verwandten, und ich habe erst einmal dort angerufen und nach Frau Strettiová gefragt.« Agáta Abrhámová machte eine kleine dramatische Pause. »Sie war gar nicht dort gewesen, und diese Verwandte wusste auch gar nichts von einem beabsichtigten Besuch.«

»Sagten Sie nicht, dass Ihre Nachbarin auch Ihnen erzählt habe, sie fahre zu dieser Verwandten?«

»Sie sagte, sie fahre Verwandte besuchen, ja, allerdings hat sie nicht genau gesagt, welche. Ich hatte nur angenommen, sie meine diese Verwandte in Pilsen.«

»Und nun vermuten Sie …«

»Ich habe Sorina beruhigt, und sie ist an ihre Arbeit gegangen. Aber der Fuß, den mein Hund mitgebracht hatte – nun, vielleicht ist ihr tatsächlich etwas zugestoßen …«

»War diese Sorina denn allein im Haus Ihrer Nachbarin während deren Abwesenheit?«, fragte Anděl erstaunt.

Die alte Dame sah ihn einen Moment mit hochgezogener Braue an. »Ich kenne unsere landestypischen Vorbehalte gegenüber Rumänen im Allgemeinen und den sogenannten Zigeunern im Besonderen, Herr Kommissar. Aber selbst wenn Sie es sich nicht vorstellen können, es gibt auch unter ihnen ehrliche und zuverlässige Menschen. Niemand von uns hat sich ausgesucht, als was oder wo er geboren wurde. Sorina ist eine Perle, und sie arbeitet schon lange für Frau Strettiová und mich. Sie ist ebenso gründlich wie ehrlich. Man kann sie bedenkenlos alleine ins Haus lassen.«

»Sie haben natürlich recht, Frau Abrhámová«, sagte Anděl, der sich ertappt fühlte, »ich bemühe mich, mein Urteilsvermögen nicht durch Vorurteile trüben zu lassen, aber Sie werden verstehen, dass sich diese Vorurteile durch die Polizeiarbeit allzu häufig als begründet herausstellen.«

Agáta Abrhámová lächelte versöhnlich. »Akzeptiert«, sagte sie. »Ich hatte, ehrlich gesagt, anfangs auch Bedenken, als sie vor Jahren bei mir anfing, aber in ihrem Fall stellten sie sich als völlig haltlos heraus. Ich würde für Sorina meine Hand ins Feuer legen.«

»Schön, das wäre also geklärt. Wir können somit davon ausgehen, dass ihre Nachbarin im Grunde seit acht Wochen verschwunden ist. Angenommen, ihr ist in ihrem Haus tatsächlich etwas zugestoßen, wie kann die Putzfrau …«

»… wochenlang in einem Haus putzen, in dem eine Leiche herumliegt?«, ergänzte Agáta Abrhámová. »Ihr Einwand ist berechtigt, Herr Kommissar, aber erstens ist es ein großes Haus mit Dachboden, Keller und einem weitläufigen Garten, und zweitens riecht Sorina nichts.«

»Sie riecht nichts?«

»Nein, gar nichts, die Arme. Ich habe sie vor gut acht Jahren kennengelernt. Seit ich in Rente gegangen bin, arbeite ich ehrenamtlich in verschiedenen sozialen Einrichtungen, unter anderem im Frauenhaus. Sorina flüchtete sich damals mit ihren Kindern dorthin – vor ihrem gewalttätigen Ehemann, der übrigens Tscheche ist. Er hatte sie zusammengeschlagen und ihr dabei – neben ein paar anderen Knochen – die Nase gebrochen. Das wurde zwar behandelt, aber offenbar wurden die Nerven zu sehr verletzt, jedenfalls riecht sie seit damals nichts mehr.«

Anděl nickte. »Hm. Ja, das würde erklären, warum ihr nichts aufgefallen ist … Und Ihr Hund …«

»Vermutlich hat er etwas gerochen und ist dem nachgegangen. Es wäre nicht das erste Mal, dass er eine Scheibe zerschlagen hätte auf der Suche nach etwas … Essbarem. Obwohl er, weiß Gott, genug zu fressen bekommt. Er kann auch Türen aufmachen. In diesem Fall glaube ich aber eher an ein Kellerfenster. Wäre sie irgendwo im Garten, hätte er sie schon längst gefunden gehabt.«

6

Larissa Khek saß im Café Slávia am Fenster und wartete auf Professor Leonhart. Sie hatte den Historiker von der Karlsuniversität im Herbst kennengelernt, als sie zum ersten Mal für die Kulturseite der *Prague Post* eine Serie von Artikeln über sehenswerte Prager Gebäude geschrieben hatte. Sie hatten der Kulturredakteurin so gut gefallen, dass sie Larissa nun einen Folgeauftrag erteilt hatte: Das mystische Prag, Teil I: Alchemie. Über die weiteren Teile hatte sie sich noch keine Gedanken gemacht, da würde sich schon etwas finden, und wenn es die zahlreichen Prager Gespenster wären.

Larissa blickte über die Moldau hinauf zur Burg und lächelte zufrieden. Was für ein Panorama! Als sie vor einer halben Stunde das Haus verlassen hatte, hatte es gerade aufgehört zu schneien. Zwar hingen noch dicke Wolken am Himmel, aber langsam begannen sie aufzureißen, und einzelne Sonnenstrahlen bahnten sich den Weg hinunter auf die schneebedeckte Stadt. Dort, wo sie wie kleine Spotlichter auf die Bäume trafen, verwandelten sie die auf den Ästen und Zweigen hängenden Tropfen des geschmolzenen Schnees in glitzernden Baumschmuck. Ein Bild wie aus einem Märchen. Über den roten Ziegeldächern der Kleinseite thronte der Hradschin wie ein Sahnehäubchen auf einer Torte. Die hohen Türme des St.-Veits-Doms reckten sich den Wolken entgegen, als wollten sie sie aufspießen. Sie liebte diesen imposanten Ausblick. Die mürrische Kellnerin brachte ihr den bestellten Kaffee, und Larissa lächelte sie freundlich an, als sie sich bedankte. Die Kellnerin warf ihr einen skeptischen Blick zu, bevor sie ihr Lächeln zögernd erwiderte.

Larissa warf einen Blick auf die Uhr. Fast halb elf. Offenbar war der Professor auch außerhalb der Universität ein Anhänger der akademischen Viertelstunde. Larissa hatte ihn am Morgen angerufen und ihn um ein Treffen in den nächsten Tagen gebeten, da sie von ihm Hintergrundinformationen wollte. Leonhart war eine Autorität auf dem Gebiet der Alchemiegeschichte. Sie war überrascht gewesen, dass er gleich den heutigen Vormittag vorgeschlagen hatte. Umso besser, dann konnte sie ihren Artikel in aller Ruhe schreiben.

Nach einem letzten Blick aus dem Fenster zog sie das Ergebnis ihrer bisherigen Recherchen über die Alchemie in Prag und damit zusammenhängende Gebäude, die möglicherweise für ihren Artikel infrage kamen, aus ihrer Tasche. Nicht dass es keine Auswahl gäbe, eher im Gegenteil – Google hatte Dutzende Links zu dem Thema aufgelistet. Nahezu jedes Haus in der Altstadt und auf der Kleinseite hatte eine mehr oder weniger interessante Geschichte, und eine ganze Reihe davon hatten auch mit Alchemie zu tun. Aber sie wollte etwas, das nicht in jedem der zahlreichen Reiseführer stand. Das berühmte Goldmachergässchen schied damit schon einmal aus.

»Entschuldigen Sie bitte meine Verspätung, Frau Khek.«

Larissa sah überrascht auf. Vor ihr stand Professor Leonhart und stellte seine große Aktentasche unter dem Tisch ab.

»Oh, Herr Professor, ich war ganz in Gedanken.« Sie stand halb auf und reichte ihm die Hand.

»Bleiben Sie doch bitte sitzen«, sagte er und nahm umständlich Platz, wobei er an den Tisch stieß und Larissas Kaffee zum Überschwappen brachte. »Tut mir leid, ich wollte Sie nicht erschrecken. Sie bewundern die Aussicht?«

»Das auch. Ich habe über mein Projekt nachgedacht …«

Der Professor lächelte. »Ja, Sie sagten am Telefon, sie interessierten sich für die Alchemie in Prag und damit zusammenhängende Gebäude. Interessantes Thema.« Leonhart bestellte einen türkischen Kaffee und wandte sich wieder

Larissa zu. »Haben Sie schon ein Gebäude gefunden, das Sie interessiert?«

»Ach, ich habe ein bisschen im Internet herumgesucht, bin aber nur auf das allgemein Bekannte gestoßen – das Goldmachergässchen, das Faust-Haus...« Sie zuckte die Achseln. »Hätten Sie denn noch eine andere Idee?«

»Nun, das mit dem Goldmachergässchen ist nur ein Märchen, tatsächlich wohnten dort ja die königlichen Bogenschützen, nicht wahr. Aber es gibt noch eine andere Legende, die dort angesiedelt ist, eine eher unbekannte.«

»Ja?« Larissa holte einen Kugelschreiber aus ihrer Handtasche und legte ihren Notizblock zurecht.

»Haben Sie schon einmal vom Haus zur Letzten Laterne gehört?«

»Das *Haus zur Letzten Laterne*?«, fragte Larissa nachdenklich. »Im Goldmachergässchen? Ich glaube nicht, obwohl... Gibt es nicht eine Geschichte von Meyrink, die so heißt?«

»Ja, Meyrinks Unvollendete«, sagte Leonhart, »*Das Haus zur letzten Laterne,* heißt sie. Wenn mich nicht alles täuscht, ist das Buch aber vergriffen. Was dieses Haus zur Letzten Laterne angeht, so liegt es – mehr oder weniger – im Goldmachergässchen. Genau genommen soll es sich an einem seiner Enden befinden, an welchem, ist allerdings unbekannt.« Er lächelte, als er Larissas verwirrten Gesichtsausdruck sah. »Nun, mit dem Haus hat es eine ganz eigene Bewandtnis. Der Legende zufolge taucht es nur alle paar Hundert Jahre auf, in unregelmäßigen Abständen, und wird zudem nur für denjenigen sichtbar, der das *Große Werk* vollendet hat. Es ist sozusagen die Belohnung für die ganze alchemistische Arbeit.«

»Äh, ich verstehe nicht ganz... Welches *Große Werk* meinen Sie?«

»Das Große Werk der Alchemie, den Stein der Weisen.

Wer das Große Werk vollbringt und im Besitz der sieben Siegel ist, dem erscheint das Haus zur Letzten Laterne.«

»Und dann? Sie sagten Belohnung... Was ist denn da drin? In dem Haus, meine ich.«

»In diesem Haus befindet sich der Legende zufolge die legendäre Prager Schwelle...«

»Die Prager Schwelle?«, unterbrach ihn Larissa. »Sie meinen doch nicht...«

»Doch.« Der Professor nickte beflissen. »Jene Schwelle, von der die Fürstin Libuše in ihrer berühmten Prophezeiung gesprochen hat. Die Türschwelle, die jene Stelle markierte, an der die Stadt Prag erbaut werden sollte. Aber eben auch *die Schwelle*, welche die diesseitige Welt mit der jenseitigen verbinden soll – es ist das Tor zum Jenseits, wenn Sie so wollen. Es heißt, dass derjenige, der diese Schwelle überschreite, von diesem Moment an alles *erkennen* könne – in der diesseitigen Welt wie in der *jenseitigen*. Und dass er damit allwissend und allmächtig werde. Eine dieser Stadt durchaus angemessene Legende, wie ich finde.«

»Hört sich an wie die Geschichte von Brigadoon«, sagte Larissa und schmunzelte. »Dieses Dorf im schottischen Hochmoor erscheint ja angeblich auch nur alle einhundert Jahre einmal.«

»Hm, ja, nur dass Brigadoon nichts mit Alchemie zu tun hat. Und das Haus zur Letzten Laterne erscheint, wie gesagt, nicht in regelmäßigen Abständen und auch nicht jedem, der zufällig zur rechten Zeit am rechten Ort ist. Obwohl es auch gewissermaßen ›entrückt‹ wurde, wie Brigadoon, um das Geheimnis, das es enthält, vor dem Bösen zu schützen.«

»Die legendäre Prager Türschwelle...«, sagte Larissa nachdenklich und ließ ihren Blick durch das große Fenster über die gemächlich dahinfließende Moldau zur Burg über der Kleinseite schweifen. Direkt über dem Hradschin war die Wolkendecke nun ganz aufgerissen, und die große

Burganlage erstrahlte in der Morgensonne in ihrer schlichten Pracht. Da oben also trafen sich angeblich Himmel und Hölle auf der Erde. Ja, es war ein angemessener Ort für solch eine Schwelle zwischen den Welten, da hatte Leonhart durchaus recht. Sie wandte sich wieder an den Professor. »Das hört sich gut an, daraus ließe sich was machen, denke ich.«

Leonhart nickte erneut und trank einen Schluck Kaffee. »Aber die Legende geht noch weiter: Es heißt, in dem Haus sei jemand eingeschlossen. Ein ewiger Gefangener sozusagen, der bisher vergeblich auf seine Befreiung warte.«

»Sie meinen eine Art Hausgespenst?« Die Sache wurde immer amüsanter, fand Larissa. Sie kannte viele der Prager Gespenstergeschichten, doch von dieser hatte sie noch nie gehört. »Und wer hat den armen Kerl da eingesperrt?«, wollte sie wissen.

»Vor langer, langer Zeit soll es in Prag eine geheime Gesellschaft namens *Orden der asiatischen Brüder von Sad-Bhaiû* gegeben haben. Seine erste Erwähnung stammt, soweit man das nachvollziehen kann, aus der Zeit, als die ersten Juden nach Prag kamen, vor über tausend Jahren. Wahrscheinlich ist der Orden aber weitaus älter. Dieser Orden jedenfalls soll in Prag dreierlei vollbracht haben: Erstens soll er die Prager Schwelle im Haus zur Letzen Laterne versteckt und das Haus in eine … hm, sagen wir, *andere Welt* entrückt haben. Zweitens, soll er in einer Art Höhle unter der Stadt das ewige Feuer entzündet haben, das Prag am Leben erhält. Die Legende besagt, dass die Stadt untergehen werde, sollte das Feuer jemals verlöschen. Und drittens soll der Orden den Verräter eines Ordensgeheimnisses im Haus zur Letzten Laterne eingesperrt haben.«

»Hört sich an wie ein hübsches Märchen …«

»Nicht wahr? Aber wie viele Legenden, enthält es ein Körnchen Wahrheit.«

»Und das wäre?«, fragte Larissa skeptisch, die sich beim besten Willen nicht vorstellen konnte, wo in dieser unwahrscheinlichen Geschichte auch nur das allerkleinste Körnchen Wahrheit verborgen sein sollte. Trotzdem schrieb sie alles penibel mit – das war genau die Art Geschichte, die ihr vorgeschwebt hatte.

»Zum einen hat man bei Bauarbeiten im 18. Jahrhundert auf der Kleinseite wohl tatsächlich eine Art Höhle gefunden, in der ein Feuer scheinbar unter Luftabschluss brannte. Angeblich hat man es nicht gelöscht, sondern die Grube einfach schnell wieder verschlossen. Und zum anderen existiert ein Manuskript, von dem manche behaupten, es gehe auf diesen Orden zurück, und von dem seit Jahrhunderten acht Blätter verschollen sind. Sie sollen zusammen mit dem unglücklichen Verräter im Haus zur Letzten Laterne verborgen sein«, erklärte Leonhart.

Larissa lachte. »Herrlich! Das ist ein Märchen, wie es im Buche steht. Was für ein Manuskript soll das denn sein?«

Leonhart ließ sich von ihrer Skepsis nicht irritieren. »Sie sagten, Sie hätten ein bisschen über die Alchemie recherchiert – ist Ihnen dabei vielleicht das Voynich-Manuskript untergekommen?«

Larissa schüttelte den Kopf. Zum Stichwort Alchemie hatte Google fast eine halbe Million Links angezeigt, und zu Alchemie plus Prag waren es immer noch über zweiundsechzigtausend gewesen.

»Es ist ein recht geheimnisvolles Manuskript, das viele hundert Jahre alt ist. Es wurde 1912 von einem gewissen Wilfrid Michael Voynich in einem vatikanischen Archiv in Frascati entdeckt und nach ihm benannt. Voynich gelang es zwar nicht, seine genaue Herkunft zu klären, aber er konnte immerhin die meisten Besitzer ausfindig machen. Einer von ihnen war Kaiser Rudolph II., der es für sechshundert Gulden von seinem Hofalchemisten John Dee für seine berühmte Alchemie-Sammlung erworben hat. Woher Dee es hatte, weiß man allerdings nicht.«

»Ist es denn ein alchemistisches Manuskript?«, unterbrach Larissa ihn.

»Davon geht man gemeinhin aus, ja. Es zeigt Bilder von Pflanzen und allerlei anderen Dingen, die auf einen alchemistischen Inhalt schließen lassen, aber das eigentlich Interessante ist, dass es bis heute nicht gelungen ist, es zu entziffern.«

»Aber das gibt es doch gar nicht!«, rief Larissa aus. »Wie kann das sein? Mithilfe von Computern …«

»Viele Experten und auch Laien haben sich die Zähne daran ausgebissen, Frau Khek. Sowohl die verwendeten Schriftzeichen als auch die Sprache sind unbekannt. Trotzdem nimmt man aus verschiedenen Gründen an, dass es darin um Alchemie geht. Es gibt sogar Alchemisten, die überzeugt sind, dass dieses Voynich-Manuskript die genaue Anleitung zur Herstellung des Steins der Weisen und des Elixiers des ewigen Lebens enthält: Die Beschreibung des Großen Werks der Alchemie.«

»Sie sagten, dass von diesem Manuskript ein paar Seiten fehlen …«

»Ja, acht Blätter oder sechzehn Seiten. Und auf diesen Seiten soll sich unter anderem der Code befinden, mit dessen Hilfe das Manuskript entschlüsselt werden kann.«

»Und diese acht Blätter sind im Haus zur Letzten Laterne, ja? Und wo ist der Rest des Manuskripts?«

»Der befindet sich in der Bibliothek der Yale University in den USA. Man kann es sich im Übrigen im Internet ansehen, Sie müssen nur den Namen des Manuskripts googeln.«

»Nette Legende. Und genau das, was ich gesucht habe …«, sagte Larissa. »Aber wenn die Blätter mit dem Code im Haus zur Letzten Laterne gebunkert sind, wird wohl auf absehbare Zeit niemand den Code knacken«, setzte sie schmunzelnd hinzu. »Ein hübscher kleiner Teufelskreis: Um das Manuskript zu entziffern und das Große Werk zu vollenden, braucht man die verschollenen Seiten, die aber genau da verborgen sind, wo man mit ihrer Hilfe hinwill ... Schade eigentlich. Einen Stein der Weisen könnte die Welt gut gebrauchen. – Hm, und ich könnte noch einen Bezug zur heutigen Zeit brauchen, das wäre das Tüpfelchen auf dem i.«

»Wenn er nicht in die falschen Hände gerät, schon«, sagte Leonhart ernst. »Und was den Bezug zur heutigen Zeit angeht, den gibt es auch, glaube ich – abgesehen von der Existenz des Voynich-Manuskripts. Ich befürchte nämlich, dass der Teufelskreis, den Sie beschrieben haben, nicht ganz rund ist.«

Larissa sah ihn verblüfft an. »Sie scheinen das alles für bare Münze zu nehmen ... Ich meine, das ist doch nichts weiter als eine der typischen Prager Legenden, nicht wahr? Ein alter, asiatischer Orden und ein unentziffertes Manuskript und dieses Haus zur Letzten Laterne, das es im Grunde gar nicht gibt ... Und all die anderen Dinge, von denen Sie mir erzählt haben, das ewige Feuer unter der Stadt und die Schwelle zum Jenseits und so.«

»Ich gebe zu, es hört sich alles mehr als unwahrscheinlich an«, sagte Leonhart langsam, »aber ich habe Ihnen auch noch nicht alles erzählt.«

»Ja?«, fragte Larissa interessierter, als sie vor sich selbst zugeben mochte.

»Dieser Orden der asiatischen Brüder von Sad-Bhaiû scheint nämlich noch immer zu existieren ...«

»Wie bitte?«, stieß Larissa ungläubig aus. »Das meinen Sie doch nicht ernst!«

»Es gibt Hinweise, die diesen Schluss nahelegen. Sehen Sie, ich beschäftige mich seit Langem mit dem Voynich-Manuskript und bin selbst, muss ich gestehen, seit vielen Jahren auf der Suche nach den verschollenen Seiten ...«

»Aber Sie sagten doch, dass diese fehlenden Blätter im Haus zur Letzten Laterne sind.«

»Das besagt die *Legende*, Frau Khek. Aber ich hatte auch gesagt, dass in dieser Legende ein Körnchen Wahrheit steckt. Nun, es sieht so aus, als sei das gesamte sogenannte Voynich-Manuskript einst im Besitz des Ordens von Sad-Bhaiů gewesen und von einem der Mitglieder – dem besagten Verräter – an jemanden verkauft worden, der es wiederum an John Dee weiterverkaufte, den Alchemisten von Rudolph II. Allerdings hat John Dee nicht das vollständige Manuskript erhalten. Die acht Blätter galten schon damals als verschollen – vernichtet, oder eben im Haus zur Letzten Laterne versteckt. Aber ich habe Grund zu der Annahme, dass sie es nicht sind, Frau Khek.« Leonhart senkte seine Stimme zu einem Flüstern. »Ich habe nämlich erst vor einigen Wochen eines der Blätter mit eigenen Augen gesehen. Dieses eine Blatt ist jedenfalls *nicht* im Haus zur Letzten Laterne. Und deshalb glaube ich, dass es die anderen auch nicht sind.«

Larissa starrte ihn mit offenem Mund an. Dann lachte sie. »Nein, Herr Professor, Sie nehmen mich auf den Arm! Geben Sie es zu – es gibt weder diesen Orden, noch diese geheimnisvollen verschollenen Blätter eines alten Manuskripts – nein, nein, nein.« Sie schüttelte heftig den Kopf. »Sie machen sich über mich lustig.«

Leonhart lächelte vielsagend und holte aus seiner Aktentasche einen USB-Stick heraus, den er auf den Tisch legte. »Auf diesem Stick befindet sich eine Liste mit den Namen der letzten Ordensmitglieder, Frau Khek, und eines von ihnen kenne ich sogar persönlich. Es ist eine alte Dame hier aus Prag, die mir eines der verschollenen Blätter gezeigt hat. Ich wollte ihr das Blatt abkaufen, aber sie hat abgelehnt. Sie sagte, es gebe noch einen weiteren Interessenten, einen gewissen Herrn Hermes, der ihr etwas weit Wertvolleres dafür geboten habe als Geld.«

»Diese verschollenen Blätter wären wohl ziemlich wertvoll?«, fragte Larissa.

»Es gibt Leute, Frau Khek, die würden jeden Preis dafür bezahlen. *Jeden*«, erwiderte Leonhart bedeutungsschwer.

»Was meinen Sie mit *jeden Preis?*«, fragte Larissa, der die Geschichte langsam doch ein bisschen unheimlich wurde.

»Die verschollenen Manuskriptseiten haben natürlich einen nicht unbeträchtlichen *Geldwert* – alleine schon wegen des Alters der Handschrift. Aber sie haben auch einen nicht zu unterschätzenden ideellen und möglicherweise *praktischen* Wert für ... gewisse Leute. Adepten, wenn Sie verstehen, was ich meine.«

»Sie meinen Alchemisten?«, fragte Larissa zweifelnd. »Alchemisten im Sinne von *echte* Alchemisten, wie im Mittelalter? Wollen Sie damit sagen, dass die Leute, die sich heutzutage mit Alchemie befassen, tatsächlich an all das glauben? An die Möglichkeit, Gold zu machen und ein Elixier des ewigen Lebens? Das ist doch absurd! Jedes Kind lernt heute in der Schule, dass man Gold nicht *machen* kann ...«

»Ja, solche Leute gibt es, Frau Khek, so absurd das für Ihre Ohren klingen mag. Und was das Goldmachen angeht, nun, das ist vor allem eine Frage der Definition ...«, erwiderte Leonhart. »Aber lassen Sie mich weitererzählen. Wie ich schon sagte, waren die fehlenden acht Blätter des Voynich-Manuskripts jahrhundertelang verschollen, doch in den letzten Monaten des Zweiten Weltkriegs sind einige davon plötzlich aufgetaucht – hier in Prag. Es hat schon seit der Zeit, als das Voynich-Manuskript in die Hände von Rudolph II. gelangt ist, Menschen gegeben, die nach den verschollenen Blättern gesucht haben, um es zu entziffern – für welche Zwecke auch immer. Die Blätter blieben aber verschwunden. Im Zweiten Weltkrieg tauchten jedoch ein paar von ihnen kurzzeitig auf. Sie wurden unter der Hand auf dem Schwarzmarkt angeboten – im Tausch gegen falsche

Papiere, mit denen einige Ordensmitglieder offenbar aus der besetzten Tschechoslowakei fliehen wollten. Ob der Tausch zustande gekommen ist, weiß ich nicht. Aber ich weiß, dass einige Leute von dieser Liste«, er deutete auf den USB-Stick, »damals *verschwunden* sind, von einem Tag auf den anderen – und mit ihnen die verschollenen Blätter des Voynich-Manuskripts. Seit dem 13. Februar 1945 fehlt von ihnen jede Spur.«

»Sie meinen, dass jemand damals diese Leute wegen der alten Blätter umgebracht haben könnte?«, fragte Larissa ungläubig. Das hörte sich an wie eine ausgewachsene Räuberpistole. »Damals sind viele Leute *verschwunden*, Herr Professor, vielleicht hatte das gar nichts mit diesem Manuskript zu tun.«

»Ich bin bei meiner Suche vielen verschiedenen Hinweisen nachgegangen. Einer davon hat mich zu einem Mann namens Hynek Blábolil geführt, einem Antiquar aus Kutná Hora. Ich habe vor ein paar Tagen Kontakt zu ihm aufgenommen und mich mit ihm für heute Vormittag hier in Prag im Hotel Alchymist verabredet. Sein Vater hatte im Krieg, soweit ich das feststellen konnte, irgendwie mit dem Orden zu tun, und er soll im Besitz von einem oder mehreren der verschollenen Blätter gewesen sein.«

»Hatte er sie denn? Was hat dieser Blábolil Ihnen denn darüber gesagt?«

»Er hat mir leider nichts gesagt. Als ich heute im Hotel nach ihm fragte, standen Ermittler der Mordparta in der Lobby.«

Larissa starrte ihn fassungslos an. Glaubte Professor Leonhart tatsächlich, dass dieser Blábolil wegen des uralten unentzifferten Manuskripts *umgebracht* worden war?

»Ja, ich denke genau das, was Sie vermuten, Frau Khek«, sagte Leonhart, als habe er ihre Gedanken gelesen. »*Mord.* Und ich habe auch einen Grund für diese Annahme. Als ich mit Blábolil letzte Woche telefoniert habe, erwähnte auch er einen Herrn Hermes, der sich für die verschollenen Blätter interessiere. *Sehr* interessiere. Blábolil erwähnte, dass dieser Hermes die Blätter nicht etwa kaufen wollte – er wollte, dass Blábolil sie ihm *zurückgibt*. Aber Blábolil behauptete mir gegenüber, er habe sie nicht. Und nun ist er tot.«

7

»Störe ich?«

»Endlich! Der Himmel hört mein Flehen!« Jirka Kratochvíl warf den Kugelschreiber auf die Papiere auf seinem Schreibtisch. »Seit Stunden bete ich um Ablenkung von diesem Bürokratiekram.«

Anděl grinste. »So bin ich – immer der Retter in der Not.«

Jirka Kratochvíl, der kommissarische Leiter des Gerichtsmedizinischen Instituts, lachte. »Heute auf jeden Fall. Kaffee?«

Anděl nickte und setzte sich auf den Besucherstuhl vor dem Schreibtisch. Mit Tee brauchte er dem Gerichtsmediziner nicht zu kommen. Kratochvíl ging zum Fensterbrett hinüber, wo die notwendigen Utensilien zwischen ein paar halb verwelkten Grünlilien standen. Seine Pflanzen behandelte der forensische Pathologe eindeutig schlechter als seine Leichen, aber vielleicht goss er sie ja auch nur mit Kaffee ... Jedenfalls hatte Anděl seinen Freund noch nie Wasser trinken sehen.

»Was macht die Beförderung?«, fragte Anděl, der wusste, dass Jirka sich um den Posten des Chefs der Gerichtsmedizin beworben hatte.

»*Nic*. Nichts. Es gibt noch ein paar Bewerbungen, und die Sache wird sich vermutlich ziehen bis zum Sankt-Nimmerleins-Tag. Aber nach den letzten drei Monaten bin ich mir gar nicht mehr so sicher, dass ich den Job wirklich will. Diese ganze Bürokratie macht mich kirre. Aber vergessen wir das. Um von weit angenehmeren Dingen zu reden: Weißt du schon, wann Magda zurückkommt?«

»In ein paar Tagen«, erwiderte Anděl knapp.

Kratochvíl wandte den Kopf zu ihm um. »Deine Begeisterung scheint sich in Grenzen zu halten«, sagte er erstaunt. »Ist irgendwas passiert?«

Anděl fuhr sich mit den Händen über das Gesicht und durch die kurzen Haare. »Kann man so sagen.«

»Du hast Glück, Junge, Kratochvíls Privatpraxis für existenzielle Katastrophen ist gerade geöffnet. Also spuck's aus, wird schon nicht so schlimm sein.« Er stellte zwei Gläser türkischen Kaffee auf den Schreibtisch.

»Sieht aus, als würde ich Vater werden.«

»Ist nicht wahr!«, rief Kratochvíl aus und grinste breit. »Na, herzlichen Glückwunsch, Junge! Du scheinst aber nicht gerade begeistert zu sein von der Aussicht. Magda ist doch eine klasse Frau und eine erfahrene Mutter dazu ...«

»Das ist es ja eben, Magda ist nicht die werdende Mutter, Jirka.«

Der Gerichtsmediziner sah ihn verblüfft an. »Hoppla. Du bist fehlgetreten? Ausgerechnet *du*? Die wandelnde Integrität? Ich dachte, das mit Magda sei ...«

»Es war *vor* Magda. Weit vorher, im Frühling. Eine einzige, gottverdammte Nacht mit einer hübschen Frau, die heilige Eide geschworen hat, dass nichts passieren kann und wird, weil sie weder Kinder wolle, noch welche bekommen könne, selbst wenn sie wollte.«

»Warte mal, im Frühling sagst du? Aber dann ist der Geburtstermin ja ...«

»Anfang Januar. Korrekt.«

Kratochvíl stieß einen langen Pfiff aus. »Heilige Scheiße. Und warum kommt sie damit erst jetzt? Ich meine, wenn sie kein Kind wollte, dann hätte sie ja abtreiben können.«

»Die alte, unwahrscheinliche Geschichte. Sie sagt, sie hätte es nicht gemerkt. Als ihre Regel ausblieb ist sie zum Arzt gegangen, aber das war angeblich erst gestern. Tja, und da war dann nichts mehr zu wollen.«

»Na danke. Du hast dir doch nicht so ein junges Kälbchen angelacht, das von Tuten und Blasen keine Ahnung hat, oder?«

»Für wie blöd hältst du mich? Die Kälbchen sind Nebeskýs Terrain. Nein, sie ist eine gestandene Frau, zumindest hatte ich damals den Eindruck. Sogar ein paar Jahre älter als ich, Anfang vierzig. Hübsch, intelligent, humorvoll, vernünftig, und Abteilungsleiterin im Innenministerium.«

»Und was will dieses reife Wunder jetzt von dir? Geheiratet werden, oder was?«

»O nein, das nicht, das hat sie überaus deutlich klargestellt. Ich habe keine Ahnung, was sie will. Sie hat zwar viel geredet, aber besonders logisch war es nicht. Alles, was ich weiß, ist, dass sie das Kind nicht bekommen will, um keinen Preis. Sie hat gestern Abend angerufen und – neben vielen anderen wenig schmeichelhaften Dingen – gesagt, sie lasse sich von mir kein Kind ans Bein hängen.«

Kratochvíl grinste. »Also diese Formulierung benutzen normalerweise die werdenden Väter. Und jetzt?«

»Keine Ahnung. Sag du's mir! Was kann ich schon machen? Für eine legale Abtreibung ist es zu spät.« Anděl seufzte. »Wenn Magda in zehn Tagen nach Hause kommt, werde ich es ihr sagen – und dann werden wir weitersehen.«

Kratochvíl schwieg einen Moment nachdenklich. Schließlich sagte er: »Auch wenn das alles unschön ist, kann ich mir trotzdem nicht vorstellen, dass Magda dich deswegen gleich in die Wüste schickt. Das kann schließlich jedem passieren. Außerdem hast du Magda damals noch nicht mal gekannt. Sie kann dir also kaum etwas vorwerfen. Und wenn diese Frau nicht verlangt, geheiratet zu werden, ist doch alles in trockenen Tüchern.«

»Das ist in der ganzen verdammten Situation der einzige Lichtblick, Jirka.«

»Hm, das berühmte Licht am Ende des Tunnels. Tröstliche Sache.«

»Ja, aber ich frage mich, ob dieses Licht am Ende des Tunnels nicht der Schnellzug ist.«

»Wieso?«

»Wegen dieser Frau – Eva. Sie ist völlig neben sich. Hysterisch, als ginge es buchstäblich um ihr Leben.« Anděl schüttelte irritiert den Kopf. »Ich kenne sie ja kaum, wie gesagt, wir haben nur diese eine Nacht miteinander verbracht, aber trotzdem habe ich den Eindruck, dass da etwas nicht stimmt. Wir haben uns gestern Abend in einer Kneipe getroffen, um zu reden, und sie war – sie war ein Wrack, Jirka, sie sah aus, als habe sie tagelang nicht geschlafen, hat sich eine Zigarette an der anderen angezündet. Ich habe sie kaum wiedererkannt. Sie hat gezittert wie Espenlaub und war völlig neben der Spur, nicht nur hysterisch, sondern auch aggressiv. Wie ein in die Ecke getriebenes Tier. Es hört sich theatralisch an, wenn ich das so sage, aber ich hatte den Eindruck, es gehe wahrhaftig um Leben und Tod.« Anděl sah an Jirka vorbei durch das Fenster. Eine Krähe hockte mit eingezogenem Kopf auf einem kahlen Ast. Der Himmel dahinter war so weiß wie das eisige Schneekleid des Baums. Ein schwarz-weißes Stillleben, das ihm »Tod« entgegenschrie. Wie zum Beweis des Gegenteils schüttelte sich der Vogel plötzlich, breitete die Flügel aus und erhob sich schwerfällig in die Lüfte.

»Na ja, wenn sie partout kein Kind will, ist es für sie natürlich ein Schock. So was kann einen schon aus dem Gleichgewicht bringen, vor allem, wenn sie erst vier Wochen vor dem Geburtstermin erfahren hat, dass sie schwanger ist. Bisschen kurz für eine langsame Gewöhnung an den Gedanken. – Aber so wie ich dich kenne, würdest du sie sicher nicht im Regen stehen lassen, von wegen Alimente zahlen und gemeinsames Sorgerecht und Wochenenden bei Papa und all das.«

»Das ist selbstverständlich. Habe ich ihr auch vorgeschlagen. Sie wollte nichts davon wissen. Dann habe ich mich sogar so weit aus dem Fenster gelehnt, ihr vorzuschlagen, ich würde das Kind nehmen – einen positiven Vaterschaftstest natürlich vorausgesetzt. Alleinerziehender Vater ist zwar nicht meine Idealvorstellung von Familie, aber was soll's. Ich würde das schon irgendwie hinkriegen, denke ich – hoffe ich. Was sollte ich schließlich sonst tun? Eine Freigabe zur Adoption käme für mich nicht in Frage. Ich sagte, sie müsste überhaupt keinen Kontakt zu dem Kind haben, wenn sie nicht wolle, nicht mal Alimente zahlen … Ich würde alles auf meine Kappe nehmen, schließlich war ich ja offenbar an der Sache beteiligt.«

»Und? Sie hat dir nicht geglaubt, oder?« Jirka sah ihn an, als würde er das selbst nicht glauben können. Du hast sie doch nicht mehr alle, sprach es überdeutlich aus seiner skeptischen Miene.

»Sie sagte, *das* sei nicht der Punkt, sie wolle nicht, dass das Kind überhaupt zur Welt kommt.« Anděl ignorierte die Skepsis seines Freundes. Vermutlich hatte Jirka ja recht, und er war wirklich verrückt gewesen, Eva all das anzubieten. Wie er sein Leben mit einem Säugling regeln wollte, wenn es denn so weit käme, wusste er nicht. Bei seinen Arbeitszeiten war das eigentlich ein Ding der Unmöglichkeit.

»Tja. Da hat sie schlechte Karten, die gute Eva. An einer Geburt führt kein Weg vorbei, fürchte ich.«

»Ich hoffe, du hast recht, Jirka, aber ich mache mir Sorgen, das sie irgendeinen Blödsinn machen könnte. Eine illegale Abtreibung – oder sonst was …«

»Du meinst, sie könnte versuchen, sich umzubringen?«

»Ich glaube nicht. Ich habe sie gefragt, ob sie an Selbstmord denke. Sie ist ziemlich böse geworden und hat gesagt, das käme überhaupt nicht infrage – sie würde sich von diesem *Ding* in ihrem Bauch nicht auch noch das bisschen Leben nehmen lassen, das sie noch vor sich habe. Keine Ahnung, wie man das verstehen soll.«

»Hm. Recht kryptische Äußerung.«

»Vielleicht ist diese ganze existenzielle Hysterie ihrerseits ja nur der Schock oder eine Schwangerschaftsdepression, wenn es so etwas geben sollte. Ich habe von diesen Dingen keine Ahnung. Aber sie ist offenbar bei einem Arzt hier im Krankenhaus in Behandlung. Jedenfalls hat sie erwähnt, dass sie zu einem gewissen Doktor Zeman wegen einer Untersuchung muss. Kennst du ihn zufällig?«

»Zeman? Nein, sagt mir im Moment nichts. Aber ich kann mich ja mal erkundigen, wenn du willst. Ist wahrscheinlich einer der Gynäkologen.«

Anděl seufzte. »Danke, Kumpel. Auch für das offene Ohr.«

»Gern geschehen. Rechnung folgt.« Kratochvíl zwinkerte mit einem Auge. »Ich würde sagen, das kostet dich mindestens drei Bier. Aber das ist nicht das Einzige, was du auf dem Herzen hast, oder?«

»Sonst nur noch das Übliche – was macht unsere Leiche aus dem Hotel?«

»Liegt im Kühlschrank und wartet auf Zuwendung. Ist grade viel zu tun. Salmonellen in einem Seniorenheim, unter anderem. Ich sehe ihn mir nachher an.«

Anděl nahm einen Schluck Kaffee und verzog das Gesicht.

»Schmeckt der Kaffee nicht?«

»Abgesehen davon, dass er inzwischen eiskalt ist, würde ich den Cajthaml dafür standrechtlich erschießen«, sagte Anděl. »Wie viel Pfund Kaffee nimmst du auf eine Tasse? Gib mir wenigstens Zucker.«

Kratochvíl lachte, stand auf und holte eine Zuckerdose von einem Wandregal. »Ich finde ihn ja ein bisschen schwach«, erwiderte er und setzte sich wieder, während er seinem Freund den Zucker reichte. »Du kannst auch noch heißes Wasser haben.«

Anděl schaufelte vier gehäufte Teelöffel in sein Glas. »Danke, aber der ist wahrscheinlich sowieso nicht mehr zu retten.« Er trank einen Schluck. »*Fujdajbl*«, murmelte er und schob das Glas weg.

»Wer war der Typ aus dem Hotel eigentlich? Dieser – wie hieß er noch? Blábal?«

»*Blábolil.* Hynek Blábolil«, erwiderte Anděl und referierte kurz das Wenige, was er über den Toten und die Umstände seines Todes wusste.

»So so, der Vltavský tippt auf Gift. Hm, schon möglich, dass er recht hat. Der Tuk hat nichts weiter gesagt, aber das tut er sowieso nie, der schreibt auf alles, was er zu sehen bekommt: *ungeklärter Todesfall* – selbst wenn ein Messer zwischen den Rippen steckt. Als Polizeiarzt ist der Mann überflüssig wie ein Kropf.«

»Sagt dir *Aurum potabile* etwas?«, wollte Anděl wissen, der keine Lust hatte, über den renitenten Polizeiarzt zu reden. »Eine fast leere Flasche davon stand auf Blábolils Tisch. Er hatte, wie es scheint, davon getrunken. Ist das in einer Überdosis giftig?«

»Trinkbares Gold? Meinst du so was wie Danziger Goldwasser oder das alchemistische Gebräu? Giftig ist weder das eine noch das andere. Dass es schmeckt, wage ich allerdings zu bezweifeln. Ich bevorzuge Wein ohne Zusätze – und Gold als Schmuck für eine schöne Frau. Aber es gibt tatsächlich immer noch Leute, die glauben, diese Wässerchen schenkten einem die ewige Jugend oder so was. Wenn dieser Blábolil im Alchemiegeschäft war, passt das doch. Na, wie auch immer. Hast du sonst noch was?«

»Ich habe tatsächlich noch etwas für dich«, sagte Anděl, nahm eine Tasche vom Boden und stellte sie auf Kratochvíls Schreibtisch. »Aller guten Dinge sind drei.«

»Was ist da drin?«, fragte der Gerichtsmediziner misstrauisch.

»Ein Fuß.«

Kratochvíl starrte ihn ungläubig an. »Du verarschst mich doch, oder?«

»Nicht im Geringsten, mein Bester. Eine alte Dame hat ihn mir vorhin vorbeigebracht.« Er grinste angesichts des entgeisterten Gesichtsausdrucks des Gerichtsmediziners.

Kratochvíl öffnete mit spitzen Fingern und ausgestreckten Armen den Reißverschluss der alten Sporttasche und spähte zögernd hinein, als erwarte er, dass ihm gleich ein Springteufel ins Gesicht hopsen werde.

»Da ist eine Plastiktüte drin«, sagte er schließlich fast enttäuscht.

»Die Dame hat den Fuß geruchsbindend eingepackt. Aber sei so gut und sieh dir das Teil nicht gleich hier an. Der Hund der alten Dame hat ihr den Fuß heute Mittag auf die Türschwelle gelegt und kurz darauf stellte sich heraus, dass die Nachbarin seit gut acht Wochen verschwunden ist. Ich bin mit Nebeský auf dem Weg dorthin. Möglicherweise bekommst du also später noch einen Nachschlag.«

»Ich fasse es nicht«, sagte Kratochvíl und schüttelte den Kopf, während er noch immer in das Innere der Tasche starrte.

»Viel Spaß damit. Und danke für den Kaffeesatz.«

8

Anděl schloss die Tür der Villa auf, von der ihnen die Putzfrau von Frau Abrhámová die Schlüssel übergeben hatte. Sorina hatte gar nicht glücklich dabei gewirkt. Was, wenn alles nur ein Missverständnis sei, hatte sie in ihrem gebrochenen Tschechisch gefragt, sie wolle doch Frau Strettiová keine Schwierigkeiten machen – vielleicht sei die alte Dame ja irgendwo anders hin gefahren … Anděl hatte sie so gut wie möglich beruhigt und gebeten, bei Frau Abrhámová zu bleiben, bis sie wiederkämen. Dann war er mit Nebeský hinübergegangen.

Sie traten in eine geräumige Halle, von einem gewöhnlichen Flur konnte keine Rede sein, und Nebeský schloss die Tür hinter ihnen.

Der Inspektor pfiff anerkennend. »Schicke Bude.«

»Sie ist hier – irgendwo«, sagte Anděl und rümpfte die Nase. Er fischte Plastikfüßlinge aus seiner Manteltasche und reichte seinem Partner auch ein Paar.

Nebeský nickte angewidert und zog die Füßlinge über seine schweren Winterstiefel. Unter dem frischen, aufdringlichen Duft von Sorinas Putzmitteln, rochen sie den süßlich-fauligen Geruch des Todes. Zart, aber eindeutig. »Ich nehme den Dachboden«, sagte er schnell und machte sich über die breite Treppe in der Halle auf den Weg nach oben.

»Na schön«, Anděl seufzte und zog sich die Füßlinge über seine nassen Schuhe, »dann nehme ich wohl den Keller.« Keine fünf Minuten später hatte er sie gefunden. Sie lag im Kohlenkeller, fast gänzlich begraben unter einem Berg Briketts. Nur ein angeknabberter Fuß und der Stumpf des zweiten Beines ragten heraus. Anděl wandte sich zur Tür um, in der gerade Nebeský erschien.

»Sie ist hier«, sagte Anděl überflüssigerweise. »Ruf die Spurensicherung an.« Er deutete auf ein offenes Kellerfenster. »Frau Abrhámová hatte recht, was ihren Hund betrifft. Nur hat er die Scheibe nicht kaputt gemacht. Vermutlich war das Fenster nicht richtig zu.«

Nebeský nickte, zog sein Handy heraus und veranlasste das Notwendige. Zusammen stiegen sie die Treppe wieder hinauf. In der Halle blieben sie stehen und sahen sich um. Sie war mit dunklem Holz getäfelt, an der linken Wand befand sich ein Tischchen mit geschwungenen Beinen, darauf standen ein Telefon und ein Strauß Seidenblumen in einer geschliffenen Kristallvase. Auf dem Boden lag ein riesiger Perserteppich mit filigranem Blumenmuster. An den Wänden hing ein Dutzend Ölgemälde der eher scheußlichen Sorte, wie Anděl fand, wahrscheinlich vor Jahrhunderten von einem nur mittelmäßig begabten Porträtmaler verbrochen. Frau Strettiovás Vorfahren? Jedenfalls waren sie einander alle ähnlich, mit ihren langen, schmalen Nasen und den vorstehenden, wasserblauen Augen.

»Wenn sie aussah wie ihre Altvorderen, wundert's mich nicht, dass man sie unter den Kohlen versteckt hat«, bemerkte Nebeský trocken.

Anděl ignorierte die boshafte Bemerkung seines Partners und wandte sich zu einer offen stehenden Tür, die ins Wohnzimmer führte.

»Vollgestopft ist gar kein Ausdruck«, kommentierte Nebeský die Einrichtung.

»Hmm. Frau Strettiová scheint eine Sammlerin von Antiquitäten gewesen zu sein«, stimmte Anděl zu.

Das große Wohnzimmer war vollgestellt mit kleinen Tischen, Stühlen, einem geschnitzten Büfett, einer unbequem aussehenden ledernen Sitzgarnitur, zwei Ohrensesseln und Unmengen von Porzellan-Nippes auf jeder horizontalen Fläche. Auch hier lag ein großer Perserteppich auf dem alten, blank polierten Parkettfußboden. Alles wirkte gut erhalten und gepflegt, nirgendwo war auch nur das kleinste Körnchen Staub zu sehen. In einer Zimmerecke stand ein hoher, schlanker Kachelofen – ein echtes Prunkstück mit eierschalfarbener Glasur und zarten Blumenranken. An den Wänden hingen so viele Bilder, dass kaum noch die dunkelrote Tapete zu sehen war. Soweit Anděl es beurteilen konnte, waren alle Bilder entweder Ölgemälde oder Radierungen. Keine billigen Drucke. Und allesamt zeugten von weit mehr Können als die Ahnenbilder in der Halle. Während sein Blick über die Bildergalerie glitt, stutzte er. In einem großen, vergoldeten Rahmen, der mittig über dem Büfett hing, steckte auf dunkelrotem Untergrund ein viel zu kleines Bild. Er ging verwundert darauf zu.

»Sieh dir das mal an, Ota.«

»Na so was«, bemerkte Nebeský, der ihm gefolgt war, »das ist ja die gleiche Karte wie bei Blábolil. Noch so ein Magier.«

»Ja, und die Karte ist nur an der Wand befestigt. Sieht aus, als hätte jemand das Bild aus dem Rahmen entfernt und dafür die Karte an die Wand geklebt.«

»Wieso? Könnte doch sein, dass sie das selbst gemacht hat«, sagte Nebeský skeptisch. »Moderne Kunstpräsentation, oder so was.«

»Glaube ich nicht. Das passt überhaupt nicht zum sehr konventionellen Rest. Ich frage mich, was ursprünglich in dem Rahmen war.«

»Vielleicht weiß das ja die Putzfrau oder die Nachbarin«, sagte Nebeský und fügte, während er langsam in Richtung Küche ging, resigniert hinzu: »Spuren werden wir hier wohl kaum finden.«

»Kaum, wenn die Putzfrau hier jede Woche zugange war«, pflichtete Anděl bei. »Die Dame scheint ihren Beruf ernst zu nehmen.« Er folgte seinem Partner durch die

Halle in die großzügige Küche. Ebenfalls ordentlich. Zwar stand ziemlich viel auf den Arbeitsflächen herum, aber alles an dem ihm zugedachten Platz, wie es aussah. Viele bunte Teedosen und einige elektrische Küchengeräte. Auf dem Fensterbrett blühten violette Orchideen. Von der Küche gingen zwei kleinere Türen ab, die Nebeský nacheinander öffnete. Hinter der ersten verbarg sich eine gut gefüllte Speisekammer, die zweite führte in einen kleinen Hauswirtschaftsraum mit Waschmaschine, Trockner und Bügelbrett. Über der Waschmaschine war ein Fernseher an der Wand befestigt.

»Sie hatte ein Herz für ihre Putzfrau«, kommentierte Nebeský den Apparat und schloss die Tür wieder.

Sie verließen die Küche und gingen auf die andere Seite der Halle zu einer Tür, hinter der sich, wie Anděl richtig vermutet hatte, ein Bad befand. Es war geschmackvoll eingerichtet und ebenfalls blitzblank. Sie liefen zurück in die Halle und eine Tür weiter.

»Die Frau muss ziemlich reich gewesen sein«, sagte Nebeský, während er sich im Esszimmer umsah. Auch hier hingen die Wände voller Bilder, der lange Tisch und die Stühle waren alt, aber in gutem Zustand, und der Perser auf dem Boden zeugte ebenfalls von Wohlstand.

Anděl nickte nur und ging, gefolgt von Nebeský, zur Treppe. »Hast du oben schon in die Zimmer gesehen?«, fragte er, während sie hinaufstiegen.

»Nein, ich war nur auf dem Dachboden«, erwiderte sein Partner, »da war es nicht ganz so staubfrei. Gehört offenbar nicht zum Tätigkeitsfeld der guten Sorina.«

Auf dem Treppenabsatz blieben sie stehen und blickten sich um. Der Flur war wie ein Zimmer eingerichtet, mit noch mehr Bildern an den Wänden; ein weiterer Perser bedeckte den größten Teil des Parketts, und in einer Ecke zwischen zwei Türen stand einladend ein Ohrensessel mit dunkelrotem Brokatüberzug. Von dem Flur gingen vier Türen ab. Anděl öffnete die erste – ein weiteres Badezimmer, das weitgehend so aussah wie das untere. Hinter der zweiten Tür befand sich ein Schlafzimmer, offensichtlich Strettiovás Reich.

Der Raum war groß und hell, beherbergte aber außer einem mit Schnitzereien verzierten Schrank nur noch ein Doppelbett mit einem Himmel aus dunkelblauem Samt und eine zu Schrank und Bett passende Kommode, auf der einige Bücher standen. Alles war ordentlich, das Bett unberührt unter einer cremefarbenen Tagesdecke.

»Das sieht im Vergleich zum Rest ja fast zenmäßig aus«, kommentierte Nebeský. »Nur das Nötigste, keine Staubfänger, nur ein Bild über der Kommode und ein Läufer zwischen Bett und Schrank. Richtig puristisch.«

»Mhm.« Anděl ließ den Blick aufmerksam durch das Zimmer wandern. Sein Blick blieb an dem Ölgemälde über der Kommode hängen. Ein schmuckloses Häuschen war darauf abgebildet, beleuchtet von einer einzelnen Laterne. Eine nächtliche Szene von schlichter Schönheit in einem üppigen Goldrahmen. Er ging hinüber, um es sich näher anzusehen. Auf dem Rahmen war ein Messingschild befestigt: »Das Haus zur Letzten Laterne«, stand darauf. Den Namen des Künstlers konnte er nicht entziffern. Sein Blick glitt hinunter zu den in rotes Leder gebundenen Büchern, die in zwei Reihen hintereinander standen. Ihm fiel auf, dass in der hinteren Reihe offenbar Bücher fehlten. Die Buchrücken zierten jeweils nur goldene Zahlen. Auf dem ersten Band der vorderen Reihe, ganz links, stand 37, auf dem letzten der Reihe 71. Anděl zog ein Taschentuch aus seiner Manteltasche und schob nacheinander die Buchstützen etwas zur Seite. Auf dem rechten Buchdeckel war 2001 eingeprägt, auf dem Buch links 1967. Er tat dasselbe mit den Buchstützen der hinteren Reihe. Das rechte Buch der hinteren Reihe trug die Jahreszahl 1966, das Buch am linken Ende war mit 1930 beschriftet.

»Sieh dir das mal an«, forderte er Nebeský auf.

»Bücher – und?«

»Tagebücher, wenn du mich fragst. Sie sind durchnummeriert von 1930 bis 2001.« Er sah sich noch einmal im Zimmer um.

»Was suchst du?«

»Der letzte Band ist von 2001. Ich suche 2002 ... Hier ist er jedenfalls nicht.« Er betrachtete die Tagebücher nachdenklich. Er hatte achtundsechzig gezählt, aber wenn das erste von 1930 war und das letzte von 2001, dann machte das nach Adam Riese einundsiebzig Bücher ... Es fehlten also, abgesehen von dem diesjährigen Band, noch drei Tagebücher. Er machte Nebeský darauf aufmerksam.

»Hm, tja, stimmt. Vielleicht hat sie ein paar Jahre ausgelassen.«

»Unwahrscheinlich. Ein passionierter Tagebuchschreiber lässt nicht mal eben drei Jahre aus, Ota. Da fehlen insgesamt vier Tagebücher.«

»Und?«

»Ich frage mich, warum. Wo sind sie abgeblieben?«

Nebeský tat den Einwand achselzuckend ab. »Wenn du das sagst – ich kenne mich mit Tagebuchschreibern nicht aus. Verstehe ich sowieso nicht, warum Leute das machen. Man sollte die Kunst des Vergessens mehr pflegen. Ich habe mal eines von meiner Mutter gelesen – Mann, war das peinlich. So romantisches Zeug, eine einzige Gefühlsduselei. Aber wenn mein Vater das gelesen hätte, wäre er im Nachhinein noch eifersüchtig geworden. Sie hatte damals was mit einem seiner Kollegen.« Er kicherte amüsiert. »Wenn ich es mir recht überlege, ist mein Bruder vielleicht gar nicht von ihm ...«

»Lass uns noch die anderen Zimmer ansehen, bevor Jarda

mit seinen Leuten hier einläuft«, sagte Anděl, die intimen Bekenntnisse seines Partners geflissentlich überhörend. »Hast du noch so ein Wunderaspirin?«

»Schon, aber du kriegst keins mehr, zu viel davon macht Magenschmerzen.«

Anděl grinste. »Bestens, dann fallen die Kopfschmerzen nicht mehr so auf. Her damit.«

»Na schön, aber sag dann nicht, ich hätte dich nicht gewarnt.« Nebeský zog die Packung aus der Tasche und reichte sie ihm. »Behalte sie einfach, ich komme mir schon vor wie deine Apotheke. Das ist deine vierte.«

Zwei der drei anderen Zimmer waren als Gästezimmer eingerichtet, angenehm, aber im Vergleich zum Erdgeschoss eher schlicht, nur jeweils ein Bett, ein Schrank und eine Kommode. Der letzte Raum schien eine Art kleines Arbeitszimmer zu sein, mit Schreibtisch, Stuhl und einigen Bildern an den Wänden. Alles aufgeräumt und staubfrei wie der Rest des Hauses. Anděl sah sich nach den roten Tagebüchern um, konnte aber keines entdecken.

Sie stiegen die Treppe wieder hinunter. Von draußen war Motorengeräusch zu hören. »Sie sind da«, sagte Nebeský und öffnete die Haustür.

»Na bestens«, erwiderte Anděl, »dann sag ihnen, was sie tun sollen, und ich gehe inzwischen schon mal rüber und rede mit den beiden Damen. Vielleicht findet ihr ja die fehlenden Tagebücher. Schaut nach, welches außer dem von 2002 noch fehlt. Ich möchte auch gleich die Karte aus dem Rahmen im Wohnzimmer haben, wenn es geht. Und sag Meda und dem Cajtík Bescheid, dass sie sich hier umsehen sollen. Und dann …«

»… komm rüber, sobald du kannst. Ja, ja.«

9

Als Anděl zum Gartentor von Agáta Abrhámovás Villa kam, stand schon ihr Hund dahinter und bellte aus Leibeskräften. Ein schneeweißes Tier von beeindruckender Größe. Und offenbar ein tüchtiger Wachhund. Anděl klingelte vorsichtshalber, obwohl das Tor nicht abgesperrt war. Er wollte nicht am eigenen Leib ausprobieren, wie ernst das Gebell gemeint war. Kurz darauf wurde die Haustür geöffnet, und die Hausherrin trat auf die kleine Veranda heraus.

»Bella! Still, Bella. Komm her«, rief sie und klopfte mit der Hand an ihr Bein. Der schneeweiße Hund folgte brav und setzte sich seiner Besitzerin zu Füßen. »So, Herr Kommissar, die Luft ist rein. Kommen Sie bitte herein.«

»Gibt es auch einen Sebastián zu Bella?«, fragte Anděl, als er die zwei Stufen zur Haustür hinaufstieg. Die Geschichte des Hirtenhundes Bella und des Jungen Sebastián war eine seiner Lieblingsgeschichten als Kind gewesen. Ein zauberhaftes Buch über eine große Freundschaft.

Das Lächeln auf Agáta Abrhámovás Gesicht erstarrte und verschwand. »Nein«, sagte sie nach einem Moment, in dem sie offenbar um Fassung rang, »nicht mehr.« Sie drehte sich abrupt um und ging hinein.

Das Haus von Agáta Abrhámová war nicht so feudal wie das ihrer Nachbarin – weder von außen noch von innen. Es war eine gut erhaltene Villa im Stil der umliegenden Häuser, spätes 19. Jahrhundert, schätzte Anděl. Seine Besitzerin war sicher nicht arm, doch nicht so offensichtlich wohlhabend, wie Apolonia Strettiová es gewesen sein musste. In der Halle klopfte Anděl seine Schuhe ab und hängte seinen Mantel an die Messinggarderobe neben der Eingangstür. Dann folgte er Agáta Abrhámová ins Wohnzimmer. Er bewunderte die alte Dame für ihre Haltung. Ganz alte Schule, bis auf den kurzen Moment an der Tür. Erst als sie sich gesetzt hatten und sie Kaffee einschenkte, stellte sie die Frage, die er schon an der Haustür erwartet hatte.

»Wo war sie?«

»Sie waren sicher, dass wir sie in ihrem Haus finden würden?«

»Selbstverständlich. Mein Hund verlässt meinen Garten nur, um gelegentlich nebenan bei Frau Strettiová herumzustromern. Sie musste also dort irgendwo sein. Im Haus.«

»Sie war im Kohlenkeller.«

»Ach Gott, die arme Seele. Ich hatte gehofft, sie wäre eines natürlichen Todes gestorben – aber wenn sie unter den Kohlen lag …«

»Wieso nehmen Sie an, dass es kein natürlicher Tod war?«, fragte Anděl erstaunt, »und wie kommen Sie darauf, dass sie unter den Kohlen lag?«

Agáta Abrhámová stutzte. »Oh … ach, das war … nur eine Assoziation. Ich … äh, ich lese gerade einen Krimi …«, sagte sie etwas verlegen. »Frau Strettiová hat ihren Keller nie betreten. Noch bevor sie eingezogen war, hatte sie eine Ölheizung einbauen und bis auf den Kachelofen im Wohnzimmer alle Öfen entfernen lassen. Die Kohlen im Keller müssen steinalt sein.«

Agáta Abrhámovás Erklärung war nachvollziehbar, aber ein kleiner Zweifel blieb. »Warum hat sie ihren Keller gemieden? Einen Ofen hat sie doch behalten.«

»Das schon, aber Frau Strettiová ist nie in den Keller gegangen – warum auch immer. Vielleicht wegen ihrer Arthrose oder aus Angst vor Mäusen.« Sie zuckte die Achseln.

Anděl ließ es dabei bewenden. »Frau Abrhámová, ich würde gerne mit Sorina sprechen. Danach würde ich Sie dann bitten, mir alles zu erzählen, was Sie über Ihre Nachbarin wissen.«

»Selbstverständlich, Herr Kommissar. Ich hole sie.« Sie erhob sich und kam kurz darauf gefolgt von Sorina zurück. »Ich bin in der Küche, wenn Sie mich brauchen«, sagte sie und schloss die Tür leise hinter sich.

Anděl bedeutete der Putzfrau, sich zu setzen, was diese zögernd tat. Sie war, wie er bereits wusste, erst Anfang vierzig, aber ihr Gesicht sah gute zwanzig Jahre älter aus. Eine vorzeitig gealterte Frau, die offenbar ihr ganzes Leben lang schwere Arbeit verrichtet hatte. Möglicherweise war die Tätigkeit als Putzfrau noch die leichteste davon. Anděl fragte nach ihrem Namen und ihrer Adresse.

»Sorina Goralová«, erwiderte sie und nannte eine Adresse in Nusle, einem Stadtteil südlich der Weinberge.

»Frau Strettiová sagte Ihnen, sie fahre in Urlaub?«, fragte Anděl.

»Ja. Sie will fahren in Urlaub«, sagte Sorina, deren gebrochenes Tschechisch einen starken Akzent hatte, »aber hat nicht *sagen* – hat schreiben.«

Anděl zog überrascht die Brauen hoch. »Sie hat es Ihnen nicht persönlich gesagt, sondern *geschrieben*?«

»Ja, schreibt auf Zettel. Sie fährt zu Cousine acht Woche.«

»Hat sie das öfter getan?«

»Wegfahren – ja. Schreiben Zettel – nein. Immer sprechen, früher.«

»Haben Sie diesen Zettel noch?«

Sorina Goralová schüttelte den Kopf. »Hab ich wegwerfen. Wozu aufheben?«

»Sie sind aber trotzdem zur Arbeit gekommen?«

»Ja, ja. Sie sagt, ich soll kommen und putzen. Will alles ganz sauber.«

»Sind Sie in den Keller gegangen, Frau Goralová?«

»Nein. Nur im Winter. Wenn sie will Feuer in Ofen.«

»Diesen Winter auch?«

»Nein. Nur Weihnachten und einmal in Februar. Sonst nicht.«

»Hat Frau Strettiová selbst Kohlen im Keller geholt?«

Sorina schüttelte energisch den Kopf und machte eine abwehrende Geste mit ihren schwieligen Händen. »O nein! Nie! Frau Strettiová Angst vor Keller. Nie gehen in Keller. Nie. Nicht mal Tür aufmachen von Keller. Große Angst.«

»Sie hatte Angst vor ihrem eigenen Keller? Wissen Sie, warum?«

Die Putzfrau schüttelte wieder den Kopf, dann sah sie ihn erschrocken an. »Sie finden Frau Strettiová? In Keller? Ojojoj! Gewalt!«, rief sie entsetzt aus.

Ja, dachte Anděl, so konnte man das auch ausdrücken. »Wir haben sie im Keller gefunden«, bestätigte er, »sie ist tot.«

»Ojojoj – arme Seele!«, rief sie und schlug die Hände vors Gesicht. »Arme Seele.«

Anděl wartete, bis sie sich wieder beruhigt hatte, und fragte dann: »Wann genau haben Sie Frau Strettiová zuletzt gesehen, Frau Goralová?«

»Ah – das ist – acht Woche. Ja. Acht Woche.«

»Sie haben nichts … gerochen?«, fragte er und tippte an seine Nase.

Sie stutzte, dann schüttelte sie wieder den Kopf. »Nein. Meine Nase kaputt, nichts riechen. Mann brechen.«

»Noch eine andere Frage. Was für ein Bild hängt im Wohnzimmer von Frau Strettiová über dem Büfett? Ein Bild mit goldenem Rahmen.«

»Bild in Wohnzimmer?«, fragte die Putzfrau überrascht.

»Ja, das große Bild im Wohnzimmer. Was ist da drauf?«

»Oh – schönes Bild! Ikone. Orthodoxe Ikone. Viel Gold. Schönes Bild von Jesus Christus.« Sorinas Augen strahlten einen Moment lang begeistert, dann sah sie ihn entsetzt an. »Was ist mit Bild? Ich nicht nehmen! Nie ich nehmen!«

»Beruhigen Sie sich, Frau Goralová, ich habe nicht gesagt, dass Sie das Bild gestohlen haben. Aber es ist nicht mehr da. Hat vielleicht Frau Strettiová es von der Wand genommen?«

»Weiß nicht.«

»Haben Sie es denn heute nicht gesehen, als sie dort waren?«, fragte Anděl.

Sie schüttelte den Kopf.

Anděl sah die Frau nachdenklich an. Vielleicht hatte die brave Putzfrau das Bild doch genommen. Oder jemandem einen Tipp gegeben – einen Schlüssel zum Haus hatte sie ja und die Gegend war einsam. In der Straße waren nur drei Häuser. Hatte Apolonia Strettiová den Einbrecher auf frischer Tat ertappt und dies mit dem Leben bezahlt? Die Sache mit dem Zettel war reichlich seltsam. Aber warum war die Ikone durch diese Tarot-Karte ersetzt worden? Hatte der Dieb gehofft, das Fehlen der Ikone würde so nicht auffallen? Das ergab alles keinen Sinn.

»Frau Goralová, sagen Sie mir bitte die Wahrheit. Seit wann fehlt die Ikone?«

Sorina starrte ihn an. Ihre Hände zupften nervös an ihrem geblümten Arbeitskittel. Wie das Zimmermädchen aus dem Alchymist, dachte Anděl. Er wartete.

»Oh – oh – ich nicht nehmen Ikone! Bitte!«

»Die Wahrheit, Frau Goralová.«

»Ojojoj … Gut. Wahrheit.« Die Putzfrau nickte resigniert und fuhr fort: »Ich putzen Wohnzimmer. Bild weg. In Rahmen *Karte* – Magie! Ich Angst … Vor sieben Woche. Karte nicht Ikone. Ich weiß nicht, was tun. Ich warten. Frau Strettiová nicht kommen. Heute ich fragen Frau Abrhámová. Aber ich Ikone nicht nehmen.«

»Sie kennen solche Karten?«

Sie nickte eifrig. »Tarot. Magie.«

»Tarot-Karten sind Magie?«, fragte er.

»O nein, nein! Tarot heilig. Aber Magie-Mann…«, sie schauderte und fügte leise hinzu, »…vielleicht böse.«

»Magie-Mann? Sie meinen den Magier auf der Tarot-Karte?«

»Ah, auf Karte – mächtige Mann. Magie-Mann ist – ah, wie erklären?« Sie hob die Arme in einer hilflosen Geste. »Entschuldigen, Herr Kommissar, ich sprechen Tschechisch nicht gut – kann nicht erklären… Verstehen Rumänisch – oder Romanes?«

»Leider nein, Frau Goralová. Aber ich glaube, ich verstehe, was Sie meinen – der Magier auf der Karte ist ein mächtiger Mann, ja. Er ist auch böse?«

»Nein, nein, *andere* Mann«, sagte sie, »Frau Strettiová Besuch haben – Magie-Mann, Hermes.«

»Frau Strettiová hatte Besuch? Wann?«

»Oh, ist… ah… Oktober – erste Woche. Herr Hermes.«

»Er hieß Hermes? Wissen Sie, was er von Frau Strettiová wollte?«

Sie schüttelte den Kopf. »Ich bügeln in Kammer. Hören seine Name, Hermes – er kommen, ich in Küche, dann bügeln in Kammer. Ich dann fertig. Dann gehen zu nächste Arbeit – Frau Abrhámová. Aber sie laut, Frau Strettiová und Herr Hermes. Wie streiten.«

»Frau Strettiová und dieser Hermes haben gestritten… Hm. Haben Sie den Mann gesehen? Können Sie ihn beschreiben?«

»Nein, sie in Wohnzimmer.«

Das musste ein ziemlich lauter Streit gewesen sein, dachte Anděl, wenn Sorina Goralová die beiden vom Wohnzimmer, durch die Eingangshalle und die Küche bis in die Kammer gehört hatte. »Das war in der ersten Oktoberwoche, sagen Sie, ja? Wissen Sie genau, wann? Das Datum?« Apolonia Strettiová war seit acht Wochen verschwunden, das hieß, seit ungefähr Anfang Oktober…

»Erste Mittwoch in Oktober«, sagte Sorina nach einem Moment des Überlegens, »nächste Mal ich finden Zettel ...«

»Moment, Frau Goralová, ganz langsam«, unterbrach Anděl sie. »Am ersten Mittwoch im Oktober hatte Frau Strettiová Besuch von einem Herrn Hermes, und sie waren sehr laut, haben möglicherweise gestritten, und am Mittwoch darauf, fanden Sie den Zettel, auf dem Frau Strettiová Ihnen mitteilte, dass sie für acht Wochen verreist sei? Habe ich das richtig verstanden?«

»Ja. Nächste Mittwoch Zettel.«

»Und die Ikone war auch weg, ja? An dem Mittwoch mit dem Zettel?«, hakte er nach.

Sie nickte.

»Schön, das wäre immerhin geklärt. Noch einmal zu Frau Strettiová, Frau Goralová. Bitte sagen Sie mir, was sie über Frau Strettiová wissen«, wechselte Anděl das Thema. Immerhin hatten sie nun den Zeitraum des Verschwindens von Apolonia Strettiová eingegrenzt. Und einen ersten Verdächtigen hatte er auch, Herrn Hermes, der offenbar mit Apolonia Strettiová gestritten hatte.

»Frau Strettiová gute Frau. Sehr nett. Immer freundlich. Sehr reich. Ich weiß nicht ...« Sie zuckte die Achseln.

»Gut. Seit wann arbeiten Sie für Frau Strettiová?«

»Neun Jahr. Einmal Woche. Morgen Frau Strettiová, Mittag Frau Abrhámová.«

Anděl nickte. Mehr war im Moment wohl nicht zu erfahren. Aber es war ein Anfang, immerhin.

10

Als Frau Abrhámová gerade die Putzfrau verabschiedete, kam Nebeský herein.

»Und?«, fragte Anděl, als der Inspektor in einen der Sessel sank.

»*Nada. Nic.* Die Zigeunerin hat ganze Arbeit geleistet, würde man einer von diesem Pack gar nicht zutrauen. Was hat sie gesagt? Vermutlich das Blaue vom Himmel heruntergelogen, oder?«

Anděl ignorierte die abfällige Bemerkung seines Partners; gegen dessen Voreingenommenheit war kein Kraut gewachsen. »Sie sagte, die Strettiová habe ihr einen Zettel geschrieben, dass sie für acht Wochen wegfahre. Als sie nicht wiederkam, wandte sich Sorina an Frau Abrhámová. Sie hatte Angst, wegen der Karte im Wohnzimmer. Dort hing ursprünglich eine Ikone, sagte sie. Und dann war an ihrer Stelle plötzlich diese Karte.«

»Das glaube ich gerne«, erwiderte Nebeský, »wenn du mich fragst, diese Zigeunerin hat die Ikone mitgehen lassen. Wahrscheinlich hat die Strettiová sie dabei erwischt, und sie hat die alte Frau umgebracht.«

Anděl sah seinen Partner genervt an. Ota war ein intelligenter und fähiger Polizist, aber seine unausrottbaren Vorurteile bezüglich der Roma trieben ihn regelmäßig zur Verzweiflung. Natürlich wäre das die offensichtliche Lösung – ganz im Einklang mit den landesüblichen Vorurteilen, aber sie ergab, wie er fand, in diesem Fall keinen Sinn.

»Mal angenommen, es wäre so«, erwiderte er geduldig, »wieso hat sie dann diese Karte in den Rahmen geklebt? Sie hätte doch einfach ein Bild vom Dachboden holen können, da standen schließlich genug rum. Dann wäre die Sache gar nicht aufgefallen. Und warum macht sie selbst auf das Verschwinden der Strettiová aufmerksam? Sie musste doch wissen, dass sie sofort verdächtigt würde – allein aufgrund ihrer Herkunft?« Er schüttelte den Kopf. »Nein, Ota, so einfach ist es nicht. Mal abgesehen davon, dass Frau Goralová sagt, eine Woche zuvor habe die Strettiová einen Besucher gehabt, mit dem sie sich lautstark gestritten habe, einen gewissen Herrn Hermes.«

»Klar, *sagt* sie.« Nebeský machte eine wegwerfende Handbewegung. »Wer's glaubt, wird selig…«

»So, bitte entschuldigen Sie, dass es so lange gedauert hat«, sagte Frau Abrhámová, die mit einem Tablett und Kaffeegeschirr hereingekommen war. Sie stellte alles auf den Tisch und schenkte dampfenden Kaffee ein, dann setzte sie sich Anděl gegenüber auf das Sofa und sah ihn an. »Konnte Sorina Ihnen helfen, Herr Kommissar?«

»Was wissen Sie über Ihre Nachbarin, Frau Abrhámová?«, fragte Anděl, statt auf die Frage einzugehen.

»Nun, wir kennen uns seit vielen Jahren. Sie hieß Apolonia Strettiová, war siebenundachtzig Jahre alt…« Sie lächelte und zuckte die Achseln. »Ich weiß nicht, was Ihnen helfen könnte…«

»Hatte sie oft Besuch?«, fragte Anděl, der sich im Stillen wunderte, wie sachlich die alte Dame auf das gewaltsame Ableben ihrer Nachbarin reagierte. Einer Nachbarin zudem, die sie, wie sie sagte, seit vielen Jahren kannte… Ziemlich kaltblütig, dachte er, aber davon hatte auch schon gezeugt, dass sie den halb verwesten Fuß mit der Straßenbahn zu ihm gebracht hatte, anstatt panisch die Polizei zu rufen. Trotzdem erschien ihm diese ungeheure Beherrschung seltsam.

»Doch, ja, gelegentlich, eher selten. Es sind nicht mehr viele Freunde übrig in unserem Alter, Herr Kommissar. Es gehen mehr Menschen als kommen. Apolonia ging auch gelegentlich aus, ins Theater oder ins Museum, aber sie war nicht mehr besonders gut zu Fuß – die Arthrose. Gesehen hat sie auch schon schlecht. Der übliche Verfall eben.«

Von dem bei Agáta Abrhámová keine Spur zu bemerken ist, dachte Anděl, obwohl sie nur zwei Jahre jünger ist als ihre verstorbene Nachbarin war. »Sorina sagte, Frau Strettiová habe am ersten Mittwoch im Oktober Besuch gehabt. Es muss gegen Mittag gewesen sein, denn Sorina ist, kurz nachdem er gekommen war, zu Ihnen gegangen. Haben Sie diesen Besucher vielleicht zufällig gesehen?«

Agáta Abrhámová hob nachdenklich die Augenbrauen. »Hm, das ist sehr lange her, Herr Kommissar – die erste Oktoberwoche …« Sie zögerte einen Moment. »Ich kann mich nicht an einen speziellen Besucher erinnern, aber wie das heutzutage so ist, kommt immer wieder allerlei Volk hier vorbei – allein die Zeugen Jehovas und die Mormonen sind eine Plage. Und dann natürlich Hausierer, die einem alles Mögliche aufschwatzen wollen, und Leute, die irgendwelche Umfragen machen. Von den Touristen, die sich selbst in unsere kleine Gasse verlaufen, ganz zu schweigen …«

»Hat sie Ihnen vielleicht von dem Besucher erzählt? Sorina sagte, es sei ein Mann namens Hermes gewesen.«

»Hermes? Wie der Götterbote?« Sie lächelte verschmitzt. »Nein, das hätte ich mir gemerkt. Hat Sorina denn gesagt, was er wollte?«

»Leider nicht. Aber eine andere Frage, Frau Abrhámová: Wissen Sie von einer Ikone im Haus von Frau Strettiová?«

»Ja, im Wohnzimmer über dem Büfett hängt eine. Ein sehr hübsches Stück, wenn man dergleichen mag, und vermutlich sehr wertvoll. Was ist damit?«

»Sie ist verschwunden«, sagte Nebeský.

»Oh. Tatsächlich?«, murmelte Agáta Abrhámová und nippte wieder an ihrem Kaffee. »Die wird wohl der Mörder mitgenommen haben«, stellte sie nüchtern fest, nachdem sie ihre Tasse wieder abgestellt hatte.

Anděl betrachtete die alte Dame verwundert. Langsam wurde sie ihm unheimlich. Sie zeigte so gar kein Entsetzen, keine Bestürzung, überhaupt keine Gefühlsregung.

»Oder die Mörderin«, warf Nebeský vielsagend ein.

»Wenn Sie damit andeuten wollen, dass Sorina die arme Frau Strettiová auf dem Gewissen hat, Herr Inspektor«, sagte sie streng, »dann muss ich Ihnen aufs Deutlichste widersprechen. Sie ist keine Diebin, geschweige denn eine Mörderin.«

»Mochten Sie Ihre Nachbarin, Frau Abrhámová?«, fragte Anděl schnell, da er keine Lust verspürte, das leidige Thema zu vertiefen.

Sie sah ihn erstaunt an. »Natürlich. Sie war eine liebe Freundin. Warum fragen Sie?«

»Tja, Sie scheinen so – na ja, fast gleichgültig zu sein ...«

Agáta Abrhámová bedachte ihn mit einem abschätzigen Blick, wie jemanden, der gerade etwas ganz besonders Dummes von sich gegeben hatte. »Sie möchten lieber einen hysterischen Anfall, ja?« Der Sarkasmus in ihrer Stimme war unüberhörbar.

Anděl lächelte versöhnlich. »Nein, natürlich nicht, aber ...«

»Herr Kommissar, ich bin fast fünfundachtzig Jahre alt, und ich habe in meinem langen Leben mehr Scheußlichkeiten gesehen und erlebt, als Sie für möglich halten würden. Ich habe den Zweiten Weltkrieg überlebt, die Nazis und die Kommunisten, und ich werde auch das hier überleben. Apolonias Tod ist schrecklich, ja, aber das heißt nicht, dass ich deshalb zusammenbreche. Es würde ohnehin nichts ändern. Sie würde davon auch nicht wieder lebendig. Ich versuche mein Bestes, Ihnen zu helfen – mit Heulen und Zähneklappern kann ich allerdings nicht dienen. Und meine Trauer ist meine *Privatsache*, Herr Kommissar.« Sie lehnte sich in ihrem Sessel zurück und lächelte wieder. »Wenn das also geklärt wäre…«

»Durchaus«, sagte Anděl und wandte sich weniger vermintem Gelände zu. »Ich habe noch ein paar Fragen zu Frau Strettiovás Familie. Wie Sie sagten, gibt es eine entfernte Verwandte in Pilsen. Hatte sie noch andere Verwandte, von denen Sie wissen?«

»Nicht dass ich wüsste. Nur diese entfernte Cousine in Pilsen, glaube ich.« Sie nahm einen Notizzettel von dem Tischchen neben ihrem Sessel und notierte deren Namen und Telefonnummer. »Hier, bitte. Die Adresse habe ich leider nicht.«

»Danke.« Er steckte den Zettel ein. »Wie steht es mit einem Ehemann, Kindern?«

»Nicht dass ich wüsste«, wiederholte die alte Dame.

»Wie lange kannten Sie Ihre Nachbarin?«

Agáta Abrhámová seufzte und griff nach der Kaffeekanne. »Sehr lange, Herr Kommissar, wir sind miteinander aufgewachsen. Hier, in diesen Häusern.«

Damit schien das Thema für sie erledigt. Anděl schwieg. Sie schenkte sich Kaffee nach, trank einen Schluck.

»Möchten Sie sonst noch etwas wissen?«, fragte sie unschuldig.

»Wenn Sie Frau Strettiová ihr Leben lang kannten, dann können Sie uns doch sicher etwas mehr über sie erzählen, Frau Abrhámová.«

Sie seufzte abermals. »Ach, Herr Kommissar, ich spreche ungern über vergangene Zeiten.«

»Ich kann natürlich die Tagebücher von Frau Strettiová lesen, sie scheint ihr ganzes Leben akribisch notiert zu haben, aber es sind zweiundsiebzig Stück…« Dass vier davon fehlten, behielt er für sich.

Sie reagierte nicht auf die Anzahl der Tagebücher, sondern zog nur resigniert die Brauen hoch. »Na schön. Sie war meines Wissens nie verheiratet und kinderlos.« Als Anděl ihr auffordernd zunickte, fuhr sie zögernd fort. »Ihr Vater ist im Krieg umgekommen wie so viele andere auch. Sie ist nach dem Krieg ins Ausland gegangen, wir haben uns jahrzehntelang nicht gesehen, nichts voneinander gehört. Anfang der Neunziger kam sie zurück und hat das Haus gekauft. Wenn Sie mehr wissen wollen, werden Sie die Tagebücher lesen müssen.«

»Haben Sie miteinander denn nie über diese Zeit gesprochen?«

»Nein. Sie hat von selbst nichts erzählt, und ich frage anderen Leuten nicht gerne Löcher in den Bauch.«

Anděl sah sie nachdenklich an. Er wurde nicht schlau aus ihr.

»Ist die Villa Frau Strettiovás Geburtshaus gewesen?«, fragte er dann.

»Ja. Ihr Großvater hat sie gebaut. Aber sie hat sie gekauft, nicht restituiert. Warum, weiß ich nicht. Ich nehme an, sie wollte sich dem ganzen Ärger nicht aussetzen.«

»Komisch. Sie hat mir nichts, dir nichts ein Vermögen ausgegeben?«, warf Nebeský, der ein feines Gespür für unsinnige Ausgaben hatte, skeptisch ein. »So eine Restitution von 1948 durch die Kommunisten enteignetem Besitz erfordert zwar viel Papierkram, aber wenn sie alle nötigen Papiere hatte, dann hätte sie die Villa zurückbekommen. Und sie hätte nur die Verwaltungsgebühren bezahlt. Die Villa zu kaufen, obwohl sie einen Rechtsanspruch darauf hatte, war doch völlig überflüssig.« Er kratzte sich nachdenklich am Kopf. »Sie muss verdammt reich gewesen sein«, sinnierte er ungerührt weiter.

»Vermutlich. Aber darüber kann Ihnen ihre Bank sicher präzisere Auskunft geben als ich, Herr Inspektor.«

»Wissen Sie, wer ihr Vermögen erbt?«, fragte Anděl.

»Nein, tut mir leid. Ich bin sicher, sie hatte einen Anwalt

oder Notar, der ihr Testament hat – falls sie eines geschrieben hat.«

Den Namen des Anwalts würden sie sicher in Apolonia Strettiovás persönlichen Papieren finden, dachte Anděl, kein Grund, die Nachbarin damit weiter zu behelligen. »Was war Frau Strettiová von Beruf?«

»Sie hatte keinen. Sie hat eine höhere Mädchenschule in der Schweiz besucht und danach wieder bei ihrem Vater hier in Prag gelebt. Er war Architekt, eine lange Familientradition. Einer seiner Vorfahren war im 16. Jahrhundert aus Italien nach Prag gekommen, als Baumeister. Apolonia war eine höhere Tochter. Sie konnte ausgezeichnet Klavier spielen, singen, malen, gepflegte Konversation machen, aber sie hatte keinen Beruf.«

Keine sehr freundliche Beschreibung, dachte Anděl. Hörte er zwischen den Zeilen so etwas wie Neid – oder Eifersucht? Vielleicht nur eine gewisse Überheblichkeit, da sie selbst studiert hatte. Schwer zu sagen. Agáta Abrhámová hatte sachlich gesprochen, ohne offensichtliche Gefühlsregung. *Sie war eine liebe Freundin*, hatte sie vorhin gesagt. So ganz glauben mochte er das nach dieser Beschreibung nicht. »Was war mit ihrer Mutter?«, fragte er.

»Sie ist bei Apolonias Geburt gestorben.«

»Nun gut. Noch die übliche letzte Frage, Frau Abrhámová: Hatte Frau Strettiová Feinde?«

Agáta Abrhámová lachte laut auf. »Ach Gott, Herr Kommissar, das hört sich an wie im Film. *Hatte sie Feinde?* Nein, nicht dass ich wüsste. Apolonia war ein liebenswerter Mensch, freundlich und sympathisch, ein bisschen naiv und ziemlich leichtgläubig, aber deswegen wird man nicht gleich umgebracht…« Sie stockte.

»Ja?«

»Ach nichts«, sagte sie zögernd, »nichts weiter – ich bin

nicht mehr die Jüngste – und äh,... die Sache nimmt mich wohl mehr mit, als ich zugeben möchte... wenn Sie also keine Fragen mehr haben... Ich möchte mich gerne hinlegen...«

11

»Eine außergewöhnliche alte Dame«, sagte Nebeský, als sie im Auto saßen und er den Wagen durch die wie üblich verstopften Straßen lenkte. »Ich werde nicht schlau aus ihr. Sieht aus wie eine Bilderbuchgroßmutter und reagiert auf den Mord an ihrer Freundin und Nachbarin wie ein kalter Fisch. Würde man ihr gar nicht zutrauen …«

»Hmm.«

Nebeský warf seinem Partner einen Blick zu. Anděl starrte nachdenklich aus dem Fenster. Den dichten Verkehr schien er glücklicherweise nicht wahrzunehmen. Aber er war ja auch nur Beifahrer und machte als solcher gewöhnlich seinem Nachnamen alle Ehre: Anděl – Engel. Saß er jedoch selbst am Steuer, sah die Sache meist ganz anders aus, da verwandelte sich der ruhige Anděl regelmäßig in einen tobenden Luzifer, weshalb Nebeský versuchte, möglichst oft das Steuer zu ergattern. »Was ist?«, fragte er, »Kopfschmerzen? Oder doch der Magen? Ich habe dich gewarnt …«

»Ich denke nach.«

»Ist nicht wahr – und was sagen die grauen Zellen?«

»Sie fragen sich, was Apolonia Strettiová und Hynek Blábolil miteinander zu tun haben. Ich frage mich auch, was diese Tarot-Karte bedeutet und wer die beiden auf dem Gewissen haben könnte – und warum? Habt ihr in der Villa eigentlich auch so ein Fläschchen gefunden, wie es bei Blábolil auf dem Tisch stand?«

»Noch nicht. Aber Meda und der Cajtík sind noch nicht fertig. Ich habe ihnen gesagt, sie sollen sich auch im Garten umsehen und in den Mülltonnen wühlen. Auch in denen der Nachbarhäuser. Nach den Tagebüchern sehen sie sich auch um. Ach ja, fast hätte ich es vergessen: Meda hat mir die

Akte über Blábolil mitgegeben. Sie steckt in der Tasche auf dem Rücksitz.«

Anděl grummelte etwas von »Gedächtnis wie ein Sieb«, holte die Tasche nach vorn und zog die Akte heraus. Er schlug sie auf und begann zu lesen. »So … Hmm.«

»Und?«

»Blábolil war Jahrgang 1940, von Beruf Bibliothekar. Hat ein Antiquariat in Kutná Hora. Antiquitäten, historische Bücher, alter Schmuck und Alchemiebedarf.«

»Alchemiebedarf? Wer soll so was heutzutage noch brauchen?«, fragte Nebeský verblüfft, »ich dachte, die wären alle im Mittelalter auf dem Scheiterhaufen gelandet. Hexen, Magier, Alchemisten und so Volk.«

»Offenbar haben einige überlebt.«

»Familie?«

»Eine Ehefrau, eine Tochter. Sieh an, ihre Adresse ist gleich um die Ecke vom Hotel Alchymist.«

»Er fährt nach Prag und steigt in diesem sündhaft teuren Hotel ab und nicht bei seiner Tochter? Komisch – man würde doch denken …«

Anděl warf ihm einen Blick zu und grinste. »Tja, Junge, es stammen nicht alle aus so intakten Familien wie du. Aber vielleicht hat sie auch nur acht Kinder, und dem Opa war es bei ihr zu Hause zu laut. Oder er kann seinen Schwiegersohn nicht leiden – viele Möglichkeiten.«

»Hm, na ja, wenn man die nötige Kohle hat«, sagte Nebeský. »Ich hätte nicht gedacht, dass sich ein kleiner Antiquar aus der Provinz in dieser Nobelherberge ein Zimmer leisten kann.«

»Der Mann hat Alchemiebedarf verkauft«, erwiderte Anděl und lachte, »vielleicht konnte er auch Gold machen.«

12

Nachdem Professor Leonhart sich mit einem Blick auf seine Uhr abrupt verabschiedet hatte, blieb Larissa etwas ratlos im Café Slávia sitzen und betrachtete nachdenklich den USB-Stick, den er ihr dagelassen hatte. Sie sah sich um. Das Lokal war noch immer relativ leer, aber es füllte sich zusehends. Larissa atmete tief durch und versuchte, den Schatten der letzten Bemerkung, die der Professor gemacht hatte, abzuschütteln. *Und nun ist er tot*, hatte er gesagt. Was für eine absurde Geschichte hatte der Professor ihr da aufgetischt! Eine Legende, ein altes, bis dato unentziffertes Manuskript, Alchemie, ein asiatischer Orden und – *last but not least* – eine Leiche. Großer Gott, dachte sie, Dan Brown hätte seine Freude an einem solchen Plot. Immerhin hatte der Professor nicht auch noch die Rosenkreuzer, den Gral und Opus Dei aufgefahren. Alles in allem eine sehr unwahrscheinliche Geschichte. Wahrscheinlich war dieser Herr Blábolil einfach an einem Herzinfarkt gestorben, und nun fabulierte der Professor eine Geschichte drum herum. Schließlich wurde die Polizei zu jedem ungeklärten Todesfall gerufen. Vielleicht war dem Professor die Beschäftigung mit der Alchemie zu Kopf gestiegen, und er witterte Intrigen, wo bestenfalls Zufälle waren. Andererseits hatte Larissa nicht den Eindruck, dass er verrückt war oder paranoid oder so etwas, er hatte im Gegenteil die paar Male, die sie ihn getroffen hatte, einen sehr vernünftigen Eindruck gemacht. Er war ihr als intelligent und sehr gebildet erschienen. Und nun kam er mit so einer Verschwörungstheorie daher. Warum hatte er *ihr* diese seltsame Geschichte überhaupt erzählt, anstatt damit zur Polizei zu gehen? Nun, unglaublich wie die Geschichte war, hatte er sich dort wohl nicht blamieren wollen. Zumal er, soweit sie das beurteilen konnte, keinerlei handfeste Beweise dafür hatte, dass der Tod des Herrn Blábolil mit diesem Manuskript und diesem Herrn Hermes, der es angeblich haben wollte, zu tun hatte. Sie fragte sich, ob das Ganze ein Scherz auf ihre Kosten war. Aber warum sollte er das tun? Um sie ein für alle Mal davon abzuhalten, ihn mit ihren Fragen zur Stadtgeschichte zu belästigen? Sie schmunzelte. Wohl kaum. Es wäre einfacher gewesen, sie einfach so zum Teufel zu schicken oder sie an einen seiner Professorenkollegen weiterzureichen. Ein Scherz war es also wohl kaum, aber was wollte er dann mit dieser Geschichte von ihr?

Vielleicht war ihm doch die Alchemie zu Kopfe gestiegen. Professor Leonhart war ein ernsthafter Historiker, schön, er war etwas zerstreut manchmal, aber nicht außerhalb des für Professoren üblichen Rahmens. Sie wusste, dass er sich mit der Geschichte der Alchemie befasste, aber sie hätte nie im Leben geglaubt, dass er die Märchen über den Stein der Weisen ernst nehmen würde. Doch genau das tat er offenbar. Und was sollte *sie* nun mit dieser Geschichte tun? Sie verzog den Mund zu einem ironischen Grinsen. Kein Redakteur der *Prague Post* würde es auch nur in Betracht ziehen, eine so hanebüchene Geschichte zu drucken. Diese englischsprachige Wochenzeitung war schließlich kein Revolverblatt.

Andererseits … Sie blätterte in ihrem Notizbuch und überflog noch einmal ihre Aufzeichnungen. Abgesehen von der Legende und vielen Vermutungen und ungesicherten Behauptungen, gab es eine Tatsache, der sie nachgehen konnte: Ein Mann namens Blábolil war gestern Nacht im Hotel Alchymist gestorben. Nicht eben viel, um es vorsichtig zu formulieren. Aber was, wenn an dieser fantastischen Geschichte doch etwas dran war?

13

Der nächste Morgen war ebenso kalt und grau wie der vergangene, doch sah es nicht danach aus, als würde es im Laufe des Tages aufklaren. Die ganze Nacht hatte es geschneit und noch immer fiel der Schnee in großen Flocken vom Himmel. Aber die Atmosphäre in der Stadt war zauberhaft. Auf dem Weg zur Arbeit war Anděl, als er in der frühmorgendlichen Dunkelheit durch die bereits geräumten Straßen gefahren war, ein Satz von Bruce Chatwin eingefallen: *In Prag hört man die Schneeflocken fallen.* Da ist noch immer was dran, dachte er, obwohl die Beschreibung aus den frühen Achtzigerjahren stammte und mithin aus einer Zeit, die noch nicht von rund ums Jahr auftretenden Touristenhorden geprägt war. Heutzutage musste man schon ziemlich früh aufstehen, um dieses Gefühl zu haben. Aber heute Morgen war es so gewesen. Der jungfräuliche Schnee hatte unter den Straßenlaternen gefunkelt wie Elfenstaub, und die Stadt war gerade erst langsam zum Leben erwacht.

Anděl liebte die Stadt im Winter, obwohl er mit dieser Jahreszeit sonst nur wenig anfangen konnte. Er war kein Skiläufer, und im Grunde störte Schnee in der Stadt nur. Aber die Mutter der Städte war in ihrem Schneekleid einfach bezaubernd. Er liebte es, in der Adventszeit an seinen freien Wochenenden durch die verschneiten Gassen zu schlendern, vorbei an den zahlreichen Weihnachtsmärkten, und da und dort in einem Café einzukehren. Trotz des Stadtlärms lag dann eine eigentümliche Stille über Prag, und man konnte tatsächlich die Schneeflocken fallen hören.

Er gähnte herzhaft. Die letzte Nacht war lang gewesen, und Anděl hatte schlecht geschlafen. In gewisser Weise hatte er das Gefühl, überhaupt nicht geschlafen zu haben, was zum Teil auch an den von Nebeský angekündigten Magenschmerzen gelegen hatte. Er hatte mehrfach versucht, bei Eva anzurufen, aber nur ihren Anrufbeantworter erreicht, auf dem er schließlich eine Nachricht und seine Handynummer hinterlassen hatte. Sie hatte nicht zurückgerufen. Er hatte sich an seinen Computer gesetzt und seine Notizen in den Fällen Blábolil und Strettiová abgeschrieben und vervollständigt, sich zwischendurch eine Suppe gemacht, und nachdem er bis Mitternacht vergeblich auf Evas Rückruf gewartet hatte, war er übermüdet ins Bett gegangen. Schlaf hatte er allerdings keinen gefunden. Beinahe stündlich hatte er auf seinen Wecker geschaut und schließlich gegen fünf Uhr morgens kapituliert. Eine Stunde später war er ins Büro gefahren. Trotzdem hatte er mehrere Tassen Kaffee gebraucht, um einigermaßen wach zu werden. Wenigstens waren seine Kopfschmerzen weg, und sein Magen hatte sich nach der abendlichen Suppe auch wieder beruhigt. Immerhin etwas. Er sah auf die Uhr. Kurz nach sieben. Meda und Cajtík würden frühestens in einer Stunde auftauchen. Auf ihren Bericht über die Durchsuchung der Villa von Apolonia Strettiová würde er also noch warten müssen.

Die sterblichen Überreste von Apolonia Strettiová waren zwar gestern Nachmittag ins Gerichtsmedizinische Institut gebracht worden, aber die forensischen Pathologen würden erst nach und nach im Institut auftauchen. Frühestens heute Nachmittag konnte er bei seinem Freund Jirka Kratochvíl anrufen und sich nach den Ergebnissen der Obduktion erkundigen. Er nahm eine Akte von dem Stapel auf seinem Schreibtisch und schlug sie auf. Nachdem er die erste Seite mehrmals gelesen hatte, ohne ihren Inhalt wirklich aufzunehmen, klappte er sie genervt wieder zu und holte seinen Laptop aus der Aktentasche. Er schaltete ihn ein und ließ das System hochfahren, dann las er noch einmal seine Notizen, was ihn allerdings auch nicht weiterbrachte. Zwei tote alte Menschen, zwei Tarot-Karten, ein Fläschchen *Aurum potabile* mit vier benutzten Gläsern, eine verschwundene Ikone und ein Mann namens Hermes. Sehr bescheiden, die bisherigen Erkenntnisse. Keine Verbindung zwischen Blábolil und der alten Frau, und weit und breit noch kein Motiv. Außer natürlich, die entfernte Cousine von Apolonia Strettiová hatte ihr Erbe vorzeitig antreten wollen und sie umgebracht. Was allerdings das ebenso plötzliche wie verdächtige Ableben von Hynek Blábolil unberücksichtigt ließ. Dass die Tarot-Karte, die sie in beiden Fällen gefunden hatten, Zufall war, glaubte er nicht. Das wäre ein zu absurder Zufall … Und Zufälle, da war er sich sicher, waren weit rarer gesät, als gemeinhin behauptet wurde.

Er sah wieder auf seine Armbanduhr. Zwanzig nach sieben. Jirka war bestimmt schon im Institut, aber morgens in der Regel ungenießbar. Er schwankte einen Moment, ob er trotzdem anrufen sollte, dann griff er entschlossen nach dem Telefonhörer und wählte trotz der frühen Stunde Kratochvíls Nummer im Gerichtsmedizinischen Institut.

»Was willst du?«, blaffte der Pathologe ins Telefon.

»Dir auch einen schönen guten Morgen«, erwiderte Anděl. »Hast du dir die alte Frau von gestern Nachmittag schon angesehen?«

»Himmel, David, es ist erst kurz nach sieben!«

»Offenbar hattest du deine zweite Tasse Kaffee noch nicht …«

»Wann denn? Ich bin vor zehn Minuten hier angekommen. Hab außer dem Hausmeister noch niemanden gesehen, Gott sei Dank.«

Im Hintergrund hörte Anděl Geschirr klappern. Die zweite Tasse und, wie Anděl aus langer Erfahrung wusste, lebensnotwendige morgendliche Koffeininfusion war offenbar gerade in Vorbereitung.

»Du hast noch *gar nichts*?«

»Du bist eine Landplage, Anděl.« Ein lauter Seufzer. »Na schön. Der Fuß gehört zur Leiche, und der Hund und ein paar Mäuse haben sich daran gütlich getan. Zufrieden?«

»Arbeit für die Herren der Fliegen?«

»Entomologen? Machst du Witze? Mann, es ist Winter, und ein kalter dazu. Wann hast du die letzte Fliege gesehen?«

»Ist ja gut. Bin schließlich kein Biologe. Trink deinen Kaffee, und dann sag mir, was du weißt.«

»Herrgottverdammtundzugenäht«, grummelte Jirka, »was machst du eigentlich in dieser Herrgottsfrühe schon im Büro? Hast du nichts Besseres zu tun?«

»Apolonia Strettiová, Jirka. Woran ist sie gestorben?«

»Ja, ja, du fleischgewordene Nervensäge. Warte, ich hole die Akte … So … Nicht erstochen, nicht erschossen, soweit ich das bisher sagen kann …«

»Sondern?«

»Vielleicht erschlagen, möglicherweise erwürgt oder erstickt. Oder vergiftet …«

»Erschlagen? Wodurch?«

»Unter anderem durch den Berg Kohlen, unter dem ihr sie gefunden habt.«

»Sie hat noch gelebt, als sie da druntergeraten ist?«

»Wahrscheinlich nicht – schwer zu sagen, nach der langen Zeit. Jedenfalls ist sie vermutlich nicht dem natürlichen Zahn der Zeit zum Opfer gefallen. Ich habe so weit keine Anzeichen für einen Herzinfarkt oder einen Schlaganfall entdeckt. Sie war erstaunlich gesund für ihr Alter. Abgesehen von etwas Gicht und Arthrose, aber das bringt einen nicht um.«

»Und die Sache mit dem Erwürgen, beziehungsweise Ersticken?«

»Sie lag seit etwa sieben bis acht Wochen unter den Kohlen, und außer den Mäusen und dem Hund hat sie nichts angefressen. Dank der kühlen Witterung war die Verwesung verlangsamt, aber nicht aufgehalten. Sie *könnte* erwürgt worden sein, die Halswirbel... verdammt, ich bin noch nicht fertig mit ihr, David.«

»Du hast was von Vergiftung gesagt ...«

»Ich habe Gewebeproben in die Toxikologie geschickt, aber die Jungs haben vermutlich noch gar nicht damit angefangen. Wie gesagt, *es ist erst kurz nach sieben.*«

»Halb acht. Sie könnte aber vergiftet worden sein?«

»Möglich. Und jetzt lass mich endlich in Ruhe aufwachen, ja?«

»Okay, Jirka, danke für ...«

Doch Kratochvíl hatte bereits aufgelegt.

Anděl lächelte zufrieden. Jirka war besserer Laune gewesen als üblich. Er hatte befürchtet, der Pathologe würde gleich wieder auflegen, wie er es gelegentlich tat, wenn man seine Kreise zu früh am Morgen störte. Glück gehabt. Er wählte neu und rief Meda Cyanová an, deren klappernde Schritte er während seines Gesprächs mit dem Pathologen auf dem Flur gehört hatte. Im Gegensatz zu Jirka Kratochvíl war Meda morgens immer bestens gelaunt. Eine Wohltat nach dem grantigen Leichenschnipsler. Er fragte nach den Ergebnissen der Durchsuchung von Apolonia Strettiovás Villa.

»Alles perfekt aufgeräumt und geputzt. Diese Putzfrau hätte ich auch gerne«, sagte Meda, »Roma hin oder her, die Frau muss eine echte Perle sein. In Strettiovás Schreibtisch waren bezahlte Rechnungen, ein paar Briefe und persönliche Dokumente, unter anderem der Name eines Notars. Ich habe den ganzen Papierkram mitgebracht, aber ich muss die Sachen erst noch durchsehen. Den Notar rufe ich später an.«

»Habt ihr eine kleine, bauchige Flasche gefunden mit der Aufschrift *Aurum potabile*?«

»Nein. Nichts dergleichen. Im Keller waren drei Dutzend verstaubte Weinflaschen, aber das stand auf keiner davon. Alles nur gewöhnlicher tschechischer Wein – und dem Erzeugerdatum nach zu urteilen inzwischen wahrscheinlich Essig. Aber im Schlafzimmer war was: Hinter dem Bild war ein Umschlag befestigt, mit einem Blatt Papier oder Pergament drin. Eine Art altes … hm, Manuskript. Außerdem war hinter dem Gemälde noch ein kleiner Tresor, den wir aber noch nicht geöffnet haben. Vielleicht finden sich in ihren Dokumenten die Schlüssel und die Kombination. Sonst müssen wir das Ding aufbrechen lassen. Ich bringe dir den Umschlag gleich rüber – aber vorher mache ich noch Kaffee.«

»Dann bis gleich – und, Meda, würdest du mir eine Tasse Tee mitbringen, bitte?«

»Sagtest du *Tee*?«, hakte sie verwirrt nach.

»Genau, das Zeug, das in kleinen Beutelchen kommt. Danke.« Nicht dass er Lust auf Tee gehabt hätte, aber sein Magen hatte ihm nach der letzten Tasse Kaffee vorhin deutlich signalisiert, dass es langsam reichte. Immerhin hatte er seit dem grässlichen Abend mit Eva die Zigaretten weggelassen. Erstaunlicherweise fehlten sie ihm nicht einmal.

14

Kaum hatte er eingehängt, klingelte sein Apparat. Er hob ab und meldete sich.

»Guten Morgen, Herr Kommissar«, ertönte eine weibliche Stimme, »Sylva Jarolímová vom Hotel Alchymist.«

»Ah, guten Morgen. Was kann ich für Sie tun, Frau Jarolímová?«, erwiderte er ebenso überrascht wie beruhigt. Einen kurzen Moment lang hatte er befürchtet, es könnte Eva sein, die ihn auf seine Nachricht vom Vorabend hin zurückrief.

»Nun, ich hatte gestern in all der Aufregung vergessen, Ihnen zu sagen, dass Herr Blábolil in unserem Hotelsafe etwas hinterlegt hatte … Es tut mir sehr leid.«

»Dumm, aber kann man nichts machen. Wenigstens ist es Ihnen noch eingefallen. Was hatte er denn hinterlegt?«

»Einen großen Briefumschlag und ein Päckchen.«

»Aha, nun, dann werde ich einen Beamten vorbeischicken, um die Sachen abzuholen. Der wird Ihnen eine Quittung dafür ausstellen.«

»Hm, ja … aber, nun ja, wir haben da ein kleines Problem, fürchte ich. Es ist mir wirklich äußerst unangenehm …«

»Was ist passiert?«

»Ich habe es eben erst von dem Rezeptionisten gehört … Nun, gestern Abend wurde der Umschlag abgeholt …«

»Wie bitte?«

»Ich weiß, es ist unverzeihlich, natürlich, aber es war wirklich ein Versehen. Sehen Sie, gestern Abend hatte ein neuer Mitarbeiter Dienst an der Rezeption, er ist noch nicht lange bei uns, und der hat den Umschlag herausgegeben. An einen Hotelgast.«

»Na, da haben wir ja noch mal Glück gehabt«, unterbrach Anděl sie.

»Leider nicht. Der Hotelgast ist nämlich bereits abgereist.«

Verdammt, dachte Anděl, bemühte sich aber, die Geschäftsführerin seinen Ärger nicht merken zu lassen, jedenfalls nicht den ganzen. »Das ist ja ein prächtiges Versehen, Frau Jarolímová. Haben Sie wenigstens den Namen des Hotelgastes? Und seine Adresse?«

»Selbstverständlich, Herr Kommissar, einen Moment bitte… Sein Name ist Sebastián Gruß, und er hat eine Adresse in Prag angegeben, wie ich sehe, Hradschany… keine Straße oder Hausnummer leider, nur den Namen des Hauses: Haus zur Letzten Laterne. Hm, das ist ungewöhnlich…«

»Er wohnt im Burgviertel?«, fragte Anděl überrascht. Noch so einer mit zu viel Geld, dachte er. Wohnt um die Ecke und mietet sich trotzdem in diesem teuren Hotel ein. Die ungewöhnliche Adresse stieß etwas in seinem Gedächtnis an. Wo hatte er sie schon einmal gehört? Es wollte ihm nicht einfallen.

»Das ist die Adresse, die er angegeben hat, ja.«

»Wie lange wohnte er bei Ihnen?«

»Er kam am Tag vor Herrn Blábolil an, spät abends, wie ich sehe. Also vor drei Tagen.«

»Gut. Und was ist mit dem Päckchen, das Sie erwähnt haben?«

»Das Päckchen ist noch im Hotelsafe.«

»Schön, Frau Jarolímová, dann sehen Sie bitte zu, dass es auch da bleibt. Ich komme selbst vorbei, und ich will mit dem jungen Mann sprechen, der die Sache so vorbildlich in den Sand gesetzt hat. Bis gleich.«

»Das frühe Vögelchen springt am weitesten, wie?«

Anděl sah zur Tür und staunte. Doch, das war eindeutig Otakar Nebeský, aber er sah nicht aus wie sonst. Ganz und gar nicht.

»Was ist?«, fragte der Inspektor.

»Gehst du auf eine Beerdigung, oder was?«, fragte Anděl, als er die Sprache wiedergefunden hatte. Das hatte es noch nie gegeben – doch, einmal: auf dem Abiturball.

»Wieso?« Nebeský grinste. »Du meinst meinen Anzug? Nein, keine Beerdigung, der Anzug ist grau, Junge, nicht schwarz – ich weiß doch, was sich gehört. Und eine neue Krawatte.« Er strich fast zärtlich über die himmelblaue Seide.

»Zeichen und Wunder. Ich wusste gar nicht, dass du einen hast. Von einem weißen und gebügelten Hemd ganz zu schweigen.«

»Seit gestern. Ich dachte, ich gönne mir mal was anderes als Jeans.«

»Hallo! Was ist das denn?«, fragte Meda, die sich an Nebeský vorbei durch den Türrahmen gequetscht hatte, und ihn von Kopf bis Fuß amüsiert musterte. »Zum ersten Mal, seit ich dich kenne, siehst du aus wie du heißt – einfach *himmlisch*!« Sie kicherte. »Wer ist gestorben?«

»Der Weihnachtsmann. Ich habe halt auch mal einen Anzug an«, raunzte Nebeský, grinste aber weiter.

»Na, fehlt nur noch, dass David morgen in Jeans und T-Shirt kommt – dann falle ich vom Glauben ab.« Sie lachte.

»Darauf kannst du warten, bis die Hölle zufriert«, warf Anděl ein. Niemals würde er zur Arbeit anders erscheinen als im Anzug. Jeans waren Freizeit, der Anzug Büro – er war ein überzeugter Anhänger der klaren Trennung seiner beiden Lebenswelten. Bis auf Magda, dachte er, da hatte er diese Trennung nicht durchgehalten.

»Dann gibt es ja Hoffnung, wir erreichen bald den absoluten Nullpunkt, wenn das so weitergeht. Draußen hat es satte fünfzehn miese.« Sie wedelte mit einem braunen Umschlag.

»Lass sehen«, sagte Anděl und ging zu ihnen an den Besprechungstisch hinüber.

Meda zog ein Blatt heraus und legte es vorsichtig auf den Tisch. Sie betrachteten es einen Moment lang schweigend.

»Was ist das?«, fragte Nebeský schließlich. »Ich kann kein Wort entziffern…«

»Ich auch nicht«, sagte Meda, »aber es sieht hübsch aus – allein diese kleinen nackten Frauen, die in Badewannen steigen und die – hm, Pflanzen… oder Blumen?«

»Sieht ziemlich alt aus«, sagte Anděl, »haben wir jemanden, der sich mit so was auskennt?«

»Ich könnte den Kohout fragen«, erwiderte Meda zögernd.

»Vergiss es. Die Experten unseres lieben Obersts haben regelmäßig mehr Dreck am Stecken als die Gauner, die er mit ihrer Hilfe überführen will. Ruf lieber das Väterchen an, unser Staatsanwalt kennt die guten Jungs. Außerdem müssen wir sowieso mit ihm reden, du kannst uns also gleich anmelden. Am besten für heute Nachmittag.« Er schob das Blatt wieder in den Umschlag und reichte ihn Meda zurück. »Ich muss noch mal ins Hotel, die haben Mist gebaut.« Er erzählte den beiden kurz, was ihm die Geschäftsführerin des Alchymist gebeichtet hatte. »Während ich weg bin, kannst du dich um diesen Sebastián Gruß kümmern, der Zettel mit der Adresse liegt auf meinem Tisch. Hast du übrigens die Tochter von Blábolil schon erreicht?«

»Nein. Sie scheint nicht da zu sein. Ich habe ihr eine Nachricht in den Briefkasten gesteckt mit der Bitte, sich schnellstmöglich bei uns zu melden.«

»Hast du den Schlüssel zum Tresor gefunden?«

»Nein. Weder in ihren Dokumenten, noch gestern im Haus.«

»Dann eben mit Gewalt. Holt euch Vltavský oder einen der Jungs vom Diebstahlsdezernat, und macht das Ding auf. Bis nachher.« Er schnappte sich seinen Mantel von der Garderobe und ging zur Tür.

»War die Marmelade lecker, heute Morgen?«, fragte er beim Hinausgehen mit Blick auf seinen Partner.

»Was? Äh – klar. Wieso?«

»Du hast einen Fleck auf der Krawatte.«

Nebeský sah entsetzt an sich herunter. »Scheiße!«, rief er und begann daran zu rubbeln.

»Manche Dinge ändern sich nicht mal mit Anzug.«

»Blödmann.«

Anděl lachte, ließ die Tür hinter sich zufallen und machte sich auf den Weg ins Hotel.

15

Kurze Zeit später betrat David Anděl auf der Kleinseite das Hotel Alchymist. Meda hatte recht gehabt, draußen herrschten arktische Temperaturen. Im kleinen Eingangsbereich des Hotels stand nur ein livrierter Hausdiener, der ihm freundlich zunickte und einen guten Morgen wünschte. Anděl bog um die Ecke zur Rezeption und blieb überrascht stehen. Eine junge Frau in einem grellen orangefarbenen Parka stand mit dem Rücken zu ihm am Empfang. Sie hatte kurzes braunes Haar, und über ihrer Schulter hing eine große giftgrüne Tasche.

»Larissa Khek«, sagte David Anděl, als er neben sie trat. »Was für ein Zufall. Schön, Sie wiederzusehen, Frau Redakteurin.« Er lächelte.

»Oh! Dav… äh, Herr Kommissar – welche Überraschung!«, stotterte Larissa.

»Darf ich fragen, was Sie hierherführt?«

»Natürlich. Das Übliche, Recherche«, erwiderte sie und lächelte, nachdem sie sich wieder gefangen hatte.

»Ich hatte mir fast gedacht, dass Sie sich hier nicht einmieten wollten. Worüber recherchieren Sie denn?«

Sie sah ihn nachdenklich an. »Eine Geschichte«, erwiderte sie schließlich knapp.

»Was Sie nicht sagen.« Er sah sich um. »Wo ist die Rezeptionistin abgeblieben?«

»Keine Ahnung.«

»Nun, dann warten wir gemeinsam auf sie.«

»Hm. Ja. Was wollen *Sie* denn hier?«

»Das Übliche – Ermittlungen«, antwortete er ebenso kryptisch.

»Der Tote, der hier in seinem Hotelzimmer gefunden

wurde?«, fragte sie interessiert. Was für ein Glück, dass ausgerechnet David Anděl die Ermittlungen in diesem Fall leitet, dachte sie. Er war, was Informationen für die Presse betraf, lange nicht so zugeknöpft wie manche seiner Kollegen. Allerdings hatte sie sich bei dem Fall der Mumie im Sommer einen ziemlichen Schnitzer geleistet, von dem sie hoffte, dass er ihn ihr nicht bis in alle Ewigkeit nachtragen würde.

»Sie sind ziemlich neugierig, für ihr jugendliches Alter.« Und unangenehm gut informiert, fügte er für sich hinzu. Er hätte sich denken können, dass sie wegen Blábolils Tod hier war. Aber woher, zum Teufel, wusste sie davon?

»Wissensdurstig. Eine Berufskrankheit, wie Sie wissen.« Sie grinste.

In diesem Moment kam die Rezeptionistin aus dem Büro der Hotelleitung heraus und nahm hinter einem ausladenden, antiken Schreibtisch Platz.

»Kapitán David Anděl, Mordparta«, stellte der Kommissar sich vor, als die junge Frau ihn begrüßt hatte. »Ich möchte gerne Frau Jarolímová sprechen.«

»Selbstverständlich, Herr Kommissar«, sagte die Frau und tippte eine Nummer in ein Handy. Sie sprach kurz, dann wandte sie sich wieder an Anděl. »Sie kommt gleich. Möchten Sie inzwischen vielleicht in der Lobby Platz nehmen?«

»Nein danke, ich warte hier.« Er ging ein Stück zur Seite und studierte scheinbar interessiert ein Gemälde, das an der Wand hing.

»Und womit kann ich Ihnen helfen, Madame?«, fragte die Rezeptionistin Larissa.

»Ich würde gerne mit dem Geschäftsführer sprechen«, sagte die Reporterin.

»Darf ich fragen, worum es geht?«

»Ich schreibe für den Tourismusteil der *Prague Post*«, erwiderte Larissa, »und stelle eine Serviceseite mit exklusiven Prager Hotels zusammen. Ihr Haus hat ja erst in diesem Jahr eröffnet, und ich würde es mir gerne ansehen…«

»Selbstverständlich, Frau Redakteurin, das dürfte kein Problem sein. Unsere Geschäftsführerin ist Frau Jarolímová. Sie kommt gleich – wenn Sie bitte auch einen Moment warten würden.«

»Ah, Herr Kommissar«, sagte Sylva Jarolímová, die gerade aus der Lobby kam, »guten Morgen.« Sie reichte ihm die Hand und lächelte verlegen. »Ich muss mich noch mal entschuldigen für unser Versehen; der neue Rezeptionist ist ganz verzweifelt, dass er den Umschlag von Herrn Blábolil an diesen Gast, Herrn Gruß…«

»Schon gut, Frau Jarolímová«, unterbrach Anděl ihren Redefluss, damit Larissa nicht noch mehr Informationen frei Haus geliefert bekam. »Da hat noch jemand eine Frage an Sie, glaube ich.« Er nickte in Richtung Larissa, die dem Gespräch interessiert zuhörte. Er glaubte keine Sekunde lang an die Geschichte über die Serviceseite, die die Reporterin der Rezeptionistin erzählt hatte. Egal was sie die beiden Frauen glauben machen wollte, er war überzeugt, dass es nur einen einzigen Grund gab, warum sie hier war, und der hieß Hynek Blábolil.

Sylva Jarolímová sah zu Larissa und der Rezeptionistin hinüber. Die junge Hotelangestellte formte lautlos, aber deutlich das Wort Presse mit ihren dunkelrot geschminkten Lippen, und deutete auf die Reporterin.

»Kann ich etwas für Sie tun?«, fragte die Geschäftsführerin Larissa irritiert.

Mit einem prämienverdächtigen Unschuldsgesicht trug die Journalistin noch einmal ihr Anliegen vor und reichte der Geschäftsführerin eine ihrer Visitenkarten.

»Selbstverständlich, Frau Redakteurin«, erwiderte Sylva Jarolímová erleichtert. »Ich schicke Ihnen gleich unsere PR-Dame, wenn Sie nichts dagegen haben.« Sie nickte der Rezeptionistin zu, die daraufhin nach dem Telefon griff. »Ich selbst habe noch etwas mit dem Herrn Kommissar zu besprechen, wenn Sie nichts dagegen haben, aber später stehe ich gerne zu Ihrer Verfügung. Ich hole gleich das Päckchen, Herr Kommissar, einen Moment, bitte.« Ohne auf eine Antwort zu warten, verschwand sie Richtung Wendeltreppe in den Tiefen des alten Gebäudes.

»Natürlich, vielen Dank. Ich warte so lange«, rief Larissa ihr hinterher und zückte ihr Notizbuch.

»Ich würde vorschlagen, Sie warten in der Lobby«, sagte Anděl zu Larissa. »Die ist dahinten, die halbe Treppe hinauf. Sie bekommen bestimmt auch einen Kaffee, während Sie die prächtige Einrichtung bewundern können. Es gibt da einige sehr interessante Sachen in den Vitrinen.«

»Wieso? Ich kann ebenso gut hier warten …«, erwiderte Larissa irritiert.

»Sie interessieren sich doch für das Ambiente, Frau Redakteurin, oder habe ich Sie eben falsch verstanden?«, fragte er mit Unschuldsmiene.

»Natürlich, aber …«

»Die Lobby. *Bitte.*« Er deutete mit dem Daumen über seine Schulter in die angegebene Richtung. »Keine Widerrede. Na los, je länger Sie hier herumstehen, desto länger werden Sie auf Ihren Kaffee warten – und auf Antworten zu Ihren sicher zahlreichen Fragen. Ich möchte übrigens nachher auch noch ein paar Takte mit Ihnen reden.«

Larissa funkelte ihn ärgerlich an und stapfte missmutig in die Lobby.

Ein paar Minuten später kam Sylva Jarolímová mit dem Päckchen zurück. »So, hier ist es«, sagte sie und reichte es Anděl. Es war eine Schachtel, die in braunes Packpapier eingeschlagen und mit Paketschnur umwickelt war. »Der junge Mann wartet hinten in unserer Hotelbar. Wenn Sie mir bitte folgen möchten?«

Sie gingen durch die üppig möblierte Lobby, die eher den Namen Salon verdiente, vorbei an Larissa, die inzwischen mit der PR-Dame des Hotels und einer Tasse Kaffee an einem niedrigen Tisch saß, scheinbar in ein angeregtes Gespräch vertieft. Anděl entging nicht, dass sie ihn aus den Augenwinkeln beobachtete, während sie sich Notizen machte.

Auf einem Barhocker in der zu dieser Uhrzeit noch geschlossenen Bar, die eigentlich nur ein Nebenraum der Lobby war, saß ein junger Mann und kaute nervös auf seiner Unterlippe herum.

»Marek, das ist Kommissar Anděl von der Mordparta. Das ist unser neuer Mitarbeiter, Marek Najman, Herr Kommissar«, stellte Sylva Jarolímová vor.

»Vielen Dank, Frau Jarolímová. Ich würde gerne allein mit Herrn Najman sprechen und nachher noch kurz mit Ihnen, wenn es geht.«

»Selbstverständlich. Kann ich Ihnen vielleicht einen Kaffee bringen lassen, Herr Kommissar? Nein? Gut, ich bin dann im Büro.«

Anděl setzte sich auf einen Hocker zu dem jungen Mann an die Bar. »So, Herr Najman. Wie war das nun mit dem Umschlag?«, fragte er.

»Es tut mir furchtbar leid«, begann Marek, ohne ihn anzusehen, »es war keine Absicht, wissen Sie ...«

»Das hoffe ich für Sie. Aber erzählen Sie von Anfang an, bitte.«

»Na ja, ich habe gestern Abend gearbeitet, die Nachtschicht, und da kam ein Hotelgast und fragte nach seinem Umschlag, den er im Hotelsafe deponiert habe. Und ich habe ihn ihm gegeben, das ist alles.« Er sah Anděl ängstlich an.

»Stand denn sein Name auf dem Umschlag?«, fragte der Kommissar.

»Auf dem Zettel, der daran klebte, stand *Herr Blábolil.*«

»Verstehe ich Sie richtig, dass Sie dachten, der Hotelgast sei Herr Blábolil?«, fragte Anděl erstaunt. So ein Todesfall in einem Hotel machte doch in null Komma nichts die Runde unter den Angestellten. Konnte es wahr sein, dass dieser junge Mann nichts davon mitbekommen hatte?

»Nein, er sagte, Herr Blábolil habe einen Umschlag für ihn im Tresor hinterlegt…«, erwiderte Marek betreten.

»Sie wollen mir allen Ernstes weismachen, dass sie nicht *wussten*, dass Herr Blábolil in der vorangegangenen Nacht verstorben war?«

»Ehrenwort, Herr Kommissar! Ich hatte doch grade erst angefangen, an dem Abend meine ich, und mir hatte keiner was erzählt. War ja auch fast niemand mehr da, von den anderen. Ich habe um elf angefangen, und keiner hat was gesagt. Von dem Todesfall habe ich erst heute Morgen von der Rezeptionistin gehört, die mich abgelöst hat. Na ja, und da war's dann zu spät… Und wenn ich Pech habe, bin ich meinen neuen Job schon wieder los…« Er seufzte und kaute wieder auf seiner Unterlippe herum.

»Und was haben Sie getan, als die Rezeptionistin Ihnen von der Sache erzählt hat?«

Marek Najman schwieg betreten, schließlich sagte er: »Ich geb's ja zu, im ersten Moment hab ich daran gedacht, gar nichts zu sagen… Na ja, der Mann, der Blábolil, meine ich, war ja tot, nicht wahr, der würde sich bestimmt nicht mehr beschweren… Aber dann dachte ich mir, dass das richtigen Ärger gibt, wenn's später rauskommt. Und dann habe ich es Frau Jarolímová gebeichtet. Mann, war die sauer…« Er fuhr sich mit einer Hand über das Gesicht.

Kann ich mir vorstellen, dachte Anděl, an ihrer Stelle hätte er den Burschen auch zusammengefaltet. »Das Päckchen wollte der Mann nicht haben?«

Marek Najman sah ihn überrascht an. »Päckchen?« Er schüttelte den Kopf. »Nein, von einem Päckchen hat er nichts gesagt. Aber es stimmt, da war noch ein Päckchen im Safe, auch mit so einem Zettel, aber er hatte nur nach dem Umschlag gefragt.«

»Frau Jarolímová sagte, dieser Hotelgast, ein Herr Gruß, sei vor drei Tagen hier angekommen …«

»Ja, das kommt auch noch dazu«, seufzte Najman, »da hatte ich meinen ersten Nachtdienst alleine – ohne Aufsicht, wenn Sie verstehen?« Als Anděl nickte, fuhr er fort. »Es muss so gegen halb zwölf gewesen sein, vielleicht fast Mitternacht, und da kam dieser Mann an die Rezeption und fragte nach einem Zimmer … Na ja, und ich habe ihm eines gegeben. Er hatte nicht reserviert gehabt, aber es waren ja Zimmer frei …«

»Und?«

»Ach, ich habe mich von ihm bequatschen lassen, war blöd von mir, ich weiß …«

»Inwiefern haben Sie sich denn von ihm bequatschen lassen, Herr Najman?«

»Wir lassen uns immer den Personalausweis oder den Pass zeigen, und ich habe ihn natürlich danach gefragt. Und er sagte, er sei gerade von einer Auslandsreise zurückgekommen, und auf dem Bahnhof habe ihm jemand die Tasche geklaut – mit seiner Brieftasche und dem Schlüssel zu seiner Wohnung … Er behauptete, er habe den ganzen Abend auf der Polizei verbracht. Da haben bei mir natürlich die Alarmglocken geschrillt – wie er dann das Zimmer bezahlen will, nicht wahr, so ohne Brieftasche? Aber er hat einen Packen Geld aus der Hosentasche gezogen und bar bezahlt, für drei Tage. Und da habe ich mir gedacht, das geht schon in Ordnung, und habe ihm ein Zimmer gegeben. Er hatte ja eine Adresse in Prag angegeben.«

Dem Burschen war der erste Preis für Naivität sicher,

dachte Anděl, den Verlust seines Jobs hatte er sich redlich verdient. »Wann ist der Mann abgereist, Herr Najman? Heute Morgen?«

»Nein.« Najman blickte unglücklich zur Decke, als hoffe er auf Hilfe von oben. »Er ist abgereist, gleich nachdem ich ihm den Umschlag gegeben hatte.«

»Er hat das Hotel noch gestern Nacht verlassen?«

Marek Najman nickte. »Ja. Ich habe mich auch gewundert, aber er hatte ja schon bezahlt ... Ich konnte ihn schließlich schlecht davon abhalten, oder?«

Nein, dachte Anděl, nicht nur den ersten Preis für angewandte Naivität hatte sich der junge Mann verdient, sondern obendrein den Sonderpreis für Blödheit. »Ich kann mir vorstellen, dass Frau Jarolímová nicht begeistert war von der ganzen Sache«, sagte er. Aber warum hatte der Mann den ganzen Tag gewartet, um den Umschlag zu holen? Er hätte ihn doch auch schon gestern früh, vor Eintreffen der Polizei ... Nein, da hatte die erfahrene Kollegin Dienst gehabt, nicht der junge Naivling. Es war für den Mann riskant gewesen zu warten, aber von Erfolg gekrönt, dachte er.

»Nicht begeistert ist gar kein Ausdruck, das können Sie mir glauben ...« Najmans Unterlippe zeigte schon Verschleißerscheinungen vom vielen Kauen.

»Dann seien Sie bitte so gut und beschreiben mir den Mann. Wie hat er ausgesehen?«

»Hm, na ja, ein älterer Mann, wie gesagt, so ungefähr um die sechzig? Schwer zu sagen. Graue Haare, recht groß ... aber nicht ganz so groß wie Sie. Trug einen braunen Anzug.«

»Brille? Bart? Irgendetwas Besonderes, was ihn von hunderttausend anderen älteren Männern unterscheiden könnte?«

»Nein«, Najman schüttelte traurig den Kopf, »so ein gewöhnlicher älterer Mann eben, sympathisches Gesicht ...«

Er stutzte einen Moment. »Doch da war noch was – er hatte einen leichten Akzent, ich würde sagen einen deutschen.«

Ein älterer Mann in einem braunen Anzug, der mit deutschem Akzent sprach. Nicht gerade viel, aber immerhin etwas, dachte Anděl. »Herr Najman, Sie melden sich bitte bei meiner Kollegin Inspektor Cyanová in der Bartolomějská-Straße. Ich möchte, dass Sie sich mit einem unserer Zeichner an einem Phantombild versuchen.«

16

Larissa Khek saß noch immer an dem Tisch in der Lobby und blätterte missmutig in einer Broschüre des Hotels. Ihr rechtes Bein, das sie übergeschlagen hatte, wippte ungeduldig auf und ab. Anděl lächelte, diese zickige Pose stand ihr gut. Er bestellte sich im Frühstücksraum nebenan ein Tonic und setzte sich dann zu ihr an den Tisch.

»So, hat doch nicht lange gedauert«, sagte er schmunzelnd, »und nun erzählen Sie mal, was Sie hier wirklich wollen.«

Ein Kellner brachte das Getränk und stellte das Glas vor dem Kommissar auf das Tischchen. Larissas leere Tasse nahm er mit. Anděl trank einen Schluck. Larissa sah ihm schweigend zu.

»Na kommen Sie schon, spielen Sie nicht die beleidigte Leberwurst. Sie können die Leute hier nachher noch löchern, so lange Sie wollen.«

Sie lächelte versöhnt. »Na schön. Ich interessiere mich, wie Sie auch, für den Toten, diesen Hynek Blábolil.«

Er nickte. »Und? Weiter, bitte. Warum, wieso, weshalb?«

»Ein Hotelgast, der tot in seinem Zimmer gefunden wird, dazu die Mordparta und die Gerichtsmedizin – das sieht nach einem gewaltsamen Tod aus.«

»Woher wissen Sie davon? In der Tagespresse stand kein Wort darüber.«

Larissa überlegte einen Moment, dann entschloss sie sich, die Karten auf den Tisch zu legen. Aus Erfahrung wusste sie, dass es keinen Zweck hatte, etwas vor dem Kommissar verheimlichen zu wollen. Den Schnitzer vom Sommer wollte sie nicht wiederholen – seine damalige Reaktion darauf war ihr noch immer in unangenehmer Erinnerung, ebenso wie die spektakulären Folgen. »Na schön. Ich habe einen Tipp bekommen – von einem Bekannten. Er kannte Hynek Blábolil und erzählte mir von der Sache. Er hat mir eine seltsame Geschichte aufgetischt … Ich bin mir nicht sicher, ob er sich das alles nicht zusammengesponnen hat …«

»Ich habe ein Faible für seltsame Geschichten. Wer ist dieser Bekannte, und was hat er ihnen gesagt – außer der Tatsache, dass Hynek Blábolil tot ist?«

»Er heißt Dan Leonhart und ist Professor für Geschichte an der Karlsuniversität. Er hat mir schon mal bei der Recherche über historische Gebäude geholfen. Ich habe ihn angerufen, weil ich an einer Serie über das magische Prag schreibe. Es soll um alte Gebäude gehen, die irgendwie mit Alchemie zu tun haben. Ich wollte ihn fragen, ob er mir helfen könnte, ein paar passende auszusuchen.« Sie holte ihre Zigaretten aus ihrer Handtasche, bot Anděl eine an, aber er schüttelte den Kopf.

»Danke, nein. Und weiter?«, fragte er stattdessen.

Sie zündete die Zigarette an und blies den Rauch an die Decke. »Tja, und da hat er mir eine Geschichte über ein altes Manuskript erzählt und eine Prager Legende, die damit zusammenzuhängen scheint. Und mit diesem Blábolil.«

»Geht es noch etwas präziser?«

»Es geht letztendlich um das sogenannte Voynich-Manuskript.«

»Und was ist das für ein Manuskript?«

»Es ist ein uraltes, bis heute unentschlüsseltes Manuskript, dem acht Blätter fehlen, die den Code enthalten sollen, mit dem es geknackt werden kann. Laut Leonhart sind schon seit Jahrhunderten Leute hinter diesen verschollenen Blättern her, er selbst seit vielen Jahren auch. Und dann sagte er, er habe vor einigen Tagen mit diesem Hynek Blábolil telefoniert, und der habe ihm gesagt, es suchten verschiedene Leute nach diesen Blättern, unter anderem ein gewisser

Herr Hermes, der sie aber nicht kaufen, sondern sie von Blábolil *zurückhaben* wollte. Blábolil habe Leonhart gesagt, er habe sie nicht. Nun, und gestern Morgen hat Leonhart im Hotel nach Blábolil gefragt und erfahren, dass der Mann in der Nacht zuvor gestorben ist – und dass die Mordparta ermittelt. War es denn Mord?«

»Ein Herr Hermes?«, fragte Anděl überrascht. Einen Mann dieses Namens hatte auch die Putzfrau von Apolonia Strettiová erwähnt. Interessant.

Larissa nickte. »Sagt Ihnen der Name etwas?«

»Erzählen Sie erst einmal weiter, bitte. Hat dieser Professor Ihnen denn auch etwas über den Inhalt des Manuskripts gesagt?« Die Frage, ob es Mord gewesen sei, ließ er unbeantwortet.

»Es soll sich dabei um die Anleitung zur Herstellung des Steins der Weisen handeln.«

»Ein alchemistisches Manuskript?«

»Ja. Es soll auf eine uralte Gesellschaft zurückgehen, den *Orden der asiatischen Brüder von Sad-Bhaiů.*« Sie fasste kurz zusammen, was der Professor ihr über das Manuskript und den Orden erzählt hatte. Die Details der Legende vom Haus zur Letzten Laterne sparte sie allerdings aus, das erschien ihr doch zu weit hergeholt, egal was der Professor selbst davon halten mochte. Anděl würde sie zum Teufel schicken, wenn sie ihm mit einem alle paar hundert Jahre auftauchenden Haus auf der Burg käme. Jedenfalls würde das ihre Glaubwürdigkeit nicht eben erhöhen. Die Geschichte war auch so seltsam genug.

»Ihr Professor behauptet also, dass diese verschollenen Blätter des Voynich-Manuskripts im Zweiten Weltkrieg kurz auf dem Schwarzmarkt angeboten wurden, im Tausch gegen gefälschte Papiere. Und seit dem 13. Februar 1945 sollen sie zusammen mit den Mitgliedern dieses ominösen Ordens vom Erdboden verschwunden sein, ja?« Ein asiatischer Orden und ein alchemistisches Manuskript, dachte Anděl. Fehlten nur noch die Templer und die Kristallkrone von König Salomon. Die Erwähnung des geheimnisvollen Herrn Hermes verlieh der Sache allerdings ein Stückchen Realität. »Und wo befindet sich der nicht verschollene Rest des Manuskripts?«

»Leonhart sagte, in einer Bibliothek in Yale. Ich habe im Internet recherchiert, man kann es sich dort tatsächlich ansehen. Hübsches Ding. Eine verschnörkelte Schrift und Bilder von Frauen, die in Badetröge steigen, und von eigenartigen Pflanzen. Und es ist tatsächlich bis heute nicht entziffert worden. Es gibt im Übrigen allerlei Spekulationen darüber – von Herstellungsanleitung für den Stein der Weisen bis Humbug. Die Meinungen gehen da weit auseinander. Der Orden, den Leonhart erwähnt hat, kommt dort allerdings nicht vor. Aber Tatsache ist wohl, dass wirklich seit Jahrhunderten diese acht Blätter fehlen.«

»Und der Professor meint nun, Hynek Blábolil sei ihretwegen umgebracht worden, ja?«

»Ja. Er behauptete, es gebe Leute, die bereit seien, *jeden* Preis dafür zu zahlen.«

»Sie sagten, Blábolil habe erwidert, er habe diese Blätter nicht. Woher hätte er sie nach Meinung Ihres Professors denn haben sollen?«

»Laut Leonhart hat Blábolils Vater irgendetwas mit diesem Orden zu tun gehabt, im Krieg. Der Professor hat mir von einer Liste der angeblichen Ordensmitglieder erzählt. Und er sagte, er habe eines der verschollenen Blätter vor einigen Wochen bei einer alten Dame gesehen. Hier in Prag. Und sie sei auch ein Mitglied des Ordens – das einzige, das überlebt hat, offenbar.«

»Eine alte Dame?«, hakte Anděl nach. »Hat er Ihnen gesagt, wie sie heißt?« War das möglicherweise die Verbindung zwischen dem Tod von Hynek Blábolil und Apolonia Strettiová? Ein altes Manuskript ... Das Blatt, das Meda hinter dem Bild in ihrem Schlafzimmer gefunden hatte, entsprach der Beschreibung, die Larissa ihm vorhin gegeben hatte.

»Nein, leider nicht«, erwiderte Larissa, »aber Sie scheinen von ihr zu wissen?«

»Noch eine andere Frage: Sie sagten, Leonhart sei gestern Morgen hier gewesen und habe nach Blábolil gefragt. Wie sieht ihr Professor denn aus?«

»Wie er aussieht?«, fragte Larissa erstaunt. »Hm, er ist nicht ganz so groß wie Sie, vielleicht Mitte oder Ende fünfzig, hat graue Haare, trägt weder Bart noch Brille ...« Sie zuckte ratlos mit den Schultern.

»So sehen viele ältere Männer aus.« Nicht zuletzt der, den der junge Rezeptionist beschrieben hatte, dachte Anděl enttäuscht. »Hat der Professor sonst noch etwas gesagt?«

»Ich glaube nicht, nur kurz bevor er sich ziemlich abrupt verabschiedet hat, sagte er über Blábolil noch ›*Und nun ist er tot*‹. Es hörte sich an, als erwarte er noch weitere Todesfälle. Es war gespenstisch.«

Die ganze Sache war weniger gespenstisch als vielmehr mörderisch, dachte Anděl. Zwei Leichen hatten sie schon. Und nun lief irgendwo in Prag ein Geschichtsprofessor herum, der mehr über diese verschollenen Blätter wusste, als möglicherweise gut für ihn war. »Sie erwähnten vorhin, Leonhart habe von einer Liste der angeblichen Ordensmitglieder erzählt«, sagte Anděl, »er hat sie Ihnen nicht zufällig gezeigt oder gegeben?«

Larissa sah ihn nachdenklich an, dann erwiderte sie zögernd: »Doch, hat er. Er hat mir einen USB-Stick gegeben, auf dem sie ist.«

»Wo ist er?«, fragte Anděl ungeduldig.

Larissa kramte in ihrer Handtasche. »Hier«, sagte sie und legte den Stick auf den Tisch.

»Haben Sie schon nachgesehen?«

Sie nickte und schmunzelte. »Sie wissen doch, wie neugierig ich bin. Klar habe ich nachgesehen.« Sie verschwieg allerdings, dass sie den Eindruck gehabt hatte, dass Leonhart sich gegen Ende ihres Gesprächs beobachtet gefühlt hatte, aber vielleicht hatte sie sich das auch nur eingebildet – wahrscheinlich sah sie schon Gespenster. Aber der letzte Satz des Professors hatte sie etwas aus der Fassung gebracht. Im Nachhinein war ihr das allerdings etwas peinlich.

»Und? Was ist drauf?«

»Eine Liste mit Namen. Sowie Notizen über diesen Orden der asiatischen Brüder und eine Legende vom Hau… äh – ich habe mir die Namen notiert.« Hoppla, dachte sie, fast hätte ich diese alberne Legende von dem mal hie, mal da auftauchenden Laternen-Haus doch noch ausgebreitet. Sie nahm schnell ihren Notizblock, der auf dem Tisch lag und blätterte. »Hier.« Sie schob den Block zu ihm hinüber. Er hatte offenbar nichts gemerkt.

Anděl bertachtete die kurze Liste. Acht Namen, die in Druckbuchstaben auf dem karierten Blatt standen: *Kornel Malina, Hugo Stretti, Melichar Abrhám, Gabriel Löw, Marius Solomon, Valentýna Malinová, Apolonia Strettiová, Agáta Löwová.*

Beim vorletzten Namen stutzte er. Apolonia Strettiová – die alte Dame, deren Fuß ihm Agáta Abrhámová vorbeigebracht hatte und deren sterbliche Überreste sie in ihrem Keller unter den Kohlen gefunden hatten. Leonhart hatte eine alte Dame besucht und bei ihr eines der Manuskriptblätter gesehen. Sie war das letzte überlebende Mitglied dieses Ordens, hatte er Larissa erzählt. Möglicherweise war Apolonia Strettiová diese alte Dame. Immerhin hatten sie bei ihr ein Pergament gefunden, das der Beschreibung entsprach. Er studierte die anderen Namen. Ob Melichar Abrhám wohl ein Verwandter von Agáta Abrhámová war? Und Hugo

Stretti – hatte er irgendwie mit Apolonia Strettiovà zu tun? Die restlichen Namen sagten ihm nichts.

Larissa beobachtete ihn aufmerksam. »Und?«, fragte sie schließlich. »Ihnen sagen die Namen etwas, oder?«

»Hm. Möglicherweise. Und was stand über diesen Orden darin?«

»Das waren einfach Notizen über seine Geschichte. Nur das, was Leonhart mir auch erzählt hat. Ich habe sie nicht ausgedruckt, aber ich kann sie Ihnen mailen, wenn Sie wollen. Dazu bräuchte ich allerdings Ihre E-Mail-Adresse.«

»Das wäre schön. Hier.« Er notierte sie auf ihrem Notizblock. »Darf ich die Namensliste behalten?«, fragte er, »Den Stick werden Sie wohl nicht ohne Weiteres herausrücken, oder?«

»Nicht, wenn es nicht sein muss. Die Liste können Sie haben. Aber jetzt sind Sie dran. Was ist an dieser Sache dran? Woran ist Hynek Blábolil gestorben?«

»Haben Sie schon mit jemandem hier im Hotel über diesen Todesfall gesprochen?«, wollte Anděl wissen.

»Nein, ich habe die PR-Dame bisher nur nach dem Hotel gefragt. Sie musste kurz weg, kommt aber noch mal wieder, um mich rumzuführen. Da werde ich sicher ganz unschuldig nachfragen.« Sie lächelte vielsagend.

»Das kann ich mir vorstellen«, erwiderte Anděl ironisch.

»Sie sind dran, Herr Kommissar«, forderte Larissa ihn erneut auf, »ich habe geliefert – *your turn.*«

Anděl sah sie nachdenklich an. Sie zündete sich eine neue Zigarette an, zog ihren Notizblock zu sich her und tippte ungeduldig mit dem Kugelschreiber darauf. Er hatte Larissa Khek im Sommer kennengelernt, sie hatte den Fall der Mumie aus der Metro auf die Titelseiten gebracht. Und sie hatte noch einiges zur Lösung des Falls beigetragen. Allerdings hatte Sie auch einiges gründlich in den Sand gesetzt. Die längst verdaut geglaubte Wut darüber stieg wieder in ihm auf. Ihr unbeabsichtigter Fehler hatte möglicherweise zwei Menschen das Leben gekostet.

»Die Sache im Sommer tut mir leid«, sagte Larissa, als habe sie seine Gedanken gelesen, »aber es war keine Absicht, das wissen Sie – ich war doch mit ihr befreundet …« Der Gedanke an Alena versetzte ihr einen Stich. Hätte sie doch damals nur früher mit Anděl geredet – zu spät. Sie verdrängte die fruchtlosen Überlegungen. »Was diese Informationen angeht, die ich Ihnen eben gegeben habe – offensichtlich haben sie Sie etwas weitergebracht …«

»Na schön, Larissa, Schwamm drüber, vergessen wir's. Ich werde Ihnen ein paar Informationen geben – aber nur unter einer Bedingung: Was auch immer Sie daraufhin ausgraben, Sie kommen damit sofort zu mir, verstanden? *Sofort*. Kein Wenn und Aber. Wenn Sie sich noch einmal so etwas leisten, wie im Sommer, werde ich Sie eigenhändig einen Kopf kürzer machen.«

Sie grinste. »Verstanden. Keine Eigenmächtigkeiten. Sehe ich das richtig, die Infos von Ihrer Seite sind unter drei, wie man so schön sagt?«

»Unter drei?«, fragte Anděl verständnislos.

Larissa lächelte verlegen. Sie hatte immer gehofft, auch eines Tages diesen Satz aussprechen zu können, zu den Journalisten zu gehören, denen Geheimes anvertraut wurde – und nun verstand ihr Gesprächspartner seine Bedeutung nicht. Redewendungen von einer Sprache in eine andere zu übersetzen, ging eben meistens schief, tröstete sie sich mehr schlecht als recht.

»Entschuldigen Sie«, erklärte sie, »das bedeutet, dass das, was Sie mir sagen werden, nur für mich als Hintergrundinformation gedacht ist, und nicht zur Veröffentlichung in der Zeitung.« Es war, als müsste man einen Witz erklären.

»Exakt, ja. Und wo spricht man so verklausuliert?«, fragte der Kommissar ehrlich interessiert.

»In Deutschland. Ich habe in München mal ein Praktikum bei einer Zeitung gemacht ...« Sie zuckte verlegen mit den Schultern.

»Aha. Hm. In Deutschland«, erwiderte er und lächelte nun auch. »Vielleicht sollten wir das hier auch einführen.« Er mochte die eifrige Reporterin, vor allem, wenn sie auf so zauberhafte Art verlegen war. Außerdem hatte sie ein Händchen dafür, Geheimnisse auszugraben. »Also. Hynek Blábolil wurde ermordet, wie es aussieht. Wie, wissen wir allerdings noch nicht, da ist noch die Gerichtsmedizin dran ...«

»Professor Leonhart hatte also recht mit seiner Vermutung?«

»Sieht ganz danach aus, ja. Außerdem haben wir die Leiche einer alten Dame gefunden, Apolonia Strettiová ...«

»Moment – das ist einer von den Namen auf dieser Liste ... Meinen Sie, dass sie die alte Dame ist, von der Leonhart gesprochen hat?«

»Ist anzunehmen, denn wir haben in ihrem Haus ein Blatt gefunden, das der Beschreibung entspricht, die Leonhart Ihnen gegeben hat.« Er verschwieg allerdings, dass sie auch von einem Besucher der alten Dame gehört hatten, der sich Hermes genannt hatte.

Larissa schrieb eifrig mit. »Woran ist sie gestorben?«

»Das wissen wir noch nicht.«

»Ach, kommen Sie – so ungefähr, wenigstens!«

»Nicht erschossen und nicht erstochen. Zufrieden?«

»Besser als gar nichts. Seit wann ist sie tot?«

»Gute Frage, nächste Frage.«

»Ach – *so* eine Leiche?«

»Hm.«

»Lassen Sie sich doch nicht alles aus der Nase ziehen, Dav... äh, Herr Kommissar.« Sie errötete.

Irgendwann würde er ihr das Du anbieten, dachte er amüsiert, das war ja nicht mit anzuhören, dieser immer gleiche Versprecher. Süß. Er wunderte sich, dass sie nicht selbst auf die Idee kam, zumal er sie ja immer wieder bei ihrem Vornamen nannte. Schließlich war er nur ein paar Jährchen älter – na ja, bei Lichte besehen nicht nur ein *paar*, eher zehn. Er bemühte sich, sich nichts anmerken zu lassen. »Wenn unsere Pressesprecherin erfährt, dass ich mit Ihnen geredet habe, faltet sie mich wie Origami«, erwiderte er mit gespieltem Ernst. Er hatte ihr mehr erzählt, als er eigentlich verantworten konnte, aber sie kam anders an Leute ran als er und war manchmal von einer nahezu rührenden Naivität. *Weiß ich nicht, gibt's nicht* musste ihr Motto sein; jedenfalls ging sie jedem Problem auf den Grund, egal wie tief der versteckt liegen mochte – eines der Dinge, die ihm Larissa Khek so sympathisch machten. Vielleicht würde ihre unkonventionelle Herangehensweise in diesem Fall ja helfen. Außerdem arbeitete er gerne mit ihr zusammen, wenn man denn zwischen Presse und Polizei von Zusammenarbeit sprechen konnte.

Larissa lachte. »Von wegen! Mit *Ihrem* Charme kann Ihnen gar nichts passieren …«

»Danke für die Blumen.« Er deutete amüsiert eine Verbeugung an.

Larissa wurde puterrot. »Äh, bitte – ich meine …« Sie räusperte sich verlegen. »Sonst noch etwas, was Sie mir sagen können?«

Er überlegte einen Moment, ob er ihr von Sebastián Gruß erzählen sollte, während er die zarte Röte beobachtete, die sich langsam wieder von ihren hohen Wangen zurückzog. Sie würde nachher alle im Hotel mit Fragen löchern, wahrscheinlich auch den unglücklichen Rezeptionisten, und Anděl hatte keinen Zweifel, dass sie dabei überaus erfolgreich sein würde. Und dank Frau Jarolímová hatte sie den Namen ohnehin schon gehört. »Hm, ja. Heute Morgen hat ein Mann einen Umschlag abgeholt, den Hynek Blábolil im Hotelsafe deponiert hatte.«

»Was war drin?«

Die Röte war weg. Schade eigentlich, es hatte die eifrige Reporterin einen Moment lang in eine betörende Frau verwandelt. »Ich weiß es nicht«, erwiderte er, »wir müssen den Mann erst noch finden. Interessanterweise passt Ihre Beschreibung von Professor Leonhart auf ihn.« Und auf Tausende anderer älterer Männer, fügte er für sich hinzu.

»Ach deshalb haben Sie danach gefragt... Meinen Sie denn, dass er es war, der den Umschlag...?«

»Das möchte ich ihn – unter anderem – gerne fragen. Sagen Sie, können Sie sich vorstellen, warum der Professor ausgerechnet *Ihnen* diese Geschichte erzählt hat?«

»Das habe ich mich auch schon gefragt«, erwiderte Larissa und kratzte sich am Kopf, »keine Ahnung. Vielleicht dachte er, die Polizei lacht ihn aus. Oder...« Sie legte den Kopf schief und zuckte die Achseln.

Oder warum auch immer, dachte Anděl, vielleicht hatte Larissa dem Professor nur den Kopf verdreht. Spinn dich aus, Junge, dachte er, irritiert über seine Gedankensprünge. Er fühlte sich mit einem Mal unglaublich müde. Er wollte nach Hause, ins Bett und so lange schlafen, bis dieser ganze elende Albtraum vorbei sein würde. Er ertappte sich dabei, wie er weit mehr auf Larissas anmutige Gesten achtete als auf den Inhalt des Gesprächs. *Idiot*, schalt er sich, als hättest du nicht schon genug Ärger am Hals. Auch an Eva war ihm, wie ihm plötzlich zu Bewusstsein kam, damals zuerst die Anmut ihrer Bewegungen aufgefallen, quer durch einen ganzen großen, verqualmten, halbdunklen Raum hindurch. Er hatte nur mit ihr sprechen wollen an jenem Abend, nichts weiter. Und jetzt... Jetzt war ihre Anmut zum Teufel und ihr unbeschwertes Leben bald auch. Und seines...

»...sagen?«, hörte er Larissas Stimme wie von fern. Er

riss sich von seinen unerquicklichen Gedanken los und stellte fest, dass er offensichtlich den Faden verloren hatte. »Entschuldigen Sie, ich war gerade in Gedanken – was sagten Sie?«, fragte er.

Sie sah ihn verwundert an und zwinkerte, wie vorhin auch schon. Offenbar war ihr nichts weiter aufgefallen. »Äh – ich hatte gerade gefragt, ob Sie mir sonst noch etwas sagen können.«

Machte sie das eigentlich absichtlich mit den Augenlidern oder hatte sie nur eine Bindehautentzündung? Er entschied sich der Einfachheit halber für Letzteres. Einen Flirt konnte er momentan wirklich gar nicht brauchen. Aber tief drin, im hintersten Keller seines Anstands reizte es ihn doch. Er riss sich gegen seinen eigenen Widerstand zusammen. »Bedaure, im Augenblick nicht. Sie wissen schon mehr, als gut für Sie ist. Und für mich.«

»Den Namen des Mannes, der diesen Umschlag abgeholt hat, wissen Sie nicht zufällig?«, fragte sie mit unschuldigem Augenaufschlag.

Doch keine Entzündung. Egal. Spielen war schließlich nicht verboten. »Tun Sie nicht so unschuldig. Sie haben jedes Wort, das Frau Jarolímová vorhin in der Rezeption fallen ließ, aufgesogen wie ein Schwamm.« Er grinste breit.

Larissa hatte immerhin den Anstand zu erröten, sagte aber nichts.

»Hat Professor Leonhart Ihnen eigentlich helfen können bei der Auswahl eines passenden Gebäudes für ihre Alchemie-Geschichte?«, wechselte er das Thema. Neutrales Gelände, das war es, was er jetzt brauchte.

»Oh, das. Ja, doch. Ich dachte erst an das Goldmachergässchen, aber ich wollte etwas, das nicht in jedem Reiseführer steht. Obwohl die Geschichte mit dem Haus zur …« Verdammt, jetzt wäre es ihr fast wieder herausgerutscht. Sie sprach schnell weiter. »Äh – also, eigentlich dachte ich an das *Faust-Haus*. Da gibt es diese alte Legende über all die Bewohner, die mit Alchemie zu tun hatten.«

»Das Faust-Haus auf dem Karlsplatz?«, unterbrach Anděl sie. »Da ist seit ewigen Zeiten eine Apotheke drin ...« Er erinnerte sich zwar dunkel daran, dass es irgendeine Geschichte mit dem legendären Dr. Faust dazu gab, aber Details fielen ihm nicht mehr ein. Stadtgeschichte war nicht gerade eines seiner Hobbys.

»Die Legenden um das Faust-Haus drehen sich vor allem um naturwissenschaftliche Experimente, Magie und Alchemie«, erklärte Larissa eifrig. »Schon seit dem 14. Jahrhundert sollen sich verschiedene Besitzer des Hauses mit diesen Dingen beschäftigt haben. Unter anderem Edward Kelley, der mit seinem Alchemisten-Kollegen John Dee nach Prag an den Hof von Kaiser Rudolph II. gekommen war. Aber die Geschichte mit Doktor Faustus geht wohl auf Ferdinand Antonín Mladota von Solopysk, seinen Sohn Josef Petr und seinen Architekten František Maximilián Kaňka zurück. Der alte Ferdinand hatte das Palais 1724 gekauft, und der Architekt machte nachts angeblich chemische und physikalische Experimente in dem Haus, was dazu führte, dass die Leute einen großen Bogen darum machten, weil sie dachten, er habe einen Pakt mit dem Teufel geschlossen. Und Mladota junior baute allerlei mechanische Kuriositäten, wie automatische Figuren, eine Treppe, die sich auf und ab bewegte, und Türen, sie sich selbst öffneten und schlossen. Manche Türklinken sollen bei Berührung sogar elektrische Schläge ausgeteilt haben. Und das alles schon in der ersten Hälfte des 18. Jahrhunderts! Unglaublich, nicht?« Sie unterbrach sich kurz, um ihr Wasserglas auszutrinken, das der Kellner stehen gelassen hatte, und fuhr fort: »Tja, und aus dem Faust-Haus soll der legendäre Doktor Faustus schließlich durch ein Loch im Dach zur Hölle gefahren sein. Eigentlich unlogisch, nicht? Ich meine, wenn er zur Hölle gefahren ist, würde man doch vermuten, er hätte die Reise durch den Keller angetreten. Egal. Es gibt auch aus neuerer Zeit eine Besonderheit: Das Faust-Haus wurde im Krieg bei einem Brand schwer beschädigt, und bei den Aufräumarbeiten fand man im Keller des Gebäudes die Skelette von sieben eingemauerten Katzen …« Sie grinste. »Hört sich nicht schlecht an, oder?«

Anděl lachte. »Ja, eine waschechte Prager Legende – Magie und Alchemie satt. Die Touristen werden die Geschichte lieben, wenn Sie darüber schreiben. Die Skelette der Katzen sind natürlich das Tüpfelchen auf dem i.«

»Dabei fällt mir noch etwas ein«, sagte Larissa. »Professor Leonhart erwähnte, dass es angeblich dieser John Dee war, der Kaiser Rudolph II. das Voynich-Manuskript verkauft hat.«

»Tatsächlich?«, fragte Anděl, »interessant, aber …«

»Na, es fehlen doch acht Blätter«, unterbrach ihn Larissa, »vielleicht hat er sie herausgenommen und im Faust-Haus versteckt. Er hat schließlich eine Zeit lang dort gewohnt. Wäre immerhin möglich, nicht? Jedenfalls ist das wahrscheinlicher als diese komische Geschichte vom Haus zur Letzten Laterne, die er erzählt hat.« Sie biss sich erschrocken auf die Lippen – jetzt war es ihr doch rausgerutscht.

Anděl verzog skeptisch den Mund. »Gott, möglich ist manches. Sie sagten ja selbst, dass es vielerlei Spekulationen darüber gibt. Und außerdem erwähnten Sie vorhin diesen Großbrand im Krieg. Ein uraltes Manuskript ist so ziemlich das Erste, was Feuer fängt.«

Erleichtert stellte sie fest, dass er ihre Erwähnung des Hauses zur Letzten Laterne offenbar gar nicht wahrgenommen hatte. »Schon, aber diese Katzenskelette hat man ja auch gefunden«, fuhr sie schnell fort. »Das Gebäude ist schließlich nicht bis auf die Grundmauern niedergebrannt. Außerdem geht das Gerücht, dass ein Schatz in dem Gebäude versteckt sein soll.«

»So so, ein Schatz also auch noch.« Vielleicht sollte Larissa eher unter die Stadtschreiber gehen, dachte er amüsiert. Was für eine Geschichte hatte sie eben noch erwähnt – irgendwas mit einer Laterne?

Doch Larissa war mit dem Faust-Haus noch nicht fertig. Sie nickte eifrig. »Ja, bevor Edward Kelley das Haus kaufte, gehörte es einem Astrologen von Rudolph II., Jakub Krucínka. Der hatte zwei Söhne, von denen der Jüngere den Älteren bei einem Streit umgebracht hat. Wie Kain und Abel, nur umgekehrt – oder? Ich habe in Religion nicht besonders aufgepasst… Bei diesem Streit jedenfalls soll es um einen in dem Palais versteckten Schatz gegangen sein.«

»Na, dann müssen Sie ja nur noch die Schatzkarte finden.« Anděl schmunzelte. Dass sie ausgerechnet in Religion geschlafen hatte, überraschte ihn – die Bibel bestand doch genau aus der Art Legenden, die Larissa so zu faszinieren schienen.

»Sie machen sich lustig über mich, Herr Kommissar«, sagte Larissa mit einem schiefen Grinsen. »Aber wer weiß? Vielleicht gibt es ja tatsächlich irgendwo einen Plan des Gebäudes…«

»Den ein großes rotes X ziert? Ich halte es da ganz mit Indiana Jones, Frau Redakteurin: Noch nie hat irgendein X irgendwo einen Schatz markiert.«

»Sie sind ein ganz schöner Skeptiker.« Aber ein sehr charmanter, dachte sie. Was ist nur mit ihm los, fragte sie sich. Die ganze Zeit sah er sie schon so seltsam an. Sie fuhr sich mit der Zunge über die Lippen. Vielleicht hatte sie von ihrem Kaffee ja einen Milchbart. Sie warf einen kurzen, prüfenden Blick in den großen Spiegel hinter Anděls Rücken. Nichts. Sie lächelte zufrieden. An ihr lag es also wohl nicht, dass er so komisch guckte.

»Mathematiker, meine Liebe, und Realist. Nichts gegen

romantische Legenden, aber sie haben in der Regel nichts mit der Realität zu tun.« Erst das Zwinkern, jetzt die Lippen – was ist los mit ihr?

»Da gibt es doch diesen schönen Satz von einem englischen Mönch«, wechselte Larissa das Thema. »In Umberto Eccos *Der Name der Rose* kommt er vor, wenn ich mich recht erinnere … Irgendwas mit einem Rasiermesser …« Hoffentlich blamierte sie sich jetzt nicht mit ihrem Halbwissen.

»Sie meinen *Ockhams Skalpell*?« Was hatte dieses philosophische Werkzeug mit ihren Legenden zu tun?, fragte sich Andĕl. Oder waren sie über den langen Umweg wieder bei Blábolil angelangt? Aber der war vermutlich vergiftet worden, und ganz sicher nicht aufgeschnitten. Jedenfalls nicht von seinem Mörder.

Sie nickte erleichtert. »Ich kann mich grade nicht an den genauen Wortlaut erinnern …«, flunkerte sie.

»Da kann ich Ihnen aushelfen. Erstens: Von mehreren Theorien, die die gleichen Sachverhalte erklären, ist die einfachste allen anderen vorzuziehen. Und zweitens: Eine Theorie ist im Aufbau der inneren Zusammenhänge möglichst einfach zu gestalten. Mein täglich Brot.«

»Ja, genau.« Sie hatte sich immer gefragt, worum es bei Ockhams Skalpell eigentlich ging, nun wusste sie es also. Auch eine Art, Bildungslücken zu schließen.

»Und was hat Ockhams Skalpell mit ihren zahllosen Prager Legenden zu tun?«

»Äh, na ja, ich dachte eigentlich an die beiden Mordfälle …« Das immerhin war nicht ganz abwegig, nach dem, was Andĕl ihr gerade erklärt hatte.

»Aha. Was wäre in diesem Fall denn Ihrer Meinung nach die einfachste Theorie?«, fragte Andĕl mit ironischem Unterton. Ihm war bewusst, dass Larissa gerade im Trüben fischte.

»Ach, ich weiß auch nicht. Fiel mir nur so ein. Assoziatives Denken«, sagte Larissa und lachte verlegen. Zeit, die Segel zu streichen, dachte sie, bevor sie sich vollends blamierte. Sie schob ihr leeres Wasserglas in die Tischmitte und packte energisch ihre Sachen zusammen. »Wahrscheinlich sollte ich mich besser an die Realität halten und den Leuten hier ein paar investigative Fragen stellen. Vielleicht erfahre ich ja mehr als Sie.« Sie zwinkerte verschmitzt.

»Dann machen Sie sich mal auf die Socken, Frau Redakteurin. Und vergessen Sie unsere Abmachung nicht – was immer Sie ausgraben, ich will davon erfahren. Und zwar *bevor* es in der Zeitung steht!« Vielleicht, dachte er, sollte ich sie doch für die Polizei abwerben. Ein amüsanter Gedanke, der ihm schon seit dem Sommer ab und an im Kopf herumschwirrte. Oder sie nach Dienstschluss zu einem Glas Wein einladen.

»Keine Sorge. Hier ist übrigens die Telefonnummer von Professor Leonhart.« Sie reichte ihm eine Visitenkarte, die sie aus ihrer Tasche gezogen hatte.

»Die Firma dankt«, sagte Anděl und stand auf. »Meine Handynummer haben Sie noch? Sehr gut. Verlieren Sie sie nicht, Larissa. Ich bin auf dem Ding Tag und Nacht erreichbar, okay? Und sagen Sie mir Bescheid, wann Ihr Artikel über das Faust-Haus erscheint. Ich würde ihn gerne lesen.«

Draußen atmete er tief durch. In ein paar Tagen kommt Magda zurück, dachte er, *das* ist mein Leben.

17

David Anděl saß mit Otakar Nebeský und Meda Cyanová am Besprechungstisch in seinem Büro und betrachtete nachdenklich den Inhalt des Päckchens, das Sylva Jarolímová ihm ausgehändigt hatte. Es hatte ein Sammelsurium eigenartiger Gegenstände enthalten, die nun vor ihnen ausgebreitet lagen: zehn einseitig beschriftete Lederbänder, eine Art kleiner, achteckiger Säule, einen Gebäudegrundriss ohne Legende, dafür aber an einer Stelle mit einem kleinen roten X verziert, ein Blatt mit einer sinnlosen Abfolge von Buchstaben in zehn Reihen, einen Zettel mit zwei Adressen und weiteren scheinbar sinnlosen Abfolgen von Buchstaben und Zahlen sowie einen langen Schlüssel.

»Komisches Zeug«, sagte Nebeský, der eines der Lederbänder in die Hand genommen hatte, und es hin und her wendete, »hast du einen Schimmer, was das sein soll? Sieht aus wie alte Schnürsenkel, nur ein bisschen breiter.«

»Was machst du da?«, fragte Meda interessiert, als Anděl eines der Bänder eng um die kleine Säule wickelte.

»Dieses Ding hier könnte die zu den Lederbändern passende Skytale sein.«

»Aha – und was ist das?«

»Wenn ich recht habe, ist es der Codeschlüssel …«, erwiderte er und betrachtete nachdenklich die Buchstabenfolge auf dem nun aufgewickelten Band.

»Aber einen Sinn ergeben die Buchstaben noch immer nicht«, sagte Meda skeptisch.

»Nein. Aber ich glaube trotzdem, dass es die richtige Skytale ist.«

»Woher willst du das wissen? Meda hat recht, das ergibt doch bloß einen neuen Buchstabensalat …«, warf Nebeský ein und las die Zeile vor: »QUXTKRSGROTG DOOOO-OSISDRB.«

»Stimmt, aber das Ende dieses Buchstabensalats sieht ganz interessant aus. Hier, das zweite Wort: DOOOOO-SISDRB«, erwiderte Anděl und deutete auf die letzte Reihe. »Ein wirklich interessantes Wort – fällt euch eines ein, das *fünf* gleiche Buchstaben hintereinander enthält?«

Die beiden schüttelten den Kopf.

»Mir auch nicht…« Ob die Buchstaben womöglich für Ziffern standen?

»Und die Buchstaben davor?«, unterbrach Meda seine Gedanken.

»Keine Ahnung. Wir werden einen Experten brauchen. Wenn ich versuche, das von Hand zu machen, wird es wahrscheinlich ewig dauern, aber es gibt Computerprogramme, die das recht schnell erledigen können.«

»Woher kennst du dich mit solchem Zeug eigentlich aus?«, fragte Nebeský.

»Ich bin Mathematiker und das sind im Grunde mathematische Probleme«, sagte Anděl und nahm eines der Bänder in die Hand. »Bei der Skytale und den Bändern handelt es sich um eine sehr alte Verschlüsselungstechnik. Genau genommen ist es das älteste bekannte militärische Kryptologie-Verfahren. Im Jahre 404 vor Christus erfuhr Lysander von Sparta auf diese Weise, dass Pharnabasus von Persien einen Angriff gegen seine Stadt plante. Der letzte Überlebende des langen Marsches von Persien übergab ihm einen Gürtel, auf dem die Botschaft in dieser Form verschlüsselt war.«

»Ich habe zum Geburtstag von meinem Vater das neue Buch von Simon Singh über Codes bekommen«, sagte Meda, »aber ich habe noch nicht angefangen, es zu lesen.«

»Ich wusste gar nicht, dass du dich dafür interessierst«, sagte Anděl überrascht. Wenn er Meda gelegentlich in der

Straßenbahn auf dem Weg zur Arbeit traf, las sie meist historische Schinken, je dicker, desto lieber.

»Tue ich auch nicht, aber er umso mehr. Er schenkt mir immer Bücher, die er eigentlich selbst lesen will.« Sie verdrehte die Augen.

»Nun, es kann durchaus nützlich sein, etwas von Geheimschriften zu verstehen«, erwiderte Anděl und zwinkerte ihr verschwörerisch zu, »immerhin empfiehlt das *Kamasutra*, dass Frauen vierundsechzig Künste studieren sollten. An fünfundvierzigster Stelle ist *Mlecchita-vikalpā*, die Kunst der Geheimschrift aufgeführt …«

»Was du nicht alles weißt! Wofür denn das?«, fragte Nebeský mit hochgezogener Braue.

»Genau was du befürchtest, mein Bester« erwiderte Anděl belustigt, als er die misstrauische Miene seines Partners sah. »Um ihre Affären geheim zu halten.«

»Das *Kamasutra* wurde von einer Frau geschrieben?«, fragte Nebeský ungläubig.

»Ganz und gar nicht. Der Verfasser war ein brahmanischer Gelehrter namens Wātsjājana, der im 4. Jahrhundert nach Christus lebte, aber er griff auf gut achthundert Jahre ältere Handschriften zurück. Offenbar ein früher Feminist.«

»Na, diese Geisteshaltung scheint in Indien gründlich in Vergessenheit geraten zu sein«, bemerkte Meda trocken.

Sie war eine der wenigen tschechischen Frauen, die Anděl kannte, die sich offen zu ihrer feministischen Einstellung bekannten. Zwar war es üblich, dass Frauen seit der Gründung der Tschechoslowakei im Jahre 1918 ebenso selbstverständlich arbeiteten wie Männer, doch herrschte eine eigentümliche Befremdung gegenüber dem westlichen feministischen Gedankengut. Allgemein war man der Auffassung, dass die Frauen spätestens seit dem Zweiten Weltkrieg und der Einführung des Sozialismus völlig gleichberechtigt seien und feministische Forderungen damit gegenstandslos.

Der Alltag der Frauen gestaltete sich allerdings durchaus anders: Zwar waren sie in der Tat seit Jahrzehnten rechtlich Männern völlig gleichgestellt, doch in der Realität des Alltags waren die meisten neben ihrer Arbeit auch voll für den Haushalt und die Erziehung der Kinder zuständig. Gleichberechtigung hin oder her, die tschechischen Männer waren in weiten Teilen noch immer verwöhnte Paschas, die die Organisation ihres Lebens erst ihren Müttern und später ihren Ehefrauen überließen. Bekennende Feministinnen wie Meda wurden im besten Fall belächelt.

»*Well, the times, they are a'changin'*«, bestätigte Anděl, der seinerseits nichts gegen den Feminismus hatte, und legte die Skytale auf den Tisch. »Aber zurück zu näherliegenden Dingen. Mir ist gerade eingefallen, wer uns damit helfen könnte«, sagte Anděl. »Direkt an den Nachrichtendienst möchte ich mich nicht wenden, wenn ich es vermeiden kann. Aber ich hatte einen Studienfreund, der, glaube ich, in die Richtung gegangen ist.« Er lächelte bei dem Gedanken an Felix Benda, der ihnen sicher helfen würde. Sie hatten während des Studiums oft zusammen gepaukt und danach ausgiebig gefeiert. Felix war ein kluger Kopf gewesen, gesegnet mit schwarzem Humor und einer ausgeprägten Abenteuerlust. Eigentlich nicht erstaunlich, dass er, wie Anděl gehört hatte, beim Nachrichtendienst gelandet war. Sie hatten einander schon lange nicht mehr gesehen – eine gute Gelegenheit, die alte Freundschaft aufzufrischen.

Nebeský deutete auf das Blatt mit den langen Buchstabenreihen. »Locker durcheinandergewirbelte Buchstaben zum Zweiten. Und was für eine Sorte von Verschlüsselung ist das, Mr. Code-Knacker?«, fragte er und schob es Anděl hin. »Das Blatt wird man ja wohl kaum um diese Skytale wickeln, oder?«

»Gute Frage«, sagte Anděl, während er nachdenklich den Buchstabensalat betrachtete. »Zunächst muss man feststellen, ob es sich um eine Transposition oder eine Substitution handelt …«

»Hä? Einmal für Idioten, bitte«, unterbrach Nebeský ihn.

»Also, in der Kryptologie werden vor allem zwei Verfahren benutzt – die Transposition und die Substitution. Eine Transposition ist letztlich nichts anderes als ein Anagramm, die Buchstaben der Botschaft werden lediglich anders angeordnet. Bei sehr kurzen Mitteilungen, sagen wir einem einzigen Wort, das aus nur drei Buchstaben besteht, ist die Sache ganz einfach: Es gibt nach Adam Riese nur sechs Möglichkeiten, die Buchstaben umzustellen. Bei einem ganzen Satz wird es schon schwieriger, da explodiert die Anzahl der Möglichkeiten. Wenn man das Umstellungsverfahren nicht kennt, ist es nahezu unmöglich, den ursprünglichen Satz wiederherzustellen.«

»Das heißt, die Sache mit der Skytale ist eine Form der Transposition?«, fragte Meda.

»Korrekt. Kluges Kind«, bestätigte Anděl. »Eine Form dieser Verschlüsselung ist zum Beispiel die Gartenzaun-Transposition. Das funktioniert so – gib mir mal bitte deinen Notizblock, Ota. Nehmen wir als Beispiel eine deiner seltsamen kulinarischen Vorlieben …«

Nebeský riss grummelnd ein Blatt von seinem Block, und Anděl schrieb: NEBESKY LIEBT CHIPS MIT KAFFEE.

»Wie kommst du denn darauf?«, fragte Nebeský beleidigt.

»Das isst du doch immer nachmittags, oder etwa nicht? Ich kann auch ›Nebeský liebt Bananen mit Bier‹ nehmen, das hast du dir neulich gegönnt, als wir Eishockey geschaut haben.«

»Ja, ja, mach dich nur lustig. Ich sag nur Toast mit Erdnussbutter und Gelee – *fujdajbl*. Und dann?«

»Also, den Akzent auf dem Y lassen wir weg, und jetzt machen wir dies«, sagte er und schrieb darunter:

N B S Y I B C I S I K F E
E E K L E T H P M T A F E

»So, und nun hängen wir einfach die Buchstaben aus der unteren Reihe an das Ende der oberen an. *Voilà!*«

NBSYIBCISIKFE EEKLETHPMTAFE

»Aha«, sagte Meda, die Feuer gefangen zu haben schien. »Wenn ich also nicht weiß, dass ich die Buchstaben wie bei einem Gartenzaun ineinanderschieben muss …«

»… kann ich das Rätsel nicht lösen«, bestätigte Anděl.

»Und die Substitution?«

»Das ist im Grunde ebenso einfach. Bei der Transposition wechselt der Buchstabe seinen Platz, behält aber seine Gestalt, während bei der Substitution der Buchstabe seinen Platz behält, dafür aber seine Gestalt wechselt …«

»*David*«, knurrte Nebeský.

»Ist ja gut. Noch mal für Idioten, ich weiß.« Anděl lachte.

»Einfach für Normalsterbliche, okay?«, erwiderte Nebeský leicht gereizt.

»He, das mit den Idioten war von dir«, wehrte sich Anděl. »Also ein Beispiel – bleiben wir bei dem Satz von vorhin: NEBESKY LIEBT CHIPS MIT KAFFEE

Und nun denken wir uns eine Paarung aus. Das einfachste ist, die Buchstaben des Alphabets rückwärts zu ersetzen.«

abcdefghijklmnopqrstuvwxyz
ZYXWVUTSRQPONMLKJIHGFEDCBA

»Das erste nennt sich Klartextalphabet, das zweite Geheimtextalphabet«, fuhr er fort. »Und damit die beiden leichter zu unterscheiden sind, schreibt man das erste in Kleinbuchstaben und das zweite in großen. Dann lautet unser verschlüsselter Satz: MVYVHPB ORVYG XSRKH NRG PZUUVV – kapiert?«

»Ganz blöd bin ich nicht.«

»Diese Art der Verschlüsselung«, fuhr Anděl, der sich inzwischen für seinen Vortrag begeisterte, in seinen Ausführungen fort, »wurde zum ersten Mal vom guten alten Julius Cäsar im *De bello gallico* beschrieben. Allerdings hat er für die Verschlüsselung nicht das Alphabet umgestellt, sondern die lateinischen Buchstaben durch griechische ersetzt. Auch eine interessante Möglichkeit. Sueton beschreibt in seinem Werk *Caesarenleben* dann eine weitere Verschlüsselung, die Julius benutzte. Dabei ersetzte Cäsar jeden Buchstaben der Botschaft durch denjenigen, der drei Stellen weiter im Alphabet stand. Beispiel gefällig?«

»Danke. So weit reicht meine Fantasie noch«, wehrte Nebeský ab.

»Schön. Dieses Verfahren nennt sich Cäsar-Verschiebung oder einfach Cäsar.«

»Na, da gibt es ja nur fünfundzwanzig verschiedene Möglichkeiten«, sagte Nebeský, »das lässt hoffen.« Kein Wunder, dass David nicht von seinen gelegentlichen Vorlesungen an der Uni lassen konnte, dachte er. Wenn das so weiterging, würden sie den Rest des Tages mit dieser Ad-hoc-Vorlesung zubringen.

»Junge, man merkt, dass du Mathe mit mehr Glück als Verstand hinter dich gebracht hast. Man kann das Klartextalphabet beliebig umstellen, nicht nur fünfundzwanzigmal. Das gibt eine Zahl mit sechsundzwanzig Nullen. Außerdem kann man das Klartextalphabet natürlich wie Cäsar selig durch ein anderes Alphabet ersetzen oder durch irgendwelche anderen Zeichen. Und man kann einen Text doppelt und dreifach verschlüsseln …«

»Das mit den griechischen Buchstaben trifft aber auf dieses Blatt nicht zu«, sagte Nebeský und deutete auf die verschlüsselte Liste. »Also, was für eine Verschlüsselung nehmen wir?«

»Keine Ahnung«, Anděl zuckte die Achseln, »ich kann dir nicht mehr sagen, als dass es für mich eher nach einer Substitution aussieht. Die Buchstaben haben vermutlich ihre Gestalt gewechselt, nicht den Ort. Aber für eine Entschlüsselung fehlt uns der Schlüssel.«

»Wenn es aber diese Cäsar-Verdingsbumsung ist, dann gibt es nur fünfundzwanzig Möglichkeiten«, beharrte Nebeský, »und das müsste man doch knacken können.«

»*Wenn* es eine ist. Und wenn du sehr viel Zeit hast. Es gibt außerdem noch die Möglichkeit, dass ein Schlüsselwort verwendet wurde. Als Teil der Verschiebung sozusagen.«

»Und das heißt?«, fragte Meda.

»Nehmen wir als Schlüsselwort deinen Namen, Meda Cyanová. Erst das Klartextalphabet, darunter wieder das Geheimtextalphabet.«

abcdefghijlkmnopqrstuvwxyz
MEDACYNOVWXZBFGHIJKLPQRSTU

Nebeský seufzte. Es schien kein Ende in Sicht.

»Am Anfang«, erklärte Anděl unbeirrt weiter, »steht dein Name, allerdings unter Auslassung der doppelt vorkommenden Buchstaben. Danach kommt fortlaufend der Rest des Alphabets, wiederum unter Auslassung derjenigen Buchstaben, die bereits in deinem Namen vorkommen. Dein Name ist also der Beginn des Geheimtextalphabets.«

»Der verschlüsselte Text würde also lauten …« Meda nahm Nebeskýs Notizblock und verschlüsselte flink den Satz über Nebeskýs kulinarische Vorliebe. »So«, sagte sie schließlich zufrieden und schob den Block in die Mitte.

nebesky liebt chips mit kaffee
FCECKXT ZVCEL DOVHK BVL XMYYCC

»Genau.«

»Habt ihr jetzt genug gespielt, Kinder?«, fragte Nebeský genervt.

Die beiden anderen lachten.

»Schon gut, Ota. Es macht eben Spaß«, sagte Meda. Ich werde das Buch doch lesen, dachte sie, muss Vater diesmal ein bisschen auf seine Lektüre warten. »Und wie viele hundert Jahre werden wir brauchen, um diese Liste zu entschlüsseln? Wie heißt so eine Zahl mit sechsundzwanzig Nullen eigentlich?«

»Zehn hoch sechsundzwanzig. In Worten wären das hundert Quadrillionen. Ein Computer schafft das verhältnismäßig schnell heutzutage«, erwiderte Anděl. »Also schön, genug gespielt. Wir haben noch diesen Gebäudegrundriss – ganz ohne Verschlüsselungen. Allerdings fehlen leider auch jedwede Ortsangaben. Alles, was wir haben, ist ein kleines rotes X. Wahrscheinlich wird uns nichts anderes übrig bleiben, als mit dem Ding ins Stadtmuseum oder das Stadtarchiv zu gehen und zu hoffen, dass wir dort fündig werden. Außer einer von euch beiden erkennt auf den ersten Blick, welches Gebäude das sein soll.« Larissa hätte ihre Freude daran, dachte er, und er hatte sich noch über ihre Geschichte mit dem Schatz lustig gemacht. Nun hatte er tatsächlich so eine Schatzkarte vor sich – perfekt mit einem kleinen roten X, das irgendwas markierte. Den Schatz der mörderischen Brüder, den sie erwähnt hatte? Kaum, so alt sah das Papier bei Weitem nicht aus.

Sie beugten sich alle drei über den verwinkelten Grundriss. Nach einer Weile schüttelte Meda den Kopf. »Keine Chance. Ich habe zwar früher gelegentlich als Stadtführerin gejobbt, aber die Keller habe ich ausgelassen. Ich plädiere für das Stadtmuseum. Immer vorausgesetzt natürlich, es handelt sich überhaupt um ein Gebäude hier in Prag.«

Anděl nickte. »Ja, das ist ein berechtigter Einwand. Aber das Stadtmuseum ist ein Anfang. Du kannst ja mal damit hingehen – oder schick den Cajtík hin. Dann wäre da noch dieser Zettel.«

»*Karel Berger*«, las Nebeský vor, »*Liliová* 7, P1. P1 steht wahrscheinlich für Prag 1, das würde stimmen, die Liliová-Straße ist in der Altstadt. Aber da drunter hat's wieder so eine blöde Geheimschrift: K35GE7R5O3L. Und dann ›*Haus zur letzten Laterne, Hrad.*‹ 135797531.– Wirklich *sehr* erhellend. Und was soll das hier bedeuten: *Siegel – Ringe* ...« Er sank genervt in seinem Stuhl zurück.

»Ob die Adresse zu dem Grundriss gehört?«, fragte Meda.

»Möglich, das wird sich feststellen lassen. Aber diese zweite Adresse finde ich im Moment weit interessanter – das ist nämlich die Adresse, die der Mann angegeben hat, der Blábolils Umschlag abgeholt hat, dieser Sebsastián Gruß. Und diese Zahl dahinter kommt mir auch irgendwie bekannt vor ... mir fällt nur nicht ein, woher. Alles Primzahlen, außer der Neun ...«

»*Haus zur Letzten Laterne*«, murmelte Meda nachdenklich, »*Hrad* – das ist die Burg ... Da klingelt was ... Ich komm grade nicht drauf ...« Sie schüttelte irritiert den Kopf. »Aber mit der Zahl kann ich dir helfen, das ist einfach. Es ist das Datum der Grundsteinlegung der Karlsbrücke: Anno 1357, am neunten Juli um exakt fünf Uhr und einunddreißig Minuten. Das ergibt zusammengeschrieben 135797531«, erklärte Meda und lächelte zufrieden. »War das Büffeln der Stadtgeschichte doch nicht ganz umsonst.«

»Stimmt, jetzt wo du das sagst ... Dann hätten wir noch diesen Schlüssel«, sagte Anděl und hielt ihn hoch. »Auf dem Zettel steht *Siegel – Ringe* unter dem Namen dieses Hauses auf der Burg.«

»Ob man Siegelringe für dieses Haus zur Letzten Laterne

braucht?«, fragte Meda. »Oder gibt es dort Siegelringe? Oder Siegel *und* Ringe?«

»Gute Frage.« Haus zur Letzten Laterne … Larissa hatte etwas von einer Laterne und möglicherweise auch einem Haus gesagt, aber Anděl hatte nicht richtig zugehört. Und dieser Gruß hatte diesen Hausnamen als Adresse angegeben. Ob Larissa auch dieses Haus gemeint hatte? Sie hatte so viel über irgendwelche Legenden erzählt, wenn sie nicht gerade mit den Wimpern geklimpert oder sich die Lippen geleckt hatte. Er verscheuchte die verwirrenden Gedanken an die Reporterin.

»Und was machen wir jetzt mit all dem Zeug?«, fragte Nebeský.

»Wegen der Verschlüsselungen werde ich meinen Studienfreund Felix anrufen«, sagte Anděl. »Was war eigentlich in dem Safe in Apolonia Strettiovás Villa?«

»Da waren wir noch nicht«, sagte Nebeský, »Vltavský ist noch mit dem Rest des Hauses beschäftigt. Er sagte, vielleicht heute Abend. Na ja, der Safe läuft uns nicht weg.«

»Hast du was über diesen Sebastián Gruß in Erfahrung gebracht?«, fragte Anděl Meda.

»Er steht nicht im Telefonbuch, und der Meldestelle habe ich eine Anfrage geschickt, das wird aber noch etwas dauern. Was die Adresse angeht – die gibt es nicht …«

»Kein *Haus zur Letzten Laterne* auf der Burg?«, fragte Anděl erstaunt. Sehr viele alte Häuser in den alten Teilen der Stadt hatten Hausnamen und -zeichen, wie das Haus zur Goldenen Schlange in der Liliová-Gasse, wo sich anfangs eine Apotheke und später das älteste Prager Kaffeehaus befunden hatte. In lange vergangenen Zeiten, als es noch keine Hausnummern gegeben hatte und die meisten Menschen Analphabeten gewesen waren, war das sinnvoll gewesen. Doch heute waren diese Hausnamen, die sich von dem jeweiligen Hauszeichen ableiteten, nur noch Folklore, die aber auch so manche lustige Geschichte über die Entstehung der manchmal seltsam anmutenden Häusernamen enthielt. Eine der witzigsten, fand Anděl, war die Geschichte über das Haus zum Grünen Frosch am Altstädter Ring. Es war ein sehr altes Haus, aus dem 13. oder 14. Jahrhundert, und sein Bewohner war damals ein Schneider namens Marcias Lokýtek gewesen, wohl ein früher Yogi, denn eines Tages hatte er bei der Morgengymnastik die Beine so gekonnt hinter seinem Kopf verschränkt, dass er sie nicht mehr zu entknoten vermocht hatte. Seine Dienerin, die ihn in dieser misslichen Lage fand, hatte ihm aber nicht geholfen, sondern war zum Nachbarn gelaufen, dem sie entsetzt erzählt hatte, ihr Herr sei von einem großen Frosch verschluckt worden, was dem Haus den Namen eingetragen hatte. Ein Feuchtgebiet war das Haus allerdings bis heute geblieben – seit ewigen Zeiten befand sich eine Kneipe im Erdgeschoss.

»Nein. Jedenfalls habe ich nichts darüber gefunden«, sagte Meda jetzt. »Aber wie gesagt, bei mir klingelt da was – ich bin sicher, ich habe schon mal davon gehört, ich kann es nur im Moment nicht zuordnen. Tut mir leid.«

»Zu dumm«, sagte Anděl, »Larissa hat auch irgendwas von einem Haus und einer Laterne erzählt, ich habe nur nicht richtig hingehört, sie hat mich mit ihren Legenden geradezu zugeschüttet.« Ihr irritierendes Verhalten kommentierte er vorsichtshalber nicht. »Habt ihr eigentlich schon wegen des *Aurum potabile* bei dieser Firma in Holešovice nachgefragt?«

»Du hast mit Larissa Khek gesprochen? Was hat die denn mit der Sache am Hut?«, fragte Nebeský stirnrunzelnd. Das konnte ja heiter werden, wenn die übereifrige Reporterin auch noch mitmischte. Sympathisch, wie sie war, konnte man sie doch kaum anders als eine *unguided missile* bezeichnen.

»Erzähle ich euch gleich, Ota. Aber jetzt erst mal zu dieser Firma.« Anděl konnte es seinem Partner an der Nasenspitze ansehen, was dieser davon hielt, dass Larissa womöglich in diesem Fall eine Rolle spielte.

»Na schön«, erwiderte Nebeský zögernd, warf ihm einen wissenden Blick zu, blätterte in seinem Notizblock und las schließlich vor: »*Azoth – Naturheilmittel und Elixiere,* Tusarova-Straße 27. Das ist ein Stück nördlich der Markthallen. Eine ehrwürdige kleine Firma, die Anno 1881 von einem Rudolf Fanta gegründet wurde. Sie blieb in der Familie, bis sie Anfang 45 zu dem sehr symbolischen Preis von einer Reichsmark von einem Karel – oha, das war mir vorhin gar nicht aufgefallen! Von einem Karel Berger gekauft wurde – das ist der Kerl von dem Zettel da, mit der Adresse in der Liliová-Straße.«

»Na endlich – eine zarte Verbindung zur Realität«, sagte Anděl zufrieden. »Und weiter?«

»Womit? Mit Familie Fanta oder mit Karel Berger?«

»Fanta. Was ist aus ihm geworden, nach dem symbolischen Verkauf?«

»Die Familie gibt es nicht mehr – die meisten wurden in eines der damals zahlreichen Konzentrationslager deportiert, ein paar haben es wohl ins Ausland geschafft. *Verkauft*, wenn man diese Schweinerei denn so nennen will, hat die Firma der Enkel, Eduard Leonhart …«

»*Leonhart?*«

»Sagt dir der Name was?«

»Gleich. Erst mal weiter. Wo ist Eduard abgeblieben? Im Ausland?«

»Keine Ahnung. Nach Datenlage ist er vom Erdboden verschluckt. Ich habe nichts gefunden. Aber damals sind viele Dokumente vernichtet worden oder verschüttgegangen … Ich schätze, er ist auch deportiert worden, der arme Kerl. Hat sich mit dem sogenannten Verkauf wahrscheinlich retten wollen. Also, Abgang Familie Fanta-Leonhart, Auftritt Karel Berger. Er war Apotheker, hat in der Apotheke des Allgemeinen Krankenhauses gearbeitet. Dann hat er sich 45 diese Firma gekrallt. Sie hat ihm allerdings kein Glück gebracht. Berger ist gleich nach dem Krieg über seine engen Verbindungen zu den Nazis gestolpert. Angeblich war er mit der Gestapo verbandelt, sicher ist aber nur, dass er Mitglied der NSDAP war. Jedenfalls hat ihn irgendjemand verpfiffen. Er ist dann ein paar Jahre später im Gefängnis gestorben, angeblich an einem Herzinfarkt.«

»Gute Arbeit, Ota. Weißt du, wer ihn verpfiffen hat?«

»Noch nicht, scheint eine anonyme Anzeige gewesen zu sein. Die Firma wurde vor zehn Jahren reanimiert, von seinem Sohn, Josef Berger. Er hat auch das alte Firmengebäude restituiert. Es ist eine Art Manufaktur, die Naturheilmittel und so Zeug herstellt. Unter anderem eben dieses trinkbare Gold. Das Gebräu wird in ein paar Esoterikläden in der Stadt verkauft. Der Rest der Produktion eher in Apotheken. Scheint so weit alles in Ordnung zu sein damit. Das Finanzamt ist jedenfalls bisher zufrieden.«

»Dann sollten wir uns den guten Josef Berger mal ansehen. Weißt du, was er vorher gemacht hat?«

»Er ist Jahrgang 45. Nach dem Tod seiner Mutter 1962 ist er nach Frankreich abgehauen und hat offenbar ein paar Jahre bei der Fremdenlegion verbracht. Danach hat er in Paris Pharmazie studiert. Kurz nach der Samtenen Revolution ist er nach Prag zurückgekommen und hat die Firma restituiert, wie gesagt. Er ist seit 1985 geschieden, ob er Kinder hat, weiß ich nicht. Wenn ja, dann nicht hier – vielleicht in Frankreich.«

»Sonst hat sich niemand um die Firma bemüht?«, fragte Anděl.

»Doch, ein gewisser Dan Leonhart, aber das Gericht hat die Kaufurkunde im Prinzip anerkannt. Die Firma ist 48 verstaatlicht worden, und zu dem Zeitpunkt war sie im

Besitz von Bergers Witwe. Du weißt ja, wie so was laufen kann…« Nebeský hatte, wie viele seiner Kollegen, keine sehr hohe Meinung von Juristen im Allgemeinen und Richtern im Besonderen.

»Interessant«, sagte Anděl nachdenklich. Larissas Professor hieß Dan Leonhart. »Habt ihr auch was Neues über Hynek Blábolil?«

Meda nahm eine Aktenmappe zur Hand und schlug sie auf. »Die Lebensgeschichte des Hynek Blábolil beginnt 1940 in Prag. Ein paar Jahre nach dem Krieg ist er mit seinen Eltern nach Kutná Hora gezogen, aber mit fünfzehn Jahren zurück nach Prag gegangen, aufs Internat. Da hat er auch seine Frau kennengelernt und 1962 geheiratet. Sie war eine Waise, drei Jahre älter als er. Ihre Tochter Bibiana wurde drei Monate nach der Hochzeit geboren. Blábolils Frau ist seit Anfang der Neunziger in Bohnice…«

»In der Nervenheilanstalt?«, fragte Nebeský. Obwohl Bohnice eigentlich ein hübscher Stadtteil im Norden Prags war, verbanden die Leute den Namen in erster Linie mit der dort ansässigen und landesweit bekannten psychiatrischen Klinik.

»Ja, aber der Reihe nach. Also, Blábolil hat erst in der Nationalbibliothek gearbeitet, dann im Stadtmuseum, er war von Beruf Bibliothekar. Seine Frau Matylda ist von Beruf Krankenschwester, eine geborene Malinová aus Prag. Hynek und Matylda sind kurz nach der Samtenen Revolution zu seinem Vater Emil Blábolil nach Kutná Hora gezogen, der alte Mann war damals schwer krank. Hynek hat dort ein Antiquariat aufgemacht, und Matylda hat sich um den Schwiegervater gekümmert.«

»Und wie ist sie in die Psychiatrie geraten?«, fragte Anděl.

»Die Kollegen in Kutná Hora sagten, die Diagnose sei wohl Schizophrenie gewesen mit ausgeprägter Paranoia. Das muss relativ kurz nach dem Umzug nach Kutná Hora angefangen haben und hat sich zunehmend gesteigert, bis sie eines Abends versucht hat, ihren Schwiegervater umzubringen. Sie wurde für unzurechnungsfähig erklärt, und ihr Mann hat sie in die Psychiatrie einweisen lassen nach Bohnice.«

»Weiß man, warum sie versucht hat, ihn umzubringen? Oder woher der Verfolgungswahn kam?«

»Keine Ahnung. In den Unterlagen, die sie mir gefaxt haben, steht nichts darüber. Aber das lässt sich bestimmt in Bohnice in Erfahrung bringen.«

»Und der Alte, Emil Blábolil? Was ist mit dem?«, fragte Nebeský.

»Emil Blábolil war Maler von Beruf, akademischer Maler wohlgemerkt, nicht Anstreicher. Er stammte aus Prag, ist aber, wie gesagt, 48 nach Kutná Hora gezogen. Er ist dieses Jahr im Sommer gestorben, während des Hochwassers, mit satten einundneunzig Jahren. Laut Polizeibericht ist er eines Morgens die Treppe in seinem Haus hinuntergefallen. Als Blábolil abends nach Hause kam, lag sein Vater tot am Fuß der Treppe zum Dachboden. Gebrochenes Genick, hat der Polizeiarzt festgestellt, es wurde als Unfall angesehen. Auf eine Obduktion hat man verzichtet. Emil Blábolil war wohl ziemlich gebrechlich, jedenfalls ging er am Stock.«

»Die gute Matylda war nicht zufällig zu dem Zeitpunkt auf Heimaturlaub in Kutná Hora, als der Alte die Treppe runterfiel?«, fragte Nebeský und grinste breit.

Meda bedachte den Inspektor mit einem bösen Blick.

»Gab es einen Grund für den Umzug 48?«, wollte Anděl wissen. Kaum jemand zog freiwillig aus der Hauptstadt fort, zumal als akademischer Maler.

»Es gibt nur Gerüchte. Angeblich hat der gute Emil im Krieg nicht nur mit Gemälden seinen Lebensunterhalt bestritten, sondern sich nebenbei mit Fälschungen ein Zubrot verdient…«

»Fälschungen? Was für Fälschungen?«, unterbrach Anděl sie.

»Keine Ahnung.« Sie zuckte mit den Schultern. »Bilder nehme ich an. Wieso fragst du?«

»Weil ich vorhin im Alchymist dieser Reporterin über den Weg gelaufen bin, Larissa Khek …«

»So, im Hotel, also. Was wollte sie denn da? Woher hat diese freche kleine Wühlmaus von der Sache mit Blábolil gewusst?«, fragte Nebeský irritiert. Dass Larissas Anwesenheit im Grand Hotel Alchymist reiner Zufall war, glaubte er keine Sekunde lang.

»Wie es aussieht, sind die Geschehnisse in unserer schönen Stadt für Fräulein Larissa ein offenes Buch«, erwiderte Anděl angesichts des Gesichtsausdrucks seines Partners spitz. »Sie hat mir eine Geschichte aus zweiter Hand aufgetischt, die weniger absurd zu sein scheint, als ich dachte …«

18

»Dieser Professor Leonhart hat unserem Fräulein Naseweis also erzählt, dass ein alter *asiatischer Orden* jahrhundertelang ein Manuskript verwahrt habe und dass daraus verschollene Blätter im Krieg auf dem Schwarzmarkt angeboten worden seien – im Tausch gegen gefälschte Papiere für die Ordensmitglieder, ja?«, fragte Nebeský skeptisch, nachdem Anděl ihnen kurz von seinem Gespräch mit Larissa berichtet hatte. Seinem Ton nach zu urteilen, hielt er das Ganze für ausgemachten Schwachsinn. »Der Typ ist doch auch reif fürs Irrenhaus, wenn du mich fragst. Das war vor fast sechzig Jahren, Mann. Was soll das mit unseren zwei Toten zu tun haben?«

»Gute Frage. Aber wenn der alte Blábolil, Vater Emil, im Krieg seine Brötchen mit Fälschungen verdient haben sollte und sein Sohn Hynek vor ein paar Tagen von einem Herrn Hermes besucht wurde, der diese verschollenen Seiten, die damals kurz aus der Versenkung aufgetaucht sind, von ihm *zurückhaben* wollte, dann eröffnet das zumindest ein paar Möglichkeiten. Das mit dem Orden ist vielleicht nichts weiter als folkloristische Garnierung. Und was das Manuskript angeht, hat Leonhart der Reporterin angeblich erzählt, dass er eines dieser verschollenen Blätter erst vor einigen Wochen bei einer alten Dame hier in Prag gesehen hat. Und wir haben in der Villa von Apolonia Strettiová ein Blatt eines alten Manuskripts gefunden.«

»Diesen Hermes hat die Putzfrau von der Strettiová auch erwähnt ...«, sagte Meda nachdenklich.

»Hm – und nicht zuletzt passt die Beschreibung, die Larissa mir von diesem Professor gegeben hat, auf den Mann, der mit Blábolils Umschlag auf und davon ist.« Und auf tausend andere auch, fügte er für sich hinzu. Ein älterer Mann in einem braunen Anzug. Keine große Hilfe. »Habt ihr mit Najmans Hilfe eigentlich ein Phantombild zustande gebracht?«, erkundigte er sich mit Blick auf Meda.

Sie schüttelte den Kopf. »Leider nicht. Der Bursche hat die Beobachtungsgabe eines Maulwurfs. Tut mir leid.«

»Wäre auch zu schön gewesen«, erwiderte Anděl. Er hatte sich so was schon fast gedacht, nach seinem Gespräch mit dem jungen Rezeptionisten.

»Meinst du, er war's? Aber dann müsste er schon ziemlich dämlich sein, wenn er ihr davon erzählt«, zweifelte Nebeský. »Außerdem wissen wir gar nicht, was in diesem Umschlag drin war.«

»Stimmt, aber ich bin bereit zu wetten, dass er ein oder mehrere Blätter dieses Manuskripts enthält«, beharrte Anděl.

»Aber Hynek Blábolil hat Leonhart doch angeblich gesagt, dass er diese verschollenen Blätter nicht habe«, sagte Meda.

»Sagen kann man viel…«, erwiderte Anděl. »Blábolil wusste möglicherweise, dass Leonhart auch nach diesen Blättern sucht – wie angeblich einige andere. Scheinen sehr begehrt zu sein, die Dinger. Weshalb auch immer.«

Anděls Telefon klingelte, und er hob ab.

»Guten Tag, Herr Staatsanwalt… Ja, ich hatte Meda gebeten, Sie nach einem Experten für Alchemie und alte Manuskripte zu fragen… Aha, ja, den Namen habe ich auch schon gehört… Ja, wir haben einiges über die beteiligten Personen in Erfahrung gebracht, wir besprechen das gerade… Nicht viel, aber durchaus interessante Kleinigkeiten… Ja, es sieht aus, als würden die beiden Fälle zusammenhängen… Hm, ich wollte mit Nebeský nachher zu Ihnen kommen und berichten… Ach so, ja, dann vertagen wir das vielleicht lieber auf morgen… Genau, daran habe ich auch gedacht … Gut, dann bis morgen früh, Herr Doktor.« Er legte auf.

»Hat er einen Experten aufgetrieben?«, wollte Meda wissen.

»Hat er. Ausgerechnet Larissas Verschwörungstheoretiker – Professor Leonhart.«

»Der letzte aller Hexenmeister wahrscheinlich, der hatte anno dunstig, als seinesgleichen zu Kohle verarbeitet wurde, bestimmt 'ne feuerfeste Weste an«, kommentierte Nebeský die denkwürdige Personalie sarkastisch. »War eigentlich zu erwarten – wie viele *Experten* kann es auf dem Gebiet schon geben? Mit dem Zeug beschäftigt sich doch kein normaler Mensch.« Er tippte sich mit dem Zeigefinger an die Schläfe.

»Das Väterchen sagte, er habe einen alten Freund angerufen, der Historiker an der Uni in Brünn ist«, referierte Anděl geduldig die Worte ihres Vorgesetzten, »und der habe ihm einen Professor von der Karlsuniversität genannt: Dan Leonhart. Er soll die größte Autorität in Sachen Alchemie sein. Zumindest hierzulande. Eine alchemistische Koryphäe mit einem ellenlangen Publikationsverzeichnis, inklusive Veröffentlichungen in Indien, China und Mexiko.«

»Der Kerl ist ein Scharlatan«, beharrte Nebeský stur. Er stand auf, ging zum Fenster und starrte auf das gegenüberliegende Gebäude.

»Historiker.«

»Sag ich doch.«

Anděl sah seinen Partner genervt an. Mit dieser Sturheit hatte Ota ihn schon auf dem Gymnasium in den Wahnsinn getrieben. Manche Dinge änderten sich eben nie. »Junge, halte davon, was du willst! Tatsache ist, wir haben zwei Leichen an der Backe, die nichts verbindet als möglicherweise dieses *alchemistische Zeug*. Also werden wir dem Herrn Professor ein bisschen auf den Zahn fühlen.« Was starrt Ota da eigentlich immer noch an, fragte er sich, ohne seine Ausführungen zu unterbrechen, und folgte seinem Partner zum Fenster und dann dessen Blick zu dem barocken Haus gegenüber. »Aber so recht passt mir das auch nicht, muss ich gestehen – der Mann hat schließlich selbst ein Interesse an diesem Manuskript, er dürfte befangen sein, was Informationen angeht. Wir bräuchten eine zweite Meinu… « Ihm blieb das Wort im Munde stecken, als er entdeckte, was Nebeský die ganze Zeit beobachtet hatte. »Ich glaub's nicht!« Er drehte sich höflichkeitshalber weg, konnte sich aber ein halblautes Lachen nicht verkneifen. Er warf einen Blick auf Ota. Der grinste von einem Ohr zum anderen. Meda schlängelte sich zwischen den beiden hindurch zum Fenster, um auch zu sehen, was es da gab.

»Dies, meine lieben Freunde und geehrten Kollegen, treuen Weggefährten und Genossen im Geiste«, sagte Nebeský in jener pseudogewählten Art, die ihr unbeliebter Chef Kohout immer dann anschlug, wenn er glaubte, seinen unwilligen Untergebenen eine besonders staatstragende Ansprache halten zu müssen, »dies ist mir fürwahr, hier und heute, ein innerer wie äußerer Reichsparteitag. Dieser Saukerl.« Ohne den Blick von dem unfreiwillig komischen Anblick zu wenden, streckte er die Hand zu Meda aus und fragte: »Hast du mal die Kamera zur Hand? Diese Bilder dürfen der Nachwelt nicht vorenthalten werden, Leute.«

»Unfassbar, nicht wahr, was man so alles unter *Krankengymnastik in der Mittagspause* verstehen kann«, kommentierte Meda das eher ungeschickte als erotische Geschehen im Wohnzimmer gegenüber, während sie Nebeský den Fotoapparat reichte, der direkt vor ihm auf dem Fensterbrett gelegen hatte. »Kauf dir eine Brille, Ota. Das geht übrigens schon seit vier Wochen so. Seine Sekretärin behauptet, er bekomme diese sogenannte Rückengymnastik sogar von der Krankenkasse bezahlt.« Sie schnaubte in gespielter Empörung. »Oberst Kohout mit runtergelassener Hose beim

Schäferstündchen! Aber wer, fragt sich sofort das staunende Publikum, ist die geschmacksverirrte Partnerin? Seine Angetraute ja wohl nicht, oder? Die ist doch so eine pferdegesichtige Bohnenstange mit Säbelbeinen und Schwanenhals, allerdings auch platinblond – da verzeiht *Mann* ja manches. Und es erklärt, nebenbei bemerkt, warum sie in der grauen Urzeit ihrer Jugend den Oberst erhört hat. Verstand und die Fähigkeit, ihn zu gebrauchen, wäre bei einer Ehe mit dem Oberst wie Perlen vor die Säue gewesen.« Meda kniff die Augen zusammen und trat noch näher ans Fenster. »Was sollte er außerdem mit seinem Eheweib in der Wohnung unseres kürzlich verwitweten Hausmeisters? Wer, in aller Welt, *ist* diese Frau?«

Anděl kicherte lautlos vor sich hin. Gott, konnte Meda herrlich lästern. Was für ein freches Schandmaul. Das würde man der immer wie aus dem Ei gepellten und ebenso intelligenten wie hübschen Blondine niemals zutrauen. *Political correctness* war definitiv nicht ihr Ding. Schwarzer Humor dagegen sehr. Das Lachen tat gut. Er warf noch einen Blick hinüber. Die beiden waren noch immer zugange. Ordentlich, dachte er, der unsportliche Oberst hatte tatsächlich Ausdauer – oder Viagra. Er prustete los. Was die beiden da eben aufführten, hatte er noch nicht einmal im Kamasutra gesehen. Na, ob das mal gut ging… Er wandte sich wieder ab.

Nebeský fotografierte weiter. »Ja, es ist zum *Niederknien.*« Die Kamera klickte wie am Fließband, und der Inspektor amüsierte sich offensichtlich bestens.

»Oder ist das tatsächlich die Krankengymnastin?«, fragte Meda mehr sich selbst als ihre beiden Kollegen, während sie sich die Nase an der Scheibe platt drückte. »Ich glaube, die habe ich schon mal gesehen… dieser unglaublich pralle Hintern…«

»Auf dem Polizeiball, der breiteste Hintern in einem violetten Satinfummel, den die Prager *Hautevolee* je gesehen hat. Die Kohoutová hat ihr ihr eigenes Weinglas *versehentlich* ins rückwärtige Dekolleté gegossen.«

»Natürlich!«, rief Meda aus und schlug sich mit der Hand an die Stirn. »Die Borůvková! Wie konnte ich nur dieses Prachtstück von einem Gesäß vergessen – zumal das besagte Dekolleté bis zur Pofalte reichte.« Sie kicherte.

»*Die* Borůvková«, fragte Anděl überrascht, der nicht mit auf dem Ball gewesen war und somit keine Ahnung hatte, wer wem wie unangenehm aufgefallen war. Aber diese Dame kannte er, auch ohne dort gewesen zu sein.

Nebeský machte die Kamera aus und steckte sie in seine Sakkotasche. »Mhmm, sonst würde ich doch nicht den Paparazzo geben. Denn die ehrenwerte Frau Kohoutová ist's nicht, die weilt in Karlsbad zur Kur – angeblich mit ihrem eigenen Schatten. Nein, es ist das dralle Weib vom stellvertretenden Polizeipräsidenten. Rein äußerlich sind die beiden ja bis auf die Haarfarbe gut zu unterscheiden – was allerdings die inneren Werte angeht …« Er zuckte die Achseln.

»Was Hirnlosigkeit angeht, kann man gar nicht so blond sein wie die beiden«, meldete sich die selbst ernannte Blondinenexpertin von der Fensterscheibe zu Wort.

»Freunde, ich glaube, es reicht«, sagte Anděl und zog mit einem Ruck die vergilbte Gardine zu. »Wir haben noch zu tun – auch wenn's schade ist. Das war besser als Buster Keaton, keine Frage.«

»Meinetwegen«, sagte Meda fröhlich, »die Fortsetzung folgt ohnehin morgen. Gleiche Stelle, gleiche Welle …« Sie kicherte. »Außer natürlich, du schickst unserem allerobersten Obersten ein paar von den Bildern der werten Gattin in trauter Umarmung …«

»Den Teufel werd ich! Mein Motto lautet: *Spanne den Bogen, aber schieße nicht los. Noch gefürchtet sein, ist besser.* Alte Weisheit der Samurai. Oder der Chinesen? Vielleicht war's auch Robin Hood. Egal. Man weiß nie, wozu man so was mal brauchen kann.« Er klatschte selbstzufrieden in die Hände und strahlte die beiden anderen an. »Was ist übrigens mit unserem Besuch beim Väterchen?«, fragte er. »Den könnten wir doch mit den Bildern ein bisschen aufmuntern, so ganz unter uns Jungs … Und Frau Bartošová hat bestimmt schon Weihnachtsgebäck. Mmmmm.« Er leckte sich die Lippen, wie ein Kater, der Sahne riecht.

»Du altes Schleckermaul«, sagte Anděl, »und die Fotos behalte mal lieber in deinem Giftschrank. Die Frau des Polizeipräsidenten, man fasst es nicht.« Er schüttelte ungläubig den Kopf. Andererseits waren Seitensprünge und Fehltritte erotischer Natur beileibe nicht nur in der *Unerträglichen Leichtigkeit des Seins* eine Art Volkssport. Was diese allzu menschlichen Dinge anging, hatten sich die Zeiten erstaunlich wenig geändert.

»Man wird sich doch wohl noch angelegentlich das Leben ein bisschen versüßen lassen dürfen, oder?«, erwiderte Nebeský, der noch immer breit grinste. »Kann ich was dafür, dass sie so eine fantastische Bäckerin ist? Eine Konditorei sollte sie aufmachen, statt das Chaos vom Väterchen zu sortieren. Der Laden wäre eine Maschine zum Gelddrucken. Was ist jetzt mit unserer Berichterstattung?«

»Die haben wir auf morgen früh verschoben. Er muss zum Zahnarzt, ihm ist beim Mittagessen in der Kantine eine Krone abgebrochen.« Anděl fischte die Visitenkarte, die Larissa ihm gegeben hatte, hervor, nahm den Telefonhörer wieder zur Hand und wählte die Nummer von Professor Leonhart.

Meda und Nebeský spähten derweil weiter durch Gardine und Fenster in das Gebäude gegenüber, um das Ende des erotischen Stelldicheins nicht zu verpassen. Nebeský feixte munter weiter, doch Meda war die fast tragische Dimension durchaus bewusst. Das waren keine Liebenden, keine Verliebten, ja nicht einmal Begehrende. Was sie mit angesehen hatten, war nichts weiter als ein Geschäft gewesen, bargeldlos, aber nichtsdestotrotz lediglich ein kaltes, unpersönliches Geschäft. Kohout wollte die Karriereleiter nach oben fallen, und die Borůvková wollte vermutlich ihrem Gatten, der durch die Betten der jungen Kolleginnen streunte, eins auswischen. Das Ende war, wie Meda befürchtet hatte, so lieblos wie die ganze Bettgymnastik. Keine zärtliche Geste, nicht einmal ein flüchtiger Kuss. Kohout schlüpfte schnell wie ein Wiesel in seinen Anzug und verließ die Wohnung als Erster. Er wandte nur kurz den Kopf an der Zimmertür und warf der noch halb nackten Frau einen abschätzigen Blick zu. Dann war er verschwunden, während seine Gespielin noch mit ihrem Strumpfhalter kämpfte.

»So«, meldete sich Anděl wieder zu Wort, nachdem er aufgelegt hatte, »Professor Leonhart kommt in gut einer Stunde hierher. Ich weiß nicht, wie es euch geht, aber ich habe Hunger wie ein Wolf. Geht jemand von euch mit mir essen?«

»Nur, wenn du nicht in die Kantine willst«, sagte Nebeský.

»Das verdient nicht mal eine Antwort. Wann hast du mich zuletzt in der Kantine gesehen?«

»Keine Ahnung. Ehrlicherweise habe ich dich in den letzten achtundvierzig Stunden überhaupt nicht essen sehen …«

»Mir hatte es ein bisschen den Appetit verschlagen.«

»Wieso das denn?«, fragte Meda neugierig. Für Hintergrundgeschichten aus dem Privatleben ihrer Kollegen hatte sie immer ein offenes Ohr, war aber zu ihrem Glück ebenso diskret, wie neugierig. Sie hortete dieses Insiderwissen wie einen Schatz, von dem sie nur in extremen Ausnahmefällen etwas enthüllte – aber dann war es in der Regel eine Bombe.

»Ach, nur das miese Wetter, nichts weiter«, sagte Anděl leichthin, der nicht vorhatte, Meda in seine Sorgen einzuweihen. Seine Privatsphäre hütete er ebenso gewissenhaft wie sie ihren Wissensschatz. »Los Ota, gehen wir Pizza essen in die Kmotra.«

»Das lasse ich mir nicht zweimal sagen. Das geht übrigens auf dich. Unsere kleine Wette wegen der Zimmernummern im Hotel habe ich nämlich gewonnen.« Nebeský schnappte sich seinen Parka und ging beschwingt zur Tür. Die Pizzeria jenseits der Národní-Straße gehörte zu seinen Lieblingsrestaurants.

»Ach ja?«, fragte Anděl überrascht, das wäre das erste Mal, dass Ota eine ihrer Wetten gewann.

»Mhm«, nickte Nebeský, »ich hab noch mal angerufen in dem noblen Hotel, und sie sind tatsächlich abergläubisch – keine Nummer 13, nirgends.« Er grinste von einem Ohr zum anderen.

»Und was ist mit dem Kleinen Glenn? Da wolltest du doch unbedingt hin.«

»Ein anderes Mal, vielleicht. Los, gehen wir.«

»Na schön. Und du Meda? Kommst du nicht mit?«, fragte Anděl die junge Kollegin. Ihm entging nicht, dass Meda wissend lächelte. Sie wusste offenbar schon von Otas neuer Flamme.

»Ich habe einen Salat dabei, danke. Guten Appetit, Jungs.«

»Dass du uns nicht vom Fleisch fällst, Kind. Bis nachher.« Anděl folgte seinem Partner hinaus.

Meda lachte und warf ihm einen Radiergummi hinterher.

»Nebeský, du musst noch mal zum Klamottenkaufen«, sagte Anděl draußen.

»Wieso denn? Anzug, Krawatte, weißes Hemd… hab doch alles.« Er sah irritiert an sich herunter.

»Hm. Und einen armeegrünen Parka und Springerstiefel dazu. Von deiner roten Strickmütze ganz zu schweigen. Das ruiniert das schöne Gesamtbild.«

»Das, mein Bester, ist meine persönliche Note. Ich will doch nicht mit dir verwechselt werden, du Dandy.«

»*Touché*«, erwiderte Anděl, fasste sich taumelnd an die Brust und lachte.

19

Der Weg in die Pizzeria war zwar kurz, aber matschig. Die Außentemperatur fuhr Achterbahn, im Moment war Tauwetter angesagt. Als sie auf die große Kreuzung an der Národní-Straße zugingen, klingelte Anděls Handy. Jirka Kratochvíl war dran.

»Ich habe mit dem Arzt gesprochen«, sagte er.

Anděl brauchte einen Moment, bis er begriff, wovon der Gerichtsmediziner sprach. Die Sache mit Eva, den langen, grässlichen Abend, die beiden schlaflosen Nächte hatte er so gut er konnte verdrängt, nachdem sie sich auf seinen Anruf hin nicht wieder gemeldet hatte. Das Ganze kam ihm inzwischen wie ein surrealer Albtraum vor. Jirkas Anruf holte mit einem Schlag alles in die Wirklichkeit zurück. »Mit Zeman? Und?«, fragte er ungeduldig.

»Sie ist bei ihm gewesen. David, ich weiß nicht, wie ich es dir sagen soll, du solltest besser vorbeikommen.«

»Was ist los?«, fragte Anděl alarmiert und blieb stehen. Jirka fasste seine Mitmenschen in der Regel nicht mit Samthandschuhen an. »Ist mit dem Kind was nicht in Ordnung?«

»Komm vorbei, wenn du Zeit hast, okay? Ich möchte das nicht am Telefon breittreten… Oder noch besser, lass uns heute Abend irgendwo treffen. Wie wär's mit dem Sansibar in den Weinbergen? Um acht?«

»Mach kein Staatsgeheimnis draus, Jirka. Was hat dieser Gynäkologe gesagt?«

»Das ist eines der Probleme, David. Zeman ist Neurologe und Psychiater. Es sieht nicht gut aus. Ich muss mich jetzt um meine Leichen kümmern. Sansibar, um acht.« Er legte auf.

»Jirka, warte…« Anděl stand wie angewurzelt mitten auf

der Kreuzung und starrte sein Handy an. Ein Neurologe und Psychiater. Was hatte das zu bedeuten? Das derangierte Äußere von Eva an jenem Abend fiel ihm ein, ihr aggressives und völlig unlogisches Verhalten – aber ein Psychiater? So schlimm hatte es auch wieder nicht gewirkt. Oder doch? Verdammt, er kannte die Frau ja kaum, nur von dieser einen Nacht. Aber er musste zugeben, dass er sie fast nicht wiedererkannt hätte an dem Abend in der Kneipe, als sie ihm die ganze Sache mit seiner bevorstehenden Vaterschaft offenbart hatte.

»Willst du dich über den Haufen fahren lassen, oder was?«, fragte Nebeský und zog ihn am Ärmel über die Straße. Neben ihnen klingelte kreischend eine Straßenbahn. Anděl sah sich erschrocken um und lief mit. Die nahende Tram hatte er gar nicht wahrgenommen. Der Fahrer gestikulierte wild und tippte sich unmissverständlich an die Schläfe.

»Was ist los?«, fragte Nebeský. »Ist Kratochvíl 'ne Leiche abhandengekommen?«

Anděl schüttelte den Kopf. »Schön wär's, Ota. Verdammt und zugenäht …«

»Los, wir sind fast da. Wir bestellen zwei von den sagenhaften Pizzen, und du spuckst aus, was dich grämt. Wird schon nicht so tragisch sein.« Er zog ihn weiter durch das Gewusel der Passanten wie ein trotziges Kind.

Ein paar Minuten später saßen sie im Kmotra, und der Kellner verschwand mit ihrer Bestellung in den Tiefen des unterirdischen Gewölbes.

»Also, was für Hiobsbotschaften hatte unser herzallerliebster Leichenschnipsler?«, fragte Nebeský. »Hat das was mit deiner Saftlaune im Alchymist zu tun?«

Anděl nickte. »Erinnerst du dich an diese Party bei Milan im April?«

»Klar, die vergesse ich schon allein deshalb nicht, weil

dich die Urbanová abgeschleppt hat. Der Dienstbier vom Sittendezernat hat zwei Scheine verloren. Aber du hast echt was verpasst, Junge – war eine klasse Fete. Bis morgens um vier…«

Anděl sah überrascht auf. »*Sie* hat *mich* abgeschleppt? Und woher weißt du eigentlich ihren Namen? Ich habe darüber nie ein Wort verloren…Wofür genau hat der Dienstbier die zwei Scheine verloren?«

Nebeský grinste verlegen. »Na ja, die Urbanová ist kein unbeschriebenes Blatt, und der Dienstbier hat mit ihr gewettet, dass sie sich an dir die Zähne ausbeißt. *Sie* ist ja nicht sonderlich wählerisch, *du* dagegen sehr – daher der für seine Verhältnisse hohe Einsatz.«

»Er hat mit ihr gewettet, dass sie…? Für zweitausend Kronen?« Er seufzte, schloss die Augen und sank im Stuhl zurück. Eine Wette. Ein Königreich für einen Kanaldeckel, dachte er. Es war zum Im-Boden-Versinken. Und er hatte gedacht – ach was, gedacht hatte er gar nichts dabei. Seine Freundin hatte ihn damals Knall auf Fall wegen eines neureichen Immobilienmaklers verlassen, und er hatte nichts Besseres zu tun gehabt, als sie und sich selbst in den Armen einer anderen Frau zu vergessen. Und diese Frau hatte einfach nur gewettet, dass sie ihn ins Bett kriegen würde. Er verbot sich die Frage, ob sie Dienstbier für den erfolgreichen Vollzug auch irgendein Beweisstück hatte vorlegen müssen. Peinlich war gar kein Ausdruck. Er sah Dienstbiers schlüpfrig-wissendes Grinsen förmlich vor sich. Die zwei Scheine hatte der bestimmt gern bezahlt, wenn er dafür diese Geschichte erzählen konnte… Vorbei. Er öffnete die Augen wieder.

»Mach dir nichts draus, David«, versuchte Nebeský, ihn zu trösten. »Die Urbanová hat in dieser Hinsicht keinen Ruf zu verlieren und alle wissen, wie der Dienstbier tickt.«

»Und das soll ein Trost sein, ja? Toll – ich falle auf eine

berechnende Nymphomanin rein, die ausgerechnet mit einem Kollegen von der Sitte gewettet hat, dass sie mich in die Kiste kriegt. Und der *Kretin* hat nichts Besseres zu tun, als sich mit dem Verlieren seiner Wette auch noch überall zu brüsten. Na, herzlichen Dank.« Hoffentlich würde wenigstens dieses Detail Magda nicht zu Ohren kommen. Ob Jirka auch davon wusste? Wahrscheinlich, aber er war Gentleman genug, solches nicht zu kommentieren, geschweige denn weiterzugeben. Na ja, und Ota hatte es nicht böse gemeint. Schwamm drüber, diese Milch hatte er selbst verschüttet. »Vergiss es, Kumpel, ist schon okay«, sagte er mit einem schiefen Grinsen, »ich hätte es ja nicht tun müssen. Selbst schuld.«

»Und was ist jetzt eigentlich das Problem?«, lenkte Nebeský verlegen das Gespräch wieder zum Ausgangspunkt zurück. Er hätte diese Wette nicht erwähnen sollen. Dieser gut gemeinte Trost war gründlich ins Auge gegangen. Zum Glück war David aber nicht nachtragend.

»Die Urbanová ist das Problem – sie ist schwanger.« Anděl erzählte Nebeský von dem denkwürdigen Abend vor zwei Tagen.

»Verdammter Mist!«, rief Nebeský aus. »Und du hast ihr wirklich vorgeschlagen, dass du alles auf deine Kappe nimmst? Kind und all das? Warum nur, um Himmels willen? Und wie willst du das machen? Und Magda?« Manchmal, dachte Nebeský, hatte David tatsächlich nicht alle Tassen im Schrank. Man konnte es mit der Gleichberechtigung auch übertreiben. Für Kinder waren, das wusste jeder gestandene Mann, die Mütter zuständig, ebenso wie fürs Kochen, Waschen, Putzen und überhaupt. Woher hatte David diese Flausen?

»Keine Ahnung. Noch ist das Kind nicht da, und noch ist nicht sicher, dass ich wirklich der Vater bin. Und Magda – na, was soll ich schon tun? Ich werde es ihr sagen, sobald sie wieder da ist …« Er seufzte. »Und dann sehen wir weiter.«

»Also, ich würde mir da nicht allzu viele Gedanken machen, David. Da kommen als Vater noch ein halbes Dutzend andere in Frage.« Er grinste anzüglich. »Wie man so hört …«

Anděl sah seinen Partner mit hochgezogenen Brauen an. Er war sich nicht sicher, ob er das alles wirklich wissen wollte.

»Na ja, was Liebschaften angeht«, fuhr Nebeský vorsichtig fort, »ist sie ein echter *Kerl*, wenn du verstehst, was ich meine – immer nur höchstens für die eine oder andere Nacht. Du kannst den Milan Kabátek vom Diebstahl fragen, der war richtig verliebt, wollte sie sogar heiraten, der Esel. Sie hat ihn zum Teufel geschickt. Und nicht nur ihn.« Er nannte noch ein paar Namen. »Wahrscheinlich ist das Kind von sonst wem, du bist sicher nicht der einzige Kandidat. Mit Milan läuft da ab und zu immer noch was, glaube ich. Mach dir mal keinen Kopf. Aber was hat der Kratochvíl mit der Sache zu tun?«

»Eva hat erwähnt, dass sie zu einem Arzt ins Krankenhaus in den Weinbergen geht, und ich habe ihn gebeten herauszufinden, was für ein Arzt das ist. Gerade hat er es mir gesagt. Er ist Neurologe und Psychiater.«

»Was braucht sie denn von einem Irrenarzt?«, fragte Nebeský verblüfft.

»Weiß ich nicht. Jirka wollte am Telefon nicht darüber reden. Scheint was Ernstes zu sein. Wir treffen uns heute Abend im Sansibar.«

Der Kellner brachte ihre Pizzen und die bestellten Getränke. Anděl betrachtete angewidert das Essen. Ihm war der Appetit vergangen, aber sein Magen knurrte trotzdem. Nebeský machte sich sofort über seine dicke Calzone her.

»Komm schon, iss«, sagte er mit vollem Mund, »sonst

kriechst du heute Abend auf allen vieren ins Sansibar. Köstlich, die Pizza … Vielleicht hat sie nur eine Schwangerschaftsdepression …« Er kaute genüsslich. »Hatte meine Cousine auch … Das wächst sich aus. Wahrscheinlich war sie deshalb bei diesem Seelenklempner. Ein paar Pillen, und alles ist gut.«

»Dein Wort in Gottes Ohr«, sagte Anděl und griff nach seinem Besteck.

20

Anděl hatte gerade in seinem Büro den Mantel an die Garderobe gehängt, als es an seiner Tür klopfte und Meda Cyanová gefolgt von einem älteren, grauhaarigen Mann hereinkam.

»Ich habe dir Besuch mitgebracht«, sagte die junge Inspektorin. »Professor Dan Leonhart.«

»Guten Tag, Herr Professor.« Anděl reichte ihm die Hand. »Es freut mich, Sie kennenzulernen. Vielen Dank, dass Sie so kurzfristig Zeit hatten.«

»Guten Tag, Herr Kommissar«, sagte Leonhart. »Ich bin sehr gespannt, womit ich Ihnen helfen kann.«

»Lassen Sie uns hier drüben hinsetzen«, sagte Anděl und deutete auf den Besprechungstisch. Er wartete, bis der Professor den Mantel abgelegt und sich gesetzt hatte. Dann nahm auch er Platz, während Meda stehen blieb.

»Über Apolonia Strettiová habe ich noch nicht besonders viel«, sagte sie an Anděl gewandt, »der Cajtík sitzt dran. Hier ist das alte Manuskript wieder zurück, die Kopien habe ich machen lassen.« Sie zog ein leicht vergilbtes Blatt aus einer Aktenmappe, die sie unter dem Arm hielt, und reichte es ihrem Chef. Die Mappe legte sie auf den Tisch. »Die Kopien sind da drin. Ich mache inzwischen mal Kaffee«, fügte sie hinzu und sah Leonhart fragend an.

»Mir reicht ein gewöhnlicher Türke ohne alles, danke schön«, sagte Leonhart.

»Und für mich bitte einen Tee«, sagte Anděl.

Meda nickte, verließ das Büro und klapperte auf ihren hochhackigen Stiefeln Richtung Teeküche davon.

Anděl sah ihr zweifelnd nach. Meda hatte zahlreiche Qualitäten, doch das Kaffeekochen gehörte eindeutig nicht dazu. Gelegentlich verdächtigte er sie, bei Jirka Kratochvíl in die Lehre gegangen zu sein. Tee machen konnte sie glücklicherweise. Er legte die Manuskriptseite vor sich auf den Tisch und betrachtete sie nachdenklich. Unleserliche Schriftzeichen und ein paar hübsche, kolorierte Bilder irgendwelcher ihm unbekannten Pflanzen. Und niedliche, nackte Frauen, die in Badezuber stiegen.

»Entschuldigen Sie, Herr Kommissar«, meldete sich der Professor zu Wort, kaum dass Anděl einen Blick auf das Blatt geworfen hatte, »dürfte ich mir dieses Manuskript wohl einen Moment näher ansehen? Wenn mich nicht alles täuscht ...«

Der Kommissar schob ihm die Seite hinüber. »Selbstverständlich. Dieses Manuskript ist einer der Gründe, warum ich mit Ihnen sprechen wollte.«

Professor Leonhart strich sacht über das alte Pergament und lächelte versonnen. »In der Tat«, sagte er und nickte, »ja, es ist, was ich dachte. Was für ein grandioser Fund.« Er hob den Kopf und sah Anděl mit himmelblauen Augen an, in denen Intelligenz und Begeisterung funkelten. Und noch etwas anderes, das Anděl im Moment nicht benennen konnte. »Tatsächlich – das Voynich-Manuskript.«

»Das Voynich-Manuskript?«, fragte Anděl, als habe er noch nie davon gehört. »Was genau ist das?«

»Es ist ein sehr altes und berühmtes Manuskript«, sagte Leonhart, »in gewissen Kreisen jedenfalls. Aber zunächst habe ich auch eine Frage an Sie, Herr Kommissar. Wie sind Sie zu diesem Blatt gekommen? Denn es handelt sich, wie ich denke, um ein Original.«

»Es steht im Zusammenhang mit einem Mordfall, Herr Professor«, sagte Anděl, »aber wenn Sie nichts dagegen haben, wäre es mir lieb, Sie erzählten mir erst einmal, was Sie darüber wissen, dann werde ich Ihnen gerne auch sagen, was es mit dem Fall auf sich hat. Im Rahmen des Möglichen natürlich«, schränkte er ein.

Meda kam mit zwei Türken, einem Becher Tee und Otakar Nebeský im Schlepptau herein und stellte die Getränke auf den Tisch. »Braucht ihr mich?«

»Nein, häng dich lieber noch ans Telefon«, sagte Anděl, »Nebeský kann mitschreiben.«

»Okay. Ich bin dann nebenan«, sagte sie und verließ leise das Büro.

»Das ist mein Partner Inspektor Otakar Nebeský«, stellte Anděl vor, »und dies ist Professor Dan Leonhart. Er wollte mir gerade erklären, um was es sich bei diesem Manuskript handelt.«

Nebeský und der Professor nickten einander zu, und Leonhart fuhr fort: »Gut, ich werde Ihnen also sagen, was ich darüber weiß. Es ist ein sehr altes Manuskript, man geht davon aus, dass es wahrscheinlich zwischen 1450 und 1520 verfasst wurde…«

»Wahrscheinlich?«, unterbrach ihn Anděl.

»Ja, bisher hat noch niemand versucht, es genau zu datieren. Durchaus erstaunlich. – Auch der Autor ist unbekannt, obwohl manche den franziskanischen Mönch und Philosophen Roger Bacon, den legendären *Doktor Mirabilis*, dafür halten.« Er lächelte und zuckte mit den Schultern. »Tatsache ist aber, dass Kaiser Rudolph II. es für die damals ungeheure Summe von sechshundert Dukaten für seine Kuriositätensammlung erworben hat. Das entspräche heute einer Summe von etwa neunhunderttausend Kronen. Nach seinem Tod ist es über vielerlei Hände 1865 aus der Privatbibliothek des jesuitischen Ordensgenerals Pierre Jean Beckx in die Bestände des Jesuitenkollegs *Nobile Collegio Mondragone* in der Villa Mondragone bei Frascati gelangt, wo es schließlich 1912 von Wilfrid Michael Voynich entdeckt wurde, nach dem es auch benannt ist. Er hat sich, wie so viele vor und nach ihm, mit der Entschlüsselung des Manuskripts befasst. Leider ohne Erfolg.« Der Professor nahm einen Schluck von seinem Kaffee und sah sich suchend um. »Äh, hätten Sie vielleicht etwas Zucker?«, fragte er.

»Selbstverständlich.« Meda hatte es also mal wieder geschafft – ein Pfund Kaffee auf ein Glas Wasser, dachte Anděl amüsiert, während er die untere Schreibtischschublade öffnete und dem Professor eine aufgerissene Zuckerwürfelpackung reichte. »Bitte, bedienen Sie sich.«

Leonhart nahm sich drei Würfel und rührte vorsichtig um, um den Kaffeesatz, der sich inzwischen auf dem Boden des Glases gesammelt hatte, nicht wieder aufzuwirbeln.

»Ist denn bekannt, wem Rudolph II. es abgekauft hat?«, fragte Anděl.

»Nein. Es heißt, er habe es von einem unbekannten Händler. Aber vielleicht hatte er es auch von dem Hofpharmazeuten Jakub Horčický de Tepenec oder von John Dee, seinem englischen Hofalchemisten – auch da gehen die Meinungen auseinander.«

»Worum geht es denn eigentlich in dem Manuskript? Ich fürchte, ich kann die Schrift nicht entziffern …«

»Das, Herr Kommissar, ist das Grundproblem dieses Manuskripts. Es ist bis heute nicht entziffert worden.«, erwiderte Leonhart.

»Das gibt es doch nicht – mithilfe von Computern …«

»Nun, das wurde natürlich alles versucht, Herr Kommissar, aber man ist damit nicht sehr weit gekommen. Die ganze Sache ist ziemlich paradox, wissen Sie.« Der Professor betrachtete nachdenklich Anděls Zigarettenschachtel, die seit Tagen unbenutzt auf dem Schreibtisch lag.

Der Kommissar reichte sie ihm. »Bedienen Sie sich ruhig, Herr Professor.« Komisch, dachte er, dass er so plötzlich gar kein Bedürfnis mehr verspürte zu rauchen. Nicht dass ihn die Zigaretten anekeln würden, ihm war einfach nur die

Lust daran vergangen, wie es schien. Mal sehen, wie lange dieser ungewohnte Zustand anhalten würde.

»Hm. Danke. Ich trage mich eigentlich mit dem Gedanken aufzuhören«, erwiderte Leonhart und griff zu, »aber ich fürchte, meine Willenskraft lässt zu wünschen übrig.« Anděl gab ihm Feuer, und Leonhart rauchte einen Moment lang genussvoll, bevor er fortfuhr: »Wie gesagt, das Ganze ist paradox. Bei der verwendeten Sprache scheint es sich – nach Auskunft von damit befassten Linguisten – um eine natürliche Sprache zu handeln …«

»Was heißt das?«, unterbrach ihn Nebeský.

»Es gibt zwei Möglichkeiten, was Sprache anbelangt, Herr Inspektor. Natürliche Sprachen und sogenannte Plansprachen. Die bekannteste internationale Plansprache ist sicherlich Esperanto. Dr. Ludwik Lejzer Zamenhof hat ihre Grundlagen 1887 veröffentlicht. Esperanto gründet auf natürlichen Sprachen, vor allem Latein, Französisch, Englisch und Deutsch. Aus den slawischen Sprachen hat er auch Anleihen genommen, aber deutlich weniger – vermutlich waren sie ihm zu kompliziert für seine Plansprache. Der Mann war selbst Pole, er wusste also, dass der Rest der Welt gewisse Schwierigkeiten beim Erlernen dieser Sprachen hat.« Der Professor lächelte vielsagend und fuhr dann fort: »Aber er hat sich immerhin auch die Kurzschreibung von Zischlauten mithilfe von diakritischen Zeichen dort ausgeliehen, also zum Beispiel statt *sch* ein š. Aber zurück zu Ihrer Frage, Herr Inspektor. Natürliche Sprachen sind einfach diejenigen, die sich im Laufe der Menschheitsgeschichte entwickelt haben. Und das Voynich-Manuskript ist offenbar in einer natürlichen Sprache verfasst.« Er zog an seiner Zigarette, inhalierte tief und blies den Rauch in wabernden Ringen Richtung Zimmerdecke. »Allerdings weiß bis heute niemand, um welche Sprache es sich dabei handelt. Man hat den Text einer statistischen Analyse unterzogen. Dabei wurde vor allem zweierlei festgestellt: Zum einen entspricht die Worthäufigkeit dem sogenannten Zipf'schen Gesetz… Kennen Sie sich mit Linguistik aus?« Er nippte an seinem Kaffee. »Nein? Nun, dem Zipf'schen Gesetz liegt ein Potenzgesetz zugrunde, das mathematisch von der Pareto-Verteilung beschrieben wird. Das ist eine Wahrscheinlichkeitsverteilung…«

»x(y) ~ y -1/a «, sagte Anděl und trank einen Schluck Tee, »ja, die kenne ich.«

Leonhart sah ihn verblüfft an und erwiderte mit offensichtlichem Erstaunen: »Äh, ja – genau. Die Zipf'sche Verteilung entspricht genau der Pareto-Verteilung, allerdings unter Vertauschung von Ordinate und Abszisse, also: y(x) ~ x-a.«

»Damit wäre das Zipf'sche Gesetz die Umkehrfunktion der Pareto-Verteilung. Hm, das würde also bedeuten, dass bestimmte Wörter viel häufiger vorkommen als andere und die Verteilung einer Hyperbel 1/n ähnelt, ja?«, schlussfolgerte Anděl. »Interessant.«

Leonhart starrte ihn mit offenem Mund an und nickte nur.

»Er kann nichts dafür«, warf Nebeský ein, »er ist promovierter Mathematiker. Aber Sie erwähnten zwei Ergebnisse dieser Analyse. Was ist das zweite?«

»Oh… äh – ja, das zweite Ergebnis war, dass die Wortentropie mit 10Bit/Wort der von Latein oder Englisch gleicht.« Das Ende seiner Zigarette glühte wieder lang und knisternd auf.

Der Professor ist ein gieriger Raucher, dachte Anděl. Ist er auch ein gieriger Mensch?

»Und was heißt *das*?«, fragte Nebeský. »*Ich* bin bloß studierter Polizist…«

»Das ist ein Begriff aus der Physik und aus der Informationstheorie, Herr Inspektor. Die Entropie ist im informationstheoretischen Verständnis das Maß für den mittleren Informationsgehalt pro Zeichen einer Quelle, die ein System oder … «

»Vielleicht könnten wir diese mathematischen Spielereien abkürzen, wenn Sie nichts dagegen haben, Herr Professor«, unterbrach ihn Anděl. »Ich denke nicht, dass diese Details der linguistischen Analyse für uns von Bedeutung sind.«

»Oh, selbstverständlich, Herr Kommissar … äh, ich meine Herr Doktor – so unter Kollegen, nicht wahr –, das ist für Ihre Ermittlungen sicher nicht relevant.« Er drückte umständlich seine Zigarette aus, die bis zum Filter abgebrannt war.

»Bleiben Sie doch einfach beim Kommissar, Herr Professor, wir sind hier ja nicht an der Uni«, sagte Anděl und konnte sich den Hauch eines Grinsens nicht verkneifen.

»Ich will aber trotzdem wissen, was das ist – dieses Wortentropie-Zeug«, beharrte Nebeský.

»Einfach nur die Wahrscheinlichkeit, mit der ein Wort in einer Sprache auftritt, Ota«, erklärte Anděl.

»Ach so, sag's doch gleich …«

»Das Voynich-Manuskript wurde also bis heute nicht entschlüsselt, aber es gibt Hinweise, dass es sich bei der Sprache um eine natürliche handelt. Sonst noch irgendwelche relevanten Besonderheiten?«, fragte Anděl.

»Nun, zum Beispiel gibt es kaum Wörter mit mehr als zehn oder weniger als drei Buchstaben«, erläuterte der Professor, der sich von seiner Verblüffung offenbar erholt hatte, »und es scheint initiale und finale Buchstabenformen zu geben. Das sind Sonderformen von Zeichen am Wortanfang und -ende, wie man sie aus semitischen Sprachen kennt.«

»Wissen Sie, ich kann mir kaum vorstellen, dass nicht irgendjemand mit einer Entschlüsselung – oder dem Versuch einer solchen – an die Öffentlichkeit getreten ist«, sagte Anděl nachdenklich.

»Oh, das schon, natürlich. Versucht haben das viele. Einer war William Romaine Newbold, ein Dozent für Philosophie an der University of Pennsylvania in Philadelphia. Er hat die Theorie der Mikroschrift entwickelt, wonach der eigentliche Inhalt des Voynich-Manuskripts in mikroskopisch kleinen Unregelmäßigkeiten der Schriftzeichen versteckt sein soll. Er behauptete, bei genauer Betrachtung würden darin Zeichen einer altgriechischen Kurzschrift erkennbar.«

Anděl betrachtete die kleinen Buchstaben skeptisch. »Aber das würde doch voraussetzen, dass der Autor schon um das Jahr 1500 im Besitz eines Mikroskops gewesen sein müsste …«

»Genau das hat Newbold in gewissem Sinne behauptet.«

»Meines Wissens wurde das Mikroskop erst Anfang des 17. Jahrhunderts erfunden, von den Gebrüdern Jensen …«

»Das *Mikroskop*, ja. Aber es wird angenommen, dass schon die alten Griechen wussten, dass man mit gekrümmten Spiegeln und mit Wasser gefüllten hohlen Glaskugeln Vergrößerungseffekte erreichen konnte. Die erste schriftliche Erwähnung stammt allerdings erst aus dem Jahr 1000 nach Christus von einem Araber namens Alhazen, der mit kleinen Glaskugeln experimentierte. Und von Roger Bacon weiß man, dass er solche Kugelelemente als Vergrößerungsglas für schwachsichtige Menschen nutzte. Es wäre also vielleicht möglich gewesen. Immer vorausgesetzt natürlich, dass Bacon der Autor *war*. Nun, abgesehen davon hat sich Newbold nach seinem Studium des Manuskripts auch zu der Behauptung verstiegen, dass Bacon bereits die Spiralstruktur des Andromeda-Nebels bekannt gewesen sei.«

»Aber die wurde doch erst Anfang des 20. Jahrhunderts mithilfe riesiger Teleskope entdeckt«, wandte Nebeský ein. »So scharfe Augen kann dieser Bacon doch gar nicht gehabt haben – Kugelelemente hin oder her.« Als der Professor ihn ebenso erstaunt ansah wie vorhin den Kommissar, fügte er achselzuckend hinzu: »Ich bin gelegentlicher Sternengucker, nichts weiter. Ein kleines Hobby. Macht sich gut bei Rendezvous im Mondenschein.«

»Hm, ja. Ich gebe zu, ich bin erstaunt über Ihre – äh, weitgefächerten Interessen, meine Herren. *Chapeau.*« Er lächelte. »Was nun Newbolds Theorie angeht, die wurde letztlich in Bausch und Bogen verdammt. Er hat das allerdings nicht mehr erlebt. Bevor er eine vollständige Dechiffrierung vorlegen konnte, ist er im September 1926 überraschend verstorben.«

»Und die Zeichen selbst? Das Alphabet?«, fragte Anděl.

»Das ist wohl erfunden. Soweit man das jedenfalls bisher sagen kann. Sie sehen, da gibt es noch eine Menge offener Fragen.«

»Es sieht hübsch aus«, sagte Anděl, »ich habe im ersten Moment an Sanskrit oder Hindi gedacht.«

»Ja«, pflichtete Leonhart ihm bei, »es gibt da gewisse Ähnlichkeiten – auf den ersten Blick. Aber es ist weder das eine noch das andere. Interessant ist auch der Schriftduktus. Es sieht aus, als wäre der Schreiber in der verwendeten Schrift und Sprache firm gewesen …«

»Woraus schließen Sie das?« Interessant, dachte er, was man alles aus einem unverständlichen Manuskript herauslesen konnte. Letztendlich war das eine ähnliche Arbeitsweise wie die der Polizei. Man fand einen Fingerabdruck und allerlei andere Spuren und analysierte so lange, bis aus anonymen Spuren ein Täter mit Namen und Adresse wurde.

»Nun, wenn jemand etwas in einer ihm fremden Sprache oder Schrift schreibt, sehen die Zeichen abgemalt aus, es entstehen sichtbare Unsicherheiten. Außerdem fehlen in dem Manuskript Korrekturen und Durchstreichungen. Das ist ein Indiz für eine Vorlage, von der abgeschrieben wurde. Möglicherweise ist das Manuskript also die Kopie eines noch älteren Textes. Wie gesagt, das Manuskript ist ein großes Mysterium.«

Wie dieser ganze Fall, dachte Anděl. Die Ausführungen des Professors hatten ihn bisher noch nicht weitergebracht. »Was hat es mit den Zeichnungen auf sich?«, fragte er. Das Manuskript begann ihn trotzdem zu faszinieren – wie alle Probleme, die sich nicht auf den ersten oder zweiten Blick erschlossen. Eine harte Nuss, genau das, was er liebte. Wie Fermats letzter Satz, an dem sich über dreihundert Jahre lang die größten Mathematiker der Welt die Zähne ausgebissen hatten, bis ein englischer Professor ihn Mitte der Neunzigerjahre endlich bewiesen hatte. An dieser Nuss war auch Anděl selbst gescheitert und hatte daraufhin seine kurze Universitätslaufbahn als Mathematikprofessor in den USA beendet, um schließlich in seiner Heimat Tschechien in den Dienst der Kriminalpolizei zu treten. Und nun hatte er wieder eine ähnlich harte Nuss vor sich – noch älter, noch schwieriger, wie es schien.

»Die Zeichnungen sind ähnlich verzwickt«, sagte Leonhart, »auf den ersten Blick scheinen es Pflanzen zu sein, aber nach Auskunft von Botanikern, die sich damit befasst haben, gibt es auf der Erde keine bekannten Pflanzen, die tatsächlich in allen Details so aussehen. Auch hier weiß man also nicht, worum es sich wirklich handelt.«

»Und die nackten Damen im Bade?«, fragte Nebeský interessiert. Frauen, Fußball und Rockmusik waren die wichtigsten Koordinaten in seinem Leben, wenngleich in wechselnder Wichtigkeit.

»Bisher haben wir vier Deutungsmöglichkeiten. Erstens: Es handelt sich einfach um badende Frauen; zweitens: um die Darstellung menschlicher Fortpflanzungsorgane; drittens: um Seelen auf Wanderschaft; oder viertens: um etwas ganz anderes.«

»Man weiß also weder, um welche Schrift noch um welche Sprache noch um welche Pflanzen es sich handelt oder was diese Frauen darstellen sollen«, fasste Anděl zusammen. »Gibt es denn, sagen wir, Arbeitshypothesen, um was es sich bei dem Inhalt des Manuskripts handeln *könnte*?«

»Oh, natürlich«, erwiderte Leonhart mit einem Lächeln, »zuhauf. Die Hypothesen füllen ganze Bücher. Im Allgemeinen gehen die meisten damit befassten Experten – und tüftelnde Laien, nebenbei bemerkt – davon aus, dass es sich um ein alchemistisches Manuskript handelt. Nicht zuletzt deshalb, weil Rudolph II. es für seine Sammlung erworben hat.«

»Und abgesehen von Rudolf?« Kein Wunder, dachte Anděl, dass dieser verschrobene Kaiser ein solches Manuskript erworben hatte. Die riesige Alchemie- und Kunst-Sammlung Rudolfs war nicht umsonst legendär – und leider für immer verloren.

»Es gibt in dem Manuskript eine sogenannte astronomische Sektion mit ganzseitigen Diagrammen mit Sonne, Mond, Sternen und Tierkreiszeichen inmitten von konzentrischen Kreisen, auf denen sich Frauen, die je einen Stern halten, im Uhrzeigersinn bewegen. Der Text auf diesen Seiten ist spärlich. Auch hier weiß man nicht, worum es sich handelt, aber man kann es mit der Alchemie in Verbindung bringen. Außerdem gibt es eine Sektion mit etwas, das wie Rezepte aussieht. Möglicherweise Rezepte für die Herstellung von Medikamenten.«

»Was meinten Sie mit ›tüftelnden Laien‹«, fragte Nebeský, »ist dieses Voynich-Manuskript denn öffentlich zugänglich?«

»O ja. Jeder kann es sich im Internet ansehen. Seit 1969 befindet es sich unter der Katalognummer MS 408 im Bestand der *Beinecke Rare Book and Manuscript Library* der Yale University in den USA, und im Internet gibt es eine ganze Reihe von Foren, die sich mit seiner Entschlüsselung befassen.« Er nannte einige Internetadressen, die Nebeský eifrig notierte.

»Wenn es sich tatsächlich um ein alchemistisches Manuskript handelt, würde das natürlich auch die Verschlüsselung erklären«, fuhr Leonhart fort. »Die Alchemisten verwendeten für ihre Schriften Geheimzeichen und eine verschlüsselte Schreibweise, damit Uneingeweihte die Schriftstücke nicht lesen, geschweige denn verstehen konnten. Eine sogenannte Arkansprache.«

»Ich kann mit Alchemie ja nicht viel anfangen«, sagte Nebeský und seufzte. »Dieses esoterische Zeug ist doch Humbug.«

»Nun, als Humbug würde ich das nicht bezeichnen, Herr Inspektor«, erwiderte der Professor, »immerhin ist die Alchemie die Mutter der modernen Chemie. Und als geborener Prager, der Sie ja offensichtlich sind, sollten Sie die Magie dieser Stadt gewissermaßen in Ihren Genen tragen. Immerhin gibt es hier in unserem böhmischen Kessel bis heute echte Alchemisten, das kann nicht jede Weltgegend von sich behaupten. Aber ich glaube, ich weiß, was Sie meinen. Mit der Esoterik haben Sie jedenfalls recht.«

»Ach, ja?« Nebeský war sichtlich überrascht.

»Nun, die Alchemie ist in der Tat eine esoterische Wissenschaft, nämlich im eigentlichen Sinne des Wortes eine Geheimwissenschaft. Das Wort ›Esoterik‹ geht auf das altgriechische Wort *esoterikós* zurück und bedeutete ursprünglich ›die eigene Gemeinschaft betreffend‹ oder ›der allgemeinen Öffentlichkeit nicht zugänglich‹. Das Gegenteil ist ›*exoterikós*‹, ›auswärtig‹ oder eben ›nicht zur eigenen Gemeinschaft gehörend‹. In diesem Sinne waren zum Beispiel die meisten Werke der griechischen Philosophen ›esoterisch‹, denn sie waren nur für die Schüler der jeweiligen Philosophieschule gedacht, nicht für die Allgemeinheit. Das galt im Übrigen auch für die Zünfte oder die Bauhütten im Mittelalter – auch sie waren in diesem Sinne ›esoterische‹ Gemeinschaften oder Geheimgesellschaften.«

»Sie erwähnten vorhin eine Arkansprache, Herr Professor«, warf Anděl ein. Dunkel erinnerte er sich an heimlich mitgehörte, damals unverständliche Gespräche seines Vaters mit dessen Logenbrüdern in der Anděl'schen Heimwerkstatt hinter der Garage. Während des Kommunismus waren die Freimaurerlogen ebenso verboten gewesen wie die Pfadfinder. Doch seine Eltern und einige ihrer Freunde hatten sich davon nicht einschüchtern lassen. Während sein Vater die monatlichen Logentreffen in dem umfunktionierten Bastelraum abhielt, unterrichtete seine Mutter mithilfe anderer Mütter deren mitgekommene Sprösslinge darin, Knoten zu binden, Spuren zu lesen, Feuer zu machen und vor allem, eine freiheitlich-demokratische Geisteshaltung einzunehmen. Es war sehr viel Glück dabei gewesen, dass sie nie aufgeflogen waren. Wer hätte gedacht, dass er ein Vierteljahrhundert später wieder mit diesen geheimnisvollen Dingen zu tun haben würde. Ob sein Vater und dessen Logenbrüder sich auch mit Alchemie befasst hatten, fragte er sich. Er hatte nie danach gefragt. Während der Professor erzählte, versuchte Anděl, sich die Werkstatt seines Vaters in Erinnerung zu rufen – war in den vielen Dingen, die dort herumgestanden hatten, etwas gewesen, das in ein alchemistisches Labor gehören würde? Ihm fiel nichts ein. Nur die großen Weckgläser seiner Mutter auf dem Fensterbrett, in denen sie unter anderem allerlei Arten von Kräuterölen und -essigen hergestellt hatte. Wahrscheinlich war sie die echte Alchemistin der Familie.

»Eine Arkansprache ist nichts anderes als eine Geheimsprache. Die Schriften wurden bewusst schwer verständlich verfasst, damit ein Unbefugter, der die Grundkenntnisse der Zunft nicht beherrschte, sie nicht verstehen konnte. Heute würde man von einer Fachsprache sprechen.«

»Aber so unverständlich wie das da ist doch heute keine Fachsprache mehr«, sagte Nebeský skeptisch und deutete auf die Manuskriptseite auf dem Tisch.

»Dass Sie sich da mal nicht täuschen, Herr Inspektor. Das Universitätsstudium zum Beispiel ist auch heute noch eine Einführung oder ›Einweihung‹ in die ›Arkansprache‹ der jeweiligen Wissenschaft. Nehmen Sie nur als Beispiel die Chemie. Wissen Sie als Laie, was *2-β-D-Fructofuranosyl-1-α-D-Glucopyranosid* ist?« Der Professor lehnte sich mit hochgezogenen Brauen zurück.

Nebeský starrte ihn verständnislos an. »Keine Ahnung, nie gehört.«

»Sehen Sie, dabei handelt es sich um einen Stoff, mit dem wir täglich zu tun haben, den wir aber gewöhnlich als Haushalts- oder Kristallzucker bezeichnen.«

»Na schön, Sie haben recht, auch bei uns gibt es so gesehen eine Art ›Geheimsprache‹. Aber dieses Gerede vom Goldmachen in der Alchemie ist doch absurd«, sagte Nebeský und verschränkte wie zur Abwehr die Arme vor der Brust.

»Nach heutigem Wissen haben Sie natürlich recht. Heutzutage wird die Alchemie gemeinhin als Kunst des Goldmachens verstanden – eine vergebliche Mühe natürlich. Denn die chemischen Elemente lassen sich nur mithilfe großer Energie, wie sie bei Kernreaktionen auftritt, umwandeln. Über diese Möglichkeiten verfügten die mittelalterlichen Adepten der Alchemie natürlich nicht. Aber für die Alchemisten war die Umwandlung eines unedlen Metalls in Gold auch keine Elementumwandlung, sondern eine Stoffumwandlung.«

»Wo liegt da der Unterschied?«, mischte sich Anděl wieder in das Gespräch ein und nippte an seinem inzwischen kalten Tee. Er verzog das Gesicht, gab vier Stück Zucker hinein und rührte um. Im Gegensatz zu kaltem Kaffee, war kalter Tee glücklicherweise durchaus durch Zucker zu retten.

»Nun«, erläuterte Leonhart, dem das Gespräch offensichtlich Spaß machte, »noch im 18. Jahrhundert wurde die Theorie der vier Elemente Erde, Wasser, Feuer, Luft akzeptiert, die auf den griechischen Philosophen Empedokles zurückgeht. Nach dieser Theorie ist es durchaus möglich, ein solches Element in ein anderes umzuwandeln. Lassen Sie mich das an einem einfachen Beispiel erklären: Wenn man Holz in einem Reagenzglas erhitzt, entstehen Gase, das heißt, es entsteht das Element Luft, dazu flüssiger Holzgeist, das wäre das Element Wasser, dann noch Asche, das Element Erde, und schließlich ein brennbares Gas, das Element Feuer. Nach alchemistischer Auffassung haben Sie das Holz somit in vier Elemente umgewandelt. Erst in der modernen Chemie ist das Element als ein Stoff definiert, der chemisch nicht mehr zu zerlegen ist. Erst seit dieser Zeit ist also eine sogenannte *Transmutation* definitionsgemäß nicht mehr möglich. Die moderne Chemie wurde übrigens erst von Antoine-Laurent de Lavoisier geschaffen, das war Ende des 18. Jahrhunderts. Sie sehen, es ist vor allem eine Frage der Definition: Was bezeichne ich als Element, und was verstehe ich unter Umwandlung?«

»Sag ich doch – alles Humbug mit dem Goldmachen«, meinte Nebeský störrisch und griff nach der Zigarettenschachtel.

»Da betrachten Sie die Alchemie von einem rein materialistischen Standpunkt aus. Aber diese Wissenschaft befasste sich mit weit mehr als nur mit der Herstellung von Gold. Die materielle Seite war sicher ein wichtiger Teilaspekt. Es ging den echten Adepten aber eigentlich um etwas ganz anderes.«

»Und das wäre?«, fragte Nebeský skeptisch und blies Rauch Richtung Decke. Ringe, wie beim Professor wurden allerdings nicht daraus. »Um den Stein der Weisen? Ich dachte das wäre das Gleiche.«

»Ja und nein, Herr Inspektor«, erwiderte Leonhart. »In der europäischen Kulturgeschichte wird die Alchemie auch als ›hermetische Philosophie‹ bezeichnet. In dieser Philosophie wurde das Beste aus den verschiedensten kulturellen und religiösen Strömungen der Zeit zusammengefasst. Dazu gehörte auch die Naturbetrachtung – wohlgemerkt nicht Naturwissenschaft – mit einer kosmologischen Komponente. Es ist also eher so, dass die Alchemie derjenige Teil der hermetischen Philosophie ist, der sich mit der Umwandlung der Stoffe im Labor beschäftigt. Die Alchemie war ein ganz anderes System der Naturerklärung als unsere heutige Naturwissenschaft.« Leonhart sah Anděl fragend an, und als der nickte, nahm sich der Professor eine weitere Zigarette aus der Schachtel des Kommissars. Nebeský gab ihm Feuer.

»Sie meinen also, es war eine Art holistische Wissenschaft?«, fragte Anděl, stand auf, ging zum Fenster und öffnete es. Die maisgelbe Fassade des Gebäudes gegenüber wurde von der Nachmittagssonne in strahlendes Gold verwandelt. Auch eine Art Transmutation, dachte er jeden sonnigen Nachmittag wieder. Kein Wunder, dass Prag bis heute eine Aura der Magie und des Märchenhaften umgab. Zwar war es natürlich eine moderne Großstadt, doch die Innenstadt wirkte, als sei sie nur zufällig und erst kürzlich aus dem Mittelalter in die Neuzeit geraten – mit allen Vor- und Nachteilen dieser Zeitreise. Die Gassen waren zu eng für den modernen Verkehr, die von Hunderttausenden Schuhen über die Jahrhunderte blank polierten Pflastersteine im Winter bei Schnee und Eis fast lebensgefährlich, die Fassaden und Statuen auf Dauer den Abgasen der viel zu zahlreichen Autos nicht gewachsen. Aber dafür war es ein Geschenk, hier leben zu dürfen, fand er. Die Innenstadt war pures Mittelalter, aber ohne den Gestank, den Dreck und die geistige Beschränktheit jener Zeit. Eine ähnlich zauberhafte Atmosphäre hatte er nur noch in Venedig erlebt. Von unten drangen Stimmen zu ihm herauf, Lachen. Er warf einen Blick auf die Straße unter ihm und lächelte. Zwei in Kniebundhosen, Spitzenhemden, Dreieckshüte und Samtgehröcke gekleidete Männer spazierten dort vermutlich Richtung Betlehems-Platz. Sogar passende Schnallenschuhe hatten sie an. Nein, nichts an den beiden Männern wirkte dem Eindruck entgegen, sie seien einer Zeitmaschine entsprungen. Es war schon immer viel Schein in der Stadt unterwegs gewesen. Alles nur als ob, wie die Nacht mit Eva. Er verscheuchte diese fruchtlosen Gedanken, schloss das Fenster wieder und ging zurück zu seinem Stuhl.

»Genau«, antwortete der Professor jetzt auf Anděls Frage. »Zu dieser hermetischen Philosophie gehörten auch die Medizin, die Religion, die Kunst und die Wissenschaft. Das System umfasste außerdem auch moralisch-ethische und ästhetische Kategorien. Unter anderem deshalb bezeichneten die Alchemisten selbst ihre Wissenschaft als Kunst. Dies hier«, Leonhart fischte einen Schlüsselbund aus seiner Hosentasche, an dem ein großer, runder Schlüsselanhänger hing, und legte ihn auf den Tisch, »ist übrigens das Symbol dieser Ganzheitlichkeit – der Uroboros, die Schlange, die sich selbst in den Schwanz beißt. Es ist außerdem das Symbol der ewigen Wiederkehr, des ewigen Lebens.«

»Und was hat es mit dem Stein der Weisen auf sich?«, fragte Anděl, der sich inzwischen fühlte, als sei er in eine Vorlesung geraten. Aber die Sache interessierte ihn, wenngleich er mit diesen Dingen, von denen der Professor erzählte, bisher nicht allzu viel anzufangen wusste. Und ob seine Erläuterungen zur Lösung ihres Falles beitragen konnten, stand im Moment auch in den Sternen.

»Der Stein der Weisen«, sagte Leonhart, »oder auch *Lapis*

philosophorum, ist einerseits einfach dasjenige Mittel, das unedle Metalle in Gold umwandeln kann. Es ist auch kein Stein, sondern ein goldgelbes oder rotes Pulver ...«

»Aber eines verstehe ich immer noch nicht«, sagte Nebeský, »warum waren denn die Alchemisten so scharf darauf, ihr Wissen geheim zu halten? Beim Goldmachen sehe ich das ja noch ein, aber Sie sagten, das sei nur ein Teilbereich gewesen. Warum auch das andere Wissen – die Philosophie und all das andere?«

»Sie hatten Angst, dass dieses Wissen in falsche Hände geraten könnte und dadurch – mit den Worten Isaak Newtons, der selbst ein Alchemist war – ›ungeheure Vernichtung über die Welt‹ gebracht würde. Diese Auffassung vertrat – im zwanzigsten Jahrhundert – auch Joseph Needham, der Erforscher der chinesischen Alchemie. Ich darf frei zitieren: ›Als die Ethik aus den Wissenschaften vertrieben wurde‹, sagte Needham, ›wurde alles anders und bedrohlicher. Die Wissenschaft braucht das Beziehungsgefüge von weltanschaulichen, historischen und ästhetischen Erfahrungen. Allein und isoliert kann sie großen Schaden anrichten, sie kann nicht nur die Menschheit, sondern alles Leben auf der Erde auslöschen.‹ Zitat Ende. – Diesem Problem sind wir heute sehr nahe, wenn ich so sagen darf – nicht nur wegen der Atombombe.«

21

Sie schwiegen alle eine Weile nachdenklich, dann wandte sich Anděl an den Professor. »Hm. Sie sagten eben, der Stein der Weisen sei einerseits ein Pulver zur Goldherstellung gewesen – und andererseits?«

»Nun, andererseits war man der Auffassung, dass eine kleine Menge davon, aufgelöst in Wein, ein universelles Heilmittel darstelle. Etwas in der Art eines *Aurum potabile*, flüssigen oder trinkbaren Goldes. Das wahre Elixier des Lebens. Sehen Sie«, sagte der Professor, drückte seine Zigarette aus und lehnte sich im Stuhl zurück, »die abendländische Alchemie war vor allem an der Goldherstellung interessiert, aber die chinesische und indische Alchemie befasste sich vorrangig mit ebendiesem Elixier des Lebens. Nicht umsonst ist *Ayurveda*, die alte indische Heilkunst, die ›Wissenschaft vom Leben‹ – es ist eine holistische Wissenschaft. Dazu gehört nicht nur die Heilkunst, sondern auch die Philosophie, das Yoga, die Meditation und ethisch-moralische Vorstellungen und Gebote. Wie gesagt, die Medizin war immer ein Teil der hermetischen Wissenschaft, ebenso wie die Alchemie. Und in der Menschheitsgeschichte befasste man sich immer wieder auch mit der Erforschung von Allheilmitteln und der Suche nach dem ›ewigen Leben‹. Nicht nur in Asien, auch in Europa.«

»Ich hole noch mal Kaffee«, sagte Nebeský und sammelte die inzwischen leeren Gläser ein. »Für dich wieder Tee?«, fragte er seinen Partner.

Anděl nickte und beobachtete nachdenklich den Rauch, der sich von Nebeskýs schlecht ausgedrückter Zigarette aus dem Aschenbecher kringelte. Ein alchemistisches Manuskript, also. Der Professor hatte, wie ihm bewusst war, nur einen winzigen Teil erklärt, nur den sichtbaren Teil des Eisbergs sozusagen, trotzdem mochte das alles ihnen irgendwie helfen. Fragte sich nur, wie. Sie hatten dieses Pergament zufällig in Apolonia Strettiovás Wohnung gefunden. Hinter einem Gemälde, aus dem eine Ikone verschwunden war … Hatte sich in dem Umschlag, den Blábolil im Hotelsafe deponiert hatte, auch so ein Manuskript befunden? Hoffentlich fand Meda eine Spur, die sie zu diesem Sebastián Gruß führte. Und dann war da noch jener ominöse Herr Hermes, der angeblich auf der Suche nach den verschollenen Blättern des Voynich-Manuskripts war … Die verschollenen Blätter – danach musste er den Professor auch noch fragen.

Nebeský kam mit einem Tablett herein, stellte die Getränke auf den Tisch und griff wieder zu Block und Stift.

»Sie sagten vorhin, die Alchemie oder die hermetische Philosophie sei eine ganzheitliche Wissenschaft, Herr Professor«, wandte Anděl sich an Leonhart und gab vorsichtshalber wieder drei Stück Zucker in seinen Tee. Das Gebräu war Nebeský reichlich dunkel geraten. »Aber was Sie uns bisher erklärt haben, bezog sich vor allem auf die materielle Seite – was ist mit der immateriellen, der rein philosophischen Seite der Sache?« Er schob Leonhart die Schachtel mit dem Zucker hin, aus der sich der Professor großzügig bediente.

»Nun, spätestens seit C.G. Jung und seinen Arbeiten zur Alchemie wissen wir, dass sie auch eine psychologische Komponente hat. Damit haben sich allerdings auch schon andere vor ihm beschäftigt, aus deren Erkenntnissen er geschöpft hat. Einer davon war der Amerikaner Ethan Allen Hitchcock. Er besaß eine der größten Sammlungen alchemistischer Werke in den USA und behauptete, dass die Wissenschaftshistoriker das wahre Ziel der Alchemisten nicht verstanden hätten.«

»Ich dachte, das Ziel war das Goldmachen oder das Elixier des Lebens?«, sagte Nebeský irritiert.

»Hm. Wie kann ich Ihnen das erklären?« Leonhart spitzte nachdenklich die Lippen. »Nun, nach Auffassung von Hitchcock und anderen geht es bei der Alchemie eigentlich um den Menschen und seine Vervollkommnung hin zu einer Einheit mit seiner göttlichen Natur. Die Alchemisten strebten nach einem tiefen, allumfassenden Verständnis der Natur. Die Suche nach dem Stein der Weisen ist damit letztlich die Suche nach sich selbst, nach dem Heiligen in uns; nach Erleuchtung, wenn Sie so wollen. Es ist ein philosophisches oder spirituelles Problem.«

»Das hört sich an wie die Suche nach dem heiligen Gral«, sagte Nebeský.

»Durchaus. Die Alchemie hatte, wie gesagt, immer auch religiöse und mystische Aspekte. Sehen Sie, die Adepten waren der Auffassung, dass jeder diesen Weg für sich allein gehen musste, deshalb durfte er auch nicht beschrieben werden. Im Mittelalter stand die Todesstrafe auf den Verrat von Zunftgeheimwissen. Deshalb gab es die Arkansprache. Da schließt sich der Kreis. Jeder sollte für sich selbst den Stein der Weisen suchen und schließlich finden müssen – im materiellen wie im spirituellen Sinne. Nur dann war die ganze Mühe von Wert. Es ist ein Weg über die materielle Welt in die philosophische und spirituelle Welt, ins Innerste des Menschen. Letztlich wohl ein Weg zu Gott.«

»Aber was soll die Sache mit dem Goldmachen oder dem Elixier des Lebens mit der Erleuchtung zu tun haben?«, fragte Nebeský, für den das alles trotz der Erläuterungen des Professors ein Buch mit sieben Siegeln blieb.

»Jean Dubois, ein Franzose, der Ende der Siebzigerjahre eine Gesellschaft namens *Les Philosophes de la Nature* gründete, erklärte das einmal in einem Interview folgendermaßen: Er sagte, er glaube, dass die Alchemie ein Einweihungsweg sei, der keine Täuschung zulasse. Es sei der einzige Einweihungsweg, bei dem es eine *objektive Kontrolle* im Labor gebe. Wenn, so Dubois, Ihre Experimente zeigen, dass Sie über die üblichen materiellen Gesetze des Universums hinausgehen können, zeige dies, dass Sie ein Alchemist seien, der ein inneres Erwachen erlebt hat. Das entspricht im Übrigen der Ansicht von Paracelsus, der gesagt hat: ›Du wirst nichts transmutieren können, wenn du dich nicht zuvor selbst transmutiert hast.‹ Man muss also zuerst sich selbst umwandeln, um die materielle Welt umzuwandeln.«

»Hat das Tarot irgendwie mit all diesen Dingen zu tun?«, fragte Anděl.

»Ja, durchaus«, bestätigte Leonhart eifrig. »Sie kennen sich damit aus?«

»Nun«, sagte Anděl zögernd, »ich weiß, dass es eine Art esoterisches Kartenspiel ist. Wir haben eine Tarot-Karte gefunden …« Immer weiter hatten sie sich mit den Ausführungen des Professors von dem entfernt, worum es eigentlich ging, dachte Anděl. Ein langer Weg, der sie aber jetzt tatsächlich zu der Tarot-Karte geführt hatte, die sie sowohl bei Hynek Blábolil als auch bei Apolonia Strettiová gefunden hatten. Aber wo würde das alles enden? Beim Gottesbeweis?

»Das ist ja interessant«, sagte Leonhart und sah Anděl fragend an.

»Lassen Sie uns bitte zunächst klären, was es mit dem Tarot auf sich hat, Herr Professor«, bat Anděl, »ich möchte Sie in Ihren Erläuterungen nicht beeinflussen. Außerdem brauche ich zuerst etwas Hintergrundwissen.« Als hätte er nach all den Erklärungen Leonharts nicht schon mehr als genug davon.

»Selbstverständlich«, sagte Leonhart, stützte die Ellenbogen auf die Armlehnen und legte die Fingerspitzen aneinander, »also, das Tarot ist tatsächlich im Wortsinne ein esoterisches Kartenspiel. Es beschreibt, kurz gesagt, die Suche nach der Erkenntnis der Welt. So gesehen ist es eine Art Bilderbuch, das diese wichtigste Reise eines jeden Menschen für alle Eingeweihten verständlich in – nun ja, modern gesprochen –, sozusagen in Comicform beschreibt. Allerdings ohne Sprechblasen.« Er lächelte. »Im Grunde ist das Tarot der Vorläufer unserer Kartenspiele, aber es enthält nicht nur die zweiundfünfzig heutigen Karten, sondern achtundsiebzig. Von den anderen sechsundzwanzig Karten gibt es in unserem Kartendeck nur noch den Joker, den Narren. Abgesehen von den Zahlenkarten von eins bis zehn und den Hofkarten Bube, Dame und König, enthält das Tarot noch eine weitere Bildkarte, die Prinzessin. Diesen Teil des Tarots nennt man die Kleine Arkana. Sie sehen, auch hier begegnet uns dieses Wort: Arkana, wie in der Alchemie das Arkanum – das Geheime. Die Große Arkana, das große Geheimnis, ist der andere Teil des Tarots, der aus unseren Kartenspielen verschwunden ist. Es sind zweiundzwanzig Bildkarten, die eine Art Lebenszyklus darstellen. Sie beginnen mit dem Narren, dem unwissenden Menschen, der sich auf den Weg in die Welt begibt. Die Nummer dreizehn beispielsweise ist der Tod …«

»Aber dann ist der Lebensweg ja schon nach der Hälfte zu Ende«, sagte Nebeský, »wofür sind dann die weiteren Karten gut?«

»Nun, das Ende ist immer auch ein Anfang, Herr Inspektor«, erläuterte der Professor. »Im Falle des Tarot markiert es den Übergang von der äußeren, materiellen Welt in die innere, geistige Welt. Die letzte Karte, eine Darstellung der Welt selbst, symbolisiert die angestrebte Erkenntnis, das Wissen um die Zusammenhänge der Welt – die Erleuchtung, wenn Sie so wollen. Und dargestellt wird die Welt auf dieser Karte als nackte, tanzende Frau«, fügte er schmunzelnd hinzu, »das zumindest müsste Ihnen doch gefallen, oder?«

»Na, das passt ja wie die Faust aufs Auge«, sagte Anděl

mit leichtem Spott in der Stimme, »der himmlische Exoteriker auf der Suche nach Erleuchtung.«

»Sehr gut!« Nebeský lachte. »Das gefällt mir wirklich. Das ist in all diesem Zeug endlich etwas, womit ich was anfangen kann.«

»Wir haben, wie gesagt, eine Karte gefunden, die nach Tarot aussieht«, sagte Anděl. »Gibt es nur eine Sorte dieser Karten, oder gibt es verschiedene Ausführungen?«

»Oh, die Auswahl ist groß«, sagte Leonhart und griff nach seiner Aktentasche, aus der er eine Schachtel holte. Er nahm ein Kartendeck heraus und legte es auf den Tisch. »Das ist eines davon. Es ist zwar kein klassisches Rider-Tarot, aber die Symbole sind weitestgehend die gleichen. Es gibt inzwischen Hunderte verschiedene Tarot-Decks.« Er breitete die Karten auf dem Tisch aus. »Es heißt *Prager Tarot*. Herrliche Bilder, wie ich finde, alles Collagen mit Prager Motiven – Fotos, Statuen, Gemälde. Fantastisch gemacht. Ich habe es mir erst kürzlich gekauft. Ich bin leidenschaftlicher Sammler, wissen Sie. Ein wirklich gelungenes Deck, finde ich.«

Anděl betrachtete die Bilder auf den Karten, die der Professor auf dem Tisch ausgebreitet hatte. Er musste Leonhart recht geben, es waren in der Tat faszinierende Bilder. Er griff nach einer der Karten. Der heilige Wenzel auf seinem umgedrehten Pferd – die witzige Skulptur des Prager Künstlers David Černý, dessen bemerkenswerte Werke inzwischen an vielen Ecken der Stadt zu finden waren, eines davon – der *Quo vadis?* genannte Trabbi auf vier Beinen – sogar im Garten der Deutschen Botschaft. Und seine schwarzen Riesenbabys krabbelten zum Erstaunen der Touristen den Fernsehturm hinauf. Doch diese gelungene Parodie auf das originale Reiterstandbild am oberen Ende des Wenzelsplatzes mochte Anděl besonders. Auf dieser Karte jedoch schwebte der Reiter, der auf dem Bauch seines Pferdes sitzt, welches die Beine in den Himmel reckt, nicht wie im wirklichen Leben in der Passage des Palác Lucerna am Wenzelsplatz, sondern in der Morgensonne über den verschneiten Dächern der Kleinseite. Und in der Hand hielt er nicht seine Standarte, sondern einen goldenen Kelch, in dem ein Puttenkopf steckte, den eine Art Heiligenschein umgab. Noch eine Parodie, fragte sich Anděl amüsiert, während sein Blick von einer weiteren Karte gefangen wurde. Sie zeigte die Statue des Rabbi Löw mit der unglücklich an ihm hängenden, nackten jungen Frau; aber nicht an ihrem gewohnten Ort, der rechten Ecke des Neuen Rathauses am Altstädter Mariánské-Platz, sondern ausgerechnet in der ehrwürdigen Bibliothek des Klosters Strahov. Wer auch immer sich diese Collagen hatte einfallen lassen, dachte Anděl, hatte einen besonderen Sinn für Humor. Während er die Karten betrachtete, überlegte er, dass man mit ihnen eine Art Schnitzeljagd durch die Stadt und ihre Museen veranstalten könnte – auf der Suche nach all den Skulpturen, Gebäuden, Gemälden und Zeichnungen, die in diesen erstaunlichen Collagen verarbeitet waren.

»Hier, das ist der Narr«, unterbrach der Professor Anděls abschweifende Gedanken, und zog eine der Karten heraus, die einen jungen Mann mit einem Füllhorn über der Schulter zeigte, der auf dem Rücken einer fliegenden Skulptur über den Dächern der Altstadt schwebte. Dem jungen Mann folgte ein Hündchen, das sich in den Zipfel seines Gewandes verbissen hatte, was den Burschen davor zu bewahren schien, vom Rücken der Skulptur auf die Stadt zu stürzen. »Und dies ist der Magier …«

»Das nenne ich einen Zufall«, rief Nebeský aus.

»In der Tat«, bestätigte Anděl und betrachtete die Karte nachdenklich. »Genau so eine Karte haben wir gefunden. Ist dieses Prager Tarot denn sehr verbreitet?«

Leonhart schüttelte den Kopf. »Ich glaube nicht, eher ein Sammler- oder Liebhaberdeck. Es ist eine recht junge Illustration, aus der Mitte der Neunzigerjahre, glaube ich. Aber durchaus in gewissen Läden in Prag zu bekommen. Ich habe es in der kleinen Esoterik-Buchhandlung in der Celetná-Straße gekauft. Und über das Internet gibt es sowieso fast alles zu erwerben.«

»Was bedeutet diese Karte, Herr Professor?«, fragte Anděl.

»Der Magier ist die zweite Karte der Großen Arkana mit der Nummer eins …«

»Wieso Nummer eins, wenn es die zweite Karte ist?«, fragte Nebeský verwirrt.

»Oh, entschuldigen Sie«, sagte Leonhart, »der Narr wird gewöhnlich mit der Null bezeichnet. Daher ist der Magier zwar die Eins, aber die zweite Karte. Nun, der Magier ist der Beherrscher der Elemente. Hier, sehen Sie, er steht hinter einem Tisch, auf dem die Farbensymbole der Elemente ausgebreitet sind: der Kelch, das Pentakel – hier als Sonnenscheibe – und das Schwert. Den Stab hält der Magier in Form eines Zepters in der Hand. Im Hintergrund sehen Sie ein Relief, das Merkur, den Götterboten zeigt, der einen Stab hält, um den sich zwei Bogen in Form einer Acht schlingen, was an den Äskulap-Stab der Ärzte erinnert.«

»Und was bedeutet die Karte?«

»Der Magier wird mit der bekanntesten Umwandlung eines heidnischen Gottes im Europa der Renaissance identifiziert, dem einzigartigen Beherrscher der Elemente – Hermes Trismegistos, dem ›Dreifach-Großen-Hermes‹. Auf vielen Tarot-Decks bilden die Arme des Magiers die alchemistische Glyphe für Mercurius, das Quecksilber. Auf der Karte aus dem Prager Tarot ist Merkur im Hintergrund selbst dargestellt. Mercurius war einerseits der lateinische Name für Hermes und andererseits das heilige Metall der Elementumwandlung. Hermes galt den Alchemisten als Begründer ihrer Kunst.«

»Der Beherrscher der Elemente also …«, sagte Anděl

nachdenklich. Absurd, dachte er, unlogisch, abergläubisch, unrealistisch … Was in aller Welt hatte die Leute in grauer Vorzeit geritten, sich solch abstruse Sachen auszudenken? War die Welt an sich nicht faszinierend und verlüffend genug? Mussten auch noch Götter und Magier dahinterstecken?

»Hermes«, fuhr Leonhart fort, »wurde auch lange mit Thot, dem altägyptischen Gott der Magie, gleichgesetzt, deshalb wurde das Tarot gelegentlich auch als ›Buch des Thot‹ bezeichnet. Das ursprüngliche Buch Thot enthielt nach altägyptischer Lehre magische Formeln, die einen Menschen unter anderem dazu befähigen sollten, alle Krankheiten zu heilen und sogar Tote wieder zum Leben zu erwecken. Daher wohl auch der Äskulap-Stab auf der Karte des Prager Tarots. Von koptischen und frühen römischen Christen wurde Hermes, oder Merkur, mit Christus gleichgesetzt. Hermes war auch der ›gute Schäfer‹, der die Seelen der Toten führte.«

»Hm, interessant«, murmelte Anděl.

»Ich könnte Ihnen möglicherweise besser helfen, wenn ich wüsste, in welchem Zusammenhang Sie diese Karte und das Manuskriptblatt gefunden haben, Herr Kommissar.«

»Noch einen Moment, bitte. Kleiner Themenwechsel. Ich habe noch eine andere Frage, die das Voynich-Manuskript betrifft. Sie sagten vorhin, das Original befinde sich in der Beinecke Library. Sie sagten aber auch, bei dieser Seite handle es sich bestimmt um ein Original – das passt nicht ganz zusammen, Herr Professor …«

»Ich habe mich schon gefragt, wann Ihnen das auffallen würde, Herr Kommissar«, erwiderte Leonhart mit einem süffisanten Lächeln und nahm sich eine weitere Zigarette, die er mit Nebeskýs Feuerzeug gierig anzündete, sodass die Spitze grell aufleuchtete und die Glut sich knisternd in das dünne Papier fraß.

22

Mit der Willenskraft des Professors scheint es nicht weit her zu sein, dachte Anděl. War der Professor nur gierig und willensschwach oder doch angespannt und nervös? Seine gelassenen Antworten und weitschweifigen Erklärungen ließen eher Ersteres vermuten, aber ganz sicher war sich der Kommissar nicht. Der Professor lehnte scheinbar entspannt in seinem Stuhl, verfolgte aber – trotz der zur Schau gestellten Gelassenheit – mit unruhigen Augen seine Rauchkringel auf ihrem Weg zur Decke. Ein widersprüchlicher Geselle, fand Anděl.

»Nun?«, hakte er nach einem Moment des Schweigens nach.

»Ich habe Sie nicht angelogen, wenn Sie das meinen. Dieses Blatt ist ein fantastischer Fund. Ein Jahrhundertfund, möchte ich fast sagen …«

»Das sagten Sie bereits. Warum?«

»Ganz einfach: Das Voynich-Manuskript in der Beinecke Library ist nicht vollständig. Es fehlen acht Blätter.«

»Wie das?«, fragte Anděl. Es gab keinen Grund, dem Professor zu verraten, dass ihm dieses Detail bereits bekannt war.

»Nun, das Manuskript ist im Laufe der Jahrhunderte durch viele Hände gegangen«, sagte der Professor achselzuckend, »die Seiten sind irgendwann offenbar verloren gegangen. Möglicherweise hat sie auch jemand absichtlich herausgenommen.«

»Warum?«, schaltete sich Nebeský wieder ein, froh, den Treibsand der Philosophien und Mythen verlassen zu können. »Meinen Sie als Souvenir, oder so?«

»Möglich. Aber es gibt auch die These, dass die acht Blätter einerseits den letzten Schritt zur Erlangung des Steins der Weisen enthalten – was auch immer man darunter letztendlich verstehen mag – und andererseits den Code zur Entschlüsselung des ganzen Manuskripts.«

»Wir haben Hinweise, dass verschiedene Leute hinter diesen verschollenen Blättern her sind.«

»Das glaube ich gerne. Viele Leute hätten diese Blätter gerne – aus den verschiedensten Gründen. Manche, weil sie tatsächlich glauben, das sie damit den Stein der Weisen finden, manche wegen des vermuteten Wertes …«

»Und warum wollen *Sie* sie haben?«, unterbrach ihn Anděl.

Leonhart starrte ihn einen Moment lang verblüfft an, dann lachte er. »Wie kommen Sie denn darauf? Ich bin lediglich ein Historiker mit einem Faible für die Alchemie. Das Voynich-Manuskript ist interessant, und Ihr Fund wird sicherlich in der Community Furore machen, möglicherweise auch außerhalb. Aber es gibt Leute, die weitaus mehr Interesse an diesen Seiten haben als ich. Damit will ich nicht sagen, dass ich die verschollenen Blätter wegwerfen würde, wenn ich sie finden sollte … Aber für mich ist das Voynich-Manuskript lediglich aus historischer Sicht von Belang.«

»Sie teilen also nicht die Auffassung, dass es sich um ein alchemistisches Manuskript handelt?«

»Nun, das schon, aber ehrlicherweise neige ich zu der Auffassung, dass es sich vor allem um einen Scherz handelt. Ich stimme da durchaus mit Gordon Rugg überein, der es für das raffinierte Werk eines Schelms hält und den Inhalt für bedeutungslosen Unsinn. Deshalb glaube ich auch nicht, dass es entschlüsselt werden kann. Ich denke, jemand hat sich damit über die damalige Gier nach Gold lustig gemacht. Eine falsche Fährte gelegt, wenn Sie so wollen. Aber natürlich kann ich mich täuschen …«

Wenn das Manuskript ein Scherz war, dachte Anděl, dann hatte dieser Scherz jetzt ziemlich tödliche Auswirkungen. Acht verschollene Blätter und zwei Tote. Sie hatten bisher ein Blatt gefunden, der Mörder möglicherweise weitere. Blieben noch einige übrig, die wahrscheinlich im Besitz von weiteren Menschen waren, von denen sie nichts wussten. Und da draußen lief ein Mörder herum, der offenbar bereit war, den höchsten Preis für diese alte, beschriftete Eselshaut zu zahlen. Aber warum? Um möglicherweise eine unentzifferte Anleitung zur Erlangung des Steins der Weisen in seinen Besitz zu bringen? Sollte es heutzutage wirklich noch Menschen geben, die daran glaubten, dass man Gold machen konnte? Oder ein Elixier des ewigen Lebens? Er konnte sich das beim besten Willen nicht vorstellen. Abgesehen davon wusste niemand, worum es in dem Manuskript *wirklich* ging – das hatte Dan Leonhart jedenfalls behauptet. Er wurde aus dem Historiker nicht recht schlau. Larissa hatte gesagt, der Professor habe sich ihr gegenüber als einer der rastlos Suchenden bezeichnet – nun bestritt er es. Warum? Ging es bei dieser Jagd nach den verschollenen Seiten vielleicht weniger um deren Inhalt, als um das Manuskript an sich?

»Was sind diese Seiten wert, Herr Professor?«, fragte Anděl nun.

»Wert? Sie meinen den Geldwert?« Leonhart zuckte die Achseln. »Schwer zu sagen. Sehen Sie, der letzte Besitzer des Voynich-Manuskripts, ein Buchhändler namens Hans P. Kraus, hat es 1960 für fünfundzwanzigtausend US-Dollar Voynichs Sekretärin abgekauft. Er wollte es gewinnbringend weiterveräußern, fand aber keinen Käufer. Schließlich stiftete er es neun Jahre später der Yale University. Ich weiß nicht, was die Beinecke Library heute für eines der verschollenen Blätter ausgeben würde ... Vielleicht würden sie warten, bis es auch gestiftet würde. Sicherlich gibt es auch Liebhaber, die bereit wären eine ganze Menge dafür springen zu lassen – Leute, wie der alte Blábolil, zum Beispiel ...«

»Der alte Blábolil? Sie meinen Hynek Blábolil?«, unterbrach ihn Anděl. Endlich waren sie wieder gänzlich in der Realität angelangt. Leonhart kannte ihn also tatsächlich, den Toten aus dem Grand Hotel.

»Hynek? Nein, der war nur ein harmloser Salonalchemist. Ich meinte seinen Vater, Emil. Er ist im Sommer verstorben. Der Alte war zeit seines langen Lebens auf der Suche – na ja, genau genommen seit dem Krieg, aber das kommt fast auf das Gleiche heraus, nicht wahr? Er hätte seine Großmutter dafür verkauft. Aber – Mord? Ich weiß nicht recht.« Er wiegte zweifelnd den Kopf hin und her und fuhr sich mit der Hand durch die Haare, sodass sie in wirren Büscheln vom Kopf abstanden. »Natürlich weiß ich, dass Menschen schon wegen weit geringerer Dinge umgebracht wurden, aber ob man für diese verschollenen Blätter viel Geld bekommen würde, kann ich wirklich nicht sagen. Möglicherweise ja, wenn man davon ausginge, dass das Voynich-Manuskript dann entschlüsselt werden könnte… Das wäre in der Tat eine kleine Sensation.«

»Nun, Geld ist ein häufiges Motiv bei Mord«, sagte Anděl, und ein Motiv ist genau das, fügte er für sich hinzu, was uns in diesem Fall fehlt – abgesehen von einigen anderen nicht unwichtigen Dingen. »Aber angenommen, die verschollenen Seiten hätten keinen großen Geldwert. Ist für die Entschlüsselung irgendeine Art von Preis ausgeschrieben?«

»Nein, jedenfalls nicht dass ich wüsste.«

»Und wie sieht es mit dem – sagen wir – ideellen Wert aus? Was hätte der Mörder davon, dieses Manuskript entschlüsseln zu können?«

»Wie ich schon sagte, es geht seit Jahrhunderten das Gerücht, dass das Voynich-Manuskript die Anleitung zur Erlangung des Steins der Weisen enthält…«

»Aber das können Sie doch unmöglich glauben«, unterbrach ihn Nebeský, »dass ein moderner Mensch denkt, er könne mit dieser Anleitung – so es denn eine ist – Gold herstellen oder dieses andere Zeug, dieses Elixier des Lebens! Wir leben im 21. Jahrhundert! Ein halbwegs intelligenter Mensch…«

»Ich, Herr Inspektor, *glaube* gar nichts«, erwiderte Leonhart schmunzelnd, »aber das hat nicht in erster Linie mit Intelligenz zu tun. Sie wissen doch selbst, was für hanebüchenen Unsinn durchaus intelligente Leute in der Lage sind zu glauben. Wunschdenken ist manchmal weitaus stärker als Intelligenz – 21. Jahrhundert hin oder her. Das wissen Sie doch aus Ihrer Arbeit nur zu gut.«

»Sie meinen also«, fragte Anděl, der sehr gut wusste, dass der Professor mit seiner Bemerkung recht hatte, »dass wir es hier mit einem intelligenten Spinner zu tun haben könnten, der an diese Dinge glaubt? An das Goldmachen und den Stein der Weisen? An das Elixier des Lebens?« Wie er das so sagte, hörte es sich trotz allem reichlich abwegig an, fand er.

Leonhart zuckte nur mit den Schultern. »In welchem Zusammenhang haben Sie diese Tarot-Karte denn gefunden, Herr Kommissar?«, fragte er.

»Bei einem Toten«, sagte Anděl, dem nicht entgangen war, dass Leonhart vorhin von Hynek Blábolil in der Vergangenheitsform gesprochen hatte. Warum tat der Mann so, als wisse er von nichts? »Und im Haus einer verstorbenen Frau. In beiden Fällen hat offenbar der Mörder diese Karte hinterlassen.«

»So so…«, sagte Leonhart nachdenklich, reagierte aber nicht weiter auf diese Andeutungen. »Wenn das so ist, würde ich sagen, der Mörder hat mit der Karte des Magiers seine Visitenkarte hinterlassen. Er hält sich für den Beherrscher der Elemente, dem die verschollenen Seiten und das Manuskript von Rechts wegen zustehen.«

»Er hält sich für Gott?«, fragte Nebeský perplex.

»Nun, durchaus – in gewissem Sinne. Zumindest«, sagte

Leonhart zögernd, »scheint er sich für eine sehr alte heidnische Gottheit zu halten: Hermes Trismegistos.«

»Sie meinen also, die Karte bezieht sich nicht auf das Opfer, sondern auf den Täter?«, fragte Anděl. Wie kam der Professor so selbstverständlich auf diese Erklärung? Kannte er die Opfer so gut?

»Na ja, Hyněk Blábolil konnte man beim besten Willen nicht als *Magier* beschreiben. Als Narren, das ja.« Leonhart verzog verächtlich den Mund. »Ebenso die alte Strettiová – da hätten Sie auch die Karte des Narren gefunden, wenn der Mörder *sie* hätte beschreiben wollen … Nein, nein, Herr Kommissar, der Magier ist die Unterschrift des Mörders.«

»Woher wissen Sie eigentlich, dass Hynek Blábolil und Apolonia Strettiová tot sind, Herr Professor?«, fragte Anděl. »Und erzählen Sie mir bitte nicht, Sie hätten es in der Zeitung gelesen.«

Das unangenehme Lächeln gefror dem Professor auf den Lippen. Er räusperte sich und starrte den Kommissar mit aufgerissenen Augen an. Einen Moment später hatte er sich wieder gefangen. Er räusperte sich. »Nun, ich … äh, hatte mich mit Hynek im Hotel verabredet, und dort sagte man mir, er sei in der Nacht verstorben.«

Anděl nickte kaum merklich. Was Blábolil betraf, sagte Leonhart die Wahrheit. »Und Apolonia Strettiová?«

»Ihre Kollegin erwähnte sie vorhin … Da habe ich eins und eins zusammengezählt.« Leonhart grinste.

Eins zu null für dich, dachte Anděl ärgerlich, der Professor hatte recht damit – aber ob das die ganze Wahrheit war? Zeit für einen Themenwechsel. »Sind Sie zufällig verwandt mit Eduard Leonhart, Herr Professor?«, fragte er.

Dan Leonhart sah ihn überrascht an. »Was hat das mit dieser Sache zu tun?«

Anděl schwieg.

»Nun, äh – ja. Eduard war mein Großvater, aber …?«

»Sie haben Anfang der Neunzigerjahre versucht, seine Firma zu restituieren – das ist doch richtig, nicht wahr? Die *Azoth – Naturheilmittel und Elixiere* in Holešovice.«

»Ich verstehe nicht ganz …«

»Kennen Sie einen Josef Berger?«

»Berger? Ich weiß nicht …«

»Keine Spielereien, Herr Professor, bitte«, sagte Anděl mit vielsagendem Unterton, »Sie werden doch nicht vergessen haben, wer den Streit um die Firma Ihres Großvaters gewonnen hat?«

Leonhart seufzte. »Nein, natürlich nicht. Das Gericht … Egal. Sie haben den sogenannten Kaufvertrag anerkannt. Eine Ungerechtigkeit erster Güte, wenn Sie mich fragen. Aber ich verstehe noch immer nicht, was diese Sache mit Ihren beiden Fällen zu tun haben soll … Schließlich ist ja nicht Josef Berger tot, sondern Hynek Blábolil. Ich gebe zu, ich hätte damals gute Lust gehabt, Berger an die Gurgel zu gehen. Sein Vater hat sich die Firma unter den Nagel gerissen – für *eine* Reichsmark! Und wenn Sie mich fragen, ich würde wetten, dass Josef Berger das Gericht bestochen hat. Leider kann ich das nicht beweisen. Aber Schwamm drüber, das Leben ist hart und ungerecht. Mit Blábolil hatte ich keine Probleme. Der war nur ein harmloser alter Schwätzer.«

»Wissen Sie, was mit Karel Berger passiert ist?«

»Er hat für das bezahlt, was er getan hat. Er ist nach dem Krieg verhaftet worden und im Gefängnis gestorben, soviel ich weiß. Ein Hauch von ausgleichender Gerechtigkeit.«

»Könnte es sein, dass Hynek Blábolil im Besitz einiger der verschollenen Blätter des Voynich-Manuskripts gewesen ist?«

»Er hat es bestritten. Ob er gelogen hat, weiß ich nicht«, erwiderte Leonhart wie aus der Pistole geschossen.

Angesichts der schnellen Antwort vermutete Anděl, dass der Professor nicht ganz die Wahrheit sagte. Leonhart hatte tatsächlich am Morgen nach Blábolils Tod im Hotel vorgesprochen, aber möglicherweise war er auch der geheimnisvolle Sebastián Gruß, der den Umschlag an sich gebracht hatte. »Kannten Sie Apolonia Strettiová gut?«, fragte Anděl.

»Kennen wäre zu viel gesagt. Ich habe sie einmal besucht, aber das ist schon recht lange her, das war irgendwann im Frühjahr. Worauf wollen Sie hinaus?«

Anděl hatte Zweifel an der Richtigkeit der Zeitangabe, aber er hatte im Moment nichts, womit er Leonharts Behauptung hätte widerlegen können. »Was wollten Sie von der alten Frau?«, fragte er.

Leonhart griff nach der Zigarettenschachtel, legte sie aber wieder hin und drehte sie zwischen den Fingerspitzen hin und her. »Blábolil hatte mir von ihr erzählt«, sagte er schließlich, »er behauptete, sie habe mehrere der Manuskriptblätter.«

»Und?« Er ist also doch ein Suchender, dachte Anděl, einer der Leute, die hinter diesen alten Pergamenten her sind. Aber warum druckst er so herum? Der Kommissar überlegte, ob er Leonhart die Liste zeigen sollte, die dieser Larissa gegeben hatte.

Der Professor sah Anděl nachdenklich an. »Ja, sie hatte eines, und sie hat es mir gezeigt. Aber sie wollte es nicht verkaufen. Sie sagte, es gebe noch andere Interessenten.«

»Sagte sie auch, wer die Interessenten sind?«

»Namentlich hat sie nur einen Herrn Hermes erwähnt.«

»Kennen Sie ihn?«

Leonhart schüttelte den Kopf. »Blábolil hat ihn übrigens auch erwähnt, diesen Hermes. Keine Ahnung, wer das ist. Vielleicht ist das der Typ, der bei den beiden seine Visitenkarte hinterlassen hat.«

Offensichtlich, dachte Anděl, und ließ es dabei bewenden. »Sie kennen sich gut mit der Geschichte des Voynich-Manuskripts aus, Herr Professor. Bei unseren Recherchen sind wir auf einen Orden gestoßen, den Orden der asiatischen Brüder von Sad-Bhaiů. Können Sie uns etwas darüber erzählen?«

»Sie meinen die Geschichte mit dem Haus zur Letzten Laterne im Goldmachergässchen?«, fragte Leonhart überrascht. Als Anděl nichts erwiderte, fuhr er fort. »Das ist nur eine alte Legende, nichts weiter. Wie kommen Sie darauf?«

Noch eine Legende also. Das war es, was Larissa erwähnt hatte. Sie sollte lieber ein Buch über diese Sachen schreiben, statt unzählige Artikel. Anděl beschloss, Leonhart auch eine Geschichte zu erzählen. »Wir haben bei Hynek Blábolil eine Liste gefunden, die eine Reihe von Namen enthält, angeblich handelt es sich bei ihnen um die Mitglieder des Ordens.«

Leonhart sah ihn verblüfft an. »Bei Hynek?«

»Sie wissen also von der Liste?«

»Ach Gott, ja. Es kursieren schließlich allerlei merkwürdige Dinge. Aber ich halte die Liste für Humbug – allerdings weiß ich natürlich nicht, was für Namen draufstehen …«

Lügner, dachte Anděl. Aber warum log der Professor? »Was hat es mit dem Orden denn auf sich?«, fragte er.

Leonhart zuckte die Achseln. »Dieser Orden ist nichts weiter als eine schrullige Legende. Hat mit der Realität nichts zu tun, ebenso wenig wie das Haus zur Letzten Laterne. Ich kenne mich in der Stadtgeschichte bestens aus, Herr Kommissar, ein Haus dieses Namens gibt es in Wirklichkeit nicht. Aber Hynek liebte Legenden und Verschwörungstheorien. Lassen Sie sich nicht in die Irre führen, Herr Kommissar.«

Von *dir* sicher nicht, dachte Anděl. »Und wieso sind Sie überrascht, dass Hynek Blábolil diese Liste hatte?«

»Ich … äh, er hat mir nichts davon erzählt.«

»Woher wissen *Sie* denn davon?«

»Ein Bekannter hat mir mal davon erzählt, glaube ich.«

Genau, dachte Anděl, und ich bin der Kaiser von China. »Was ist eigentlich aus Ihrem Großvater geworden, Herr Professor?«, wechselte er erneut das Thema.

»Ich weiß es nicht, Herr Kommissar. Er ist seit dem 13. Februar 1945 spurlos verschwunden – ebenso wie die Pergamente.«

23

Sebastián Gruß saß an seinem Schreibtisch und betrachtete zum wahrscheinlich hundertsten Mal die Zettel, die er in der Kiste mit seinen Kinderbüchern bei dem Trödler auf der Kleinseite gefunden hatte.

Er war an jenem Tag im Februar wie in Trance nach Hause in das kleine alte Haus in der malerischen Gasse jenseits der Burg geeilt und hatte sich in sein Arbeitszimmer im Dachstuhl zurückgezogen, aufgewühlt von seinem Fund. Zeit nachzudenken hatte er allerdings nicht viel gehabt. Isabella war kurz darauf nach Hause gekommen, er hatte sie unten in der Küche gehört, all die vertrauten Geräusche des Kaffeekochens und Tischdeckens, dann war der Duft frisch gemahlenen Kaffees das schmale, gewundene Treppenhaus hinaufgezogen, durch die Ritzen seiner Tür bis an seine Nase. Kurz darauf hatte Isabella im Flur vor der Küche den alten japanischen Gong geschlagen, um ihn zu seinem Geburtstagskaffee zu rufen. Sie hatte sogar eine Prinzregententorte für ihn gebacken. Ihm war zumute gewesen, als müsse er platzen vor Glück.

Er hatte ihr begeistert die Kiste mit seinen Kinderbüchern gezeigt. Mit einem solchen Geburtstagsgeschenk könne sie nicht ganz mithalten, hatte sie entgegnet. Aber der Inhalt der kleinen Schachtel, die sie ihm dann überreicht hatte, hatte ihm die Sprache verschlagen: ein Siegelring mit einem aufwendig gravierten Onyx, in dessen Mitte ein winziger Brillant eingelassen war. Sie hatte zunächst nicht damit herausrücken wollen, wo sie ihn herhatte, schließlich hatte sie es ihm aber gesagt: Sie war in dem Alchemisten-Antiquariat in Kutná Hora darüber gestolpert, als sie eine Woche zuvor mit zwei Freundinnen einen Tagesausflug in die alte

Silberminenstadt gemacht hatte. Was für ein wunderbarer Geburtstag, hatte Sebastián Gruß gedacht, das Manuskript zu finden und diesen Ring zu bekommen – einen der Siegelringe des geheimnisvollen Ordens, auf den er im Laufe seiner langjährigen Recherchen gestoßen war. Und dieser Ring stammte aus demselben Antiquariat wie die Kiste mit seinen Kinderbüchern. Dass Hynek Blábolil ein Schwätzer gewesen war, hatte er gewusst, dass der Mann ein ebenso großer Lügner war, noch nicht. Ihm gegenüber hatte Hynek behauptet, er habe nie von diesen Ringen gehört, geschweige denn sie gesehen.

Die Zettel hatte Sebastián Gruß Isabella damals nicht gezeigt, nur die Kinderbücher und die beiden Manuskriptblätter. Sie hatte sich für ihn gefreut, aber ihm war nicht entgangen, dass sie ihn besorgt angesehen hatte. Über die Herkunft und Bedeutung des Rings hatte er sich ausgeschwiegen. Sie hielt seine Begeisterung für die Alchemie ohnehin nur für eine liebenswerte Spinnerei. Trotzdem hatte sie ihm im Laufe der Jahre immer gewissenhaft bei seiner Suche und den Recherchen geholfen, wenn sie nur irgend konnte. Isabella war eine ausgezeichnete Assistentin und ein kluger Kopf, und sie hatte trotz ihrer Skepsis ein ansehnliches Wissen über die Alchemie und ihre Geschichte erworben.

Aber die Frage, warum das Manuskript zusammen mit diesen seltsamen Zetteln in seinen Büchern gesteckt hatte, hatte ihn nicht losgelassen. Wie waren sie da hineingeraten? Hatte seine Familie etwa mit diesem Manuskript zu tun gehabt? Er hatte lange keine Antwort darauf gefunden. Anfangs hatten die Zettel nicht allzu viel Sinn ergeben. Eine Liste mit verblassten Namen, von denen einer so nachdrücklich durchgestrichen war, dass man ihn nicht mehr lesen konnte, irgendwelche fast unleserlichen Anmerkungen dazu, und einige Zettel, die er im Trödelladen auf den ersten Blick für Notizen gehalten hatte. Schließlich hatte er die winzige, krakelige Schrift entziffert. Sieben Namen auf der Liste kannte er zu seinem großen Erstaunen, es waren die Namen seiner Eltern und seines Großvaters, die Namen von Isabellas Mutter und Großvater – sowie sein eigener und Isabellas. Die anderen drei kamen ihm bekannt vor, doch er machte sich keine Illusionen – das konnte Zufall sein oder auch Einbildung, Wunschdenken womöglich. Er war damals gerade fünf Jahre alt gewesen, und es war fast sechzig Jahre her. Außerdem wusste er kaum etwas über seine Familie, nur das, was ein Fünfjähriger eben so weiß: die Namen seiner nächsten Verwandten, sein Geburtsdatum, ein paar Anekdoten aus seiner frühesten Kindheit. Und den Namen von Isabellas Mutter und ihres Großvaters. Die beiden waren enge Freunde seiner Eltern gewesen, so wie Isabella zeit seines Lebens seine beste Freundin gewesen war – und dann seine Ziehschwester. Seine Ziehmutter Fine hatte er nie nach seinen Eltern gefragt, er hatte befürchtet, dass sie sich durch seine Sehnsucht nach ihnen verletzt fühlen könnte. Außerdem wusste er, dass sie tot waren, es gab also nichts zu sagen. Fine hatte ihm und Isabella das Leben gerettet, nachdem man sie von ihren Familien getrennt hatte und im Keller nebenan die vielen Schüsse gefallen waren. Nach einer unendlichen Stille war der böse Mann mit der Pistole zu ihnen gekommen – und hinter ihm Fine, ihr rettender Engel. Sie hatte verzweifelt um das Leben der Kinder gefleht. Er sah ihr junges Gesicht jetzt vor sich, wie damals in dem Keller, als er sie das erste Mal gesehen hatte: das runde, freundliche Gesicht, die großen blauen Augen. Ein anderes Bild fügte sich wie aus einem Nebel vor seinem geistigen Auge zusammen … Der Bauernhof, auf den sein Vater ihn, seine Mutter, seinen Großvater und Isabella im Herbst gebracht hatte, ein Versteck auf dem Land. Sein Vater war am gleichen Tag nach Prag zurückgekehrt, aber sie waren monatelang dort geblieben, bis sie eines Nachts im Winter bei klirrender Kälte hatten fliehen müssen, zu Fuß über die Weide und durch die unendlichen Wälder ... Dieser eisige Tag ... Er sah eine junge Frau bei der Arbeit im Pferdestall, einen Mann, der hereinkam, kurz leise mit ihr sprach und wieder verschwand, durch die hintere Stalltür über die Weide ... Er sah den erschrockenen Ausdruck im Gesicht der Frau, als er, Bastián, hinter dem Stützbalken hervorkam, ihr rundes Gesicht, ihr nervöses Lachen, als sie auf ihn zukam und fragte, was er denn da mache ... Sie hob ihn hoch, setzte ihn auf ein Pony ... Er rief glücklich *Fine, Fine lass uns draußen reiten, bitte, Fine* ... Woher kamen plötzlich diese beunruhigenden Fetzen der Erinnerung? Fine, die Frau auf dem Bauernhof ... Die Frau im Keller, die um ihr Leben flehte ... Seine Ziehmutter Fine ... Was hatte sie – nein, sie konnte nichts damit zu tun gehabt haben, niemals. Es gelang ihm, die bruchstückhaften Erinnerungen zurückzudrängen in den Keller seines Seins, doch er spürte, dass es da unten gärte ... Die Vergangenheit drängte mit Macht in seine Gegenwart. Wo war eigentlich Isabellas Mutter gewesen? War sie damals in Prag geblieben? Er hatte sich mit aller Kraft auf die Anmerkungen oder Notizen hinter den Namen konzentriert, sie aber trotz größter Anstrengung nicht zu entziffern vermocht.

Die acht Zettel mit dem, was er für Notizen gehalten hatte, stellten sich nach mühevoller Entzifferungsarbeit als kurze, verschlüsselte Texte heraus. Aber schlau geworden war er daraus anfangs trotzdem nicht.

OPRTN ZTH HRMS
LW+VTR BRHM SN RFFL
RMR+HMBR SN HRMS
GFLLNR NGL HLL RFFL
NGL SNGT 3 GRZN HLL RFFL
LW VN ZTH SNGT HRMS

VMS TMPL LTZT LTRN BB
VLNTYN-I PRTN LTZT LTRN HRMS
VII RZNGL GFLLN VLNTYN FST RFFL

Er hatte tagelang über den seltsamen Nachrichten gebrütet, ohne Ergebnis. Schließlich hatte er sie eines Nachmittags Isabella gezeigt. Sie hatte nicht lange gebraucht. Keine zwei Stunden später war sie zu ihm hinunter ins Antiquariat gekommen, in einer Hand zwei Tassen Kräutertee, in der anderen ein Blatt Papier, auf dem sie die Nachrichten von den Zetteln und das Ergebnis ihrer Bemühungen notiert hatte. Lächelnd hatte sie ihm gesagt, das sei doch ganz einfach gewesen. Wie sie darauf gekommen war, hatte er sie staunend gefragt. Ach, hatte sie erwidert, ihr sei aufgefallen, dass keine Vokale vorkämen, also habe sie einfach versucht, welche einzufügen, das sei alles. Er hatte sie verblüfft angestarrt. Auf diese simple Idee war er gar nicht gekommen.

Nun betrachtete er wieder mit Bewunderung für Isabella das Blatt, auf dem sie die Botschaften für ihn entziffert hatte:

OPERATION AZOTH HERMES
LÖWE UND VATER ABRAHAM ASIEN RAFFAEL
RÖMER UND HIMBEERE ASIEN HERMES
ENGEL SINGT 3 GRAZIEN HÖLLE RAFFAEL
GEFALLENER ENGEL HÖLLE RAFFAEL
LÖWE VON AZOTH SINGT HERMES
VMS TEMPEL LETZTE LATERNE BABA
VALENTYN-1 OPERATION LETZTE LATERNE HERMES
7 ERZENGEL GEFALLEN VALENTÝN FAUST RAFFAEL

Als sie ihn damals gefragt hatte, worum es sich bei diesen komischen Botschaften handle, hatte er behauptet, er habe keine Ahnung. Einen Moment lang fragte er sich jetzt, wie es kam, dass sie beim Entziffern so schnell gewesen war … Hatte sie am Ende schon von all diesen Dingen gewusst? Nein, dachte er, nein, das war unmöglich – von wem auch? Sie waren alle längst tot, die hätten Auskunft geben können. Er selbst hatte erst nach vielen weiteren Wochen im Internet, nach zahllosen Telefonaten und Recherchen, das Mosaik zu einem trotz allen Bemühens noch unvollständigen Bild zusammengefügt. Einem unvollständigen, aber mörderischen Bild, das ihn zutiefst entsetzte.

Er ging wieder die geheimnisvollen Botschaften durch. *Operation Azoth* – das musste der Beginn der Suche nach dem Stein der Weisen sein und damit nach den verschollenen Blättern des Voynich-Manuskripts. Der *Löwe* und *Vater Abraham* – damit mussten sein Vater und sein Großvater gemeint sein, Gabriel Löw und Melichar Abrhám. Er lächelte, Isabella hatte ein A zu viel eingefügt. *Asien* – das musste für den geheimnisvollen Orden stehen, auf den er schon vor Jahren gestoßen war, den *Orden der asiatischen Brüder von Sad-Bhaiů*. Nun wusste er endlich, was seine Familie mit dem verschollenen Manuskript, das er gefunden hatte, zu tun hatte – sie war über die Jahrhunderte sein Hüter gewesen. Der *Römer* stand wahrscheinlich für Hugo Stretti, die *Himbeere* für Kornel *Malina*. Die *drei Grazien*? Das mussten die drei Frauen von der Namensliste sein: Valentýna Malinová, Apolonia Strettiová und seine Mutter, Agáta Löwová. Was aber hatte *Hölle* in der Nachricht zu bedeuten? *Gefallener Engel Hölle Raffael*. Gefallener Engel – Luzifer? Das passte zur *Hölle* – aber was war damit gemeint? *Löwe von Azoth singt Hermes*. Wer war der *Löwe von Azoth*? Azoth war ein Name für den Stein der Weisen, aber wer war der Löwe vom Stein der Weisen, der für Raffael sang?

Etwa sein Vater? Hatte er sie etwa verraten? Er verdrängte den schrecklichen Gedanken. *VMS Tempel letzte Laterne Baba*. VMS – das konnte nur das Voynich-Manuskript sein. Ein Tempel? Und die Letzte Laterne? War damit das *Haus zur Letzten Laterne* gemeint, das sich angeblich im Goldmachergässchen auf der Burg befinden sollte? War es der Tempel, in dem das Manuskript verborgen war? Aber das Haus war nur eine Legende … Das Haus zur Letzten Laterne … eine verschwommene Erinnerung … Er schüttelte verwirrt den Kopf, als wollte er seine Erinnerungen zurechtrütteln … nicht die Legende, ein wirkliches Haus – aber wo? Er kam nicht darauf und wandte sich der nächsten Botschaft zu. *Valentyn-1 Operation letzte Laterne Hermes* – auch hier wieder die *Letzte Laterne* … Was hatte *Valentyn-1* zu bedeuten? Der erste Valentýn? Er ergab keinen Sinn. Dafür war die letzte Botschaft halbwegs eindeutig: *7 Erzengel gefallen Valentýn Faust*. Die sieben Erzengel des Ordens waren gefallen, so viel schien klar. Aber was hatte Faust damit zu tun? Auch hier war er noch nicht weitergekommen. Weit erfolgreicher war er bei zwei der drei Unterschriften gewesen: *Hermes* und *Raffael*.

Steinchen für Steinchen hatte er in mühevoller Arbeit zusammengetragen. Eines Tages im Sommer war seine unermüdliche Arbeit belohnt worden, und er hatte *Raffael* tatsächlich gefunden: am Fuße einer Treppe liegend, wie ein alter Lumpen. Und an dessen linkem Ringfinger einen gravierten Siegelring, wie Isabella ihn ihm geschenkt hatte, nur mit einem anderen Stein, einem Bergkristall. Erst hatte er den Ring für einen Ehering gehalten, doch von der Unterseite der gekrümmten Finger hatte etwas im Sonnenlicht hervorgeblitzt. Der Ring, der lose am Finger hing hatte sich mit dem Stein auf die Innenseite der Hand verdreht. In der anderen Hand hatte Raffael eine Tarot-Karte gehalten: *The Magician* – den Magier.

Sebastián Gruß strich sacht über den Ring, den er dem Toten abgenommen hatte und der nun auf der Karte des Magiers auf seinem Schreibtisch lag. Der gravierte Bergkristall funkelte im Licht seiner Schreibtischlampe. Isabella hatte er erzählt, er habe ihn auch Hynek Blábolil abgekauft. Sein Blick wanderte zurück zu den Notizen, die vor ihm auf dem Tisch ausgebreitet lagen. Es war ein Wettlauf gegen die Zeit, auf den er sich eingelassen hatte, aber nicht nur das. Es war auch noch immer ein Wettlauf auf Leben und Tod. Das hatte er begriffen, als er Raffael am Fuße der Treppe gefunden hatte, die Karte des Magiers in der verkrampften Hand. *Hermes*, der Götterbote, war vor ihm dagewesen. Er stutzte. Aber das war unmöglich – Hermes war tot, seit vielen Jahren. Verraten und verkauft von seiner Frau. Wer aber führte nun, fast sechzig Jahre später, das mörderische Werk fort?

Sein Blick wanderte zurück zu den drei Unterschriften, Hermes, Raffael und BABA. Wer war BABA? Er ging nachdenklich hinunter in die Küche, um sich einen Tee zu kochen. Am kleinen Esstisch saß Isabella mit einer Freundin, die gelegentlich nachmittags zum Kaffeeklatsch kam. Die beiden unterhielten sich gerade über die Tochter von Isabellas Freundin, die in der vergangenen Woche ein Kind zur Welt gebracht hatte, ließen sich aber dabei von ihm nicht stören. Das Wasser sei noch heiß, sagte Isabella, sie habe eben Kaffee gekocht. Er nickte, nahm aber einen Teebeutel aus einer Dose und eine Tasse aus dem Geschirrschrank, goss Wasser auf, schwenkte den Teebeutel ein paarmal darin und legte ihn gedankenverloren in die Spüle. Mit der Tasse in der Hand ging er zur Tür. Das lebhafte Gespräch der beiden Frauen war bei der Arbeitsweise der Geburtshelfer angelangt.

»Stell dir das vor!«, sagte die Freundin aufgebracht, »da behauptet diese Hebamme doch…«

Sebastián Gruß blieb wie elektrisiert in der Tür stehen.

Natürlich! Wie konnte er so dumm gewesen sein … Die *Hebamme*! Der umgangssprachliche tschechische Begriff für Hebamme war *Porodní Bába* – die »Gebär-Alte«. Er lief zurück in sein Arbeitszimmer zu den Zetteln. Er fügte auf dem ersten A einen Akzent ein. *VMS Tempel letzte Laterne Bába.* Es fiel ihm wie Schuppen von den Augen: Ja, Bába. Die Hebamme seiner Mutter. Sie war zu seinem fünften Geburtstag gekommen – kurz vor den Männern. Sie hatten alle schon am Tisch gesessen, als sie geklingelt hatte, wie an jedem seiner Geburtstage, die ganze Familie und die engsten Freunde. Vor seinem geistigen Auge sah er sie alle dort sitzen, im Esszimmer, an dem großen runden Tisch: seine Eltern, Děda Melichar, Isabella und ihre Mutter, Onkel Hugo, Tante Valentýna und Onkel Kornel und – natürlich, er hatte sich nicht getäuscht. Die zwei anderen Namen von der Liste kannte er, es war kein Wunschdenken gewesen. Onkel Marius und Onkel Eda. Er griff nach der Namensliste, ja, das waren sie – Marius Solomon und Eduard Leonhart. Die Hebamme hatte sich verspätet damals. Er war mit seiner Mutter an die Haustür gelaufen und hatte die Hebamme begeistert begrüßt, er hatte sie sehr gemocht … Ihr Name wollte ihm nicht einfallen … Es war ein Reim gewesen, den er oft vor sich hin gesungen hatte … *Bába … Bába …* Endlich fiel ihm der Reim ein – *Bába Bára*, die Hebamme Barbora. Kurz nachdem sie sich zu ihnen an den Tisch gesetzt hatte, hatten die fremden Männer das Haus gestürmt. Sie war mit ihnen verhaftet worden – aber … Er sah plötzlich das entsetzte Gesicht seiner Mutter vor sich, als sie das Haus verließen und Bába Bára zurückblieb. Die Hebamme hatte zu *ihnen* gehört … *Sie* hatte Raffael und Hermes geholfen … Sein Blick fiel auf einen seiner Notizzettel, Barbora Bergerová, stand darauf, Ehefrau von Karel Berger … Und noch etwas ergab mit einem Mal Sinn: *Löwe von Azoth*. Damit war nicht sein Vater gemeint, sondern

Onkel Eda, Eduard Leonhart, der Besitzer von *Azoth – Naturheilmittel und Elixiere*. Onkel Eda hatte für Hermes gesungen. Er sank in seinem Stuhl zurück, gelähmt von einem Schmerz, wie er ihn noch nie gespürt hatte.

Welcher von beiden, fragte er sich, als der Schmerz endlich nachließ, war der neue Hermes? Er wusste nun, was er zu tun hatte.

24

Staatsanwalt Theodor Otčenášek starrte Anděl perplex an. Er saß wie immer hinter seinem großen Schreibtisch, der – ebenfalls wie üblich – überladen war von präzise gestapelten Akten. Er legte das Blatt Papier, das vor ihm lag, auf einen der Stapel und kratzte sich am Kopf.

»Zwei Leichen, ein altes Manuskript, Alchemie, Tarot-Karten, der Stein der Weisen und alte Prager Legenden, ja?«, wiederholte er stichwortartig, was Anděl ihm eben über die beiden Mordfälle berichtet hatte. »David, Sie nehmen mich auf den Arm, nicht wahr?« Er schüttelte ungläubig den Kopf.

»Meine Rede, Herr Doktor«, pflichtete Nebeský ihm bei, »das ist alles Humbug. An dieses Zeug glaubt doch heute kein Mensch mehr. Selbst einem eingefleischten Esoteriker würde ich das nicht unterstellen, obwohl die ja jeden erdenklichen Schwachsinn glauben – aber *Gold machen*? So bescheuert sind nicht mal die!«

»Ich sage ja nicht, dass jemand wirklich an dieses Zeug glaubt, Ota«, erwiderte Anděl genervt, »ich habe lediglich wiederholt, was Professor Leonhart uns über das Voynich-Manuskript und dessen Herkunft erzählt hat. Andererseits gibt es ein paar Tatsachen, an denen wir nicht vorbeikommen.« Er zählte sie an seinen Fingern ab. »Erstens, zumindest Apolonia Strettiová war zum Zeitpunkt ihres Todes im Besitz mindestens eines Manuskriptblattes – und Hynek Blábolil wahrscheinlich auch; zweitens, Hyneks Blätter sind verschwunden; drittens, ein gewisser Sebastián Gruß hat die Dokumente, die Blábolil im Hotelsafe deponiert hatte, an sich genommen – Dank des ahnungslosen Rezeptionisten; viertens, bei beiden Toten wurde jeweils eine Tarot-Karte gefunden, deren Bedeutung für die Motivsuche nicht unwesentlich zu sein scheint – immerhin gibt es offenbar einen Mann namens Hermes, der sich sehr für das Voynich-Manuskript und seine verschollenen Seiten interessieren soll; und schließlich fünftens, fehlen einige der Tagebücher von Apolonia Strettiová. Meda sagte, es handle sich um drei aus den Vierzigerjahren und um das aus diesem Jahr. Und wenn der Professor recht hat, dann gibt es noch mindestens fünf verschollene Blätter des Voynich-Manuskripts, die in irgendjemandes Besitz sind, der möglicherweise in Lebensgefahr schwebt. Dieser Hermes macht offensichtlich keine Gefangenen, der macht kurzen Prozess. Und die Einzige, die ihn gesehen haben könnte, ist die Putzfrau von Apolonia Strettiová. Aber sie sagt, sie habe ihn nur gehört.« Ob sie die Wahrheit sagte, vermochte er nicht zu beurteilen.

»Zwei Leichen zum Nikolaus«, seufzte das Väterchen, wie Staatsanwalt Otčenášek von seinen Mitarbeitern liebevoll hinter seinem Rücken genannt wurde. Eine Koseform, die sein ungewöhnlicher Nachname – *Vaterunserlein* – nahelegte. Möglicherweise hatten sie es tatsächlich mit einem größenwahnsinnigen Irren zu tun. Jedenfalls ließ die Interpretation dieses Professors kaum einen anderen Schluss zu. Eine grässliche Vorstellung – und das mitten in der Adventszeit, wo die Stadt noch mehr von Touristen wimmelte als sonst. Hoffentlich konnten sie die Sache noch eine Weile aus der Presse raushalten, wenigstens aus der fremdsprachlichen. Er warf einen Blick aus dem Fenster. Draußen lag Schnee auf der Straße und den Bäumen und legte eine so friedliche Atmosphäre über die Stadt, dass solche Gedanken absurd erschienen. Auf der gegenüberliegenden Straßenseite stapften drei Teenager durch den Schnee. Einer trug Bischofsmantel, Mitra und einen goldenen Hirtenstab, das Mädchen hatte ein langes weißes Engelsgewand an, mit großen goldenen Flügeln auf dem Rücken und einem Heiligenschein auf dem langen blonden Haar, und der dritte, mit den beiden anderen in ein ebenso lebhaftes wie offenbar lustiges Gespräch vertieft, war in ein schwarzes Schafsfell gekleidet, sein Gesicht mit Ruß beschmiert, auf dem Kopf zwei gebogene Hörner. Über der rechten Schulter trug er eine lange, dicke Eisenkette. Allein der Pferdefuß fehlte. Der Teufel, der in der böhmischen Tradition wie der Engel ein selbstverständlicher Begleiter des freundlichen Nikolaus war. Wie im wirklichen Leben, dachte der Staatsanwalt, wo das Gute nie ohne das Böse zu haben war. Ein bisschen spät dran, wunderte er sich über die verkleideten Teenager, Nikolaus war vor zwei Tagen gewesen, aber dann fiel ihm die Sammelbüchse in den Händen des Engels auf. Wahrscheinlich sammelten sie für eine der caritativen Einrichtungen in der Stadt. Er selbst hatte gestern auf dem Weg ins Büro auch einem solchen Trio einen Fünfziger in die Büchse gesteckt.

Nebeský räusperte sich verlegen. »Ähm … Herr Doktor – ich äh … Meinen Sie, Frau Bartošová könnte uns …« Er deutete hinter sich in Richtung der Tür, die ins Zimmer der Sekretärin führte.

Das Väterchen sah ihn einen Moment lang verwirrt an, dann lächelte er, als er begriff, was Nebeský auf dem Herzen hatte. »Entschuldigen Sie – natürlich!«, sagte er. »Einen Moment bitte.« Er drückte einen Knopf an seiner Gegensprechanlage. »Frau Bartošová, würden Sie uns bitte drei Türken bringen? Danke.« Dann wandte er sich wieder an Anděl. »Sie nehmen also an, dass unser Mörder die beiden umgebracht hat, um an diese Pergamente zu kommen?« Er deutete auf das Blatt, das der Kommissar vor ihn auf den Tisch gelegt hatte.

»Das ist jedenfalls eine Möglichkeit. Nach allem, was wir bisher wissen, sind die Tarot-Karten und die Manuskriptseiten die einzige Verbindung zwischen den beiden Opfern.

Eine Flasche *Aurum potabile* haben wir nur bei Blábolil gefunden.«

»Die drei Türken, meine Herren«, sagte Frau Bartošová, die von ihnen unbemerkt mit einem Tablett eingetreten war. Sie stellte Gläser mit dampfendem Kaffee auf den Tisch, dazu Zucker und einen Teller mit winzigem Weihnachtsgebäck. »Ich habe mir erlaubt, etwas für den hohlen Zahn mitzubringen.« Sie lächelte Nebeský an. »Das mögen Sie doch auch gerne, nicht wahr, Herr Inspektor?«

»Sie sind Hellseherin, Frau Bartošová!«, rief Nebeský, der auf diese Beigabe zum Kaffee spekuliert hatte, begeistert aus und betrachtete selig lächelnd den gefüllten Teller. »Herzlichen Dank.« Er griff sofort zu.

»Danke, Frau Bartošová«, sagte Anděl und lachte, »mal sehen, ob noch was auf dem Teller ist, bis Sie hinausgegangen sind.« Er kannte die unersättliche Naschsucht seines Partners zu gut.

»Das wäre kein Problem, Herr Kommissar«, erwiderte die Sekretärin geschmeichelt, »ich habe draußen noch genug. Der Herr Inspektor ist nicht das einzige Leckermäulchen hier.«

Der Staatsanwalt wand sich verlegen in seinem Stuhl und nahm sich auch von dem Gebäck. »Ja, ich gebe zu, ich kann bei diesen herrlichen kleinen Schweinereien nie widerstehen.«

Nebeský betrachtete eine der Köstlichkeiten, ein eher unscheinbares Plätzchen, das mit Puderzucker bestäubt war. »Was ist das denn? Das habe ich noch nie gesehen.«

»Das ist eine *Podvodnice*, Herr Inspektor, eine *Unterwässrige*, man könnte auch sagen eine *Betrügerin* – je nachdem, wie man das Wort verstehen will. Mein kleiner Enkel nennt sie Wasserfeen.«

»Na«, erwiderte Nebeský zweifelnd, »aber nass sieht das Ding nicht aus. Wieso heißt es so?« Nebeskýs Wissensdurst in Sachen Essen war ebenso unstillbar wie seine Naschhaftigkeit.

»Das kommt von der Art der Zubereitung. Es ist aus Hefeteig, den man in einer Schüssel mit kaltem Wasser gehen lässt – unter Wasser eben. Sieht unscheinbar aus, schmeckt aber sehr zart und ist einfach zu machen. Wenn Sie mehr wollen – ich habe noch eine ganze Dose davon da.« Sie lächelte zufrieden und verschwand in ihr kleines Reich nebenan.

»Die Backkünste meiner Sekretärin werden mich noch ins Grab bringen.« Das Väterchen seufzte und nahm sich auch eine Wasserfee. »Ich kann einfach nie widerstehen, wenn sie mir so einen Teller bringt. – Aber zurück zu unseren beiden Mordfällen, meine Herren. Wie sieht es im Fall des Antiquars Blábolil aus? Konnte jemand aus dem Hotel etwas über seine Besucher erzählen?«

»Eine Frau unbestimmten Alters hat ihn spätabends besucht, die sich Ektamatri Vajrapani nannte. Sie trug Schwarz von Kopf bis Fuß und sprach Englisch«, erwiderte Anděl, »ich halte das für eine Verkleidung und den Namen für – hm, Humbug. Aber Blábolil scheint sie erwartet zu haben, jedenfalls hat er der Rezeptionistin gesagt, sie solle die Frau hinaufschicken. Möglicherweise hatte Blábolil danach noch weiteren Besuch – oder er hatte bereits Besuch auf seinem Zimmer und die Frau kam dazu, wer weiß? In seinem Zimmer haben wir jedenfalls vier benutzte Gläser gefunden. Blábolil hat nur aus einem davon getrunken. Fingerabdrücke gab es kaum. Die anderen Gäste könnten Hotelgäste gewesen sein. Einer davon war möglicherweise dieser Sebastián Gruß, der sich am nächsten Abend Blábolils Umschlag aushändigen ließ.« Anděl erzählte vom Fauxpas des Rezeptionisten.

»Der Mann hatte Chuzpe«, sagte das Väterchen nachdenklich. »Wissen Sie schon, wer er ist?«

»Nein. Sein Name steht nicht im Telefonbuch, und die Adresse, die er angegeben hat, gibt es auch nicht. Jedenfalls gibt es auf der Burg kein ›Haus zur Letzten Laterne‹. Meda prüft noch die Meldedaten. Wahrscheinlich ist es eine alte Legende von einem Haus im Goldmachergässchen. Dann fehlt nur noch ein Besucher – möglicherweise war es dieser Hermes, der schließlich seine Visitenkarte in Form der Tarot-Karte hinterlassen hat.«

»Hat denn niemand in dem Hotel einen dieser möglichen Gäste gesehen an jenem Abend?«, fragte der Staatsanwalt.

»Nach unserem Gespräch mit Professor Leonhart war ich heute abermals im Hotel«, sagte Nebeský. »David wollte, dass ich noch mal mit dem Personal rede, den Kellnern und dem Pianisten, der abends in der Lobby spielt.«

»Und? Sag schon, Ota«, forderte Anděl ihn ungeduldig auf. Er hatte noch keine Gelegenheit gehabt, seinen Partner danach zu fragen, da sie sich erst beim Väterchen getroffen hatten. Während Nebeský ins Hotel gefahren war, hatte Anděl einen Abstecher ins Krankenhaus in den Weinbergen zu seinem Freund Jirka Kratochvíl gemacht. Bis zum Abend zu warten, hätte ihn wahnsinnig gemacht. Was Jirka ihm erzählt hatte, hatte dann dazu geführt, dass Anděl sich zum ersten Mal in seiner Laufbahn als Kommissar während der Dienstzeit einen Whisky genehmigt hatte. Die erhoffte Wirkung war allerdings ausgeblieben, dem Whisky war nicht süßes Vergessen gefolgt, sondern pochender Kopfschmerz, den er halbwegs erfolgreich mit weiteren Schmerztabletten bekämpft hatte, und die Erkenntnis, dass sein Problem weit größer war, als er befürchtet hatte. Eva ist im Krankenhaus, hatte Kratochvíl gesagt, sie ist vorgestern Abend auf der Straße vor dem Krankenhaus zusammengebrochen, ein Schwächeanfall offenbar, sie sei auf der Inneren Abteilung. So weit nicht schlimm, sie würde wohl in den nächsten Tagen entlassen werden, aber er habe mit diesem Neurologen gesprochen, und der habe nach längerem Nachbohren ein ernstes neurologisches Problem erwähnt. Zu detaillierteren Auskünften habe Jirka ihn nicht bewegen können. Voller Sorge hatte Anděl noch aus Kratochvíls Büro den Neurologen angerufen und sich mit ihm für den Abend im Krankenhaus verabredet. Er könne gerne vorbeikommen, hatte der Arzt gesagt, sagen dürfe er ihm allerdings nichts, schließlich sei Anděl ja weder verwandt mit Frau Urbanová, noch verheiratet. Nun, das würden sie noch sehen, hatte Anděl gedacht, nachdem er aufgelegt hatte, es gab meistens Mittel und Wege ... Er warf einen Blick auf seine Armbanduhr. Noch fünf Stunden. Er versuchte, sich wieder auf das Gespräch zu konzentrieren. Nebeský berichtete von seinen Ermittlungen im Hotel.

»... natürlich keiner was gesehen. Aber der Pianist hat sich an Blábolil erinnert. Er spielt ohne Noten und hat Muße, sich die Gäste anzusehen. Und die Lobby ist klein, eigentlich ist es mehr eine Art Salon, da können vielleicht zehn, fünfzehn Leute sitzen. An dem Abend waren es nur vier. Er sagte, er habe sich in seinen Pausen mit Blábolil unterhalten, der an einem Tisch neben dem Klavier saß. Aber es lag nicht nur an den Gesprächen, dass der Pianist sich an ihn erinnerte. Der alte Mann ist ihm vor allem im Gedächtnis geblieben, weil er ihm ein nachgerade fürstliches Trinkgeld gegeben hat – ganze fünfzig Euro.«

»Fünfzig *Euro*?«, fragte der Staatsanwalt verblüfft. Das waren gut eintausendfünfhundert Kronen, ein wahrlich fürstliches Trinkgeld für ein bisschen Tastengeklimper und ein Gespräch. »Er hat ihm *fünfzig Euro* gegeben? Wofür um Himmels willen?«

»Er sagte, Blábolil habe ihn gebeten, drei Musikstücke für ihn zu spielen – und das gleich mehrmals. Blábolil hat ihm sogar die Noten für die Stücke gegeben. Irgendwas aus einer Oper.«

»Hat er gesagt, aus welcher?«, fragte Anděl interessiert.

»Moment«, sagte Nebeský und blätterte in seinem Notizblock, »hier – sie heißt *Die Zauberinsel oder Der Stein der Weisen.*« Er nahm sich ein weiteres Plätzchen von dem sich schnell leerenden Teller.

»*Die Zauberinsel oder Der Stein der Weisen*?«, fragte das Väterchen mit gerunzelter Stirn. »Ich bin ja durchaus Operngänger, aber ...«

Nebeský nickte mit vollem Mund und murmelte etwas, das sich anhörte wie »Schon wieder dieser esoterische Kram.«

»Na prächtig«, sagte Anděl. »Hynek Blábolil, der Hobby-Alchemist, fährt mit einem alten, wahrscheinlich alchemistischen Manuskript im Gepäck nach Prag, quartiert sich im Grand Hotel Alchymist ein, lässt den Pianisten Stücke aus einer Oper namens *Der Stein der Weisen* spielen und empfängt geheimnisvollen Besuch, dem er *Aurum potabile* kredenzt – oder er bekommt das Fläschchen als Mitbringsel und haut es bei dem geheimnisvollen Treffen gleich auf den Kopf. Ein alchemistisches Tête-à-tête mit tödlichem Ausgang ...«

»Bist du übergeschnappt?«, fragte Nebeský. »Jetzt sag bloß, du nimmst das für bare Münze?«

»Ganz im Gegenteil, Ota. Ich halte das für ziemlich viel Soße über schlechtem Fisch. Vor allem diese Sache mit den Opernstücken. Erstaunlich, dass sie nicht *Die Zauberflöte* genommen haben, die ist sehr viel bekannter.«

»Sie kennen diese Oper?«, fragte der Staatsanwalt erstaunt. »Ich habe noch nie davon gehört, muss ich zugeben.« Die umfassende Bildung des Kommissars erstaunte ihn immer wieder.

»Im Grunde nur dem Namen nach. Mein Vater ist ein großer Opernfan«, erwiderte Anděl. »Ich kann mich erinnern, dass er vor Jahren begeistert davon erzählt hat. Die

Partitur ist erst in den Neunzigerjahren aus der Versenkung aufgetaucht und von irgendeinem bekannten Dirigenten eingespielt worden – mit seinem Namen kann ich leider nicht dienen. Ich erinnere mich aber, dass Mozart einen Teil der Arien mit komponiert haben soll.«

»Warum dachtest du an *Die Zauberflöte*?«, fragte Nebeský, für den Opern ferne Galaxien waren. Sein Sonnensystem war die gute, alte Rockmusik.

»Mozart war Freimaurer, und in seiner Loge in Wien soll es ein alchemistisches Labor gegeben haben. Und was *Die Zauberflöte* angeht, für uneingeweihte Hörer ist sie nur einfach eine hübsche Oper, aber wenn man sich mit Freimaurern auskennt oder etwas von hermetischer Philosophie versteht, erschließen sich einem wohl eine ganze Reihe weiterer Dinge«, erwiderte Anděl, »aber ich muss gestehen, ich habe bei diesen Ausführungen meines Vaters nie so recht zugehört.«

»Ich dachte, du kennst dich mit diesem hermetischen Zeug nicht aus?«

»Der Professor hat uns nicht alles erzählt, was er Larissa Khek anvertraut hat«, sagte Anděl mit einem Achselzucken, »da werde ich doch nicht so blöd sein und ihm auf die Nase binden, dass ich nicht ganz so unwissend bin, wie er glaubt. Der Mann ist nicht ganz koscher, wenn du mich fragst.«

»Larissa Khek?«, fragte der Staatsanwalt. »Das ist doch die Reporterin von der *Prague Post* – was hat sie damit zu tun? Sie wird doch nicht …«

Anděl erzählte ihm kurz von seinem Gespräch mit der jungen und eifrigen Journalistin. »Sie hat versprochen, nichts zu schreiben, bevor sie es mir nicht erzählt hat. Ich denke, man kann sich darauf verlassen.«

»Aha – hm, na hoffentlich«, sagte Otčenášek nachdenklich, »Aber glauben Sie denn, dass Blábolil diese Musikstücke aus einem bestimmten Grund spielen ließ?«

»Es wäre immerhin möglich, wenn auch ein bisschen weit hergeholt«, erwiderte Anděl. Aber andererseits nicht weiter hergeholt als das, was sie bisher zu hören bekommen hatten, fügte er für sich hinzu. »Also, aller Wahrscheinlichkeit nach hat er drei Besucher empfangen an jenem Abend. Allerdings haben wir bisher niemanden gefunden, der ihn mit einem der Besucher gesehen hat. Lediglich die Rezeptionistin weiß von *einem* der Gäste – der *Dame in Schwarz*, die sie zu ihm aufs Zimmer geschickt hat. Ich denke, dass es ein – sagen wir, konspiratives Treffen war. Ob Blábolil die drei anderen persönlich kannte, wissen wir nicht, aber ich nehme an, ja – wenigstens diesen Hermes, und wahrscheinlich auch diese Frau. Aber vermutlich wollten die vier nicht gemeinsam gesehen werden, oder zumindest – jedenfalls im Fall der Frau – nicht wiedererkannt werden. Nach allem, was Leonhart gesagt hat, glaube ich nicht, dass die Sache mit den Musikstücken auf Blábolils Mist gewachsen ist. Obwohl wir natürlich alles, was der Professor sagt, *cum grano salis* nehmen müssen. Wie gesagt, ich glaube, er verfolgt in der Sache eigene Ziele. Nichtsdestotrotz, Leonhart meinte, Blábolil sei ein Salonalchemist gewesen, keiner, den man als Magier bezeichnen würde, einer, der den Alchemisten nur spielt. Laut Leonhart sei die Karte, die Blábolil am treffendsten beschreiben würde, der Narr, der unwissende Mensch am Beginn des Weges. Mit anderen Worten ein begeisterter Stümper, der dick aufträgt, weil er nicht mehr zu bieten hat als die Fassade – und offenbar ein mysteriöses Manuskript. Dazu passt auch die Wahl des Hotels. Immerhin hätte er deutlich billiger in Prag unterkommen können. Er hat für vier Tage reserviert, das macht allein für das Hotel eintausendvierhundert Euro – das sind zweiundvierzigtausend Kronen, mehr als ein durchschnittliches Monatsgehalt. Vielleicht stammte die Idee von diesem Hermes …«

»Eine hübsche Verschwörungstherorie«, sagte Nebeský ironisch. »Also gut, du meinst also, diese Klimperei sei eine Art Erkennungsmelodie gewesen, ja? Und dann?«

»Vielleicht ergab diese Erkennungsmelodie die Zimmernummer«, spekulierte Anděl.

»Hä?«, fragte Nebeský perplex. »Wie meinst du das?«

»Nun, Blábolil und ein oder zwei andere wollen sich treffen, ohne dass es jemand mitbekommt. Sie wollen nicht zusammen gesehen oder in Zusammenhang miteinander gebracht werden. Keiner von Blábolils Gästen kann also an der Rezeption nach dessen Zimmernummer fragen, denn dann könnte uns die Rezeptionistin ja sagen, wer nach ihm gefragt hat. Also müssen sie sich einen Weg ausdenken, wie Blábolil ihnen seine Zimmernummer mitteilen kann. Blábolil hatte die 214. Du hast gesagt, er habe den Pianisten drei Stücke spielen lassen. War es vielleicht die zweite, die erste und die vierte Arie aus der Oper?«

»Hm, verstehe.« Nebeský nickte und blätterte wieder in seinem Notizblock. »Tatsächlich, du hast recht. Der Pianist hat insgesamt dreimal die zweite, die erste und vierte Arie gespielt – genau in dieser Reihenfolge. Beziehungsweise ein Medley daraus, wie er sich ausdrückte.«

»Na also«, sagte Anděl. »Somit wussten die zwei anderen, an welcher Zimmertür sie später zu klopfen hatten.«

»Wie kommst du bloß auf so was?«, fragte Nebeský. »Wäre es nicht einfacher gewesen, die Herren Hobby-Alchemisten hätten sich per E-Mail abgesprochen? Mit einer SMS oder mithilfe eines guten alten Briefes?«

»Sicher, aber diese Kommunikationsmöglichkeiten haben den Nachteil, dass man sie nachvollziehen kann. Eine E-Mail kann man zurückverfolgen, ein Brief kann gefunden werden. Aber vielleicht war es auch nur Spielerei, eine Portion Theatralik, um das alchemistische Element zu betonen. Je mehr ich darüber nachdenke, desto mehr bin ich der

Überzeugung, dass Hermes und der andere Gast von Blábolil keine Hotelgäste waren.«

»Und wie sollen sie dann die Arien gehört haben?«, fragte Nebeský. »Der Pianist sagte, die anderen drei Leute, die in der Lobby gesessen hatten, seien Hotelgäste gewesen. Ein älteres amerikanisches Ehepaar und ein Italiener um die vierzig. Aber die sind lange vor Blábolil auf ihre Zimmer gegangen.«

»Dann waren sie wohl im Hotelrestaurant. Es liegt ja gleich neben der Lobby. In welchem Abstand ließ Berger den Pianisten die Arien spielen?«

»Alle halbe Stunde einmal. Insgesamt hat er die Stücke dreimal gespielt. Dann ist Blábolil auf sein Zimmer gegangen.«

»Wissen Sie, worum es in der Oper geht, David?«, fragte Otčenášek.

»Leider erinnere ich mich nur an den Schluss«, erwiderte der Kommissar. »Gegen Ende der Oper wird der Stein der Weisen von einem Adler gebracht und erweckt eine der Hauptpersonen wieder zum Leben. Mein Vater hat damals ziemlich viel darüber gesprochen und die CD immer wieder gehört.«

»Ich kann mir nicht helfen, meine Herren«, sagte der Staatsanwalt und lehnte sich in seinem Sessel zurück, »aber mir kommt das alles vor wie aus einem Roman von Meyrink.«

»Ja, da ist was dran«, sagte Anděl nachdenklich, »wie gesagt, viel Soße über schlechtem Fisch. Hat Meyrink nicht ein Buch geschrieben, das *Der Alchemist* heißt? Ich habe es leider nie gelesen … Vielleicht sollte ich das jetzt mal tun.« Er grinste.

»Was meinst du eigentlich mit viel Soße über schlechtem Fisch?«, fragte Nebeský mit hochgezogenen Brauen.

»Na, diese ganze Geschichte mit der Alchemie und den

Tarot-Karten. Kein Mensch weiß, worum es in diesem Voynich-Manuskript wirklich geht. Nach allem, was Professor Leonhart gesagt hat, könnte es auch einfach ein mittelalterlicher Scherz sein. Niemand kann beweisen, dass es eine Anleitung zur Erlangung des Steins der Weisen ist, ja noch nicht einmal, dass es sich wirklich um ein alchemistisches Manuskript handelt. Es könnte sonst was drinstehen – oder aber gar nichts. Und was die verschollenen Seiten angeht – auch da ist es ein bloßes Gerücht, dass sich darauf der Code befindet. Leonhart sagte, dass damals in den Sechzigerjahren niemand das Voynich-Manuskript kaufen wollte. Deshalb wurde es ja schließlich dieser Bibliothek in den Vereinigten Staaten gestiftet. Warum also sollte heute jemand dafür viel Geld ausgeben wollen? Ich glaube nicht recht an ein Geldmotiv, obwohl ein so altes Manuskript natürlich allein seines Alters wegen wertvoll sein kann.« Anděl trank einen Schluck Kaffee und fuhr fort. »Und ich frage mich, ob jemand aus ideellen Motiven tatsächlich über Leichen gehen würde, um an diese Blätter zu kommen. Möglich ist es natürlich, es gibt genug Irre auf der Welt. Aber ich werde das Gefühl nicht los, dass da mehr dahintersteckt. Diese alchemistische Marinade ist mir einfach zu dick.« Er dachte an den Gebäudegrundriss, den sie gefunden hatten. Markierte das kleine X womöglich doch einen Schatz, wie Larissa gemutmaßt hatte? War Hermes hinter einem Schatz her?

»Wie sieht es denn mit Verbindungen zwischen den Opfern aus?«, wechselte Otčenášek das Thema. »Wir haben den guten Herrn Hynek Blábolil, einen Antiquar aus Kutná Hora, und Apolonia Strettiová, eine alte Dame. Was wissen wir über sie?«

»Da tappen wir leider noch völlig im Dunkeln, Herr Doktor«, sagte Anděl, »es gibt bisher nur drei Dinge, die sie miteinander verbinden: das Alter, obwohl die Strettiová knapp eine Generation älter war als Blábolil; die beiden Tarot-Karten mit dem Motiv des Magiers, und wahrscheinlich das Voynich-Manuskript. An Apolonia Strettiová ist der Cajthaml noch dran. Über Blábolil wissen wir schon das eine oder andere.« Er referierte kurz, was Meda über den Mann herausgefunden hatte.

»So, sein Vater ist durch einen Sturz auf der Treppe zu Tode gekommen… ein Unfall, ja? Ich bin da ja immer ein bisschen skeptisch, muss ich zugeben. So ein Sturz ist eine überaus praktische Sache, solange keiner daneben gestanden und es wirklich gesehen hat. Gab es denn was zu erben?«

»Einen Haufen Gemälde, gepinselt von Vater Emil, schätze ich«, sagte Nebeský, »aber ob die viel wert waren?« Er zuckte die Achseln. »Sonst nur das Haus.«

»Über Emil Blábolil gibt es Gerüchte aus dem Krieg«, sagte Anděl, »er soll als Fälscher tätig gewesen sein. Was uns wieder zu den Dingen bringt, die der Professor angeblich Larissa erzählt hat…« Er fasste die Erzählung der Reporterin zusammen.

»Und was sagte der Professor dazu, als Sie ihn danach fragten? Sie scheinen ihm nicht recht über den Weg zu trauen.«

»Er weiß, glaube ich, mehr, als er zugibt«, sagte Anděl. »Von Hynek Blábolils Tod hat er erfahren, als er am Morgen nach dessen Tod im Hotel nach ihm gefragt hat. Das wurde uns auch so bestätigt. Und Apolonia Strettiová hat er angeblich einmal besucht und dort auch das Pergament gesehen. Letztendlich hat er uns weitgehend das Gleiche erzählt wie Larissa Khek. Aber er steckt tiefer in dieser Geschichte drin, als er anfangs zugeben wollte. Er kennt Josef Berger. Das ist der Sohn von Karel Berger, dessen Adresse wir unter anderem in einem Päckchen gefunden haben, das Blábolil im Hotelsafe deponiert hatte. Leonhart hat gegen ihn in einem Restitutionsstreit verloren, in dem es um die Naturheilmittelfirma seines Großvaters ging. Leonhart scheint die Niederlage akzeptiert zu haben. Alles so weit in Ordnung, aber ich habe ein komisches Gefühl dabei, das ist alles.«

25

Während Nebeský überlegte, ob er es wagen konnte, Frau Bartošová um Nachschlag zu bitten, malte der Staatsanwalt scheinbar gedankenverloren Nikoläuse und Schneemänner auf ein Blatt Papier. Anděl betrachtete nachdenklich ein neues Gemälde, das hinter seinem Chef an der Wand hing. Es war ein hübsches, fast impressionistisches Bild mit fröhlicher Atmosphäre, das ein großes barockes Gebäude darstellte, das teilweise von Bäumen verdeckt wurde. Anděl war sich sicher, es zu kennen, doch es wollte ihm nicht einfallen, wo es stand. Otčenášek hatte ihm vor ein paar Wochen erzählt, sein ältester Enkel habe es in den Sommerferien gemalt. Der Junge hat Talent, dachte Anděl. Er erinnerte sich an seinen eigenen einzigen Versuch mit Ölfarben im Kunstunterricht am Gymnasium. Die Lehrerin hatte die Klasse einmal einen halben Tag lang in unerträglicher Sommerhitze auf dem Altstädter Ring schmoren lassen, um das Kinsky-Palais oder wahlweise das Haus Zur Steinernen Glocke auf eine Leinwand zu bannen. Anděl hatte sich aus falsch verstandenem Ehrgeiz für das barocke Kinsky-Palais entschieden – ein Fehler, wie sich bald herausstellte, als er versuchte, das reich verzierte Barockgebäude originalgetreu abzumalen. Am Ende hatte Anděls Bild ausgesehen wie ein Haufen weißlich-roséfarbener Mehlwürmer auf grauem Untergrund. Der Enkel des Staatsanwalts hatte die Details nur angedeutet, doch das Auge des Betrachters vollendete das skizzenhaft vorgegebene Bild mühelos. Aber abgesehen von zu viel Detailverliebtheit, hatte Anděl auch die Farbe falsch eingeschätzt: Er hatte für die heraufziehenden Gewitterwolken über den Häusern zu viel Farbe verwendet und das Bild zu Hause zum Trocknen aufrecht an die Wand gelehnt. Am nächsten Morgen war die blaugraue Farbe über das ganze Bild verlaufen gewesen – wie dicke Tropfen des Platzregens, die sie schließlich von der Quälerei des künstlerischen Vormittags in der Altstadt erlöst hatten.

Frau Bartošová kam herein, diesmal mit einer Aktenmappe statt einem Teller Weihnachtsplätzchen, und legte sie dem Staatsanwalt auf den Tisch. »Entschuldigen Sie die Störung, Herr Doktor. Hier sind die vorläufigen Obduktionsberichte«, sagte sie, »Sie sagten, Sie wollten sie gleich haben, wenn sie kommen.«

Die Sekretärin sammelte die leeren Gläser und den Teller ein und warf einen fragenden Blick in die Runde.

»Bloß nicht«, erwiderte Otčenášek auf ihren Blick, »ich platze sonst.«

Nebeský schüttelte den Kopf. »Danke, nein. Ich habe auch genug«, log er wenig überzeugend.

Frau Bartošová nickte, lächelte und ging. Der Staatsanwalt öffnete die Aktenmappe und zog einen Stapel Blätter heraus. Er überflog die erste Seite und seufzte erleichtert. Keine literarischen Ergüsse, keine medizinisch-chinesischen Hexameter, nur klares, wenngleich trotzdem nicht eben leicht verständliches Fachkauderwelsch.

»Kratochvíls Bericht?«, fragte Anděl.

»Hm. Ja, komisch. Ist er krank?«, fragte das Väterchen verwirrt.

»Wieso?«

»Er hat schlichte Prosa geliefert – unglaublich! Dass ich das noch erleben darf.«

»Nur Zeitnot, glaube ich, nichts Ernstes«, erwiderte Anděl mit breitem Grinsen. »Und sonst?« Als er bei Jirka gewesen war, hatte er über seinen privaten Problemen ganz vergessen, den Gerichtsmediziner nach dem Bericht zu fragen.

Der Staatsanwalt überflog die Seiten. »Blábolil scheint

vergiftet worden zu sein. Hm… Taxin… Tropanalkaloide… Hyoscyamus niger…«, murmelte er vor sich hin, dann sah er mit hochgezogenen Brauen auf. »Das liest sich ja wie ein Auszug aus einem Giftpflanzenlexikon. Der Mörder wollte offenbar ganz sichergehen, dass dem Mann nicht mehr zu helfen ist. Diese Mengen an Gift! So etwas ist mir noch nicht untergekommen. Was sagen Sie dazu, meine Herren?« Der Staatsanwalt reichte Anděl einige der losen Blätter.

»In der Tat erstaunlich – einerseits das Wissen und andererseits die Mengen«, bestätigte Anděl, nachdem er die Seiten überflogen hatte. Er wunderte sich nicht, dass das Väterchen so mühelos die lateinischen Bezeichnungen verstand, immerhin war der Staatsanwalt ein passionierter Hobbygärtner. Nichts Pflanzliches war ihm fremd. »Das Zeug war in der Flasche mit dem *Aurum potabile*. Gut zu wissen«, sagte Anděl. »Und die Strettiová?«

»Kein Gift, nur manuelle Gewalt, soweit ich sehe. Möglicherweise erwürgt, meint er, aber es gibt wohl auch so etwas wie Schlagspuren. Ist offenbar schwer zu sagen, angesichts der fortgeschrittenen Verwesung und des Fundortes. Das sind ohnehin nur die vorläufigen Ergebnisse.«

»Hm, ein Mörder, der nicht an einer Methode klebt – interessant.« Anděl warf einen Blick auf seine Uhr. »Falls das im Moment alles ist, Herr Doktor, würden wir jetzt gehen. Ich möchte dem Besitzer der Naturheilmittel-Firma auf den Zahn fühlen. Sie stellen dort unter anderem dieses trinkbare Gold her… Vielleicht hat Meda auch schon etwas über Apolonia Strettiová ausgegraben.«

»Sie sagten vorhin, Sie hätten unter anderem einen Zettel mit einer Adresse gefunden – was war denn noch in diesem Päckchen aus dem Safe?«

Anděl erzählte kurz von der Skytale und den verschlüsselten Bändern, dem Grundriss, der nach einer Schatzkarte aussah, und den ebenfalls verschlüsselten Listen. »Ich treffe mich heute Abend noch mit einem alten Freund, der sich mit solchen Sachen auskennt. Morgen weiß ich sicher mehr.«

Das Väterchen nickte. »Ich glaube langsam, Sie haben recht mit der dicken Soße und dem schlechten Fisch, David. Die Vergangenheit der Opfer dürfte für den Fall von zentraler Bedeutung sein. Ach, noch etwas – wie nannte sich diese schwarz gekleidete Frau, die zu Hynek Blábolil aufs Zimmer gegangen ist?«

»Ektamatri Vajrapani. Sagt Ihnen das etwas?«

»Ach, *Vajrapani*, ja? Hm, ich hatte Ratnapani im Kopf. Das wäre ein Bodhisattva. Schade. Ich hätte gerne mal so einen edlen Helfer getroffen. Vajrapani sagt mir leider nichts. Und von einem Orden der asiatischen Brüder von Sad-Bhaiů habe ich auch noch nie gehört.«

»Ein Bodhisattva – na klar«, sagte Nebeský, dessen Tonfall man deutlich anhörte, dass ihm dieses Wort gerade zum ersten Mal untergekommen war.

»Ich erkläre es Ihnen bei Gelegenheit«, sagte das Väterchen und lächelte verschmitzt.

»Ach, da war noch etwas«, erinnerte sich Anděl plötzlich, »die Rezeptionistin sagte, die Frau habe auf dem Unterarm eine Tätowierung gehabt: einige verblasste Ziffern. Sie hat eine Vier, eine Sieben und eine Drei gesehen, aber vielleicht war die Drei auch eine Acht.«

Das Väterchen sah ihn mit hochgezogenen Brauen an. »Ziffern auf dem Unterarm? Sie meinen …«

»So hörte es sich an, ja. Das würde bedeuten, dass die Dame wohl älter war, als die Rezeptionistin angenommen hat – mindestens ein früher Kriegsjahrgang. Und es lässt große Zweifel an der indischen Herkunft der Frau aufkommen.«

»Hm, ja, ich verstehe, warum sie den Namen und die

Kleidung für eine Verkleidung halten… Nun, ich wünsche viel Erfolg, meine Herren. Und halten Sie mich bitte auf dem Laufenden.«

Anděl verließ das Büro des Staatsanwalts nachdenklich. Erstaunlich, dass weder dem Väterchen noch Ota das Paradox der Gläser in Blábolils Hotelzimmer aufgefallen war. In allen Gläsern war das vergiftete *Aurum potabile* gewesen – aber nur Hynek Blábolil war tot. Hatte am Ende nur Blábolil von dem Elixier getrunken? Aber wer hatte dann warum die anderen Gläser manipuliert? War außer der Dame in Schwarz überhaupt noch ein Besucher bei Blábolil gewesen? Und hatte der Hobbyalchemist die Musikstücke vielleicht nur zu seinem eigenen Vergnügen spielen lassen?

Noch mehr Fragen, auf die er keine Antworten wusste.

26

Die kleine Arzneimittelmanufaktur *Azoth – Naturheilmittel und Elixiere* befand sich in Holešovice, in der Nähe des Großmarkts. Keine hübsche Gegend, viel Industrie und unrenovierte Gebäude, und in dem nasskalten, trüben Wetter sah sie noch trostloser aus als sonst. Aber das Gebäude befand sich erstaunlicherweise in einem großen Garten mit viel Baumbestand, allerdings hinter einem hohen Eisenzaun. Im Sommer eine kleine grüne Oase, wenigstens für das Auge, doch jetzt wirkten die kahlen Bäume wie in den Himmel ragende Reisigbesen.

Beim Pförtner, einem Mann von sehr beträchtlichem Leibesumfang und einer für seine Position erstaunlichen Schweigsamkeit – er sagte kein einziges Wort, sondern kam mit sparsamen Gesten und dem Deuten auf einen vor ihm liegenden Grundriss des Hauses aus –, fragten sie nach Josef Berger.

»Herr Berger scheint eine soziale Ader zu haben«, kommentierte Nebeský erstaunt auf dem Weg nach oben. »Der Typ ist doch stumm wie ein Fisch – und wahrscheinlich taub dazu.«

Anděl nickte nur. Ein paar Minuten später saßen sie in einem von Bücherregalen gesäumten Büro im ersten Stock. Der Schreibtisch, hinter dem der Chef der Firma Platz genommen hatte und sie mit einem jovialen Lächeln durch seine randlose Brille betrachtete, war bis auf eine lederne Schreibunterlage, einen passenden Stifthalter und eine Jugendstillampe, leer. Keine Papiere, keine Fotos, keinerlei persönliche Gegenstände. Trotz der vielen Bücherregale wirkte das Büro merkwürdig ungemütlich und kalt. Berger selbst trug über einem hellblauen Hemd mit weißem Kragen einen weißen Laborkittel und sah mit seiner Brille und den kurzen grauen Haaren aus wie ein seriöser Wissenschaftler. Sein Kugelbauch verlieh ihm eine unschuldige Gemütlichkeit, der allerdings die Gerissenheit widersprach, die aus seinen kleinen schwarzen Augen blitzte.

»Womit kann ich Ihnen dienen, meine Herren?«, fragte er mehr interessiert als besorgt. »Die *Mordparta* in meiner kleinen Manufaktur – ich hoffe, Sie kommen nicht mit schlechten Nachrichten?«

»Sie stellen in Ihrer Firma *Aurum potabile* her, richtig?«, fragte Anděl, ohne auf die Frage einzugehen.

Berger zog die Stirn kraus. »Ja, das ist richtig. Abgesehen natürlich von vielen anderen, vornehmlich spagyrischen Heilmitteln.«

»Könnten Sie uns erklären, worum es sich dabei handelt, Herr Berger?«

»Nun, kurz gesagt, ist das *Aurum potabile* die größte Kostbarkeit der Alchemie, das Lebenselixier. Trinkbares Gold. Eine Essenz, die auf eine alte alchemistische Rezeptur zurückgeht. Es ist – äh, was genau möchten Sie wissen? Woraus es besteht, oder …?«

»Woraus es besteht, wie es hergestellt wird, wozu es gut sein soll. Zunächst.«

»So, ja, nun … ich werde versuchen, mich kurz zu fassen. Echtes *Aurum potabile* besteht aus reinem Gold, das in einem mehrmonatigen alchemistischen Prozess zu einer hochenergetischen Essenz transmutiert, also umgewandelt wird. Es ist das alchemistische Universalheilmittel, von dessen Heilkraft schon Paracelsus und Avicenna in höchsten Tönen schwärmten …«

»Wie sieht dieser lange Umwandlungsprozess aus?«

»Die genaue Herstellungsweise kann ich Ihnen leider nicht verraten – das ist ein Betriebsgeheimnis, wenn Sie verstehen. Aber allgemein gesagt wird das Gold zermahlen, mit verschiedenen Flüssigkeiten vergoren und mehrfach destilliert. Der feste Rest wird zu Asche verbrannt, das Lösliche herausgespült und gemeinsam mit der anderen Flüssigkeit wiederum destilliert. Dies geschieht im Verlauf von mehreren Monaten, streng nach den Rhythmen von Sonne und Mond.«

»Was enthält diese Essenz am Ende – chemisch gesehen?«

»Nun, *chemisch* gesehen – im Sinne der heutigen Chemie – besteht das Produkt aus reinem Alkohol. Es enthält aber eine sehr hochtransformierte Information von Gold.«

»Das heißt, es enthält – außer hochprozentigem Alkohol – im Grunde gar nichts, ja?«, hakte Nebeský nach. Der Schnaps, dachte er, mochte manchen Leuten auch ganz alleine helfen, ihre Wehwehchen zu vergessen.

Berger bedachte ihn mit einem abschätzigen Blick. »Ganz im Gegenteil, Herr… äh, Inspektor, ganz im Gegenteil. Nicht das materielle Gold ist für die Heilwirkung ausschlaggebend, sondern die energetische Information. Aber selbst aus der medizinischen Forschung ist bekannt, dass geringe Mengen von Gold den Stoffwechsel und das Nervensystem positiv beeinflussen können. Kolloidales Gold wird beispielsweise in der Behandlung von Rheuma eingesetzt. Die reine Energie des Goldes wirkt nur sehr viel besser und tiefer als materielle Gaben.«

»Verstehe ich Sie richtig, Herr Berger, dass das *Aurum potabile*, das Ihre Firma herstellt, also kein Gold in materieller Form enthält?«, fragte Anděl.

»Äh, ja, das ist richtig. Es gibt natürlich Firmen, die andere Goldwässerchen herstellen, zum Beispiel das ›Danziger Goldwasser‹, in dem winzige Goldplättchen schwimmen. Aber das ist kein *Aurum potabile* im eigentlichen, alchemistischen Sinne.«

»Und der ausgefeilte Herstellungsprozess? Der ist wohl schon lange bekannt, ja?«

Berger lächelte und schüttelte den Kopf. »Oh, nein, Herr Kommissar. Ganz und gar nicht. Die genaue Anleitung für die Herstellung des Lebenselixiers war lange Zeit verschollen. Es gab nur bruchstückhafte Andeutungen in verschiedenen alten Manuskripten sowie verschlüsselte Beschreibungen. Die Entschlüsselung der existierenden Laboranweisungen gelang erst vor wenigen Jahren, kurz vor der Jahrtausendwende, um es genau zu sagen. Passend zum Beginn des neuen Zeitalters des Wassermanns, wenn Sie so wollen. Kurz gesagt hat man endlich entdeckt, worum es sich bei dem notwendigen Lösungsmittel, dem sogenannten *philosophischen Merkur,* das auch *geheimes Salzfeuer* oder *Weingeist der Adepten* genannt wird, tatsächlich handelt. Ich kann Ihnen nur verraten, dass es sich dabei um ein schwaches organisches Lösungsmittel handelt, das trotzdem in der Lage ist, Gold vollständig aufzulösen …«

»Das wäre nichts Besonderes, Herr Berger, denn meines Wissens gelingt das auch durch Königswasser«, unterbrach ihn Anděl.

»Nun, sicher, Königswasser ist ein extrem aggressives Säuregemisch – konzentrierte Salz- und Salpetersäure –, die einzige Säure, die Gold und Platin aufzulösen vermag, ja. Aber eines kann sie nicht: nämlich das Gold auflösen, *ohne* seine Eigenenergie zu zerstören. Das vermag ausschließlich der philosophische Merkur.« Er lächelte wieder. »Und genau um diese energetische Information geht es beim *Aurum potabile.* Es ist ja nicht irgendein Goldwässerchen, sondern das Große Werk der Alchemie, wenn Sie verstehen, was ich meine.«

»Wie viel Gold ist denn nötig, um das *Aurum potabile* herzustellen?«, fragte Anděl, der sich im Moment weit mehr für die handfesten, materiellen Grundlagen interessierte als für irgendwelche esoterischen Feinheiten.

Das Lächeln verschwand aus Bergers Gesicht. »Ich weiß nicht, ob das irgendwie von Bedeutung für Sie sein kann …«

»Die Frage nach der Bedeutung können Sie getrost uns überlassen, Herr Berger. Also, wie viel Gold benötigt man für, sagen wir, einen Liter *Aurum potabile*?«

Berger schwieg und blickte zur Decke, als hoffte er, dort eine Antwort zu finden. Schließlich senkte er den Blick wieder und sagte: »Hundertdreißig Gramm.«

»Habe ich Sie richtig verstanden?«, fragte Anděl überrascht, »Sie brauchen für *einen* Liter von diesem trinkbaren Gold hundertdreißig Gramm Gold?«

Nebeský stieß einen langen Pfiff aus. »*Ty Bláho!*«, rief er aus. »Wie liegt der Goldpreis grade? Bei irgendwas um die dreihundertfünfzig Dollar pro Feinunze? Eine Feinunze sind Pi mal Daumen einunddreißig Gramm … Das heißt für einen Liter etwas mehr als vier Feinunzen – das wären dann ja über eintausendvierhundert Dollar pro Liter … Haben Sie Zugang zu Fort Knox?«

»Genau genommen kosten die von uns benötigten 4,18 Feinunzen zurzeit eintausendvierhundertdreiundsechzig Dollar, ja. Das sind momentan knapp einhundertfünfundzwanzigtausend Kronen.«

»Und was kostet so ein Fläschchen?«

»Wir bieten das *Aurum potabile* in kleinen Tropffläschchen von zwanzig Millilitern an, das kommt, inklusive der aufwendigen Herstellungskosten, auf neunhundertfünfzig Kronen.« Er zog eine Schublade seines Schreibtischs auf und entnahm ihr ein Fläschchen, das er vor sich stellte. »Allerdings steht es den Händlern, die das *Aurum potabile* von uns erwerben, natürlich frei, es teurer zu verkaufen. Der genannte Preis bezieht sich nur auf unseren eigenen Fabrikverkauf.«

»Ein teures Vergnügen«, bemerkte Anděl trocken. »Wie viel *Aurum potabile* verkaufen Sie denn pro Monat, Herr

Berger? Ich vermute, dass es nicht gerade zu den Verkaufsschlagern Ihrer Firma gehört.« Er überschlug im Kopf die Kosten für einen Liter. Da war irgendwo etwas faul – oder warum verkaufte Berger dieses Gebräu weit unterhalb des Einkaufspreises für das Gold, das er dafür brauchte? Nun, vielleicht war der aufwendige Herstellungsprozess, wie Berger sich ausgedrückt hatte, nur viel heiße Luft, und er recycelte das Gold einfach immer wieder. Dann allerdings machte er ein extrem gutes Geschäft. Vielleicht sollte das Finanzamt doch etwas genauer hinsehen, dachte er. Je nachdem, wie gut Berger kooperieren würde, ließe sich da vielleicht etwas anstoßen. Er hatte bei einem Kollegen von der Steuerfahndung noch etwas gut.

»Sie würden sich wundern, Herr Kommissar, wie viele Menschen bereit sind, für ihre Gesundheit angemessen zu bezahlen«, sagte Berger in einem etwas gekränkten Ton. »Die Heilwirkung des *Aurum potabile* ist erwiesen, mehrere Studien haben das eindeutig belegt.«

Anděl betrachtete das unscheinbare Fläschchen. Es war ein gewöhnliches Tropffläschchen aus braunem Glas, versehen mit einem schlichten weißen Etikett, auf dem außer der Bezeichnung des Gebräus nur noch der Name der Firma und eine Chargennummer standen. Die bauchige Flasche, die sie bei Blábolil gefunden hatten, hatte so ein Etikett geziert. Der Rest allerdings hatte ganz und gar nichts mit dem Fläschchen zu tun, das Berger aus der Schublade geholt hatte. Der Kommissar zog ein Foto des bauchigen Fläschchens aus der Innentasche seines Jacketts und legte es vor Berger auf den Tisch. Das Etikett darauf war sehr gut zu erkennen. »Was sagen Sie hierzu, Herr Berger?«, fragte er.

Josef Berger betrachtete das Foto mit wachsendem Erstaunen. »Was ist das? ... Unser Etikett auf einer *solchen* Flasche? Woher haben Sie das?«

»Diese Flasche, Herr Berger, wurde bei einem Mann gefunden, der vor einigen Tagen verstorben ist. Den Erkenntnissen der Gerichtsmedizin zufolge, ist ihm der Inhalt dieses Fläschchens nicht bekommen.«

Berger starrte ihn einen Moment lang entsetzt an, dann lachte er. »Aber nein, Herr Kommissar, nein. Auf dieser Flasche klebt unser Etikett, das ist schon richtig, aber es ist keine Flasche aus unserer Produktion. Sie werden nirgendwo bei uns ein solches Gefäß finden. Wir sind keine esoterischen Panscher, sondern Hersteller hochwertiger Heilmittel, Herr Kommissar. Wir benutzen mit Bedacht diese schlichten medizinischen Tropffläschchen und nicht solche … äh, antikisierenden Karäffchen. Und was den Inhalt angeht – was haben Ihre Chemiker denn darin gefunden?«

»Rotwein, Gold …«

»Sehen Sie! Da hat sich jemand einen Scherz auf unsere Kosten erlaubt. Eine Unverschämtheit im Übrigen. Hochgradig geschäftsschädigend, wenn sich das herumsprechen sollte. Wie gesagt, chemisch gesehen ist in unserem originalen *Aurum potabile* ausschließlich reiner Alkohol, und ganz bestimmt kein *Rotwein*. Das hört sich eher nach der guten Hildegard von Bingen an. Na, aber sterben kann man trotzdem nicht an einer Mischung aus Rotwein und ein paar Goldschnipseln …«

»Dass das ein Scherz war, bezweifle ich, Herr Berger, denn die Mischung enthielt außerdem noch Taxin und einige andere hochgiftige Pflanzenauszüge. Ein buchstäblich einmaliger Cocktail.«

Diesmal sagte Berger nichts mehr.

»Gibt es jemanden, der Ihnen schaden möchte, Herr Berger?«, fragte Anděl, der an Leonhart und dessen Andeutungen dachte.

»Himmel – ein *Mord*? … Ich – nein, also … Natürlich gibt es andere Firmen, die ähnliche Heilmittel herstellen, aber –

nein, das kann ich mir nicht vorstellen. Der Markt ist groß genug für uns alle, würde ich sagen ...«

»Sie sagten vorhin, die Herstellungsanweisung für das echte *Aurum potabile* sei erst vor einigen Jahren gefunden worden. Sie meinen damit nicht zufällig die angeblich verschollenen Seiten des Voynich-Manuskripts?«

»Was haben die denn damit zu tun?«, fragte Berger.

»Möglicherweise sind sie der Grund für den Mord.«

»Aber Blábolil hatte sie doch gar nicht!«, stieß Berger hervor.

»Und woher wissen Sie das?«, fragte Anděl. Also wusste auch Berger bereits von Blábolils Tod – nicht nur der Professor. Die Buschtrommeln funktionierten offenbar reibungslos. Doch woher wusste er vom Tod des Antiquars? War womöglich Josef Berger einer der Besucher von Hynek Blábolil gewesen?

Berger spitzte die Lippen und verschränkte seine Finger auf der dunklen, rindsledernen Schreibunterlage. »Ich ... äh, habe es von einem Bekannten gehört, Herr Kommissar. Schreckliche Sache.« Er schüttelte betroffen den Kopf. »Ich wusste allerdings nicht, dass es sich um *Mord* handelt.«

Lügner, dachte Anděl. Zwar war das nur ein Gefühl, er hatte nichts, womit er das hätte beweisen können, doch er war sich sicher, dass Berger log – nicht nur in seinen Worten, sondern ebenso in seinen Gesten. Er ließ ihm die Behauptung trotzdem durchgehen.

»Die Herstellungsanweisung, Herr Berger, Sie sind mir noch eine Antwort schuldig.«

»Ja, Sie fragten nach diesen verschollenen Seiten ... Nun, die sind verloren, seit Ewigkeiten, soweit ich weiß. Außerdem weiß sowieso kein Mensch, was wirklich in diesem Manuskript steht – vielleicht purer Humbug. Unsere Anleitung stammt aus einem anderen, nicht so berühmten Manuskript, und wurde in jahrelanger Kleinarbeit entschlüsselt, vor allem durch Versuche im Labor. Wir haben eine Lizenz zur Herstellung erworben. Haben Sie sonst noch Fragen?«

Anděl lächelte. »Durchaus, Herr Berger, durchaus. Eine lautet zum Beispiel, wer der Bekannte ist, der Ihnen vom Tod Hynek Blábolils erzählt hat?«

»Das weiß ich beim besten Willen nicht mehr, Herr Kommissar«, sagte Berger achselzuckend, »hier rufen jeden Tag so viele Leute an…«

»Aber sicher erzählen Ihnen nicht alle, dass einer Ihrer Bekannten gerade zu Tode gekommen ist.«

Berger seufzte. »Dan Leonhart. Zufrieden?«

»Der Historiker?«

Berger nickte knapp.

»Und woher wusste er davon?« Dass Berger und Leonhart einander kannten, war keine Überraschung, immerhin hatten sie sich vor Gericht um die Firma gestritten. Interessant war hingegen, dass sie trotz dieses Konflikts Kontakt miteinander hatten. Leonhart hatte gesagt, er habe damals daran gedacht, Berger an die Gurgel zu gehen, er hatte ihn sogar verdächtigt, das Gericht bestochen zu haben. Warum sollte er ihn nun angerufen haben, um ihm von Blábolils Tod zu erzählen? Das war zwar nicht unmöglich, aber doch höchst unwahrscheinlich. Wusste Berger womöglich aus erster Hand vom Tod des Antiquars? Aber warum sollte er dann Leonhart in die Sache hineinziehen? Er hatte doch damals vor Gericht bekommen, was er wollte. Oder hatten die beiden noch eine offene Rechnung miteinander – oder am Ende gemeinsame Interessen? Jede verdammte Antwort, dachte Anděl, gebiert postwendend neue Fragen. Eine von Magdas zahlreichen Postkarten der letzten Wochen fiel ihm ein. Ein rosaroter Panther war darauf gewesen und in einer Sprechblase der Satz: *Just when I knew all life's answers, they changed all the questions*. So ähnlich ging es ihm auch gerade – und nicht nur mit Berger.

»Das müssen Sie ihn schon selbst fragen.« Berger warf ungeduldig einen Blick auf seine Armbanduhr.

»Im Besitz von Hynek Blábolil haben wir mehrere Gegenstände gefunden. Einer davon ist dieser Zettel«, sagte Anděl, legte eine Kopie auf den Tisch vor Berger und las vor: »*Karel Berger, Liliová 7, P1; K35GE7R5O3L; Haus zur Letzten Laterne, Hrad. 135797531. Siegel – Ringe.* Sagt Ihnen das etwas, Herr Berger?«

»Nein, überhaupt nichts«, erwiderte Berger, nachdem er den Zettel eine Weile schweigend betrachtet hatte.

»Interessant. Soweit ich weiß, hieß Ihr Vater Karel Berger.«

»Und? Beides sind nicht gerade die seltensten Namen.«

»Und er wohnte während des Krieges im Haus Nummer sieben, in der Liliová-Gasse in Prag 1 ...«

»Wenn Sie all das wissen, Herr Kommissar, dann wissen Sie sicher auch, dass mein Vater 1945 eingesperrt wurde und ein paar Jahre später im Gefängnis starb. Ich war damals ein kleines Kind – an unsere damalige Adresse kann ich mich nicht mehr erinnern.«

»Es heißt, Ihr Vater sei wegen seiner Mitgliedschaft in der NSDAP und seinen Verbindungen zur Gestapo verhaftet worden. Trifft das zu?«

Berger sprang empört auf. »Über derart bösartige Gerüchte weigere ich mich zu sprechen, Herr Kommissar!«, sagte er mit grollender Stimme. »Ich habe noch im Labor zu tun und weder Zeit noch Lust, mich mit solchen Verleumdungen zu befassen. Ich betrachte das Gespräch als beendet.«

Anděl ließ sich von dem Ausbruch nicht beeindrucken, sondern zog den Zettel mit den Namen der angeblichen Ordensmitglieder heraus. »Sagen Ihnen diese Namen etwas, Herr Berger?«

Josef Berger setzte sich widerstrebend und warf einen flüchtigen Blick auf die Liste. »Nein.«

»Nehmen Sie sich ruhig Zeit, wir haben diese Liste von Ihrem Bekannten, Professor Leonhart.«

Berger tat ihm unwillig den Gefallen und sah noch einmal hin. Seine Augen weiteten sich für einen Moment. »Sie haben sie von Leonhart, sagen Sie?« Seiner Stimme merkte man die Verwunderung nicht an.

»Sie scheinen überrascht zu sein.«

»Keineswegs. Ich kenne diese Leute nicht, Herr Kommissar.«

Der Mann lügt, dass sich die Balken biegen, dachte Anděl. »Leonhart sagte uns, er habe die Liste von Ihnen. Das stimmt also nicht?« Flunkern konnte er ebenso gut wie Berger.

Berger starrte ihn an. »Wie kann er so etwas behaupten?«

Anděl ignorierte die Frage. »Wie kommt es eigentlich, dass Sie beide so engen Kontakt pflegen, Herr Berger?«

Josef Berger zog erstaunt die Brauen hoch. »Ich verstehe nicht …«

»Ihnen wurde diese Firma vor Gericht zugesprochen. Leonhart wollte sie ebenfalls haben, immerhin gehörte sie bis Kriegsende seinem Großvater, der sie für einen unanständig symbolischen Preis Ihrem Vater – sagen wir – überlassen hat.«

Bergers Gesicht wurde rot. »Es lag ein gültiger Kaufvertrag vor«, presste er heiser hervor, »außerdem ging es um die Restitution von 1948 durch die Kommunisten enteigneten Besitz, und nicht um etwaige Besitzverhältnisse während des Krieges. Zur Zeit der Enteignung war meine Mutter die Besitzerin der Firma, nicht Eduard Leonhart. Ich habe die Gesetze dieses Landes nicht gemacht, Herr Kommissar, und ich bin nicht für die Taten meiner Ahnen verantwortlich. Und was Dan Leonhart angeht, wir haben hinterher Frieden geschlossen. Er ist Historiker und war an der Firma an sich gar nicht interessiert. Er wollte das Ganze verkaufen, ich hatte den Eindruck, er brauchte dringend Geld. Ich habe ihm damals aus Kulanz eine Villa überlassen, die ich ebenfalls rechtmäßig restituiert hatte, für die ich aber keine Verwendung hatte.«

»Was für eine Villa?«

»In Hradschany, in der Nähe des Außenministeriums. Er hat sie postwendend versilbert.« Berger schnaubte verächtlich.

»Wissen Sie noch die Adresse der Villa und an wen Leonhart sie verkauft hat?«, fragte Anděl. Er glaubte keine Sekunde daran, dass Berger seinem Kontrahenten die Villa aus Kulanz überlassen hatte, dazu war der Mann viel zu gerissen. Vermutlich hatte Leonhart doch handfeste Beweise für eine Bestechung gehabt – oder etwas anderes.

»Die Adresse habe ich nicht mehr im Kopf, Herr Kommissar. Es war eine kleine Sackgasse, quer zur Černínská-Straße, glaube ich. Und was den Käufer angeht – ich bin nicht Leonharts Notar.«

»Hieß die Gasse vielleicht *Na náspu*, Herr Berger?«, riet Anděl auf gut Glück.

Der Unternehmer zuckte gleichgültig die Achseln. »Möglich… Kann gut sein. Ich bin selten dort oben.« Aber seine Augen sprachen eine ganz andere Sprache. In ihnen lag deutlich sichtbar wachsende Beunruhigung.

Apolonia Strettiovás Villa also, dachte Anděl zufrieden, so schließt sich der Kreis. Interessant. Er nahm eine Kopie des Gebäudegrundrisses aus seiner Tasche und reichte sie Berger. »Und dies hier?«

Die Überraschung in Bergers Gesicht war diesmal unübersehbar. Er rang sichtlich um Fassung. »Ein Grundriss – was ist damit?«, fragte er schließlich äußerlich ruhig.

»Das frage ich *Sie*. Sie haben das Gebäude erkannt, wie ich sehe.« Anděl war aufgefallen, dass Berger einen Moment auf etwas hinter Nebeskýs linker Schulter geblickt hatte. Was das war, würde er sich beim Hinausgehen ansehen.

Berger sah ihn verächtlich an. »Wie könnte ich? Selbst Ihnen dürfte aufgefallen sein, dass auf dem Plan eine Legende fehlt, Herr Kommissar. Das könnte so ziemlich jedes alte Palais in dieser Stadt sein.«

Interessant, dachte Anděl, also ein altes Palais in Prag. Das schränkte die Möglichkeiten allerdings nur unwesentlich ein, aber er war sich sicher, dass Berger das Gebäude erkannt hatte, egal was er behaupten mochte. »Na schön, Herr Berger«, erwiderte er, »lassen wir es für heute genug sein. Aber ich versichere Ihnen, dass wir wiederkommen werden. Bis demnächst also.«

Er stand auf und wandte sich zur Tür. Links daneben hing über einem niedrigen Bücherregal ein gerahmtes Gemälde – ganz wie er vermutet hatte. Es zeigte ein Gebäude, halb verborgen hinter hohen Bäumen. Es hatte gewisse Ähnlichkeit mit dem Bild im Büro des Staatsanwalts, nur war es vermutlich weitaus älter und in einer Stilrichtung auf die Leinwand geworfen, die man wohl am ehesten als eine Art Kubismus bezeichnen musste, jedenfalls sahen Haus und Bäume aus wie lose Haufen aufeinandergetürmter Schachteln. Einem Picasso oder vielleicht eher einem Feininger nicht unähnlich. Aber Anděl kannte sich in Kunstgeschichte nur bedingt aus. Am Rahmen war, vermutlich für den fantasielosen Betrachter, ein Messingschild befestigt. *Faust-Haus*, stand darauf. In die rechte untere Ecke hatte der Maler seine Unterschrift in geschwungenen Buchstaben gesetzt: *Raffael.*

27

Larissa lief keuchend durch die alte Halle des Masaryk-Bahnhofs und blieb draußen vor den Gleisenden stehen. Sie sah sich um. Das siebte Gleis war ganz links. Sie rannte wieder los und auf den Zug zu, der sich offenbar kurz vor der Abfahrt befand, jedenfalls war sie die Einzige, die noch einsteigen wollte. Gerade, als sie die Stufen in den Waggon hinaufhüpfte, pfiff der Schaffner, und die Tür schloss sich hinter ihr mit einem lauten Knall. Der Zug ruckte und setzte sich langsam in Bewegung. Larissa erholte sich einen Moment im Gang und ging dann auf die Suche nach einem Sitzplatz. Vor dem ersten Abteil des Waggons stand in der offenen Tür eine Frau mit einem kleinen Mädchen und fragte eine ältere Dame, die bereits darin Platz genommen hatte, ob noch zwei Plätze frei seien. Larissa betrachtete die Dame genauer. In ihrem dunkelgrauen Hosenanzug wirkte sie sehr elegant, beinahe distinguiert. Dennoch lächelte sie die beiden freundlich an und bot ihnen sogar den Platz am Fenster an, damit die Kleine hinausgucken könne. Das Mädchen hüpfte begeistert zum Fensterplatz, stolperte und wäre hingefallen, hätte die Dame sie nicht im letzten Moment aufgefangen.

»Nicht so schnell, kleines Fräulein«, sagte sie gutmütig, »sonst machst du mir eine Ziehharmonika aus meinem Hut.«

Das Mädchen lachte und wiederholte immer wieder das schwierige Wort, das sie ruckzuck zu *Ziamonja* verballhornt hatte.

Larissa amüsierte sich im Stillen über das süße und lebensfrohe Mädchen und wartete geduldig, bis die drei sich auf die Sitzordnung geeinigt hatten und alles Gepäck verstaut war; dann ging sie weiter. Im zweiten Abteil saß eine

Gruppe Rucksacktouristen, im dritten zwei junge Paare, auch Reisende, die sich angeregt auf Italienisch über zwei aufgeschlagenen Reiseführern unterhielten. Das vierte endlich war leer. Larissa setzte sich ans Fenster, klappte den kleinen Tisch auf und nahm ihren Notizblock und eine Thermoskanne mit Kaffee aus ihrer Umhängetasche. Sie goss etwas von dem Milchkaffee, den sie sich am Morgen gekocht hatte, in den Becherverschluss und trank genüsslich einen Schluck. Das tat gut. Die Fahrt würde nur eine knappe Stunde dauern, nach Kutná Hora waren es nur etwas über sechzig Kilometer.

Nach ihrem Gespräch mit der Geschäftsführerin des Grand Hotels Alchymist, hatte sie noch mit der Rezeptionistin und deren jungem Kollegen gesprochen. Die sympathische Geschäftsführerin hatte ihr freundlich, aber bestimmt jegliche Informationen zu dem mysteriösen Todesfall verweigert, doch ihre beiden Angestellten waren glücklicherweise etwas aufgeschlossener gewesen. Die Rezeptionistin hatte ihr von der spätabendlichen Besucherin erzählt, die zu Hynek Blábolil aufs Zimmer gegangen war, einer Frau in Schwarz mit einem ausländischen Namen, der in Larissas Ohren indisch klang. Dazu passte, dass die Frau englisch gesprochen hatte. Ektamatri Vajrapani. Larissa hatte im Büro den Namen gegoogelt – mit überaus magerem Ergebnis. Es gab keine Einträge mit diesem Namen. Erst als sie die beiden Namen einzeln eingegeben hatte, hatte die Suchmaschine etwas ausgespuckt, wenngleich nicht viel: *Ektamatri* war offenbar der Name einer buddhistischen Gottheit. Laut der Seite, die sie daraufhin in den virtuellen Weiten des Internets besucht hatte, handelte es sich bei ihr um die friedliebende »einzige Mutter«, eine Gottheit aus der Gruppe der schreckensvollen Lhamos, den »Hüterinnen des Kosmos«, die alle Lebewesen beschützten, und denen sowohl das Werden und Vergehen als auch das zeitliche Glück unterstanden. Vergriffen sich Menschen an der Natur, hatte es in dem Text geheißen, könnten die Lhamos Katastrophen, Kriege und Krankheiten schicken und die Erde in ein Blutmeer verwandeln. Ektamatri galt als beliebte Muttergottheit und Beschützerin der tibetischen Hauptstadt Lhasa. So weit, so gut, hatte Larissa gedacht, und *Vajrapani* eingegeben. Dies war, wie sie feststellte, einer von acht sogenannten Dhyani-Bodhisattvas, dessen Name »Donnerkeilträger« bedeutete. Aber was, hatte sich Larissa gefragt, war ein Bodhisattva? Sie hatte sich dunkel an ein Büchlein über Zen erinnert, das ihr Cousin ihr vor Jahren geschenkt hatte... Wie hieß es doch gleich? Der Titel hatte sie fasziniert, aber sie war leider nie über ihn hinausgekommen. Das Buch stand noch immer ungelesen in ihrem Regal. Zumindest ein Teil des Titels war ihr dann noch eingefallen – es war irgendwas mit einem ersten Patriarchen gewesen, nicht Bodhisattva. Egal. Sie hatte Bodhisattva eingegeben und sich durch einige Seiten zum Thema gelesen. Im Kern war ein solches Wesen, wenn sie das alles richtig verstanden hatte, ein Mensch, der nicht allein und nur für sich Erleuchtung zu erreichen suchte, um damit ins Nirwana einzugehen, sondern stattdessen zuvor allen Wesenheiten zu helfen versuchte, sich ebenfalls aus dem Kreislauf der Reinkarnation zu befreien. Und dieser spezielle Bodhisattva Vajrapani galt im tibetischen Buddhismus als Herr der Geheimnisse und Verkörperung der Tatkraft aller Buddhas. Sie hatte sich alles notiert und dem Drang widerstanden, auch noch nachzusehen, was es mit dem Begriff Dhyani auf sich hatte. Das Internet war schlimmer als eine Enzyklopädie – wann immer sie dort etwas suchte, blieb sie stundenlang darin hängen und kam vom Hundertsten ins Tausendste. Sie hatte eine Weile über diesem seltsamen Namen gebrütet. Zwei tibetische Gottheiten also. Der Name des obskuren asiatischen Ordens klang auch, als wäre er dem Verlorenen Horizont entliehen. Waren am Ende die Bewohner Shangri Las vor über tausend Jahren nach Westen aufgebrochen? Sie hatte eine Weile nachdenklich aus ihrem Bürofenster gestarrt, Gedanken nachhängend, die nur noch sehr entfernt mit der Realität und einem toten Kuttenberger Antiquar zu tun hatten. Der Schnee auf dem Dach gegenüber war plötzlich von einem Sonnenstrahl erhellt worden und glitzerte wie Feenstaub. Im Dachgeschoss hatte eine ältere Frau eines der Fenster geöffnet, eine schneeweiße Tischdecke ausgeschüttelt und dann das Fenster wieder zugeschlagen. Larissa hatte sie zwar beobachtet, aber ohne sie wirklich wahrzunehmen. Sie hatte nur den glitzernden Schnee auf dem Dach gesehen, den glitzernden Schnee von Shangri La, die seltsame Karawane, die sich langsam über den schmalen Berggrat zu dem an die Felswand geschmiegten Kloster bewegte. Der laute Knall hatte die imaginäre Karawane abstürzen lassen und Larissa mit einem Schlag in die Wirklichkeit zurückgeholt. Die Bremsen des Zuges quietschten laut auf. Sie hatte aus dem Zugfenster in die schneebedeckte Landschaft gestarrt und geträumt. Der Zug fuhr gerade in einen kleinen Bahnhof ein. Kein Shangri La, nirgends.

Sie wandte den Blick etwas verwirrt und benommen von ihrem Tagtraum auf ihren Block. *Ektamatri Vajrapani*, stand da. Der Name dieser Frau aus dem Hotel, richtig. Daneben die Bedeutung des Namens, wie Larissa sie sich zurechtgezimmert hatte: *Einzige Mutter Donnerkeilträger*. Sie war nun wieder ganz in der Gegenwart angekommen. Natürlich war es möglich, dachte sie, dass die schwarz gekleidete Besucherin von Hynek Blábolil wirklich so hieß, aber die eigentümliche Kleidung und die Bedeutung der indischen oder vielmehr tibetischen Namen zusammen mit der Tatsache, dass Blábolil die Nacht ihres Besuchs nicht überlebt hatte, ließen gewisse Zweifel zu. Hatte die Einzige Mutter ihren Donnerkeil geschwungen und den Alten über den

Jordan geprügelt? Larissa grinste, als sie diese etwas pietätlosen Notizen wieder las. Eher nicht, Blábolil war nicht erschlagen worden, soweit sie wusste.

Der junge Rezeptionist wiederum hatte ihr im Hotel gar nichts erzählen wollen, er habe schon genug Ärger am Hals, hatte er gesagt und war zielstrebig zum Ausgang geeilt. Larissa hatte sich nicht so leicht abwimmeln lassen. Sie verstand seine Bedenken, von irgendjemandem im Hotel mit ihr im Gespräch gesehen zu werden, und war ihm nachgegangen. Kurz darauf hatte sie ihn eingeholt und noch einmal gefragt, ob er sich nicht doch mit ihr unterhalten würde. Er hatte resigniert geseufzt und sich auf einen Kaffee in eines der Cafés am Kleinstädter Platz einladen lassen. Zögernd hatte er ihr von seinem Fauxpas mit Hynek Blábolils Umschlag erzählt. Sie hatte sich den Namen und die Adresse dieses Gastes notiert: Sebastián Gruß, Haus zur Letzten Laterne, Hrad. Da war es wieder, dieses ominöse Haus, das sich angeblich im Goldmachergässchen befand. Auch mit diesem Stück Information war sie später ins Internet gegangen. Die Ausbeute war mager genug gewesen und nichts Neues für sie, nur die alte Legende, die allerdings auch einen Hinweis auf diesen geheimnisvollen Orden enthielt, den Professor Leonhart erwähnt hatte. Insgesamt hatte sie nicht mehr als die Bestätigung dessen, was er ihr erzählt hatte. Abzüglich des Teils über das Voynich-Manuskript.

Daraufhin hatte sie im Internet im tschechischen Telefonbuch nach anderen Blábolils gesucht und nach seiner Adresse in Kutná Hora. Auch hier war sie fündig geworden. Glücklicherweise gehörte Blábolil nicht zu den häufigen Namen in Tschechien. Im Grunde war es ja auch fast eine Strafe, so zu heißen, dachte sie, bedeutete das Verb *blábolit* im Tschechischen doch faseln, babbeln, lallen, irrereden oder fantasieren. Sie fand es durchaus amüsant, dass dieser

Hobbyalchemist sozusagen Fasler hieß. Jedenfalls gab es in Prag nur sechzehn bemitleidenswerte Personen dieses Namens und in Kutná Hora einzig Hynek Blábolil und sein Antiquariat. Sie hatte sich die Prager Liste von oben nach unten vorgenommen und war schon beim vierten Eintrag erfolgreich gewesen.

Am anderen Ende der Leitung hatte sich eine sympathische Frauenstimme gemeldet, und als Larissa sich nach Hynek Blábolil erkundigt hatte, gefragt, was sie von ihrem Vater wolle? Larissa hatte sich eine unschuldige Geschichte zurechtgelegt: Sie hatte gesagt, sie schreibe über Alchemie in Tschechien und habe von einem Bekannten den Namen von Hynek Blábolil bekommen, der ein Experte auf diesem Gebiet sein solle. Sie habe letzte Woche kurz mit ihm telefoniert, und sie hätten für gestern ein Treffen vereinbart, zu dem er aber leider nicht erschienen sei, und auf seinem Handy melde er sich nicht... Die Frau am anderen Ende hatte erwidert, das sei kein Wunder, ihr Vater sei nämlich überraschend verstorben. Larissa hatte mit gespieltem Entsetzen ihr Beileid ausgedrückt und nach einer angemessenen Pause schüchtern nachgefragt, ob es wohl trotzdem möglich sei, einige alte Manuskripte, die Herr Blábolil ihr hatte zeigen wollen, anzusehen... Sie sei sich der Unverschämtheit ihres Ansinnens durchaus bewusst, hatte sie zerknirscht hinzugefügt, aber ihr Artikel und ihr Chef... Die Frau hatte einen Moment geschwiegen und dann gesagt, sie habe jetzt keine Zeit, sie müsse erst mal zur Polizei wegen dieser Sache, fahre morgen aber nach Kutná Hora in den Laden ihres Vaters, und wenn die Frau Redakteurin wolle, könne sie ja dorthin kommen. Sie habe allerdings keine Ahnung, welches der alten Schriftstücke ihr Vater ihr zeigen wollte, der Laden quelle über von dem Zeug, sie könne sich aber gerne umsehen, das Antiquariat sei im Moment noch geöffnet, da ihr Vater einen Angestellten habe. Larissa hatte sich die Adresse notiert und sich wortreich bedankt für dieses große Entgegenkommen. Zwar hatte sie keine Ahnung, was sie in Hynek Blábolils Antiquariat zu finden hoffte, aber vielleicht würde ihr die Tochter ja etwas über ihn erzählen. Sie hatte sich allerdings gewundert, dass die Frau ihr so bereitwillig Auskunft gegeben hatte … War es möglich, dass sie noch gar nicht wusste, dass ihr Vater nicht einfach gestorben, sondern ermordet worden war? Sie hatte gesagt, sie müsse jetzt erst mal zur Polizei wegen dieser Sache … Larissa hatte hin und her überlegt, was sie tun sollte – warten bis morgen oder gleich fahren. Sie hatte sich für Letzteres entschieden. Morgen mochte der Laden bereits geschlossen und die Tochter nicht mehr willens sein, sie herumstöbern zu lassen oder Fragen zu beantworten. Also hatte sie nach Zugverbindungen nach Kutná Hora gesucht und die erstbeste durchgehende genommen. Und nun saß sie also im Zug und fragte sich, was in aller Welt sie eigentlich in der kleinen Stadt und in Hynek Blábolils Antiquariat zu finden hoffte.

28

»Der Typ lügt, wie gedruckt«, sagte Anděl, als sie das Gebäude verließen. »Hast du das Gemälde gesehen?«

»Das neben der Tür?«

»Ja, das Faust-Haus. Er hat hingesehen, als ich ihm den Grundriss gezeigt habe. Ruf den Kurator des Stadtmuseums an und frag ihn, ob du heute noch vorbeikommen kannst. Er soll den Grundriss des Faust-Hauses raussuchen. Ich glaube, wir haben unser Gebäude.«

Nebeský zog sein Handy aus der Tasche und telefonierte, während sie zum Wagen gingen.

»*Pohoda* – alles bestens, ich gehe nachher hin. Der Berger muss ja Geld wie Heu haben, wenn er sich einen Raffael ins Büro hängen kann«, sinnierte er, nachdem er aufgelegt hatte.

Anděl warf ihm einen amüsierten Blick zu. »Nicht *der* Raffael, Ota. Der hat keine kubistischen Bilder gemalt, als das aufkam, war er längst bei seinen Ahnen.«

»Hm. Und was soll da sein, im Faust-Haus? Da ist doch die große Apotheke drin, oder?«, fragte Nebeský, der das Thema Malerei lieber nicht weiter vertiefen wollte.

»Keine Ahnung. Larissa sagte etwas von einem Schatz, der dort seit grauer Vorzeit versteckt sein soll. Noch so eine Legende. Aber am Ende hat sie womöglich recht, wer weiß? Den Berger hat der Grundriss ganz schön aus der Fassung gebracht.«

»Die Liste auch. Warum hast du ihm erzählt, Leonhart habe gesagt, sie sei von ihm?«

Anděl zuckte mit den Schultern. »Eine Eingebung. Leonhart und Berger kennen sich. Und die Verbindung zwischen ihnen ist nicht nur der Rechtsstreit, den sie hatten – egal, was die beiden behaupten. Die beiden haben mit dem Manuskript zu tun. Leonhart will es haben, und ich vermute, Berger auch.« Er grinste. »Es war nur ein gepflegter Stich ins Hornissennest.«

»Wenn das mal gut geht. Du scheinst auf Krawall aus zu sein, Junge.« Nebeský sah seinen Partner nachdenklich an. David wirkte selbst wie angestochen. »Meinst du, einer von ihnen ist dieser Hermes?«

»Möglich«, erwiderte Anděl, »es könnte aber auch unser unbekannter Freund Gruß sein. Und was den Krawall angeht – kein Krawall, ich klopfe nur ein bisschen auf Büsche. Ich will diese beiden Fälle gelöst haben, bevor Magda wiederkommt, Ota. Bevor mir meine kleine private Welt mit einem großen Knall um die Ohren fliegt. Das ist alles. Und jetzt zurück ins Büro, vielleicht ist die Blábolilová schon da.«

Leider war Nebeský nicht schnell genug an der Fahrerseite des Oktavias, sodass die Fahrt durch die verschneite Stadt für ihn zum Höllentrip wurde.

Als sie im Gebäude der Mordparta in der Bartolomějská-Straße in der Altstadt ankamen, saß Bibiana Blábolilová, die Tochter von Hynek Blábolil, bereits mit Meda in Anděls Büro und wartete auf sie. Der Kommissar stellte sich und Nebeský vor, dann setzten sie sich an den Besprechungstisch und Antonín Cajthaml brachte Tee. Anděl hatte für diese Bestellung zwar von Nebeský einen weiteren genervten Blick geerntet, aber nach den vielen während der Rückfahrt fiel das nicht weiter ins Gewicht. Er hatte sich im Auto ausgetobt, das war ihm durchaus bewusst. Nun, Ota würde es verschmerzen.

Bibiana Blábolilová war eine hübsche Frau von etwa vierzig Jahren, mit hochgestecktem, hellbraunem Haar und einer strengen Brille mit schwarzem Rahmen, die ihr das Aussehen einer Oberlehrerin verlieh. Sie wirkte ebenso kompetent wie unnahbar.

»Ich möchte Ihnen zunächst mein Beileid ausdrücken, Frau Blábolilová«, sagte Anděl freundlich. Die Fahrt hatte seinem Gemüt gutgetan. Ihm fiel auf, dass ihr Gesicht keinerlei Spuren von Tränen oder anderen Gemütsbewegungen trug. Entweder war sie ein Muster an Beherrschung oder die Familienverhältnisse waren nicht so, wie sie idealerweise sein sollten.

Sie nickte. »Danke, Herr Kommissar. Ich bin erst heute von einer Fortbildung zurückgekommen, deshalb konnte ich mich nicht früher bei Ihnen melden.« Auch ihre Stimme verriet keine Gefühle.

»Ihr Vater, Hynek Bláboli, wurde, wie Sie wissen, vorgestern Morgen tot in seinem Hotelzimmer aufgefunden. Die Obduktion hat ergeben, dass er vergiftet wurde ...«

»Tatsächlich? Sie meinen er ist nicht einfach gestorben, sondern wurde ermordet? Das tut mir leid.« Eine sachliche Feststellung. Kein Erstaunen, geschweige denn Entsetzen schwang darin mit.

»Wer das getan hat, wissen wir leider noch nicht. Hatte Ihr Vater Feinde, Frau Blábolilová?«

Sie lachte verächtlich auf. »Feinde? Nicht dass ich wüsste. Außer mir natürlich, aber ich würde mir mein Leben sicher nicht damit ruinieren, ihn umzubringen.«

Anděl sah sie überrascht an. Mit so einer Reaktion hatte er nicht gerechnet. »Sie mochten Ihren Vater nicht? Warum?« Ihre Abneigung erklärte jedenfalls, warum Bláboli in einem Hotel abgestiegen war.

Sie drehte an ihrem klobigen Ring, den sie am rechten Mittelfinger trug. Zwischen ihren Fingern blitzte es im Schein der Deckenbeleuchtung immer wieder hellgrün und golden auf. »Das hat viele Gründe, Herr Kommissar, unter anderem den, dass er meine Mutter in die Psychiatrie gebracht hat. Dieses scheinheilige Scheusal. Er und sein bösartiger Vater ...«

»Sie meinen Ihren Großvater Emil Blábolil, nehme ich an?«

Sie nickte. »Er und mein Vater haben behauptet, sie sei gemeingefährlich, leide an Verfolgungswahn. Das ist absoluter Blödsinn. Meine Mutter ist geistig völlig gesund.«

»Stimmt es denn nicht, dass Ihre Mutter, Matylda Blábolilová, 1993 versucht hat, ihren Schwiegervater Emil zu töten?«, fragte Anděl.

»Sie hat ihm *angeblich* eine Überdosis Insulin gespritzt. Aber sie ist ein herzensguter Mensch, Herr Kommissar«, sagte Bibiana Blábolilová, und in ihrer Stimme schwang zum ersten Mal Gefühl mit. »Ich habe das nie geglaubt. Meine Mutter ist Krankenschwester, sie hätte gewusst, wie viel Insulin nötig gewesen wäre, um diesen widerlichen Alten über den Jordan zu schicken. Außerdem hat sie selbst den Krankenwagen gerufen. Ich glaube, er hat es selbst getan und ihr in die Schuhe geschoben. Das würde zu ihm passen.«

»Warum hätte er das tun sollen? Könnte es nicht ein Unfall gewesen sein?«

»Nein. Mein Großvater litt nicht an Diabetes. Bis zu seinem Tod im Sommer war er völlig gesund, abgesehen von den üblichen Alterserscheinungen. Und warum er es getan haben sollte? Pure Bosheit, vermutlich. Er konnte meine Mutter nicht leiden.«

»Wie kam es dann zu der Diagnose und der Einweisung?«, fragte Nebeský skeptisch.

»Ich weiß es nicht. Wie gesagt, ich bin überzeugt, dass mein Großvater dahintersteckte. Ich nehme an, er wollte sie loswerden, aber einen Prozess vermeiden.«

»Warum? Aus Rücksicht auf die Familie?«

Sie schüttelte den Kopf. »Nein, das sicher nicht. Ob jemand im Gefängnis landet oder im Irrenhaus – das macht für die Leute kaum einen Unterschied.« Sie strich sich mit der rechten Hand über die Stirn. Der Ring mit einem großen grünen Stein glitzerte im Licht. Anděl fiel auf, dass der Stein graviert war und in seiner Mitte einen winzigen Brillanten trug. Ein bemerkenswerter Ring. Offenbar ein antikes Stück, jedenfalls sah er ganz anders aus als die üblichen Siegelringe. Er erinnerte Anděl an Ringe, die er in einer Ausstellung über das Gold der Skythen gesehen hatte. Oder war es die Schliemann-Ausstellung gewesen?

»Ich weiß es nicht genau«, fuhr Bibiana Blábolilová fort. »Sehen Sie, ich habe damals schon lange nicht mehr zu Hause gelebt. Als meine Eltern nach Kutná Hora gezogen sind, war ich fast dreißig. Ich habe sie nie dort besucht, wegen meines Großvaters. Ich mochte ihn nicht. Er war ein bösartiger, alter Mann. Ich habe in meiner Kindheit seinetwegen jede Menge Prügel von meinem Vater eingesteckt. Meine Mutter habe ich immer in Prag getroffen. Manchmal kam mein Vater mit, aber meistens kam sie allein. Sie hat mir nie viel von ihren Problemen erzählt, sie sagte, sie wolle mich nicht damit belasten, aber ich habe schon gemerkt, dass ihr etwas auf der Seele brannte. Ich habe von dem sogenannten Mordversuch dann von ihrer Nachbarin erfahren, die mich angerufen hat. Es ist sehr schnell gegangen mit der Einweisung.«

»Aber es hätte trotzdem zu einem Verfahren kommen müssen«, wandte Nebeský ein.

»Mein Großvater war ein guter Freund des örtlichen Polizeichefs, Herr Inspektor, und mit dem Staatsanwalt und dem Klinikdirektor hat er regelmäßig Poker gespielt. Er hat sicher was springen lassen für den kleinen *Gefallen*. Sie wissen doch, wie so was läuft. Man kann in diesem Land nicht nur Gerichtsurteile kaufen, man kann auch dafür bezahlen, dass es gar nicht erst zu einer Verhandlung kommt. Geld und Verbindungen hatte mein Großvater genug.«

»Hat Ihre Mutter Ihnen denn auch später nichts gesagt? Ich nehme an, dass Sie sie besuchen?«, fragte Anděl.

Bibiana Blábolilová senkte den Kopf. Als sie wieder aufsah, glänzten Tränen in ihren Augen. »Ich habe es versucht. Aber ich habe seit Jahren Hausverbot dort. Ich nehme an, dass mein Großvater auch *dahinter* steckt.«

»Aber ihr Großvater ist seit dem Sommer tot …«

»Mein Vater war ihm sein Leben lang hörig. Er hat den Beruf erlernt, den sein Vater für ihn ausgesucht hatte, und er hat auch sonst nichts getan, für das er sich nicht vorher den Segen des Alten geholt hätte. Außer dass er meine Mutter zur Frau genommen hat. Sie haben damals heimlich in Prag geheiratet und den Alten vor vollendete Tatsachen gestellt. Mein Großvater hat es ihm nie verziehen – und ihr schon gar nicht. Mein Vater war ein armseliger Wicht ohne eigene Persönlichkeit. Mut hat er nur das eine Mal bewiesen, und er hat den Rest seines Lebens darunter gelitten.« Sie zuckte mit den Schultern. »Deshalb werden Sie auch keine Feinde finden, wenn Sie mich fragen. Feinde zu haben, setzt Ecken und Kanten voraus, etwas, woran man sich reiben, was man hassen kann. Mein Vater hatte so etwas nicht. Mit ihm war es, als würden Sie versuchen, einen Pudding an die Wand zu nageln. Wenn Sie nach Feinden suchen, dann müssen Sie sich an meinen Großvater halten. Der müsste reichlich davon gehabt haben. Immerhin haben sie ihn am Ende erwischt …«

»Wie meinen Sie das?«, fragte Anděl überrascht.

Sie neigte den Kopf zur Seite und schwieg einen Moment nachdenklich. »Was ich Ihnen sagen kann, fällt im Grunde unter die Rubriken ›Hörensagen‹ und ›Schlussfolgerungen meinerseits‹. Keine Ahnung, ob Sie damit etwas anfangen können …« Sie sah ihn zweifelnd an.

»Nur zu, wir sind für jeden Hinweis dankbar, Frau Blábolilová.«

»Also schön. Ich nehme an, Sie wissen, dass mein Großvater auf der Treppe in seinem Haus zu Tode gestürzt ist.«

Sie sah Anděl fragend an. Als dieser nickte, fuhr sie fort: »Die Polizei hat es als Unfall behandelt. Er war alt, über neunzig, und nicht gerade gut zu Fuß. Aber ich glaube nicht, dass er von selbst gestürzt ist. Was seine Gesundheit und sein Leben anging, war er immer sehr vorsichtig.«

Anděl zog erstaunt die Augenbrauen hoch, sagte allerdings nichts.

»Sein Siegelring ist damals verschwunden.«

»Davon steht nichts in den Polizeiakten«, wandte Nebeský ein.

»Nein. Mein Vater hat den Alten gefunden. Ich bin damals hingefahren und habe zufällig ohne sein Wissen ein Telefonat mit angehört, in dem er der Person am anderen Ende der Leitung davon erzählte. Er war völlig außer sich, fast hysterisch.«

»Warum hat er der Polizei nichts davon gesagt?«, fragte Anděl.

»Er wollte vermutlich nicht, dass die Polizei unangenehme Fragen stellt.« Sie zuckte anmutig mit den schmalen Schultern.

»Wissen Sie, mit wem er telefoniert hat?«

»Nein. Aber ich glaube, dass es eine Frau war.«

»Woraus schließen Sie das?«

»Kann ich Ihnen nicht erklären, tut mir leid. Es ist nur ein Gefühl, aber ich bin überzeugt davon.«

»Warum haben Sie die Polizei nicht von Ihrem Verdacht informiert?«, fragte Nebeský. »Immerhin war er Ihr Großvater …«

»Weil er meiner Meinung nach nur bekommen hat, was er verdiente. Wer auch immer ihn diese Treppe hinuntergestoßen hat, hat sich meinen Dank verdient.«

»Warum?«, fragte Anděl, den die Heftigkeit ihrer Abneigung erstaunte. »Was hat er getan?« Ob sie wohl auf den Gedanken gekommen war, dass ihr Vater den Alten die Treppe hinuntergestoßen haben könnte? Nach allem, was sie über Hynek Blábolil gesagt hatte, wäre das ein naheliegender Gedanke. Eine Möglichkeit, den alten Tyrannen loszuwerden. Bei dem Sturz eines alten Menschen von einer Treppe war die Wahrscheinlichkeit hoch, dass es als Unfall durchging. Er kannte die oftmals laxen Ermittlungen in solchen Fällen.

»Nun, im Krieg hat er mit den Nazis zusammengearbeitet. Bei einem Streit meiner Eltern habe ich einmal gehört, wie meine Mutter meinem Vater das vorgeworfen hat. Sie sagte, der alte Kollaborateur – mein Großvater – habe eine Menge Leichen im Keller. Sie erwähnte ein paar Namen …«

»Können Sie sich an diese Namen erinnern?«, unterbrach Anděl sie.

»Vielleicht, wenn ich sie wieder hören würde – das heißt, doch, an einen Namen erinnere ich mich: Malina. Den habe ich mir wahrscheinlich gemerkt, weil es zufällig auch der Mädchenname meiner Mutter ist. Der Vorname dazu war Kornel, glaube ich … Ja, Kornel Malina.« Sie lächelte versonnen. »Ich fand das damals einen besonders poetischen Namen. Geheimnisvoll und romantisch.«

»Kornel Malina? Das ist ja interessant …«, sagte Anděl nachdenklich. Auf der Liste von Larissa Khek hatte dieser Name gestanden. Langsam bildeten sich zwischen den losen Informationsfetzen, die er aufgesammelt hatte, zarte Verbindungen.

»Sagt Ihnen der Name etwas?«, fragte Bibiana Blábolilová überrascht.

»Da läutet ein Glöckchen, ja. Aber erzählen Sie weiter, bitte.«

»Hm. Ja. Also, natürlich weiß ich nicht, ob sie das wörtlich meinte – das mit den Leichen, meine ich, aber ich gebe zu, ich hätte es ihm zugetraut. Doch das war nicht alles. Als ich noch mit meinen Eltern zu meinem Großvater gefahren bin, bin ich dort gerne auf den Dachboden gestiegen, da hatte ich meine Ruhe und konnte in alten Kisten stöbern. Er konnte mich ebenso wenig leiden wie meine Mutter. Na, egal. Ich bin immer heimlich da hinaufgegangen, nur wenn er nicht da war, er wäre fuchsteufelswild gewesen, wenn er etwas davon geahnt hätte. Nur meine Mutter wusste davon – wir haben uns einmal zufällig da oben getroffen. Es war unser kleines Geheimnis. Wonach *sie* dort oben gesucht hat, weiß ich allerdings nicht. Jedenfalls war der Alte ein leidenschaftlicher Sammler, ich glaube, er hat nie etwas fortgeworfen und zusätzlich allerlei unnützes Zeug angesammelt. Der Dachboden ist ein Antiquariat für sich. In einem Sekretär habe ich einmal alte Passformulare gefunden – Stempel, Tinte, Ösen, wie man sie für Passfotos benutzt hat, und sogar die Zange dazu. Ich denke, er hat nicht nur Gemälde gefälscht …«

»Sie *wissen*, dass er Bilder gefälscht hat?«, fragte Nebeský erstaunt.

»Ja, auf dem Dachboden standen welche herum. Er hat keinen van Gogh gefälscht oder so etwas, nur weniger bekannte, einheimische Maler. Besonders gerne die Kubisten und Impressionisten, das konnte er offenbar am besten. Dummheit konnte man ihm nicht vorwerfen. Aber ein bisschen größenwahnsinnig war er schon, manche der Bilder waren mit Raffael unterschrieben. Er hatte durchaus Talent, immerhin hat er ein Leben lang von der Malerei gelebt. Ich habe meine Mutter nach den Bildern gefragt, sie hat es bestätigt. Aber man hat ihn nie erwischt. Leider.« Sie sah auf ihre Hände, die noch immer mit dem Ring spielten. »Diesen Ring habe ich damals auch dort oben auf dem Dachboden gefunden.« Sie streckte die Hand aus.

»Ein sehr schönes Stück – außergewöhnlich«, sagte Anděl voller Bewunderung, ohne aber eine Verbindung zwischen dem Ring und Blábolils Tod herstellen zu können. Immerhin wusste er nun aber, von wem das Gemälde in Bergers Büro war.

»Nicht wahr? Er lag in einer Kiste zusammen mit alten Dokumenten und drei anderen Ringen. Sie hatten alle die gleiche Gravur und den Brillanten in der Mitte, aber verschiedene Steine. Dies hier ist ein Aventurin. Die anderen waren ein Mondstein, ein Karneol und ein Onyx.« Sie lächelte ihn an. Das strenge Oberlehrerinnengesicht wurde freundlich. »Sie fragen sich sicher, was das mit Ihrem Fall zu tun hat – ich muss ein bisschen ausholen, wenn Sie nichts dagegen haben.«

Als Anděl nickte, fuhr sie fort: »Ich bin mit der Alchemie aufgewachsen wie andere Kinder mit Hausmärchen. Mein Vater hatte zu Hause immer ein kleines Labor, genau wie sein Vater. Wahrscheinlich bin ich deshalb Chemikerin geworden. Das ist das einzig Positive, was die beiden mir angetan haben – die Leidenschaft für die Chemie in mir zu wecken ...«

»Sie sind Chemikerin?«, unterbrach Nebeský sie.

»Ja, ist das wichtig?«, fragte sie überrascht.

»Nein, aber ich hätte da eine Frage. Sie kennen sich mit Chemie aus und mit Alchemie. Ich wüsste gerne, ob Goldmachen möglich ist.«

Anděl verdrehte die Augen. Bibiana Blábolilová zog die Stirn kraus und lachte gleichzeitig. »Wollen Sie etwa unter die Goldmacher gehen, Herr Inspektor?«

»Nein, ich möchte nur wissen, ob es geht. Es scheint noch immer Leute zu geben, die dieses Ammenmärchen glauben.«

»Nun, bisher war man der Ansicht, es gehe nur mithilfe extrem großer Energie. Kernspaltung. Aber es gibt tatsächlich noch einen anderen Weg.«

Nebeský starrte sie verblüfft an. »Sie meinen, die Alchemisten hatten tatsächlich recht?«

»Wie muss man das verstehen, Frau Blábolilová?«, fragte Anděl interessiert.

»In gewissem Sinne hatten die Alchemisten tatsächlich recht – ja. Forschern in Deutschland ist es kürzlich gelungen, Gold herzustellen. Und zwar auf eine verblüffend einfache Weise: Sie haben eine Zinnfolie mit Kupferionen beschossen. Heraus kam Gold.« Sie lächelte schelmisch.

»Das ist ein Scherz, ja? Sie nehmen mich doch auf den Arm«, sagte Nebeský misstrauisch. »Aus Zinn und Kupfer soll Gold entstehen? Einfach, indem man das eine mit dem anderen beschießt?«

»Ich glaube, sie meint es durchaus ernst, Ota«, warf Anděl ein, »aber die Sache hat einen nicht unbeträchtlichen Haken, nicht wahr? Ich habe von Chemie nicht viel Ahnung, aber wenn man mit Kupfer*ionen* schießt…«

»Sie haben es erfasst, genau da liegt das Problem, Herr Kommissar. Es ist tatsächlich Gold entstanden, kein Witz, aber in so winzigen Mengen, dass man für die Herstellung von einem Gramm gute fünfzig Millionen Jahre bräuchte. Sie sehen, Herr Inspektor, es geht, aber es nützt nichts. Leider. Und die alten Alchemisten hatten von dieser Möglichkeit sicher keine Ahnung. Von der dazu notwendigen Technologie ganz zu schweigen.«

»Wusste ich es doch, alles Humbug«, murmelte Nebeský, »fünfzig Millionen Jahre – pah.«

Anděl lachte. »Trotzdem interessant. Aber wir waren bei den Ringen. Oder hast du noch Fragen zum Elixier des ewigen Lebens, Ota?«

»Danke, bin bedient«, erwiderte Nebeský und grinste schief. »Also, was ist mit den Ringen?«

»Ja, also, die Gravur auf den Ringen ist etwas ganz Besonderes.« Bibiana Blábolilová nahm den Ring ab und hielt ihn ins Licht, damit Anděl und Nebeský sie besser erkennen konnten. »Es ist das Rad des Werdens mit den wichtigsten alchemistischen Symbolen und dem Satz: ›*rota taro orat tora ator*‹. Das bedeutet: *Das Rad des Werdens verkündet das Gesetz der Einweihung*. In der Mitte des Rades ist ein Hexagramm…«

»Hexagramm?«, fragte Nebeský skeptisch. »Also für mich ist das ein Davidstern. Haben wir es jetzt auch noch mit jüdischer Geschichte zu tun?«

»Das Hexagramm ist ein sehr altes Symbol, das in verschiedenen Kulturen vorkommt«, erläuterte Bibiana Blábolilová. »Sie haben durchaus recht, es ist das neuzeitliche Symbol des Judentums und Israels. In der Alchemie symbolisiert es die Elemente, aber es ist auch ein zentrales Symbol des tantrischen Hinduismus und Buddhismus; im Gnostizismus wiederum steht es für die Vereinigung von Christus und Sophia, also die Vergöttlichung des Menschen. Nicht zuletzt ist es auch das Zunftzeichen der Brauer und Mälzer, das Symbol für die Ausgabestelle des Haustrunks einer Brauerei; und abgesehen von einigen weiteren Verwendungen ist es seit den Dreißigerjahren auch das Hoheitszeichen der Polizei in Trinidad und Tobago. Sie sehen, es gibt vielerlei Möglichkeiten, wofür der sogenannte Davidstern stehen kann, das muss nicht immer etwas mit dem Judentum zu tun haben.«

»Aha – aber wie kam denn die Polizei von Trinidad…«, fragte Nebeský sichtlich beeindruckt.

»Ein anderes Mal, Ota«, unterbrach ihn Anděl, »geh damit doch einfach ins Internet, ja?« Er wandte sich wieder an Bibiana Blábolilová. »Und die anderen Symbole auf dem Ring?« Wenn Ota nur bei der Hälfte der Symbole nachhakte, würden sie bis morgen früh hier sitzen und keinen Schritt weiter sein. Andererseits musste er zugeben, dass diese Dinge auch auf ihn inzwischen eine gewisse Faszination ausübten. Es war, als würde man über all diese Symbole und Legenden auf vielen Umwegen langsam aber sicher zum uralten Herzen Prags vorstoßen.

»Natürlich, Herr Kommissar, entschuldigen Sie, ich habe mich hinreißen lassen – diese Dinge sind ein Hobby von mir. Aber zurück zu der Gravur. Also, in der Mitte des Hexagramms befindet sich ein Uroboros, die Schlange, die sich in den eigenen Schwanz beißt, das Symbol des ewigen Lebens, und in diesem Kreis liegt der winzige Brillant – das Symbol für die Sonne. Die Zeichen an den sechs Ecken des Hexagramms stehen für die sechs Planeten, und die vier alchemistischen Symbole dazwischen für Salz, Schwefel, Quecksilber und Wasser. Das ist schon alles.« Sie steckte den Ring wieder an ihren Finger, strich zärtlich darüber und fuhr fort: »In der Kiste befanden sich auch noch Dokumente. Zwei davon haben mich sofort fasziniert. Leider konnte ich sie nicht entziffern, obwohl ich es weiß Gott lange versucht habe. Es waren wunderschöne, alte Pergamente mit seltsamen Zeichnungen von etwas, das wie Pflanzen aussah. Möglicherweise Kopien eines alten Manuskripts, das ich …«

Anděl zog das Manuskriptblatt, das sie bei Apolonia Strettiová gefunden hatten, aus einer Aktenmappe. »Waren es solche?«, fragte er.

Sie starrte das Blatt verblüfft an. »Ja – woher haben Sie das? Ich habe sie doch … Aber meines sah ein bisschen anders aus, da waren noch astrologische Symbole drauf …«

»Es hängt mit unserem Fall zusammen«, sagte Anděl. »Aber ich habe Sie unterbrochen, Frau Blábolilová. Was wollten Sie eben sagen?«

»Ach, nichts weiter. Die Pergamente haben mir so gut gefallen, dass ich sie für mich haben wollte, aber ich habe mich nicht getraut, sie mitzunehmen. Neben dieser Kiste stand eine andere mit alten Kinderbüchern – ich habe die beiden

Blätter da hineingesteckt. In das Buch mit der Geschichte vom Hündchen und vom Kätzchen von Josef Čapek. Es war, glaube ich, eine Erstausgabe, ein Geburtstagsgeschenk für einen kleinen Jungen, wenn ich mich recht erinnere. Und ein paar von den Zetteln, die auch noch in der Kiste mit den Dokumenten waren, habe ich in die anderen Kinderbücher gesteckt. Es waren irgendwelche Botschaften, die ich nicht lesen konnte. Ich war damals vielleicht fünfzehn, ein sehr romantisches Alter ...« Sie lächelte. »Ich wusste damals nicht, was das für Blätter waren, erst Jahre später habe ich in einem Buch einige Abbildungen gefunden. Es waren also wohl Kopien des Voynich-Manuskripts.«

»Was befand sich noch in der Kiste?«, fragte Anděl, obwohl er es bereits ahnte. Blábolil hatte also doch zwei dieser Blätter besessen – auch wenn er möglicherweise etwas anderes behauptet hatte. Und seine Tochter hielt diese Blätter für Kopien. Andererseits hatte Hynek Blábolil gar nicht gelogen. Seine Tochter hatte die Blätter, die sie auf dem Dachboden im Gerümpel ihres Großvaters gefunden hatte, in einem Kinderbuch versteckt. Vielleicht hatte Hynek seinen Vater verdächtigt, sie verkauft oder versteckt zu haben. Der alte Mann war tot von ihm gefunden worden ... Wer wusste schon, was damals wirklich geschehen war.

»Beschriftete Lederbänder, eine Liste mit verschlüsseltem Text, wie ich annehme, ein Zettel mit einer Adresse ...«

»Dieser?«, fragte der Kommissar und zeigte ihr den Zettel aus Blábolils Päckchen.

Sie betrachtete nachdenklich die Zeilen. »Ja, so ein Zettel war in der Kiste. Woher haben Sie den?«

»Aus einem Päckchen, das Ihr Vater im Hotelsafe deponiert hatte. Befand sich vielleicht auch das hier in der Kiste?« Er nahm die Skytale aus seiner Schreibtischschublade und legte sie auf den Tisch.

Sie nickte und sah ihn mit wachsendem Erstaunen an.

»Ich weiß nur leider nicht, was das ist. Aus der Liste und den Bändern bin ich nicht schlau geworden … Aber es war noch ein Grundriss drin, eine Art Schatzkarte.«

Anděl nickte. »Ja, die haben wir auch. Wissen Sie, um was für ein Gebäude es sich handelt?«

Bibiana Blábolilová schüttelte den Kopf. »Nein, leider nicht. Was wollte mein Vater mit diesen Dingen hier in Prag?«

»Das wüssten wir auch gerne, Frau Blábolilová«, erwiderte Anděl. »Genauso gerne wüsste ich übrigens auch, was es mit diesem *Haus zur Letzten Laterne* auf sich hat. In der Liliová-Gasse steht jedenfalls kein Haus mit diesem Namen, das haben wir schon festgestellt.«

»Ach, mit dem Haus zur Letzten Laterne kann ich Ihnen helfen. Das ist eine sehr, sehr alte Legende. Und keine von den besonders bekannten.«

»Sie kennen es?«, fragte Anděl. Endlich, dachte er, noch ein Rädchen, das sich bewegt.

»Das Haus selbst nicht, nein. Nur die Legende dazu. Ich glaube nicht, dass Sie jemanden in Prag – oder sonst wo – finden werden, der schon einmal drin war.« Sie kicherte leise.

»Es ist nicht in Prag, oder was?«, fragte Nebeský, dem vor lauter Mitschreiben schon die Finger brannten.

»Doch, das schon, es ist wie im Märchen: ›*Es war einmal und es war keinmal, da stand in Prag ein Haus, und stand doch nicht dort …*‹ Das Haus zur Letzten Laterne befindet sich auf der Burg – wie der Zettel sagt. Aber es taucht angeblich nur alle paar hundert Jahre auf und erscheint zudem nur dem Adepten, der das Große Werk vollbracht hat.«

»Na, das ist ja echt 'ne Hilfe«, seufzte Nebeský, »und wo taucht diese Kaschemme auf der Burg auf, *wenn* sie denn mal auftaucht? Dieses Alchemiegesülze geht mir langsam auf die Nerven.«

»An einem Ende des Goldmachergässchens. Wie das bei Legenden so ist, herrscht über den genauen Ort keine Klarheit. Aber das ist nicht alles. Der Adept benötigt zum Öffnen des Hauses sieben Ringe, die sogenannten Siegelringe …«

»Ich glaube, ich verstehe«, sagte Anděl. »Sie glauben, dass diese Ringe, die Sie auf dem Dachboden Ihres Großvaters gefunden haben, diese Siegelringe sind, nicht wahr?«

»Genau. Aber es waren nur vier. Und einen trug mein Großvater. Macht zusammen fünf.«

»Das heißt, es fehlen noch zwei. Wissen Sie, woher er die Ringe hatte?«

»Nein, leider nicht. Ich habe nur eine Vermutung, die auch mit dieser Legende zusammenhängt. Es heißt, das Haus zur Letzten Laterne beherberge die sagenumwobene Prager Schwelle und sei von einer geheimnisvollen Gesellschaft erbaut worden, dem Orden der …«

»Asiatischen Brüder von Sad-Bhaiů«, vervollständigte Anděl ihren Satz. »Das ist sicher eine interessante Geschichte, Frau Blábolilová. Aber es ist nur eine Legende …« Er konnte Nebeský durchaus verstehen. Das war nicht dicke Soße auf altem Fisch, das war Stahlbeton.

»Sicher«, unterbrach sie ihn eifrig, »aber ich habe einmal meinen Vater und meinen Großvater darüber reden hören, es ging um das Haus zur Letzten Laterne – aber es war nicht auf der *Burg*, sondern in *Hradschany* – dem Burgviertel.«

Anděl stutzte und nahm den Zettel mit der Adresse zur Hand. »Hier steht ›HRAD‹«, sagte er nachdenklich, »das heißt Burg.«

»Schon, aber hinter dem Wort ist ein Punkt, sehen Sie? Das ist kein Punkt am Ende eines Satzes, wenn Sie mich fragen, sondern macht das Wort HRAD zur Abkürzung des Stadtteils *Hradschany*. Eine ganze Reihe der Villen in diesem

Viertel tragen Hausnamen. Vielleicht heißt eines davon Zur Letzten Laterne.«

»Hm, wäre möglich«, sagte Nebeský. »Und der Rest? Diese Buchstaben und Zahlen?« Er las sie laut vor: »K drei fünf GE sieben R fünf Null – oder ist das ein O? – drei L. Kryptisch, das alles … Und dann diese anderen Zahlen, die Grundsteinlegung der Karlsbrücke, sagte Meda doch, oder?«

»Warte mal …«, sagte Anděl. Er schloss die Augen, um sich besser konzentrieren zu können. Er wiederholte im Geiste, was Nebeský gerade vorgelesen hatte. Vielleicht, ja vielleicht war es so, wie er dachte … Wenn GE für *gerade* stand und R für *rechts*, dann war es womöglich keine Null, sondern ein O für *oben* … und ein L für *links*. Und das K? Vielleicht *Keller*. Der Grundriss mit dem X. Er öffnete die Augen und lächelte zufrieden, weit hergeholt vielleicht, aber immerhin möglich. Blieb noch die Zahlenreihe 135797531 … der Safe in Apolonia Strettiovás Haus, den sie nicht öffnen konnten … Vielleicht hatten sie das Haus zur Letzten Laterne längst gefunden. »Ota, hast du die Tatortfotos, die der Vrba gemacht hat? Nicht die vom Hotel, die anderen.«

»Klar, aber drüben. Ich hole sie.« Er stand auf und ging hinaus.

Anděl zog den Grundriss aus der Aktenmappe und betrachtete ihn. Möglich wär's, dachte er. Nicht immer hatten Keller den exakt gleichen Grundriss wie das Haus, das darauf stand. Ähnlich genug war er, aber das hatte nicht viel zu bedeuten, da beides Rechtecke waren, wie die meisten Häuser.

Bibiana Blábolilová beobachtete ihn eine Weile still. »Sie wissen, wo das Haus steht?«, fragte sie schließlich.

»Sagen wir, ich habe eine Vermutung.«

»Dieses Manuskript ist doch eine Kopie aus dem Voynich-Manuskript, nicht wahr?«, fragte sie und deutete auf das alte Pergament. »Ich habe es erst neulich zufällig im Internet entdeckt.«

»Ja und nein – es ist ein Teil dieser alten Handschrift, aber es ist keine Kopie. Angeblich eine seiner verschollenen Seiten.«

Sie sah ihn überrascht an. »Dann stimmt es also …«, sagte sie nachdenklich.

»Was stimmt?«, fragte Anděl.

»So, hier sind die Fotos von dem Haus«, sagte Ota und schloss die Tür hinter sich. Er reichte Anděl einen Umschlag, aus dem der ein paar Aufnahmen zog. Eine davon zeigte die Front der Villa von Apolonia Strettiová. Über der Haustür befand sich tatsächlich ein Hauszeichen – eine geflügelte Schlange, die sich in ihren eigenen Schwanz biss. Der Uroboros, keine Laterne. Er legte das Foto auf den Tisch. »Schade«, sagte er enttäuscht, »es hätte so gut gepasst.« Er dachte an Leonhart und die Villa, die dieser von Berger bekommen hatte. Ob der Professor die gleiche Hoffnung gehegt hatte wie er selbst eben? Aber das würde voraussetzen, dass Leonhart von diesem Adresszettel gewusst hatte.

»Was denn?«, fragte Nebeský.

»Ich dachte, ich hätte das Haus zur Letzten Laterne gefunden – Apolonia Strettiovás Haus. Aber das Hauszeichen zeigt einen Uroboros, keine Laterne.«

»Apolonia Strettiová?«, fragte Bibiana Blábolilová. »Den Namen habe ich schon mal gehört. Von meiner Mutter. Sie erwähnte ihn, als ich sie das letzte Mal gesehen habe.«

»In welchem Zusammenhang?«, wollte Anděl wissen.

»Soweit ich sie damals verstanden habe, war Apolonia die Mutter einer Freundin aus Mamas Kindheit. Es war kurz vor der Sache mit meinem Großvater. Sie sagte, sie müsse unbedingt diese Apolonia aufsuchen, wegen ihrer Tochter und einem anderen Kind, einem Jungen – Gott, wie hießen die beiden nur? …« Sie klopfte ungeduldig mit den Fingern auf der Stuhllehne, während sie überlegte. »Die Namen der Kinder haben mich damals an eine Geschichte erinnert, ein Buch … Was war es nur … Ah, ich hab's: der Roman von Cécile Aubry.« Sie lächelte zufrieden. »Die Tochter hieß Bella. Und der Junge, der hieß Sebastián.«

29

Als der Zug in Kutná Hora einfuhr, war der Himmel eisgrau, und es schneite ohne Unterlass. Die Teufel feiern Hochzeit, dachte Larissa amüsiert, das war zwar ein merkwürdiges Sprachbild, aber irgendwie trotzdem passend. Larissa stieg aus, ebenso wie die Touristen aus den Nachbarabteilen und die ältere Dame. Die Reporterin ging zielstrebig zu einem Zeitschriftenkiosk und besorgte sich erst einmal einen Stadtplan und einen Reiseführer. Dann verließ sie den Bahnhof und schlenderte trotz des unangenehmen Wetters langsam durch die Straßen in Richtung Altstadt, zunächst auf der Suche nach einem Café, wo sie in Ruhe Karte und Reiseführer studieren könnte. Sie fand eines, leer bis auf ein amerikanisches Ehepaar, das offenbar mit der gleichen Absicht wie Larissa dort eingekehrt war und sich über einen auf dem kleinen Tisch ausgebreiteten Stadtplan beugte. Die Frau hielt einen Reiseführer in der Hand und nannte ihrem Mann verschiedene Sehenswürdigkeiten, die dieser auf der Karte markierte.

»*... and then there's this ossuary, John*«, rief sie begeistert aus, »dieses Beinhaus müssen wir uns ansehen! Stell dir vor, sie haben es mit den Knochen von vierzigtausend Menschen dekoriert.« Sie schauderte vor Begeisterung.

Der Mann murmelte etwas Unverständliches und kennzeichnete pflichtschuldig die Lage der Kapelle.

Larissa bestellte einen Tee und breitete ebenfalls ihren Stadtplan aus. Hynek Blábolils Antiquariat befand sich in der Nähe des Palackého-Platzes, nicht allzu weit von ihrem jetzigen Standort entfernt. Im Grunde konnte es hier sowieso keine wirklich weiten Wege geben, die Stadt zählte nur knapp zweiundzwanzigtausend Einwohner. Kaum zu glauben, dachte sie, während sie die Seiten ihres Reiseführers überflog, dass Kutná Hora im Mittelalter nach Prag die zweitgrößte Stadt Böhmens gewesen war, und dank der im 12. Jahrhundert von einem Zisterziensermönch entdeckten Silberader auch eine der wohlhabendsten. Daher kam auch der tschechische Name der Stadt: Kutná Hora, las sie, bedeutete »Berg, in dem Erz gefördert wird«. Der deutsche Name Kuttenberg wiederum leitete sich angeblich von der Tatsache ab, dass der Mönch die Stelle auf dem Weinberg, wo er das Silber entdeckt hatte, mit seiner Kutte markiert hatte. Die Broschüre listete allerlei Sehenswürdigkeiten auf, vor allem Kirchen, doch Larissa blieb an der Beschreibung eines Gebäudes namens »Welscher Hof« hängen. Das war die alte Münzprägestelle, die gute zweihundertfünfzig Jahre lang den berühmten Prager Groschen geprägt und mit diesen Silberlingen nicht nur Böhmen, sondern auch Polen und weite Teile Deutschlands versorgt hatte. Die Silberlagerstätten waren Mitte des 16. Jahrhunderts erschöpft gewesen, nachdem man innerhalb von dreihundert Jahren gute zweieinhalbtausend Tonnen des Edelmetalls abgebaut hatte. Aber im Stadtgebiet standen noch immer zwei Göpelwerke, und man konnte auch einen der alten Silberschächte besichtigen. Die Stadtgeschichte, las Larissa weiter, war geprägt von Kriegen, Bränden und Pestepidemien. Kutná Hora war zweimal in den Hussitenkriegen geschleift worden, später zweimal abgebrannt, und allein die große Pestepidemie 1318 hatte dreißigtausend Menschen das Leben gekostet. Sie blätterte weiter und blieb an dem Foto eines makabren Raums hängen, dessen Wände offenbar mit Knochen gepflastert waren. Unter dem Foto stand: *Innenraum der Friedhofskirche Aller Heiligen mit Beinhaus.* Das musste das Beinhaus sein, das die amerikanische Touristin vorhin so freudig erregt hatte. Sie las den dazugehörigen Abschnitt. Nach Pest und Hussitenkriegen hatte man Teile des Friedhofs der Kirche Mariä Himmelfahrt aufgelöst und die ausgegrabenen Gebeine in der Kapelle Aller Heiligen zu sechs Pyramiden aufgeschichtet. Das Fürstengeschlecht der Schwarzenbergs hatte dann Mitte des 19. Jahrhunderts einen Holzschnitzer namens František Rint damit beauftragt, den Innenraum der Kapelle neu zu gestalten. Seinen Auftrag hatte der Mann sehr kreativ umgesetzt, fand Larissa, während sie die Fotos schaudernd betrachtete. Er hatte zu diesem Zweck zwei der Pyramiden abgetragen und daraus makabre Kunstwerke geschaffen. Ein Foto zeigte einen Kronleuchter in der Mitte der Kapelle, der laut Text aus allen zweihundertsechs Knochen des menschlichen Körpers bestand. Wo in dem Leuchter wohl die winzigen Gehörknöchelchen steckten, fragte sie sich amüsiert. Auch das Familienwappen seiner Auftraggeber hatte Rint als Knochenassemblage nachgebildet. Die Monstranz bestand, wie ein weiteres Foto belegte, aus einem Schädel, umkränzt von Sonnenstrahlen aus Oberschenkel- und Kreuzbeinknochen. Fasziniert notierte sie den Namen der Kapelle in ihrem Notizblock – das wäre mal ein etwas anderer Artikel für die Kulturbeilage. Mit Mühe riss sie sich von ihrer Lektüre los. Das Beinhaus musste warten, sie hatte es mit einer frischeren Leiche zu tun. Larissa trank ihren Tee aus, zahlte und machte sich auf den Weg durch die schmalen Gassen, vorbei am Welschen Hof, der, wie sie feststellte, inzwischen ein Museum beherbergte, in die Jakubská-Gasse, wo sich Hynek Blábolils Antiquariat befinden sollte.

Es schneite immer noch, und die Straßen waren entsprechend leer; sie begegnete nur wenigen Touristen und Einheimischen, die im Gegensatz zu den Besuchern bei diesem Wetter blind für die Schönheit ihrer Stadt waren und mit gesenkten Köpfen, die Augen auf das alte blank geschliffene Kopfsteinpflaster geheftet, durch die engen Gassen eilten. Larissa verfluchte die Wahl ihres Schuhwerks, sie rutschte mit ihren Ledersohlen auf dem verschneiten Pflaster wie auf einer Eisbahn. Bald tat sie es den Einheimischen nach und wandte ihren Kopf nicht mehr zu den hübschen, liebevoll renovierten Häusern, sondern achtete mit festem Blick auf den Boden darauf, nicht hinzufallen.

Die Jakubská-Gasse war ein schmales Sträßchen, gesäumt von zweistöckigen Häusern. Der Schneefall ließ allmählich nach und hörte schließlich ganz auf, als sie das letzte Drittel der Gasse erreicht hatte. Die Wolkendecke riss auf, und aus den blauen Schlitzen strahlten wie mit einem breiten Pinsel gemalt goldene Lichtbänder auf die verschneite Stadt. Die trübe Atmosphäre verwandelte sich schlagartig. Licht und Schatten malten kubistisch anmutende Bilder an die Wände der barocken Häuser. Larissa lächelte, es war ein bezaubernder Anblick. Sie zog sich die Kapuze ihres orangefarbenen Parkas aus dem Gesicht und stutzte im nächsten Moment. Vor dem Laden, in vielleicht fünfzehn Meter Entfernung auf der anderen Straßenseite, war gerade ein Mann stehen geblieben und studierte offenbar etwas, das an der Tür hing. Sie ging langsam näher und überquerte die Straße. Der Mann kam ihr bekannt vor. Als er seinen Kopf einen Augenblick später etwas in ihre Richtung wandte, erkannte sie ihn: Professor Leonhart. Was in aller Welt macht der denn hier, vor Blábolils Laden?, fragte sie sich. Sollte sie ihn ansprechen? Nein, dachte sie, dazu war immer noch Zeit. Mal sehen, was er hier wollte. Sie zog ihre Kapuze wieder tiefer ins Gesicht, um nicht erkannt zu werden, nahm ihr Handy aus der Handtasche und machte ein Foto von Leonhart vor Blábolils Antiquariat. Was für eine wunderbare Erfindung diese Dinger doch waren, dachte sie. Der Laden schien geschlossen zu sein. Leonhart zog ebenfalls ein Handy hervor und wählte eine Nummer, die er offenbar von der Tür ablas. Sie schlenderte langsam näher, scheinbar vertieft in die Betrachtung der umliegenden Häuser. Neben

Blábolils Antiquariat befand sich glücklicherweise ein anderes Geschäft, so konnte Larissa so tun, als betrachte sie die Auslage. Es war ein Kurzwarenladen wie aus vergangenen Zeiten, mit Hüten für ältere Damen und alte Männer und jahreszeitlich bedingt einer Menge Lederhandschuhe in allerlei scheußlichen Brauntönen – nichts, worauf Larissa sonst auch nur einen Blick verschwendet hätte. Sie hörte Leonhart telefonieren. Was für ein Glück, dachte sie, dass er zu jenen Leuten zählte, die bei Gesprächen auf dem Handy ihre ganze Umgebung teilhaben ließen. Offenbar war er der Meinung, dass der Mensch am anderen Ende der Leitung halb taub sei.

»Ich stehe hier vor Ihrem Laden, Herr Blábolil … Sie sind nicht Blábolil? Dann holen Sie ihn ans Telefon … Tot? Nein, das wusste ich nicht. Wann? … Mein Beileid, aber … Wieso die Polizei? … Was? … Hören Sie, das interessiert mich nicht, ich will etwas abholen, das ich von Blábolil gekauft und bereits bezahlt habe – mit anderen Worten, mein Eigentum! … Was heißt, sie dürfen mich nicht reinlassen? … Nein, ich habe nicht vor zu warten, bis Sie wieder aufmachen dürfen, verdammt noch mal. Ich bin extra aus Prag gekommen … Hallo? … Hallo?« Er nahm das Handy vom Ohr und starrte es entnervt an. Der andere hatte wohl aufgelegt, folgerte Larissa. Kein Wunder bei dem rüden Ton des Professors. Sie wandte sich schnell wieder der Auslage zu und sah aus den Augenwinkeln, wie Leonhart leise vor sich hin schimpfte und, die Augen auf den Boden geheftet, um die Ecke auf den Palackého-Platz verschwand, von dem er gekommen war. Sie blickte ihm nachdenklich hinterher. Der Professor, dachte sie anerkennend, hat durchaus schauspielerisches Talent. Warum nur hat er behauptet, nichts von Blábolils Tod zu wissen, wo er ihr doch selbst davon erzählt hatte? Und was wollte er in dem Laden abholen? Vielleicht war diese Behauptung ebenso an den Haaren herbeigezogen wie die über seine Unwissenheit bezüglich Blábolils Ableben. Andererseits hatte Leonhart ihr von diesem alten Manuskript erzählt, hinter dem seinen Worten zufolge einige Leute her waren. Aber Blábolil hatte ihm angeblich gesagt, er habe keines der verschollenen Blätter des Voynich-Manuskripts. Hatte Blábolil ihn angelogen, und Leonhart war ihm auf die Schliche gekommen? Oder wollte er etwas anderes aus dem Laden? Jedenfalls war das Ganze ziemlich eigenartig. Gerade als sie überlegte, ob sie Anděl anrufen sollte, ging die Tür des Antiquariats auf, und der karottenrote Haarschopf eines jungen Mannes schaute hinaus. Er sah sich vorsichtig um, dann zog er den Kopf zurück und öffnete die Tür weiter. Eine Frau in einem schwarzen Mantel und passendem Hut mit breiter Krempe trat hinaus auf die Straße und drehte sich zu dem Mann um, der im Laden geblieben war.

»*Thank you very much*«, sagte die Frau in gepflegtem britischem Englisch, »Sie haben mir wirklich sehr geholfen, Mr. Sobek. Ich danke Ihnen für Ihr Verständnis.«

Der Mann erwiderte etwas, das Larissa nicht verstehen konnte. Die Dame kam ihr irgendwie bekannt vor. Wie viele Frauen trugen heutzutage noch solche Hüte? Dieser Hut … Larissa stutzte. Die Frau hob ihre rechte Hand und warf einen Blick auf den großen Ring, der auf einem ihrer Finger in der Sonne funkelte. »Er ist wunderschön. Ich habe so lange danach gesucht. Sie waren wirklich sehr liebenswürdig. Ich hoffe, Sie bekommen meinetwegen keine Schwierigkeiten.« Sie streckte die Hand aus und reichte sie dem Mann. »*Good bye*, Mr. Sobek.« Sie nickte ihm noch einmal zu und drehte sich dann gedankenverloren in Larissas Richtung um. Geistesgegenwärtig zückte Larissa wieder ihr Handy und machte noch ein Foto. Die Dame eilte, so schnell es der rutschige Boden erlaubte, an ihr vorbei, offenbar ohne von Larissas Knipserei etwas zu bemerken.

Diese Dame … Natürlich, es war die ältere Frau aus dem Zug, dachte Larissa. Das schneeweiße Haar, das nahezu faltenlose Gesicht, die dunkle Kleidung, und vor allem der ausladende schwarze Hut … Das war die ältere Dame, die so nett gewesen war zu der jungen Frau und ihrer kleinen Tochter. Der Hut hatte im Abteil neben der Dame auf dem Sitz gelegen, und das kleine Mädchen hätte sich beinahe daraufgesetzt. *Zimonja*, *Zimonja*, hatte das Mädchen noch lange wie ein fröhliches Mantra vor sich hin gesungen. Larissa lächelte bei dem Gedanken. Dann runzelte sie die Stirn. Warum hatte die Dame mit diesem Sobek eigentlich englisch gesprochen? Mit dem kleinen Mädchen und seiner Mutter hatte sie tschechisch geredet. Komisch. Ob Sobek kein tschechisch konnte? Blödsinn. Sie drehte sich elektrisiert um. Die Beschreibung der Rezeptionistin aus dem Hotel Alchymist war ihr eingefallen – eine englisch sprechende Dame ganz in Schwarz, die Hynek Blábolil am Abend seines Todes besucht hatte. Die Dame war verschwunden. Larissa lief, so schnell es das glatte Pflaster zuließ, zur Ecke zurück und sah die Straße hinauf und hinunter. Keine Spur von der Frau. So ein Mist, dachte sie. Warum stehe ich im wichtigsten Moment immer auf der Leitung? Sie blickte unschlüssig zurück zu Blábolils Antiquariat. Der rothaarige Mann verließ gerade den Laden. Sie machte auf dem Absatz kehrt und sprintete zurück. Wenigstens ihn konnte sie noch erwischen. Nach gut zwei Dritteln des Wegs rutschte sie aus und schlug der Länge nach auf das verschneite Kopfsteinpflaster. Mit schmerzverzerrtem Gesicht blieb Larissa liegen. Als sie versuchte, sich langsam aufzurappeln, hörte sie eilige Schritte näher kommen.

»Großer Gott! Haben Sie sich wehgetan?« Zwei starke Arme fassten sie unter den Achseln und zogen sie hoch. »Geht es? Sie haben sich doch hoffentlich nichts gebrochen?«

Noch etwas wackelig auf den Beinen, blickte sie auf, in das sommersprossige, freundliche Gesicht von Herrn Sobek. Er kann Tschechisch, dachte sie, das wenigstens wäre geklärt. Eine bessere Art des Kennenlernens hätte sie sich gar nicht ausdenken können.

»Danke, es geht«, sagte sie, »aber ich habe mir das Knie ziemlich angeschlagen … und die Hände.«

»Soll ich Sie ins Krankenhaus bringen?«, fragte er besorgt, eine Hand noch immer unter ihrem Arm.

»Nein, nein, das ist nicht nötig«, beeilte Larissa sich zu versichern, »ich würde mich nur gerne irgendwo einen Moment hinsetzen …« Sie sah sich suchend in der schmalen Gasse um.

»Oh, natürlich, äh – es gibt ein Café gleich auf dem Platz, aber wenn Sie nicht so weit laufen möchten … Ich habe zwar gerade den Laden zugemacht, aber ich kann ihn auch wieder aufsperren.« Er lächelte verlegen. »Einen Tee zum Aufwärmen hätte ich auch …«

»Ach, das wäre wunderbar, Herr …« Sie schenkte ihm ihr Lächeln für Helden des Alltags.

»Sobek, Alan Sobek.«

30

Blábolils Antiquariat war ein Traum. Die Wände bedeckten größtenteils deckenhohe Regale, aus denen die Bücher nur so herausquollen. Auf dem Boden stapelten sich weitere Bücher, die in den Regalen keinen Platz mehr gefunden hatten. Dazwischen standen alte Vitrinen, wie Larissa sie aus den Sammlungen des Nationalmuseums kannte, nur waren sie deutlich kleiner. Es waren schlichte, aber schöne Möbel aus dunkel gebeiztem Holz mit viel Glasfläche, die die Ausstellungsstücke auf dunkelblauem Samt bestens zur Geltung brachten. Die meisten Vitrinen enthielten, soweit sie sehen konnte, Schmuck, manche auch Gegenstände, die sie als alchemistisch oder sonstwie esoterisch einschätzte. In einem Korb am Fuße eines Regals stapelte sich in großen Körben Laborbedarf, Reagenzgläser und bauchige Flaschen in allen Größen sowie Glasrohre und -schalen. An einen der Körbe war ein handgeschriebenes Schild geheftet: »20 Kronen/Stück«. Zwischen den Regalen hingen Gemälde und gerahmte Poster an den dunkelgrün gestrichenen Wänden, die allesamt Szenen aus altertümlichen Labors darstellten. An der Wand gegenüber der Eingangstür befand sich ein Durchgang zu einem weiteren Raum, der sehr ähnlich aussah, nur dass sich dort eine gemütliche Sitzecke mit einem weinroten Samtsofa und zwei passenden Ohrensesseln befand, in deren Mitte ein niedriges Opiumtischchen stand. Alan Sobek lotste sie zu einem der Sessel und stellte einen kleinen, mit besticktem Stoff bezogenen Schemel davor. *Ora et labora*, las Larissa, war mit Silberfaden in den mitternachtsblauen Brokat gestickt – bete und arbeite! Um den lateinischen Spruch rankten sich stilisierte Pflanzen. Ein überaus hübsches Ding.

»Für Ihr Bein, Frau Khek«, sagte Sobek.

»Vielen Dank«, erwiderte Larissa, »aber da sollte ich meinen Schuh ausziehen, sonst mache ich es dreckig.«

»Ach was, ich lege einfach was drauf.« Er winkte ab und verschwand im vorderen Raum. Einen Moment später kam er mit einer Zeitung zurück, die er auf den kostbaren Stoff legte. »So. Möchten Sie eine Tasse Tee? Oder lieber Kaffee?«

»Sehr gerne. Einen Tee, bitte«, erwiderte Larissa dankbar.

Er nickte und ging durch einen mit einem schweren Samtvorhang verhängten Durchgang in einen weiteren Raum, in dem sich offenbar eine kleine Küche verbarg – und eine Art Lager, wie Larissa erspähte, denn auch dort bedeckten Regale voller Bücher und Kisten die Wände. Ein herrlicher Laden, dachte Larissa, der zu stundenlangem Schmökern und Kramen einlud. Aus dem Nebenraum hörte sie Geschirrgeklapper und das lauter werdende Blubbern kochenden Wassers. Sie überlegte fieberhaft, wie sie möglichst unauffällig auf Blábolil, Leonhart und die Dame in Schwarz zu sprechen kommen könnte. Bevor sie sich eine Strategie zurechtgelegt hatte, kam Sobek mit einem Tablett zurück, auf dem eine zierliche japanische Teekanne und zwei schlichte tönerne Schälchen standen. Auf einen Teller hatte Sobek etwas Weihnachtsgebäck geschichtet. Er stellte das Tablett ab, setzte sich ihr gegenüber auf das Sofa und schenkte ein. Dann reichte er Larissa eine Schale mit dampfendem und nach Jasmin duftendem Tee.

»Danke«, sagte Larissa. Sie trank vorsichtig einen Schluck. Der Tee war köstlich. »Das tut gut an so einem Tag.«

»Allerdings«, erwiderte Sobek mit einem Seufzen, »was für ein Tag!« Er trank von seinem Tee und zog eine Schachtel Zigaretten aus seiner Hosentasche. »Rauchen Sie?«

Larissa nickte, und er gab ihr Feuer. Sie rauchten einen Moment schweigend, dann unterbrach sie die angenehme

Stille. »Ich hoffe, ich verderbe Ihnen nicht die Mittagspause«, sagte sie zögernd.

»Ach wo, ich wollte eigentlich nach Hause gehen. Heute Morgen war nämlich die Polizei hier und hat mich angewiesen, den Laden zu schließen. Aber wie es aussieht, komme ich einfach nicht weg.«

»Wieso das denn?«, fragte Larissa.

»Mein Chef, Herr Blábolil, ist gestorben – vor ein paar Tagen in einem Hotel in Prag. Und nun ermittelt die Mordparta.«

»Ach Gott, das ist ja schrecklich! Mein Beileid …«

»Danke. Der arme Kerl … Und kurz nach dem Anruf der Polizei, gerade als ich gehen wollte, kam eine Dame, eine Ausländerin, die unbedingt einen Ring kaufen wollte, den sie wohl vor ein paar Wochen hier gesehen hatte … Na ja, sie hat mir leidgetan, sie war so enttäuscht, als ich sagte, es sei bis auf Weiteres geschlossen, also habe ich sie reingelassen und ihn ihr verkauft.« Er lächelte schuldbewusst. »Sie wird es der Polizei schon nicht erzählen – und Sie hoffentlich auch nicht.«

»Mit dem ungeduldigen Mann vor dem Laden hatten Sie aber nicht so viel Erbarmen«, scherzte Larissa. Das lief ja wie geschmiert.

»Ach der! Leonhart ist eine Pest. Der hat Hynek seit Monaten wegen irgendwelcher steinalter Manuskripte gelöchert, die er unbedingt haben wollte. Schlimmer ist nur noch dieser andere Typ, Hermes heißt er. Der hatte es auch mit Manuskripten. Und er wollte unbedingt diese Ringe kaufen. Aber der Hermes hat immer nur angerufen, glaube ich. Hynek wollte gar nicht mehr ans Telefon gehen. Ein Wunder, dass der Typ heute noch nicht angerufen hat, aber das kann ja noch werden. Entschuldigen Sie, ich langweile Sie sicher mit diesem belanglosen Zeug …« Er lächelte schüchtern.

»Ganz und gar nicht«, versicherte Larissa, »wissen Sie, ich wollte eigentlich auch zu Herrn Blábolil…«

»Ach ja? Tja, da sind Sie leider zu spät dran. Was wollten Sie denn von ihm?«

»Ich schreibe an einem Artikel über Alchemie in Tschechien, für den Kulturteil der *Prague Post*, und Herr Blábolil ist mir von einem Bekannten als große Autorität auf dem Gebiet empfohlen worden. Da habe ich jetzt wirklich Pech…« Sie seufzte und hoffte, dass er ihr die Lüge abnehmen würde.

Sobek lachte. »Blábolil als Experte für Alchemie! Das ist echt gut. Welcher Schwachkopf hat Ihnen denn das erzählt?«

»Aber der Laden«, sagte Larissa verwirrt, »er handelte doch mit alchemistischen Büchern und allerlei solchen Dingen…«

»Schon, aber ich glaube nicht, dass er auch nur die Hälfte davon wirklich verstanden hatte, wissen Sie. Hynek hat tatsächlich geglaubt, man könne Gold machen – das muss man sich mal auf der Zunge zergehen lassen! Und an dieses allmächtige Lebenselixier hat er auch geglaubt… Na ja, wie auch immer. Sein Vater, der alte Emil, der hatte weit mehr Ahnung – war jedenfalls mein Eindruck. Jedenfalls hat er nicht an diese Ammenmärchen geglaubt. Aber das war ein seltsamer Kauz… Ist im Sommer die Treppe runtergefallen und war mausetot. Geschah ihm ganz recht. Das war einer, der ist schon böse zur Welt gekommen, wenn Sie mich fragen.«

»Wieso das?« Larissa jubilierte innerlich über den Redefluss von Alan Sobek. Auf eine so ausgiebig sprudelnde Quelle hatte sie nicht zu hoffen gewagt.

»Meine Eltern wohnen nebenan, wissen Sie, und meine Mutter hat manchmal erzählt, wie böse der Alte zu seiner Schwiegertochter war und zu seiner Enkelin. Konnte die beiden wohl nicht leiden. An Hyneks Ehefrau kann ich mich noch erinnern, die wurde vor Jahren nach Bohnice weggesperrt – sie soll versucht haben, den alten Emil umzubringen. Das Ganze wurde unter den Teppich gekehrt, und man hat sie in die Psychiatrie verfrachtet. Sie war eine nette Frau … Keine Ahnung, wieso sie diesen Waschlappen Hynek geheiratet hat. Der stand sein Leben lang unter der Fuchtel seines Vater. Meine Mutter sagte immer, Hynek würde sich nicht mal die Nase putzen, ohne den Alten vorher um Erlaubnis zu fragen. Nur geheiratet hat er, ohne zu fragen. Dafür haben dann seine Frau und die Tochter gebüßt.«

»Emil Blábolil war also ein echter Alchemist?« Hoffentlich würde sie sich das alles merken können. Ihren Notizblock wollte sie nicht rausholen, es sollte ja schließlich nach einem zufälligen Gespräch aussehen.

»Doch, den Anspruch hatte er, aber das mit der Erleuchtung am Ende des Weges hat nicht geklappt, wenn Sie mich fragen. Das geht nur mit reinem Herzen, wie es so schön heißt, und Emil selig hatte ein Herz schwarz wie die Nacht. Im Krieg soll er gemeinsame Sache mit den Nazis gemacht haben. Angeblich hat er auch ein paar Leute auf dem Gewissen. Das hat mir mein Großvater erzählt, der hatte das von einem Bekannten aus Prag – war irgendwas mit einem Brand, glaube ich. Außerdem soll er früher Bilder gefälscht haben. Gemalt hat er bis zum Schluss, allerdings unter seinem eigenen Namen. Das Bild dahinten ist von ihm.« Sobek deutete auf ein Ölgemälde an der Wand gegenüber, das in expressionistischer Manier gemalt war. Larissa fand es ziemlich gut. Was es genau darstellen sollte, konnte sie allerdings nicht sagen. Ein Haus vielleicht?

»Na, Gerüchte gibt es über den Mann viele«, fuhr Sobek fort, »nur beweisen konnte nie jemand was. Außerdem hatte er in der Stadt einflussreiche Freunde, unter anderem den Gerichtspräsidenten und den Polizeichef.« Er hob vielsagend die Brauen. »Meine Mutter behauptet ja, dass er sich damals das Insulin selbst gespritzt hat, bei dem angeblichen Mordversuch an ihm, wegen dem dann seine Schwiegertochter weggesperrt wurde. Aber das ist wahrscheinlich ein bisschen weit hergeholt. Andererseits hätte ich ihm das durchaus zugetraut. Und Hynek hat nichts für seine Frau getan – nie. Nicht mal, als sein Vater die Treppe runtergefallen war. Sie ist immer noch dort, die Arme. Aber vielleicht lässt man sie jetzt ja endlich raus. Schließlich ist sie nie verurteilt worden oder so was.«

»Die arme Frau. Und ihre Tochter, die sie erwähnt haben?«, fragte Larissa. »Was ist mit ihr?«

Sobek trank von seinem Tee. »Die Tochter, ja, sie dürfte so um die vierzig sein, schätze ich, ich habe sie nur ein- oder zweimal gesehen. Sie lebt in Prag. Darf ich Ihnen noch einschenken?«

»Gerne. Danke. Haben Sie das alles eigentlich der Polizei erzählt? Ich meine, das hört sich an wie ein Krimi …« Ihrer beider Hände trafen sich mit den abgebrannten Zigaretten über dem Aschenbecher und zuckten zurück. »Bitte, nach Ihnen«, sagte Larissa und lachte.

»Aber nein, nach Ihnen«, erwiderte Sobek galant und fuhr fort: »Ach wo, diese Gerüchte und die Sache mit Hyneks Frau sind allgemein bekannt. Das ist nur Hörensagen, keine Beweise, wissen Sie. Aber diese Sache mit den Manuskripten gibt mir ein bisschen zu denken … Die Polizei hat auch nach alten Pergamenten gefragt. Aber ich weiß von nichts. Hynek war ein bisschen komisch in den letzten Monaten, vor allem, seit sein Vater gestorben ist. Ich dachte erst, das sei wegen der Kiste, die ich aus Versehen verkauft hatte, und wegen des Rings … Aber das war ja schon im Februar.«

»War denn was Wichtiges drin?«

»Nicht dass ich wüsste, in der Kiste waren nur alte Kinderbücher. Ein Trödler aus Prag hat sie gekauft. Hynek hatte sie vorn neben der Kasse stehen, aber nichts davon gesagt, dass sie nicht zu verkaufen sei. Er ist sogar nach Prag gefahren, um sie wieder zu holen, aber da war sie schon weg. Und der Trödler wusste nicht, wer der Käufer gewesen war.«

Eine Kiste mit alten Kinderbüchern interessierte Larissa nicht weiter, aber Sobek hatte vorhin erwähnt, dass dieser Hermes auch an Ringen interessiert gewesen war. »Und der Ring?«

»Na, die Ringe waren in einer der Vitrinen ausgestellt. Hynek hatte sie auf dem Dachboden im Haus seines Vaters gefunden, da steht genug Gerümpel für ein halbes Dutzend Trödelläden rum. Er hat behauptet, er habe mir gesagt, dass sie unverkäuflich seien, ich kann mich aber nicht daran erinnern. Ich habe also einen verkauft, an eine ältere Frau. Sie war mit ein paar Freundinnen hier, kleine Kaffeefahrt, schätze ich. Die Damen haben sich nicht lumpen lassen und gut eingekauft. Ich hab Hynek auch noch ganz stolz von dem Verkauf erzählt, immerhin habe ich einen recht hohen Preis verlangt. Er hat getobt wie ein Berserker. Und seinem Vater hat er es verschwiegen – hat behauptet, er habe den Ring zum Reinigen gegeben.« Sobek lachte. »Der Alte hat's gefressen. Aber mich hat Hynek ordentlich zusammengefaltet, das kann ich Ihnen sagen.«

»Was sind das eigentlich für Ringe?«

»Eine Art Siegelringe mit graviertem Stein und einem winzigen Brillanten in der Mitte. Hynek hatte vier davon, aber es waren wohl ursprünglich mehr – sechs, glaube ich. Ich habe gehört, wie der Alte, Emil, nach zwei fehlenden Ringen gefragt hat, einem Mondstein und einem Aventurin. Ich dachte mir noch, dass sich da jemand eine hübsche Farbpalette zusammengeschmiedet hatte. Das war aber schon letztes Jahr, nachdem Hynek sie auf dem Dachboden aufgestöbert hatte. Der Alte hat es nicht gern gesehen, dass sie ausgestellt wurden. Die Gravur war bei allen die gleiche – allerlei alchemistische Symbolik, nur die Steine waren verschieden. Zwei der Ringe waren nur graviert, ohne Stein. Sehr hübsche Dinger, aufwendig gearbeitet – das macht heutzutage keiner mehr, wäre viel zu teuer. Warum er sie nicht verkaufen wollte, weiß ich nicht. Zwei hat Hynek übrigens mit nach Prag genommen.«

»Sie scheinen sich mit Schmuck gut auszukennen, Herr Sobek.«

Sobek grinste. »Klar, ist doch mein ureigenstes Gebiet – ich bin nämlich eigentlich Goldschmied.«

»Tatsächlich? Das ist ja interessant!« Larissa lächelte ihn begeistert an. Sie war zwar nicht der Auffassung, dass Diamanten eines Mädchens beste Freunde waren, aber es schadete nicht, wenn sie diesen Eindruck erweckte. Ermuntert von ihren funkelnden Augen, schweifte Sobek von ihrem Thema ab und erzählte von seinen Schmuckprojekten. Meist mache er Anfertigungen für Kunden von Hynek Blábolil, die irgendwelchen esoterischen Kram in Gold und Silber wünschten, was Sobek offensichtlich als unter seiner Würde empfand, aber trotzdem pflichtschuldig erledigte. In seiner Freizeit widmete er sich dann seinen eigenen Ideen. »Meistens leider nur auf dem Papier«, seufzte er, »bei dem Gehalt, das Hynek mir gezahlt hat, konnte ich mir meistens nur Kupfer und Messing leisten.«

Larissa murmelte etwas Tröstliches und kehrte zu den Ringen zurück. »Warum hat Hynek Blábolil eigentlich den Ring nicht mitgenommen, den Sie heute verkauft haben?«

»Er muss ihm beim Einpacken hinuntergefallen sein. Ich habe ihn erst vorgestern beim Wischen hinter einer der Kisten gefunden. Reiner Zufall, die Frau hatte Glück.«

Und ich auch, dachte Larissa zufrieden. »Was waren das eigentlich für Steine?«, fragte Larissa.

»Der von heute war ein Karneol, das ist ein milchig-roter

Stein, und der vom Februar war ein Onyx, der ist schwarz. Die beiden, die Hynek mitgenommen hat, waren Silber und Gold, ohne Stein, wie gesagt.« Sobek erläuterte ausführlich, wie die Steine bearbeitet gewesen waren.

»Dieser Hermes«, wechselte Larissa erneut das Thema, »Sie haben nicht zufällig eine Adresse oder Telefonnummer von ihm? Vielleicht ist das ja auch ein Alchemist, den ich interviewen könnte – jetzt, da Herr Blábolil nicht mehr ...«

»Hm, möglich, warten Sie einen Moment.« Er stand auf und verschwand im vorderen Raum, aus dem er einen Moment später mit einem Zettel wiederkam. »Die hatte sich Hynek einmal notiert. Eine Handynummer. Leider keine Adresse.«

»Vielen Dank, Herr Sobek«, sagte Larissa, die ihr Glück kaum fassen konnte.

»Bitte. Dabei fällt mir ein ... Es gab noch einen Ring mit einem Bergkristall. Den hat der alte Emil immer getragen ...«

»Was ist mit dem?«, fragte Larissa. Das machte jetzt insgesamt sieben Ringe, wo auch immer die ins Spiel kommen mochten. Offenbar waren sie aber für diesen Hermes ebenso interessant gewesen wie die Manuskripte. Grund genug, alles über sie erfahren zu wollen, selbst wenn das weitere Vorlesungen über die Herstellung nach sich zog.

»Ach, ich habe mich nur grade gefragt, wo der wohl hingekommen ist. Ins Grab hat Hynek ihm das Ding sicher nicht mitgegeben. Vielleicht hat er ihn auch nach Prag mitgenommen.«

»Was wollte Hynek Blábolil eigentlich dort?«

»Irgendwas Geschäftliches. Keine Ahnung, was genau. Er wollte sich mit ein paar Leuten treffen.«

»Sie sagten, dass jetzt die Mordparta ermittelt ... Ist er denn keines natürlichen Todes gestorben?«

Sobek zuckte die Achseln. »Die Polizei hat mir nur gesagt,

dass es ein ungeklärter Todesfall sei, es war ja keiner dabei, als er gestorben ist. Ein Zimmermädchen hat ihn gefunden. Wahrscheinlich die üblichen Ermittlungen. Seine Tochter weiß bestimmt mehr. Sie kommt morgen her.«

»Von wegen Polizei – war der Tod von Emil Blábolil denn eindeutig ein Unfall?«

»Wie? Äh, ja. Natürlich. Er ging am Stock, ein gebrechlicher, alter Teufel.« Sobek neigte den Kopf zur Seite und sah Larissa nachdenklich an.

»Ja?«

»Na ja, an dem Tag war der Alte kurz im Laden, wissen Sie, er hatte nach den Ringen gefragt. Hynek war nicht da. Und ich habe gesagt, ich wüsste nichts von den Ringen. Hynek hatte mir nach seiner Standpauke wegen des verkauften Ringes eingeschärft, dem Alten nichts davon zu erzählen. Er hatte eine Heidenangst vor seinem Vater. Der Alte hat ein bisschen rumgesucht, ist dann aber gegen Mittag nach Hause gegangen. Er und Hynek wohnten schräg gegenüber, zwei Häuser weiter die Straße runter. Er sagte etwas von Besuch. Kurz darauf habe ich den Laden für die Mittagspause zugemacht und bin was essen gegangen. Da habe ich jemanden aus dem Haus kommen sehen. War wohl sein Besuch.«

»Ach …« Sie sah ihn fragend an.

»Keine Ahnung, wer das war, ich habe ihn nur von hinten gesehen. Könnte auch eine Frau gewesen sein – jedenfalls jemand in einem dunklen Mantel. Eigentlich komisch, es war ja Sommer … Aber das war nicht der einzige Besuch, an dem Tag ging es bei ihm zu wie auf der Post. So viel Besuch hatte der Alte selten am helllichten Tag. Abends eher, da kam oft allerlei Volk zum Kartenspielen. Als ich eine gute Stunde später wiederkam, stand Leonhart hier vor der Tür und hat nach dem Alten gefragt.«

»Ist er zu ihm gegangen?«

»Er ist jedenfalls in die Richtung gegangen.« Er zuckte

mit den Schultern. »Ob er reingegangen ist, weiß ich nicht. Mit ihm zusammen wartete noch eine Touristengruppe. Die waren ganz scharf auf unsere esoterischen Anhänger.«

»Und wer war noch bei ihm?« Larissa bemühte sich, ihre Erregung zu verbergen.

»Etwas später bin ich kurz raus vor den Laden, um eine zu rauchen, da kam ein Mann aus Blábolils Haus. Aber – ach, vergessen Sie's, der Alte ist einfach die Treppe runtergefallen, tatterig, wie er war.«

»Wissen Sie, wer der Mann war?«

»Er ist auf der anderen Straßenseite vorbeigegangen, zum Palackého-Platz«, sagte Sobek zögernd. »Ich weiß nicht, ob ich es beschwören würde, aber ich glaube, es war ein Typ, der schon ein paarmal hier gewesen war. Er hat jedes Mal nach alten alchemistischen Manuskripten gefragt, irgendwelchen Wollnich-Pergamenten, wenn ich mich recht erinnere. Nach denen hat dieser Hermes auch immer gefragt. Keine Ahnung, was das sein soll – aber ich bin ja kein Alchemist, ich arbeite hier nur.« Er grinste. »Warten Sie, einmal hat er eine Visitenkarte dagelassen.« Sobek verschwand wieder im vorderen Raum.

Von wegen Wollnich, dachte Larissa, Voynich heißt das. Sie hatte allerdings nicht vor, Sobek aufzuklären. Sie staunte ohnehin mit welcher Selbstverständlichkeit er ihre überbordende Neugier hinnahm. So viel Naivität war unbezahlbar.

»Da ist sie«, sagte er, als er wiederkam, und reichte Larissa die Karte.

Staré knihy na Novém Světe – Antiquariat, Inh. Sebastián Gruß, las sie und musste lächeln. Ein hübsches Wortspiel – *Alte Bücher in der Neuen Welt*. Die Adresse war tatsächlich in Nový Svět, einer malerischen Gasse jenseits der Burg. Auf der Rückseite hatte jemand eine Handynummer notiert. »Darf ich die behalten?« Sie jubilierte innerlich. Das war der Mann, der Blábolils Umschlag an sich gebracht hatte. Er wohnte also tatsächlich nahe der Burg, aber nicht im Haus zur Letzten Laterne … Oder hieß sein Haus vielleicht doch so? Ich sollte mich da oben mal umsehen, dachte sie. Es war Ewigkeiten her, seit sie zuletzt dort spazieren gegangen war. Im Sommer war es herrlich, wie auf dem Dorf, aber im Winter, mit all dem Schnee, musste es traumhaft sein.

»Klar. Die braucht hier niemand mehr«, unterbrach Sobek ihre Gedanken.

»Haben Sie das alles eigentlich der Polizei erzählt?«, fragte Larissa zögernd.

»Nein. Warum auch? Von mir wollte niemand was wissen. Außerdem bin ich an dem Abend mit ein paar Freunden für drei Wochen zum Zelten nach Italien gefahren. Ich habe von der Sache erst erfahren, als ich wiederkam. Da war der Alte längst begraben. Wie gesagt, es war ein Unfall. Sagte die Polizei jedenfalls, und die werden es schon wissen.«

»Aber wenn dieser Leonhart und dieser Gruß und die dritte Person an dem Tag bei Emil Blábolil waren … und der alte Mann danach tot … Und sein Ring war ja auch weg, sagten Sie …« Der dritte Mann, dachte sie amüsiert, wenn nicht gar der unsichtbare Dritte … Könnte es womöglich der geheimnisvolle Herr Hermes gewesen sein? Hatten diese drei Suchenden sich bei Emil selig die Türklinke in die Hand gegeben? Oder war es doch eine Frau gewesen … jemand in einem dunklen Mantel – etwa die Dame, die heute den Ring gekauft hatte? Angenommen, Emils Tod wäre kein Unfall gewesen, sondern einer dieser drei Besucher hatte dabei buchstäblich seine Hand im Spiel gehabt … War dann einer von ihnen auch Hynek Blábolils Mörder? Immer mit der Ruhe, Larissa, bremste sie sich. Keine übereilten Schlussfolgerungen.

»Hm, da ist was dran …« Sobek sah sie nachdenklich an, dann verzog er verächtlich die Mundwinkel und machte eine wegwerfende Handbewegung. »Ach, wissen Sie, selbst wenn bei dem Alten jemand nachgeholfen haben sollte, hat er doch nur bekommen, was er verdient hat. Am Ende war es sein Sohn, weil er den Alten nicht mehr ertragen konnte.« Er schüttelte den Kopf, als sie ihn erschrocken ansah. »Nein, das meine ich nicht ernst. Aber übelnehmen könnte man es ihm nicht. Der Alte war das personifizierte Böse. Wenn den einer auf dem Gewissen hat, dann schadet das dessen Karma nicht, ganz im Gegenteil, dafür gäb's das Nirwana ein paar Runden früher.«

»Hm, tja, wenn Sie das sagen…« Larissa sah an ihrem Bein hinunter, das noch immer ausgestreckt auf dem Schemel lag. »Ich glaube, meinem Bein geht es wieder recht gut«, lenkte sie ab. Man sollte seine Quellen nicht überstrapazieren. »Ich werde mich dann mal auf den Weg machen. Meinen Artikel kann ich wohl vergessen.« Sie nahm ihren Fuß von dem Schemel und stand auf. »Trotzdem herzlichen Dank für Ihre Hilfe, Herr Sobek, und für den Tee. Er war ausgezeichnet.« Sie schenkte ihm ihr charmantestes Lächeln.

»Oh, nichts zu danken. Tut mir leid wegen Ihres Artikels.« Alan Sobek stand ebenfalls auf. »Hat mich gefreut, Sie kennenzulernen«, sagte er und kramte in seiner Hosentasche, aus der er eine winzige schwarze Visitenkarte mit orangefarbener Schrift zog. Er reichte sie Larissa. »Wenn Sie mal wieder in die Gegend kommen, rufen Sie mich an – wenn Sie Lust haben…«

31

Als Larissa am Bahnhof ankam, hatte sie gerade noch Zeit, sich etwas zu trinken und einen *Chlebíček*, die landestypische mit Welschem Kartoffelsalat, ungarischer Salami, einer Scheibe saurer Gurke und einem Streifen eingelegter Tomatenpaprika belegte Weißbrotscheibe, an einem Kiosk zu kaufen. Ihr Zug stand schon abfahrbereit am Gleis. Sie fand ein leeres Abteil und zückte ihren Notizblock, nachdem sie das verpackte Brötchen und das Getränk auf dem Klapptischchen am Fenster abgestellt hatte. Alan Sobek, dachte sie, war ein Geschenk des Himmels gewesen. Erstaunlich, was Leute einem alles erzählten, wenn man es richtig anstellte. Sie rieb ihr Knie, das noch immer wehtat, aber die Informationen, die es ihr eingetragen hatte, waren den Schmerz mehr als wert gewesen.

Sie trank einen Schluck und notierte die Namen der Leute, von denen die Rede gewesen war: Emil Blábolil, verstorben im Sommer nach einem Sturz von der Treppe in seinem Haus. Unfall oder Mord? Vielleicht konnte sie noch herausfinden, welche Todeszeit festgestellt worden war. Bei mindestens drei Besuchern an jenem Tag mochte das nicht unwichtig sein. Andererseits war aber vielleicht gar keine Obduktion vorgenommen worden, wenn die Polizei gleich von einem Unfall ausgegangen war. Nun, das ließ sich feststellen. Sie notierte die Gerüchte über Emils Verbindungen zu den Nazis und seine Betätigung als Fälscher. Das untermauerte Leonharts Geschichte. Sebastián Gruß, der an jenem Tag möglicherweise dort zu Besuch gewesen war – hatte Emil Blábolil noch gelebt, als er gegangen war? Wenn nicht, warum hatte er nicht die Polizei verständigt? Sie dachte an Sobeks Reaktion auf ihre Frage, ob es denn wirklich ein Unfall gewesen sei. Er habe nur bekommen, was er verdient habe… Vielleicht war auch Gruß dieser Ansicht gewesen – oder er hatte Angst gehabt, für den Mörder gehalten zu werden. Wer eine Leiche findet, macht sich im Zweifel erst mal verdächtig – jedenfalls in Kriminalromanen, aber das galt vermutlich auch für das wahre Leben. Die Adresse und Handynummer von Sebastián Gruß übertrug sie ebenfalls in ihren Notizblock. Auch er war ein Antiquar, wie Blábolil. Sie sollte ihn in seinem Laden in der Neuen Welt aufsuchen. Gleich morgen. Professor Leonhart, erinnerte sie sich, war am Todestag von Emil Blábolil wahrscheinlich auch bei dem Alten gewesen. Nun, er hatte ja gesagt, dass er nach diesem Manuskript suche. Vielleicht sollte sie ihn auf seine offenbar zahlreichen Besuche in Kutná Hora ansprechen. Immerhin hatte er sie erst auf die Sache aufmerksam gemacht. Warum nur? Und warum hatte er heute so getan, als wisse er noch nichts von Hynek Blábolils Tod? Gute Frage… Sie dachte eine Weile darüber nach, während sie ihr Brötchen aß, kam aber zu keiner befriedigenden Antwort. Und dann war da noch die ältere Dame von heute, ebenfalls Käuferin eines Rings. Nach der anderen Frau, der vom Februar, hatte Larissa nicht weiter gefragt, na ja, sie konnte schließlich nicht jedem Kunden hinterherlaufen, der in dem Laden etwas kaufte. Aber die Dame in Schwarz heute, war sie dieselbe, die Hynek Blábolil am Abend seines Todes besucht hatte? Die Beschreibung würde passen. Mist, dachte sie, sie hatte vergessen, Sobek nach dem Datum von Emil Blábolils Tod zu fragen. Aber das konnte sie auch so feststellen, ein Anruf bei der örtlichen Zeitung würde sicher genügen. Wen hatte Sobek noch erwähnt? Richtig, Herrn Hermes, der Blábolil mit Anrufen wegen des Voynich-Manuskripts und der Ringe genervt hatte. Sie notierte die Handynummer, die Sobek ihr gegeben hatte. Zettel mochten verloren gehen, aber ihr Notizbuch hütete sie wie ihren Augapfel. Der geheimnisvolle Götterbote hatte also eine irdische Telefonnummer. Sie lächelte amüsiert. Vielleicht sollte sie ihn googeln, womöglich hatte er auch eine Internetseite. Sie betrachtete zufrieden das Ergebnis ihrer Recherche. Ihr Ausflug in die alte Silberminenstadt hatte sich gelohnt. Sie war mit einer überaus ergiebigen Goldmine belohnt worden, auch wenn die erhaltenen Informationen neue Fragen aufgeworfen hatten.

Larissa dachte über ihr weiteres Vorgehen nach. Sie nahm ihr Handy aus der Tasche und betrachtete die beiden Fotos, die sie geschossen hatte. Leonhart vor dem Antiquariat. Mehr schlecht als recht zu erkennen. Die alte Dame hatte sie glücklicherweise besser erwischt. Ja, man konnte die Gesichtszüge erkennen. Ein schönes, altes Gesicht – nein, eigentlich nicht alt, das war nur das weiße Haar, die Züge der Frau wirkten erstaunlich alterslos. Ohne das weiße Haar hätte sie kaum zu schätzen gewusst, wie alt die Frau sein könnte … Sicher älter als fünfzig, vielleicht sechzig? Oder noch älter? Schwer zu sagen. Hoffentlich, dachte Larissa und seufzte, sehe ich im Alter auch mal so gut aus. Ob die Frau wohl ein hässliches altes Gemälde auf dem Dachboden hatte, das an ihrer Stelle alterte, wie Dorian Grey? Oder sie hatte das Elixier des ewigen Lebens entdeckt, von dem Leonhart erzählt hatte.

Sie riss sich von diesen fruchtlosen Betrachtungen los. Was sollte sie jetzt tun? *Ruf Anděl an*, sagte eine mahnende Stimme in ihrem Kopf, *und zwar gleich!* Ja, ja, dachte Larissa, immer mit der Ruhe. Vielleicht könnte sie ja noch etwas herauskriegen … Die Telefonnummer von Hermes fiel ihr ins Auge. Selbstverständlich würde sie den Kommissar anrufen, aber wie wunderbar wäre es, wenn sie ihm die Identität dieses Götterboten enthüllen könnte … *Du bist eine dumme Gans*, sagte die warnende Stimme in ihrem Kopf, *das geht wieder schief, glaub mir*. Nein, geht es nicht, widersprach Larissa, diesmal bereite ich mich vor.

Was sollte schon passieren, wenn sie Hermes anrief? Andererseits wollte so ein Anruf wohlüberlegt sein … Er würde ihr am Telefon kaum erzählen, wer er war und was er mit dem Manuskript und den Ringen wollte. Sie hatte nur eine Chance, und deshalb brauchte sie eine plausible Geschichte, die sie ihm erzählen konnte … Zunächst benötigte sie eine andere Identität, sie zweifelte keine Sekunde daran, dass die Naivität eines Alan Sobek ein besonderer Glücksfall gewesen war, der sich in dieser Form kaum wiederholen würde.

Sie nahm ihren Laptop aus der Tasche und schaltete ihn an. Dann steckte sie Leonharts USB-Stick ein. Sie könnte, überlegte sie, einen der Namen der Ordensmitglieder benutzen. Vielleicht würde das Hermes ein bisschen aus der Fassung bringen, schließlich waren sie angeblich alle tot. Der Inhalt des Sticks erschien auf dem Bildschirm: drei Ordner. Sie stutzte. Sie erinnerte sich nur an zwei, den mit dem Namen »Mitglieder« und den anderen mit dem Namen »Legende«. Der dritte hieß »Mitglieder2«. Vielleicht hatte sie die Ordensnamen übersehen. Sie klickte den Ordner an. Nichts, er war leer. Wahrscheinlich hatte Leonhart den Inhalt gelöscht, bevor er ihr den Stick gegeben hatte. Andererseits … Sie markierte den Ordner und klickte in der Menüleiste auf »Eigenschaften«. Ein kleines Menü sprang auf, das die Unterrubrik »Allgemein« zeigte. Belegter Speicher: 2 MB, las sie, Freier Speicher: 242 MB und schließlich Speicherkapazität: 244 MB. Zwei Megabyte? Die beiden anderen Ordner waren deutlich kleiner, zusammen hatten sie kaum die Hälfte davon. Vielleicht war der dritte Ordner nur scheinbar leer. Ihr Blick wanderte in dem Menü weiter nach unten – ja, da war des Rätsels Lösung: Das Kästchen »versteckt« war markiert. Sie lächelte. Der gute Professor hatte tatsächlich noch etwas auf dem Stick gespeichert, allerdings verborgen. Sie klickte das Häkchen weg und öffnete den Ordner. Ein gutes Dutzend Dateien erschienen auf dem Monitor. Die erste hieß »Namen«, sie öffnete sie neugierig. Eine vierspaltige Tabelle. In der ersten Spalte standen dieselben Namen wie auf der Liste mit den Ordensmitgliedern, soweit sie sich daran erinnerte; in der zweiten ... doch, das sah aus wie indische Namen. *Vajrapani*, las Larissa in der ersten Zeile neben Melichar Abrhám. Fehlte nur noch – ja, da war er, der Vorname der schwarzen Dame: *Ektamatri*. Eine Agáta Löwová hatte sich so genannt. Sie lächelte zufrieden und las die übrigen Namen: *Gabriel Löw – Ratnapani, Apolonia Strettiová – Tara, Valentýna Malinová – Lalita Tripunasundari, Hugo Stretti – Visvapani, Kornel Malina – Samantabhara, Marius Solomon – Manjushri, Eduard Leonhart – Avalokiteshvara*. Sie runzelte die Stirn. Dieser Name hatte nicht auf der anderen Liste gestanden. Wieso nicht? Hatte Leonhart ihn daraus gelöscht, weil er am Ende mit dem Mann verwandt war? Eine Frage, die leider nur der Professor beantworten konnte. Sie vermutete, dass er diesen Ordner versehentlich auf dem Stick gelassen hatte. Ihre Glückssträhne hielt an, wie schön. Die beiden anderen Spalten beachtete sie im Moment nicht weiter. Dafür war später noch Zeit, wie auch für die anderen Dateien, die sie entdeckt hatte. *Ruf David an,* meldete sich wieder die mahnende Stimme, *erzähl ihm von diesen Namen!* Larissa ignorierte sie.

Sie lehnte sich zurück und schaute nachdenklich aus dem Fenster. Waren das Ordensnamen? Immerhin möglich. Sie wusste, dass es so etwas bei Mönchen und Nonnen gab, warum also nicht auch bei Mitgliedern eines alten asiatischen Ordens? Sie dachte an ihre Internetrecherche über den Namen der schwarz gekleideten Dame – *Ektamatri Vajrapani*. Das waren die Namen von Agáta Löwová und Melichar Abrhám – wer auch immer diese Leute gewesen sein mochten. Die geheimnisvolle Dame kannte offenbar diese Liste. Warum hatte sie ausgerechnet diese beiden Namen gewählt?

Hatte das eine besondere Bedeutung? War sie etwa diese Agáta Löwová? Gute Frage, dachte Larissa. Leonhart hatte gesagt, es gebe nur ein überlebendes Ordensmitglied, und sie war davon ausgegangen, dass es diese arme alte Frau war, die nun tot war. Vielleicht hatte der Professor sich getäuscht. Aber im Moment brauchte sie etwas anderes: einen Namen für sich selbst, den sie diesem Hermes nennen konnte. Sie wollte den Mann aus der Fassung bringen – und damit aus der Deckung locken. Larissa studierte die Namen und blieb schließlich an Tara hängen. Ein hübscher Name, das *Alias* von Apolonia Strettiová. Und dazu ... Ja, der hörte sich gut an: *Ratnapani*. Der hatte einem Gabriel Löw gehört. *Tara Ratnapani*. Sie lächelte zufrieden, schaltete ihren Laptop aus und packte ihn wieder ein.

Lass es, meldete sich die Stimme erneut, als sie zum Handy griff und die Nummer des Götterboten wählte. Ach, sei still, dachte sie, wird schon schiefgehen.

»Ja?«, ertönte eine männliche Stimme nach nur einem Klingelton.

»Äh, guten Tag, mit wem spreche ich, bitte?«, erkundigte sie sich freundlich.

»Wen wollten Sie denn?«, kam es misstrauisch zurück.

»Herrn Hermes, bitte.« Zuckersüß und unschuldig.

Schweigen am anderen Ende, dann: »Wer sind Sie?«

»Ich habe Ihre Nummer von Hynek Blábolil«, sagte Larissa. Das war im Grunde noch nicht einmal gelogen. Den freundlichen Alan Sobek wollte sie nicht in die Sache hineinziehen.

»Wer sind Sie?«

»Tara Ratnapani.«

Wieder Schweigen am anderen Ende, dann ein amüsiertes Kichern. »So so, *Tara Ratnapani* – von allen neun Engeln ausgerechnet die beiden. Sie haben Humor, wer auch immer Sie sein mögen. Und reichlich schwarzen dazu.«

Offenbar wusste der Mann am anderen Ende genau, was es mit diesen Namen auf sich hatte – ganz im Gegensatz zu Larissa. In welches Hornissennest hatte sie gestochen? *Ich hab's dir doch gesagt*, meldete sich die warnende Stimme in ihrem Kopf, *lass es – leg auf!*

»Wie bitte?«, fragte sie, um etwas Zeit zu gewinnen. Vielleicht würde der Mann ja noch etwas weniger Kryptisches von sich geben. Neun Engel? Was für neun Engel?

»Nichts weiter, ausgerechnet die beiden sündigen Engelchen ...« Er lachte wieder, ein zynisches Lachen, wie Larissa fand. »Also, was wollen Sie?«, fragte er.

»Es geht um die verschollenen Voynich-Blätter ...«

»Die ... Wo sind sie?«

»Das werde ich Ihnen wohl kaum am Telefon erzählen«, erwiderte Larissa ironisch.

»Na schön. Wo?«

Sie überlegte fieberhaft, was sie antworten sollte. Irgendein öffentlicher Ort mit vielen Menschen – wo? »Das Café im Gemeindehaus«, sagte sie schließlich, »heute Abend um ...« Sie warf einen Blick auf ihre Armbanduhr. »Acht Uhr.« Ja, das war problemlos zu schaffen. Es war erst kurz nach sechs. Zeit genug, Anděl anzurufen.

Der Mann lachte. »Angst ist ein schlechter Ratgeber, Engelchen. Aber meinetwegen. Wie erkenne ich Sie?«

»O nein, mein Bester, wie erkenne ich *Sie*?«

Wieder Schweigen, dann: »Sie bringen sie mit? Die Ringe auch?«

»Von jedem eines fürs Erste. Also, wie sehen Sie aus, Sie Götterbote?« Die Sache begann ihr Spaß zu machen. Wie im Film, dachte sie. Ein konspiratives Treffen mit dem – Mörder? Ihr wurde flau.

»Ich werde ab Schlag acht an dem Tisch rechts vom Brunnen sitzen. Und ich habe nur bis halb neun Zeit, also seien Sie pünktlich, Engelchen. *Tara Ratnapani.*« Er lachte wieder.

»Was ist, wenn der Tisch besetzt ist?«, fragte Larissa. »Sagen Sie mir, woran ich Sie sonst erkennen kann – ein Kleidungsstück oder so was.« Das Gemeindehaus war zu jeder Tages- und Abendzeit ziemlich voll, und die beiden Tische am Brunnen waren sehr beliebt.

»Er wird nicht besetzt sein, keine Sorge. Also um acht.« Der Mann hängte ein.

Larissa atmete tief durch. Sie hatte tatsächlich ein Rendezvous mit dem Götterboten. Das flaue Gefühl in ihrem Magen wurde stärker. Mit wem hatte sie sich da eigentlich eben verabredet? Nur mit einem der zahlreichen Interessenten für die Voynich-Blätter, versuchte sie sich zu beruhigen. Wer sagte denn, dass dieser Hermes der Mörder von Hynek Blábolil oder Apolonia Strettiová war? Leonhart hatte gesagt, dass es *einige* Leute gab, die hinter den Pergamenten her waren. Sei kein Frosch, dachte sie, und lächelte zufrieden, immerhin hatte sie sich an einem öffentlichen Ort verabredet, der von Menschen nur so wimmelte – was konnte er da schon tun?

Nun stellte sich allerdings eine andere Frage: Wollte sie wirklich mit ihm reden oder nur sehen, wer er war, und ihm dann unauffällig folgen, wenn er ging? Larissa trank den Rest ihres Getränks aus und sah aus dem Fenster. Es war inzwischen dunkel, aber sie sah goldene Lichter an sich vorbeisausen. Sie waren schon in Prag. Im nächsten Moment bremste der Zug ab, sie fuhren in den Masaryk-Bahnhof ein. Sie packte schnell ihre Sachen zusammen. Na schön, dachte sie, ich werde ihn nur beobachten und ihm dann folgen. Alles andere wäre wirklich zu naiv, schließlich hatte sie weder die Pergamente noch die Ringe – und damit keine Gesprächsgrundlage. *Ruf Anděl an*, meldete sich die Stimme in ihrem Kopf erneut. Später, entschloss sich Larissa energisch, später, wenn ich weiß, wer der Kerl ist.

Kaum war Larissa ausgestiegen, wurde sie von hinten angerempelt. Als sie sich umdrehte, sah sie die schwarz gekleidete ältere Dame an sich vorbeieilen. »Pardon«, hörte sie sie murmeln. Ohne nachzudenken, lief Larissa ihr hinterher. Noch einmal würde ihr die Frau nicht entwischen. Sie hatte noch zwei Stunden bis zu ihrem Rendezvous. *Dafür ist noch Zeit.* Was für ein wunderbarer Tag, dachte sie, während sie versuchte, die Frau nicht aus den Augen zu verlieren.

32

Als Anděl aus dem Krankenhaus auf die verschneite Straße trat, blieb er einen Moment stehen und blickte in den sternenklaren Himmel. Es war eisig kalt, aber die Kälte tat ihm gut, nach diesem beunruhigenden Gespräch mit Evas Arzt. Doktor Zeman war freundlich und zuvorkommend gewesen, und im Gegensatz zu seiner Ankündigung am Telefon hatte er Anděl gesagt, was es mit Evas Krankheit auf sich hatte. Was den Kommissar nicht eben beruhigt hatte, eher im Gegenteil. Schlimmer, dachte er, konnte die ganze Sache kaum mehr werden.

»Sie hat ein seltenes Erbleiden«, hatte Zeman ohne Umschweife begonnen, »Chorea Huntington, wenn Ihnen das etwas sagt.«

Anděl hatte verständnislos den Kopf geschüttelt. »Was ist das?«

»Eine dominant erbliche Erkrankung des Nervensystems, benannt nach dem Arzt, der die Krankheit zum ersten Mal beschrieben hat. Kurz gesagt führt sie dazu, dass das Gehirn degeneriert. Es kommt zu unwillkürlichen, zuckenden Bewegungen der Extremitäten – daher auch die Bezeichnung Veitstanz. Später kommt eine fortschreitende Demenz dazu, ähnlich wie bei Alzheimer. Die Patienten vergessen alles, am Ende auch, wer sie sind. Der Tod tritt meist ein paar Jahre nach Ausbruch der Krankheit ein.«

Anděl hatte den Arzt entsetzt angestarrt, unfähig, auch nur eine Frage zu stellen.

Frau Urbanová, hatte der Arzt weiter ausgeführt, habe sich auf eigenen Wunsch einem Gentest unterzogen, weil die Erkrankung in ihrer Familie vorkomme. Sie habe lange mit der Ungewissheit gelebt, sich aber schließlich zu dem Test durchgerungen, um Klarheit zu haben. Das Ergebnis sei eindeutig gewesen. Sie trage das mutierte Gen.

»Was kann man dagegen tun?«, fragte Anděl heiser. Mechanisch fasste er in die Innentasche seines Jacketts. Es war leer. Die Zigaretten lagen seit Tagen unbenutzt auf seinem Schreibtisch im Büro.

Doktor Zeman hatte eine Schublade seines Schreibtischs aufgezogen und eine Schachtel herausgeholt. »Bedienen Sie sich, bitte. Ich kann Ihr Entsetzen gut verstehen. Es ist eine schreckliche Diagnose.« Er hatte dem Kommissar Feuer gegeben. »Gott sei Dank ist sie sehr selten. Aber um auf Ihre Frage zurückzukommen, es gibt nichts, was irgendjemand für Frau Urbanová tun könnte. Für die Huntington'sche Chorea gibt es keine Therapie. Wir können lediglich mithilfe des Gentests die Diagnose stellen.«

»Gar nichts? Großer Gott … Dann … Das kommt ja einem Todesurteil gleich …«

»Ja, das muss man so sagen, fürchte ich. Ich kann allerdings nicht sagen, wann die Krankheit bei ihr ausbrechen wird, nur dass es so kommen wird. Ich befürchte, ehrlich gesagt, dass die Krankheit bereits erste Anzeichen zeigt – Gefühlsschwankungen, Aggressivität, leichte Zuckungen …«

»Sie ist schwanger …« Der Gedanke an das Kind – möglicherweise sein Kind – hatte Anděl mit Entsetzen erfüllt. Was, wenn …

»Nun, das verbessert die Situation natürlich nicht«, hatte Zeman gesagt, »Sie macht sich große Sorgen, natürlich. Die Chancen, dass das Kind auch betroffen sein wird, stehen immerhin fünfzig zu fünfzig.«

»Kann man das denn nicht schon vorher feststellen? Vor der Geburt, meine ich?«

»Das könnte man möglicherweise. Aber Frau Urbanová weigert sich, und ich darf den Test nicht gegen ihren Willen machen, Herr Anděl. Abgesehen davon ist es für eine Abtreibung ohnehin zu spät. Das Kind ist lebensfähig.«

»Sie sagte mir, sie wolle das Kind nicht bekommen, um keinen Preis.«

Ihr vehementer Gefühlsausbruch war ihm in lebhafter Erinnerung.

»Tatsächlich?«, hatte der Arzt erstaunt gefragt. »Mir gegenüber hat sie nichts dergleichen gesagt. Im Gegenteil, sie sagte, sie sei überzeugt, das Kind würde gesund sein und der Kindsvater – also Sie – sei bereit, sich zu kümmern.«

»Das stimmt, das habe ich ihr angeboten … Sie haben mit ihr über meinen Besuch bei Ihnen gesprochen?«

»Selbstverständlich. Sonst hätte ich Ihnen nichts sagen können. Ich habe ihre Erlaubnis eingeholt, mit Ihnen über ihre Krankheit zu sprechen.«

Anděl hatte verständnislos den Kopf geschüttelt. »Als sie mir von ihrer Schwangerschaft erzählte, war sie nicht verzweifelt, sondern wütend, schrecklich wütend – auf mich, auf die Welt, das Kind … Es war beängstigend.«

»Befürchten Sie, dass sie sich etwas antun könnte?«, hatte der Arzt alarmiert gefragt.

»Nein, eigentlich nicht – sie war wütend, sie sagte, sie werde sich von dem Kind nicht das bisschen Leben verderben lassen, das sie noch vor sich habe … Ich wusste nicht, was sie damit meinte. Jetzt verstehe ich.«

»Nun, die Krankheit äußert sich zu Beginn, wie gesagt, auch durch Gemütsschwankungen und Aggressivität – die Selbstkontrolle funktioniert zunehmend weniger. Soweit ich weiß, sagte man ihr, sie könne keine Kinder bekommen – sie hatte sich darauf eingestellt und wegen der möglichen Erkrankung auch gar keine Kinder bekommen wollen, nicht wahr. Die Feststellung einer Schwangerschaft hat sie sicher im ersten Moment sehr mitgenommen – aus naheliegenden Gründen … Herr Anděl, sollten Sie Grund zu der Annahme haben, dass Sie sich etwas antun könnte – ich kann sie hierher einweisen lassen …«

Anděl nickte. »Nun, offenbar hat sie sich seither beruhigt. Sollte ich Bedenken haben, werde ich mich an Sie wenden. Aber was ist mit ihrem Zusammenbruch?«

»Ein Schwächeanfall, nichts weiter. Sie sagte, sie habe wohl zu wenig gegessen. Sie wird in ein paar Tagen entlassen werden. Aber angesichts dessen, was Sie mir über ihren Gemütszustand gesagt haben – sie scheint unter sehr wechselhaften Gemütsverfassungen zu leiden. Vielleicht könnte ihr Gynäkologe sie auf die Station für Risikoschwangerschaften aufnehmen … Immerhin ist es allein ihres Alters wegen eine Risikoschwangerschaft. Ja, ich werde mich mit ihrem Gynäkologen in Verbindung setzen …« Zeman hatte sich eine Notiz gemacht. »Gleich morgen früh. Ich bin sicher, er wird meiner Meinung sein. Wenn Sie wollen, kann ich Ihnen Bescheid geben lassen, wenn sie auf der Station ist.«

»Gut. Das wäre sehr freundlich, Herr Doktor. Ich danke Ihnen.« Anděl hatte die Zigarette ausgedrückt und sich verabschiedet.

Vor der Tür des Arztes hatte er sich im Flur an die Wand gelehnt und an die Decke gestarrt. Fetzen des letzten Abends mit Eva flackerten durch sein Hirn, ihre Wut und Aggressivität, ihr verwahrlostes Aussehen … Sie lasse sich von ihm kein Kind ans Bein binden, nicht das bisschen Leben verderben, das sie noch vor sich habe … Nun verstand er, was sie gemeint hatte. Diese schreckliche Krankheit hatte offenbar ihr Leben lang wie ein Damoklesschwert über ihr gehangen – und nun war der seidene Faden gerissen … Und das Kind? Trug es auch den Keim dieses Verhängnisses in sich? Er holte sein Handy aus der Tasche und wählte ihre Nummer. »*Egal wie sehr wir uns bemühen*«, meldete sich die fröhliche Tonbandansage seiner Telefongesellschaft,

»wir kriegen Ihren Telefonpartner einfach nicht ans Telefon. Versuchen Sie es bitte später noch einmal.« Er hatte aufgelegt und war mit schweren Schritten zum Ausgang gegangen.

Die eisige Luft hatte ihn wie ein Schlag getroffen. Den Albtraum hatte sie nicht zu vertreiben vermocht. *Es gibt nichts, was irgendjemand für Frau Urbanová tun könnte*, hörte er die Stimme des Arztes in seinem Kopf, *nichts, nichts, nichts …* Er fuhr sich mit beiden Händen über das Gesicht. Er glaubte nicht, dass sie sich etwas antun würde, obwohl er es durchaus verstehen könnte, nach allem, was er jetzt wusste. Der Arzt hatte recht, im Krankenhaus wäre sie sicher besser aufgehoben als alleine zu Hause. Er würde sie morgen anrufen oder noch besser, besuchen. Allerdings zweifelte er daran, dass sie im Krankenhaus bleiben würde. Offenbar hatte sie auf den Neurologen einen ganz anderen Eindruck gemacht als auf ihn. War es die Krankheit oder nur die ungewollte Schwangerschaft, die zu diesen widersprüchlichen Verhaltensweisen führte? Hätte er Zeman sagen sollen, er befürchte einen Selbstmordversuch? Nein, er glaubte nicht an so eine Reaktion. Eva hatte ihm deutlich zu verstehen gegeben, dass sie an ihrem Leben hing – oder jedenfalls an dem, was davon noch übrig war. Aber warum weigerte sie sich, das Kind auch testen zu lassen? Vielleicht gäbe es im Falle eines positiven Tests doch noch die Möglichkeit zu einer Spätabtreibung – was für ein Euphemismus, es war inzwischen ein lebensfähiges Kind, um das es ging. Das hatte auch Zeman gesagt. Ein grässlicher Gedanke, dachte er, über Leben oder Tod des eigenen Kindes entscheiden zu müssen. Nun, nach allem, was der Arzt gesagt hatte, war ihre Entscheidung gefallen. Hoffentlich war es die richtige. Er seufzte und versuchte, seine Gedanken in andere Bahnen zu lenken. Nichts tun zu können, war die Hölle. Nur noch übertroffen von Evas Schicksal, mit dieser

Krankheit leben zu müssen und jeden Tag dem Verfall und endgültigen Vergessen mit Siebenmeilenstiefeln entgegenzueilen. Morgen war ein neuer Tag… Himmel, hatte er eben wirklich Scarlett O'Hara zitiert? Was für ein gnadenloser Kitsch – aber nichtsdestoweniger leider wahr, jedenfalls für ihn. Für sie hatte ein unerbittlicher Countdown begonnen.

33

Die Verfolgungsjagd war kurz gewesen. Im Gewusel der vielen Menschen im Fußgängergeschoss der Metro am Platz der Republik hatte Larissa die Frau verloren. In Büchern hörte sich das immer so einfach an, einem anderen unbemerkt zu folgen. Sie hatte bewusst etwas Abstand zwischen sich und der Frau gelassen, da ihr grell orangefarbener Parka sie in der Menge der dunkel gekleideten Leute wie eine Leuchtboje herausragen ließ. Sie wollte schließlich nicht, dass die Dame merkte, dass sie verfolgt wurde. Und nun hatte sie sie verloren. Verdammt, dachte Larissa ärgerlich. Sie blieb unschlüssig stehen und sah auf die Uhr. Fast halb sieben. Ihr Magen knurrte, das belegte Brötchen hatte nicht lange vorgehalten. Sie wandte sich entschlossen nach links. Ab ins Gemeindehaus. Es konnte nicht schaden, wenn sie vor Hermes dort war.

Das Café war voll, wie immer. Der Pianist am schwarzen Flügel in der Mitte des riesigen Raums spielte gegen den Lärm der Gäste an, was nur dazu führte, dass diese noch lauter sprachen. Sie blieb am Eingang stehen, halb verborgen hinter dem Paravent, und sah ans andere Ende des Raums zum Brunnen. Der rechte Tisch war frei. Larissa überlegte, was sie tun sollte. Eines war klar, an den Tisch würde sie sich nicht setzen. So naiv war sie nun auch wieder nicht. Ihr Blick schweifte umher. Sie brauchte einen Tisch mit guter Sicht auf den Tisch am Brunnen und den Eingang. Das Problem war nur, dass alle in Frage kommenden Tische besetzt waren. Sie sah nach oben. Der Raum war so hoch, dass an seiner rechten Seite noch eine Balustrade war. Meistens war sie zwar geschlossen, aber Larissa glaubte, dort oben einige Köpfe zu sehen. Ein Platz dort oben wäre zwar nicht ideal, aber besser, als ohne Sicht in einer der freien Nischen zu sitzen. Sie ging entschlossen den Mittelgang hinunter. Als sie nach rechts zur Treppe abbog, sah sie, dass der Tisch am Brunnen reserviert war. Ein entsprechendes Schildchen wies daraufhin. Das hatte sie sich schon gedacht. Auf dem Weg zur Treppe kam sie an dem Computer vorbei, in den die Kellner ihre Bestellungen eingaben. Daneben lag ein Buch für die Reservierungen. Zögernd blieb sie stehen, vielleicht könnte sie ja einen Blick hineinwerfen.

»*Pardon, Madame*. Kann ich Ihnen helfen?« Ein Kellner schlängelte sich an ihr vorbei und baute sich vor ihr auf.

»Äh … ja, vielleicht. Eine Freundin wollte einen Tisch reservieren, ich bin mir aber nicht sicher, ob sie das getan hat …«

»Auf welchen Namen?«

Larissa ignorierte die Frage. »Sie wollte den Tisch rechts vom Brunnen …« Sie lächelte den Kellner charmant an. Er zog skeptisch die Brauen hoch, sah aber in seinem Buch nach.

»Ja, der Tisch ist reserviert – auf den Namen Tara Ratnapani. Ist das Ihre Freundin?«

»Nein. Schade, da ist ihr wohl jemand zuvorgekommen. Sagen Sie, die Balustrade ist offen?«

»Tut mir leid, das ist eine geschlossene Gesellschaft da oben. Aber unten sind noch Plätze frei.« Er nickte ihr zu und verschwand in der Küche.

So ein Pech, dachte Larissa, und ging zurück in den großen Raum, wo sie unschlüssig stehen blieb. Das Café war noch voller geworden in der kurzen Zeit, auch die beiden Nischen waren nun besetzt. Aber direkt neben ihr zahlte gerade ein Pärchen. Larissa wartete, bis die beiden gegangen waren, dann nahm sie auf der mit rotem Samt bezogenen Bank Platz. Von hier hatte sie sowohl den Tisch am Brunnen als auch den Eingang im Blick. Sehr gut. Sie bestellte einen heißen Apfelpunsch und winkte dem Kellner, der mit dem Tortenwagen durch die Gänge fuhr. Sie hatte zwar eigentlich keinen Appetit auf Kuchen, aber die Preise auf der Speisekarte sprengten ihren schmalen Geldbeutel. Der Kellner schob seinen verglasten Wagen neben ihren Tisch und fragte, was sie haben wolle. Larissa suchte sich eine Himbeertarte aus und zahlte den fürstlichen Preis. Dafür bekam man andernorts ein ganzes Mittagessen. Sei's drum, es war immerhin für einen guten Zweck. Und nun hieß es warten. Es war sieben Uhr. Noch eine Stunde. Sie verschlang die Tarte, die ausgezeichnet schmeckte, und nippte an ihrem Apfelpunsch, der sich als gewöhnlicher Apfeltee herausstellte. Halbwegs gesättigt lehnte sie sich anschließend zurück und ließ ihren Blick durch das Café schweifen. Die meisten Gäste waren Touristen. Sie hörte Fetzen von Englisch und Italienisch, rechts neben ihr unterhielt sich eine Gruppe junger Leute in irgendeiner skandinavischen Sprache. Am Eingang, neben dem Paravent, stand eine größere Gruppe, die auf einen der Nischentische am Fenster wartete. Ein Kommen und Gehen wie in einem Bienenstock.

Larissa mochte das Café im Gemeindehaus, aber seit der Renovierung vor einigen Jahren hatte es sich doch sehr verändert. Nicht die Inneneinrichtung, da merkte man kaum einen Unterschied, so behutsam war alles instand gesetzt worden, eher die Atmosphäre. Inzwischen konnten sich wohl nur wohlhabende Tschechen sowie Touristen das Café leisten. Magda Axamit hatte ihr erzählt, dass sie Mitte der Neunzigerjahre, kurz bevor das Gemeindehaus für zwei Jahre wegen der Sanierung geschlossen worden war, oft ihre Mittagspausen hier verbracht hatte, als sie für die *Prague Post* gearbeitet hatte. Wo Magda wohl gerade war? Larissa vermisste sie. Sie war gerne in Magdas Lokal in den Weinbergen gegangen, abends auf ein Glas Wein und einen kleinen Plausch – und manchmal auch zum Essen. Sie dachte mit Sehnsucht an die ausgefallene Speisekarte des Ráj. Ihr Magen knurrte wieder. Sie sah auf ihre Uhr. Kurz nach halb acht. Zwei Frauen, die neben dem Piano standen, sprachen mit einem Kellner. Eine von ihnen deutete auf den freien Tisch neben dem Brunnen. Der Kellner schüttelte den Kopf und wies auf einen Tisch an der Wand links neben Larissa. Sie wandte sich um. Die Italiener waren offenbar gegangen, sie hatte das gar nicht bemerkt. Na prächtig, schalt sie sich, wenn du weiter so gut aufpasst, kommt und geht dieser Hermes, ohne dass es dir auffällt.

Aber was, fragte sie sich besorgt, wenn er es genauso machte wie sie? Wenn er sich einfach an einen anderen Tisch setzte und wartete, dass sie den ersten Schritt machte? Vielleicht war er schon hier – genau wie sie – und beobachtete den Tisch am Brunnen und den Eingang. Sie sah sich um. An den meisten Tischen saßen Paare oder Gruppen. Nur an einem Tisch, ihr gegenüber neben dem Piano, saß ein Mann alleine und las Zeitung. Sie konnte nur seine Beine und seine Hände sehen. Sie zog ihr Handy aus ihrer Jackentasche und überlegte, ob sie Anděl anrufen sollte. Nein, anrufen würde sie nicht, aber sie könnte ihm ja eine Textnachricht schicken. Kurz und bündig. Keine langen Erklärungen am Telefon, dafür war es hier ohnehin zu laut. *Sitze noch bis halb neun im Café im Gemeindehaus und warte auf den Götterboten*, tippte sie. *Falls Sie auch ein Rendezvous mit ihm vereinbaren möchten, seine Nummer ist…* Sie tippte die Ziffern und ihren Namen ein und betrachtete zufrieden ihr Werk. Sie hängte noch ein *PS* an: *Habe heute in Kutná Hora Ektamatri Vajrapani gesehen – sie hat in Blábolils Laden einen Ring gekauft. Habe sie fotografiert.* So, das reichte. Von wegen kurz und bündig, das war schon fast eine Novelle. Mal sehen, wie schnell der Kommissar reagieren würde. Sie schickte die Textnachricht ab und legte das Handy vor sich auf den Tisch, um einen etwaigen Rückruf nicht zu überhören.

Aus dem Augenwinkel sah sie einen Mann an sich vorbeigehen. Sie achtete nicht weiter auf ihn, sondern blickte hinüber zu dem Mann mit der Zeitung. Er war weg, nur seine Zeitung lag noch auf dem Tisch, der Mantel, der über seinem Stuhl gehangen hatte, war auch nicht mehr da. Das war er also wohl nicht gewesen. Die Uhr auf ihrem Handy zeigte Viertel nach acht. Sie sah sich um. Er hatte gesagt: Schlag acht. Also – wo war der Kerl? Keine einsamen Männer weit und breit. Langsam beschlich sie das Gefühl, dass sie vergebens hier wartete. Anděl meldete sich auch nicht. Vielleicht reagierte er ja nur auf Anrufe, nicht auf Textnachrichten. Sie winkte einem der Kellner und zahlte. Die nächsten fünfzehn Minuten verbrachte sie damit, ihre Umgebung aufmerksam zu beobachten.

»Entschuldigen Sie, Madame.«

Larissa sah erschrocken auf. Es war der Kellner, den sie vorhin nach dem Tisch am Brunnen gefragt hatte.

»Ja?«

»Ein Gast hat mich gebeten, Ihnen das zu geben.« Er reichte ihr einen weißen Briefumschlag.

Larissa starrte den Kellner und dann den Umschlag an. »Wer hat Ihnen den gegeben?«, fragte sie mit heiserer Stimme.

»Der Herr, der dort drüben gesessen hat«, erwiderte er und deutete auf den freien Tisch mit der Zeitung.

»Ist er schon weg?«, fragte sie aufgeregt.

Der Kellner sah sich um. »Ich denke, ja.«

»Wie hat er ausgesehen?«

Der Kellner sah sie erstaunt an. »Na ja, ein älterer Mann, graue Haare, er hatte einen Jägerhut dabei. Grüner Mantel …«

Larissa sah sich um. Ihr Blick blieb an einem Mann am

Eingang hängen – Hut, grüner Mantel. »Ist es der dort, am Eingang, der gerade geht?«

»Tatsächlich, ja...«

Larissa packte panisch ihre Siebensachen, dankte dem Kellner und lief Richtung Ausgang. Den Umschlag stopfte sie in die Tasche ihres Parkas. Draußen vor dem Café sah sie sich um. Wie sollte sie in der Dunkelheit unter all diesen Menschen diesen Mann wiederfinden? Dann sah sie ihn und atmete erleichtert auf. Der Mann war nicht besonders schnell gewesen, er ging keine zwanzig Meter vor ihr in Richtung Metro-Station. *Dich* verliere ich nicht, dachte sie entschlossen und folgte ihm. Den Inhalt des Briefumschlags würde sie sich später ansehen. Dafür hatte sie im Moment keine Zeit.

34

Er sah auf seine Armbanduhr. Noch eine knappe Stunde bis zu dem Treffen mit seinem alten Studienfreund. Sie hatten sich bei Anděl zu Hause verabredet, doch er hatte keine Lust auf seine Wohnung. Seit Magda weg war, empfand er seine Behausung als kalt und leer und verbrachte möglichst wenig Zeit darin. Trotz der unangenehmen Dinge, die er Magda würde erzählen müssen, wünschte er ihre Ankunft sehnsüchtig herbei. Jetzt brauchte er einen warmen, gemütlichen und neutralen Ort. Das Imperiál – ja, das war eine gute Idee. Er holte sein Handy aus der Tasche und rief Felix Benda an, der nichts gegen eine Änderung der Örtlichkeit hatte, er sei sowieso in der Gegend, sagte er. Anděl hängte ein und machte sich auf den Weg zur Metro. Auf dem Weg fiel ihm ein, dass die U-Bahn noch immer nicht bis ins Zentrum fuhr. Er würde am Friedensplatz in die Straßenbahn umsteigen müssen, und dann noch einmal am Wenzelsplatz. Allein der Gedanke an die vielen Menschen, die sich in der Tram drängen würden, war ihm unerträglich. An der nächsten großen Kreuzung blieb er stehen und winkte sich ein Taxi heran. Keine Tram, dafür aber ein kleiner Spaziergang. Fünfzehn Minuten später stieg er am Můstek aus – den Rest des Weges zum Imperiál würde er laufen.

An diesem unteren Teil des Wenzelsplatzes war der Weihnachtsmarkt in vollem Gange, Touristen drängten sich vor den hell erleuchteten kleinen Holzbuden, die böhmisches Kunsthandwerk verkauften. Das immerhin hatte der Stadtrat, an dessen Entscheidungen Anděl regelmäßig das eine oder andere auszusetzen hatte, zu seiner Zufriedenheit geregelt: Auf den Weihnachtsmärkten der Stadt durfte kein billiger asiatischer Schund mehr verscherbelt werden, nur noch echtes Kunsthandwerk. Die kalte Luft war geschwängert vom Duft nach gebrannten Mandeln und Zuckerwatte, nach Glühwein, Lebkuchen und gegrillten Würstchen. Er ging trotzdem mit knurrendem Magen an den Ständen vorbei Richtung Gemeindehaus. Essen würde er im Imperiál. Oder auch nicht.

Die Straße Na Příkopě, auf Deutsch in früheren Zeiten Graben genannt, war noch immer eine breite Promenadenstraße und inzwischen eine Fußgängerzone. Doch heute flanierte hier sonntags nicht mehr wie in früheren Zeiten die Elite der deutschstämmigen Prager Bevölkerung, heute waren es vor allem Touristen aus aller Herren Länder. Vor dem Spielkasino auf der linken Seite stand an der Ecke wie so oft die überlange weiße Cadillac-Limousine, die den vermögenderen Gästen der Spielhölle zur Verfügung stand. Mit einem schadenfrohen Lächeln stellte Anděl fest, dass an einem ihrer Reifen eine *botička*, ein Schühchen, wie solch eine Kralle im Tschechischen fast zärtlich genannt wurde, angebracht war. Er fragte sich, wie lange das Casino dieses Spielchen noch mitmachen würde. Wann immer sie das Auto dort im absoluten Halteverbot abstellten, hatten sie im Handumdrehen ein Schühchen am Reifen – aber die Geschäftsführung des Casinos hatte offenbar einen langen Atem und das nötige Kleingeld.

Trotz der Kälte waren eine Menge Leute unterwegs. Am Gemeindehaus, diesem Juwel des Prager Jugendstils, das unter anderem das wohl berühmteste Prager Kaffeehaus beherbergte, bog er nach links zum Platz der Republik ab und machte am anderen Ende des großen Platzes einen Schlenker nach rechts in die Straße Na Poříčí. Auch hier drängten sich Touristen und Einheimische an den Ständen eines Weihnachtsmarkts.

Nach dem deprimierenden Gespräch mit dem Nervenarzt freute er sich auf die Fachsimpelei mit dem Kryptologen. Ob

Felix Benda sich wohl sehr verändert hatte? Er hatte ihn seit Jahren nicht mehr gesehen und zu seiner Schande auch nur selten an ihn gedacht. Aus den Augen, aus dem Sinn. Dabei waren sie damals gut befreundet gewesen. Benda war ein sympathischer Kerl und ein ausgezeichneter Mathematiker gewesen, aber er hätte nicht gedacht, dass Felix sich ausgerechnet für die Kryptologie entscheiden würde.

Er blickte an dem weißen Jugendstilgebäude hinauf, an dem er vorbeiging – dort hatte Anfang des 20. Jahrhunderts die *Arbeiter-Unfall-Versicherungs-Anstalt für das Königreich Böhmen* ihren Sitz gehabt und Franz Kafka seinen prosaischen Arbeitsplatz. Gegenüber befand sich noch immer das YMCA – und der Sitz der *Prague Post*, wenn er sich recht erinnerte. Nein, nicht mehr, verbesserte er sich, die Zeitung war ja vor ein oder zwei Jahren umgezogen, wie ihm Magda erzählt hatte, in irgendeinen abgewrackten Hinterhof in der Nähe des Wenzelsplatzes. Schade, sonst hätte er nach Larissa Khek fragen und vielleicht erfahren können, was sie bisher ausgegraben hatte. Er fischte nach seinem Handy, um sie anzurufen, ließ es aber doch sein. Sie würde sich schon melden. Was sollte sie in der kurzen Zeit schon groß erfahren haben? Er schlenderte weiter durch die trotz der renovierten Gebäude nicht eben schöne Straße und stand ein paar Minuten später an der Kreuzung, an der sich in einem Eckhaus das Café Imperiál befand. Ein noch unrenoviertes Jugendstilgebäude, das einen neuen Anstrich gebrauchen konnte. Er wartete, bis zwei Straßenbahnen quietschend und bimmelnd vorbeigefahren waren, überquerte die laute Kreuzung und betrat das Imperiál. Drinnen empfing ihn das seiner Meinung nach schönste Kaffeehaus von Prag. Es war ihm weit lieber, als das berühmtere im Gemeindehaus, obwohl es nicht so elegant war und sicher von einer Renovierung profitieren würde. Das Besondere am Imperiál waren die reich verzierten gelb-weißen Jugendstilkacheln, die nicht nur vom Boden bis zur Decke die Wände bedeckten, sondern auch die dicken Säulen, die das hohe Gewölbe stützten. Das Ganze verströmte selbst an grauen, dunklen Tagen eine sonnige, fröhliche Atmosphäre. Mittig, in der Ecke des L-förmigen Raums, befand sich die große Bar, auf der wie jeden Tag die große Saturn-Schale thronte: Eine gut vierzig Zentimeter im Durchmesser messende Schüssel auf einem verschnörkelten Fuß, die mit einer hohen Pyramide von Krapfen gefüllt war. Diese Krapfen waren legendär, wahrscheinlich waren es die besten von Prag. Außen knusprig, mit einem Hauch von Puderzucker, und innen von einer Luftigkeit und Zartheit, die unübertroffen war. Selbst die rote Marmelade, mit der sie gefüllt waren, war erstklassig. Allerdings gab es sie nicht zu kaufen, sondern nur als Aufmerksamkeit des Hauses zu einer Tasse Kaffee. Wann immer Anděl das Imperiál betrat, galt sein erster Blick der Bar, und er vergewisserte sich, dass die Saturn-Schüssel an ihrem Platz stand, denn es hatte eine amüsante Bewandtnis mit ihr: Die darauf gestapelten Krapfen stammten vom Vortag, und jedermann konnte den Inhalt der Schüssel für knapp zweitausend Kronen erwerben – zusammen mit dem Recht, die Krapfen im Café durch die Gegend zu werfen. Die Gäste wurden mit einem kleinen Warnhinweis auf der Speisekarte über diese Möglichkeit informiert und freundlich gebeten, die Schüssel auf der Bar zu jeder Zeit im Auge zu behalten. Sollte sie nicht mehr an ihrem Platz stehen, möge man bitte umgehend in Deckung gehen, um nicht von möglicherweise herumfliegenden Krapfen getroffen zu werden. Für etwaige Beschmutzung der Garderobe übernehme die Geschäftsführung keine Haftung. Anděl hatte diesen Hinweis immer für einen Scherz gehalten, bis ihn einmal vor vielen Jahren unvermittelt ein Krapfen mitten ins Gesicht getroffen hatte. Eine Gruppe Abiturienten hatte damals für die Schüssel zusammengelegt und sich den Spaß gemacht, die anderen Gäste mit dem Gebäck zu bewerfen. Er lächelte bei dem Gedanken an das Gekreische damals. Doch heute stand die Saturn-Schüssel an ihrem Platz und weit und breit war keine Schulklasse zu sehen.

Anděl ging an der Bar vorbei in den hinteren Teil des Cafés und blickte sich suchend um. An einem Tisch am Fenster entdeckte er Felix Benda. Er hatte sich – wenigstens äußerlich – nicht verändert. Noch immer trug er sein blondes Haar kurz geschnitten, was sein kantiges Gesicht betonte. Felix hatte ihn auch gesehen und verzog sein Gesicht zu einem breiten Grinsen. Nur sein Kleidungsstil hatte sich seinem Alter und seiner Arbeit angepasst – wie Anděl trug er einen dunklen Anzug, allerdings ohne Krawatte. Während der Kommissar auf den Tisch zuging, kam sein Studienfreund ihm entgegen und hielt ihm die Hand hin.

»*Nazdar* David. Wer hätte das gedacht?«, sagte Felix, lachte und klopfte Anděl auf die Schulter. »Mann, du und Kommissar!«

»Na, dass ausgerechnet du Kryptologe werden würdest, war nach deiner letzten Prüfung auch nicht abgemacht«, scherzte Anděl. »Wo arbeitest du eigentlich genau?«

Benda nahm wieder Platz und grinste noch breiter. »Ach, du weißt schon, Finanzministerium.«

Anděl nickte und setzte sich ebenfalls. »Ja, das hatte ich mir fast gedacht.« Von wegen Finanzministerium, dachte er, da er wusste, dass das eine beliebte Tarnung für Mitarbeiter des Geheimdienstes war. »Danke, dass du dir Zeit für mich genommen hast, Felix. Heute Arbeit und demnächst ein Abend wie in alten Zeiten, okay? Dann erzählst du mir, wie du zum *Finanzministerium* gekommen bist.«

»Klar. Bin schon sehr gespannt, was du für mich hast. Dein Lebenslauf war ja auch nicht eben gradlinig, wie? Schätze Andrew Wiles hat deinen Ambitionen einen Strich durch die Rechnung gemacht. Tut mir echt leid …«

»Schnee von gestern, Felix«, sagte Anděl leichthin. Er war nicht unglücklich über den Arbeitsplatz, an den es ihn verschlagen hatte. Im Gegenteil. Die Arbeit als Kommissar war abwechslungsreicher als eine Professur, und er hatte ja immer noch seine sporadischen Seminare an der Uni. Sein Handy klopfte. Eine Textnachricht. Er holte es aus der Tasche und warf einen Blick auf das Display – eine ihm unbekannte Nummer. Er steckte es wieder ein. Das hatte Zeit.

Felix winkte dem Kellner und bestellte zwei Whiskys. Auf dem Tisch stand noch eine halb volle Tasse Kaffee. »Ich hoffe, du hast nichts dagegen«, sagte er, »auf die alten Zeiten. Also, um was geht es?«

»Um ein altes, bislang unentziffertes Manuskript und einige verschlüsselte Texte«, erklärte Anděl. Er zog die Seite des Voynich-Manuskripts aus einem Umschlag, den er aus seiner Aktentasche geholt hatte, und reichte sie Benda. »Hast du so etwas schon einmal gesehen, Felix?«

Benda betrachtete das Pergament eine Weile schweigend, dann schüttelte er den Kopf und gab es ihm zurück. »Nein. Was ist das?«

Anděl erklärte es ihm.

»Hm, spannend. Aber nicht gerade mein Gebiet ...«

»Macht nichts, ich habe noch mehr«, sagte Anděl lächelnd und zog die Lederbänder und Medas Abschrift aus seiner Aktentasche und legte sie ebenfalls auf den Tisch. »Dies gehört auch zu unserem Fall. Dürfte mehr auf deiner Linie liegen. Wir haben eine passende Skytale gefunden und den sich ergebenden Text notiert. Kannst du das entschlüsseln?«

Benda beugte sich über das Blatt, auf dem Meda in ihrer präzisen Handschrift die Buchstaben notiert hatte. Zehn Zeilen, die keinen Sinn ergaben.

»Mal sehen«, murmelte Benda nachdenklich, »hier am

Ende jeder Zeile steht jeweils die gleiche seltsame Buchstabenreihe.« Er deutet auf die erste Zeile. »DOOOOOSISDRB – könnte sich um Ziffern handeln. Weißt du, aus welcher Zeit die Lederbänder stammen, David?«

»Möglicherweise aus der Zeit des Zweiten Weltkriegs, aber sie könnten natürlich auch älter sein. Ich bin ganz deiner Meinung, was diese Buchstaben angeht.«

»Könnte ein Datum sein«, sagte Benda nachdenklich. »Vielleicht verschlüsselte römische Ziffern.«

Anděl nickte. »Ja, wäre möglich. Wenn du recht hast, hätten wir damit den Code geknackt… wenn SIS für MCM stehen sollte…«

»Wie schnell brauchst du das Ergebnis?«, fragte Benda.

»Je früher, desto besser.«

Der Kellner brachte die Whiskys zusammen mit zwei kleinen Gläsern Wasser.

»*Na zdraví*«, sagte Anděl und hob sein Glas.

»Und auf deine Gesundheit«, erwiderte Benda. Sie stießen an und wandten sich dann wieder der Liste zu.

Benda studierte die Buchstabenreihen aufmerksam. »Hm. Angenommen, du hast recht mit dem SIS, dann…«

»Ich tippe auf einen Cäsar, Felix. Wenn SIS für MCM steht, wäre das der…«, er rechnete im Kopf nach, »ja, das wäre dann der siebte.«

»Sehe ich auch so. Probieren wir es aus. Hast du einen Anhaltspunkt, worum es sich bei der Liste handeln könnte?«

Anděl überlegte. Er hatte keine Ahnung, was wer auch immer da verschlüsselt haben könnte. Außer… Es war einen Versuch wert. Der berühmte Schuss ins Blaue – vielleicht hatten sie Glück. »Ich habe eine Liste mit Namen bekommen, die damit zusammenhängen könnten.« Er nannte die Namen von Professor Leonharts Liste, die Larissa ihm gegeben hatte. »Aber wir haben hier zwölf Zeilen, und das sind nur acht Namen.«

»Dann wollen wir mal sehen«, sagte Benda und zog einen Block aus seiner Aktentasche. Er begann die Namen, die Anděl genannt hatte, niederzuschreiben. »Also, Kornel Malina, Hugo Stretti …«

»Melichar Abrhám, Gabriel Löw, Valentýna Malinová, Apolonia Strettiová, Agáta Löwová und Marius Solomon«, diktierte Anděl die restlichen Namen.

Benda entnahm seiner Aktentasche einen kleinen Laptop, schaltete ihn ein und wartete, bis das System hochfuhr.

»Du hast ein Programm dafür dabei?«, fragte Anděl verblüfft.

»Sei bereit, ist das Motto des Pfadfinders«, sagte Benda mit breitem Grinsen. »Eine feine Sache. Spart Unmengen Zeit bei den einfacheren Codes.« Er begann, die Namen einzugeben. »Das wird jetzt ein bisschen dauern«, sagte Benda, ohne von seiner Arbeit aufzublicken. »Aber das Schätzchen ist recht schnell.« Er tätschelte die Kiste liebevoll.

Während Bendas Programm arbeitete, drehte Anděl sich um und warf einen Blick auf die Bar. Die Saturn-Schüssel war noch da. Ein nahezu unbezähmbares Verlangen überkam ihn, die Schüssel zu kaufen und die mit viel roter Marmelade gefüllten Krapfen an die Wände zu knallen, um seinen Frust abzureagieren. Das Prager Krapfen-Massaker. Vor seinem geistigen Auge sah er schon die rote Marmelade die hellen Kacheln herunterfließen, hörte die Gäste kreischen. Er beherrschte sich mit Mühe.

»Was ist?«, fragte Felix, der seinem Blick gefolgt war.

»Wie? Ach, ich habe nur nach der Saturn-Schüssel auf der Bar gesehen.«

Benda lachte. »Das mache ich auch immer. Man kann nie wissen. Ich habe zwar nie einen abgekriegt, aber mal welche geworfen. Zur Feier unseres Abiturs haben wir uns damals die Schüssel geleistet – das war ein Fest!«

»Ach, dann warst du das damals, ja?«, fragte Anděl, »ich

habe so einen Krapfen mal mitten ins Gesicht bekommen. Geworfen von einem zielsicheren Abiturienten.«

»Ich glaube, ich hab's«, sagte Benda nun.

»Ja?« Die Saturn-Schüssel und sein Frust waren für den Augenblick vergessen.

»In der Tat«, sagte Benda triumphierend, »hier, sieh mal.« Er drehte den Laptop, um Anděl einen Blick auf den Bildschirm zu ermöglichen.

Anděl lehnte sich hinüber und betrachtete den Text. Aus den zehn codierten Buchstabenkombinationen hatte Bendas Programm eine Liste mit Namen und Daten erstellt:

Solomon Marius	1321945
Malina Kornel	1321945
Stretti Hugo	1321945
Abrham Melichar	1321945
Loew Gabriel	1321945
Malinova Valentyna	1321945
Loewova Agata	1321945
Gruß Josefine	1321945
Strettiova Apolonia	1321945
Leonhart Eduard	1321945
Loew Sebastian	1321945
Strettiova Isabella	1321945

»Deine acht Namen kommen vor«, sagte Benda, »Und noch fünf andere.«

Anděl nickte zufrieden und notierte sich die Namen und Daten. Das war fast zu gut, um wahr zu sein. Die Lederbänder waren entschlüsselt, aber was hatte diese Liste zu bedeuten? Namen und Daten. Bis auf fünf, fanden sich alle Namen von Professor Leonharts Liste... Moment... Auch der Name seines Vaters oder Großvaters stand darauf. Eduard Leonhart, der Mann, der Karel Berger die Firma verkauft hatte, um die sich der Professor mit dessen Sohn gestritten hatte. Und die Daten? Ein Tag im Krieg. Larissa hatte gesagt, Leonhart habe ihr erzählt, die sieben Mitglieder des Ordens seien von einem Tag auf den anderen verschwunden. Hatte sein Ahn auch diesem Orden angehört? Sein Blick blieb an den letzten beiden Namen hängen: Sebastián Löw und Isabella Strettiová. Bibiana Blábolilová hatte diese beiden Vornamen erwähnt, oder doch zumindest sicher den einen: Sebastián. Der andere war Bella gewesen, eine durchaus übliche Kurzform von Isabella. Die beiden Kinder, wegen derer ihre Mutter mit Apolonia Strettiová hatte sprechen wollen. Er musste morgen als Erstes nach Bohnice in die Psychiatrie fahren und versuchen, mit der Frau zu sprechen. Hinter allen Namen stand das gleiche Datum, der dreizehnte Februar 1945. Der Tag, an dem die Ordensmitglieder verschwunden waren, wenn man dem Professor glauben durfte. Larissa hatte dieses Datum erwähnt. Hynek Blábolil hatte die Liste vermutlich auf dem Dachboden im Haus seines Vaters gefunden – oder hatte er sie von diesem erhalten? Hatte Blábolil gewusst, was darauf verschlüsselt war? Was hatte Emil Blábolil mit dem Verschwinden dieser Leute zu tun gehabt? Fragen, über die er in Ruhe nachdenken musste.

»Vielen Dank, Felix«, sagte Anděl und blickte von der Liste auf. »Hervorragende Arbeit. Sehr schön. Ich habe hier noch etwas – eine verschlüsselte Liste. Was den Inhalt angeht, kann ich dir leider keinen Hinweis geben – wir wissen nicht, um was es sich handelt. Aber vielleicht können wir es der Einfachheit halber auch mit dem Siebten versuchen.«

»Das dürfte kein Problem sein«, sagte Benda und begann, die Buchstabenreihen einzugeben.

Anděl lehnte sich in seinem Stuhl zurück, ließ seinen Blick durch den Saal schweifen und dachte über die bruchstückhaften Informationen nach, die sie bisher gesammelt hatten. Noch hatten sie weit mehr offene Fragen als Antworten dazu. Und mit jeder Antwort, so schien es, wurden die Fragen zahlreicher. Er überflog noch einmal die Namensliste. Malina – so hieß auch Bibiana Blábolilovás Mutter mit Mädchennamen, die mit der Tochter von Apolonia Strettiová befreundet gewesen war, dem Mädchen namens Bella. Vielleicht war sie die Tochter von Valentýna und Kornel Malina – aber ihr Name tauchte nicht auf der Liste auf. Warum, fragte er sich, hatte Agáta Abrhámová behauptet, Apolonia Strettiová habe keine Kinder gehabt? Hatte sie nichts von der Tochter gewusst? Was war mit dem Mädchen geschehen? Bibiana hatte gesagt, ihre Mutter habe mit Apolonia Strettiová wegen des Mädchens sprechen wollen… Loew Gabriel und Loewova Agata, las er, also Löw und Löwová. Der Name sagte ihm nichts. Melichar Abrhám… war er ein Verwandter von Agáta Abrhámová? Hatte sie mehr mit dieser Sache zu tun, als nur die Nachbarin zu sein? Großes Fragezeichen. Gruß Josefine… War es nur Zufall, dass der Mann, der Blábolils Umschlag an sich gebracht hatte, ebenfalls Gruß hieß? Sebastián Gruß. Bibiana Blábolilová hatte zwei Kinder erwähnt – Bella und Sebastián… Auf der Liste stand ein Sebastián Löw. Agáta Abrhámovás versteinertes Gesicht fiel ihm ein, als er sie gefragt hatte, ob es auch einen Sebastián gebe zu ihrem Hund Bella. *Nein*, hatte sie gesagt, *nicht mehr*… Er musste noch einmal mit ihr sprechen, auch wegen Apolonia Strettiovás Tochter und der verschwundenen Tagebücher…

»Voilà«, meldete sich Benda zurück »Wie gut, dass die meisten Laien ihrer bewährten Methode treu bleiben.«

»Und was ist es?«, fragte Anděl.

»Eine weitere Liste. Aber keine Namen, sondern Gegenstände diesmal«, erwiderte Benda. »Soweit ich sehe, handelt es sich vor allem um Schmuck, Bilder, Gold und Edelsteine. Zwei Villen sind auch dabei.« Er drehte den Laptop wieder und deutete auf die einzelnen Spalten der erstellten Tabelle. »Also, am Anfang jeder Zeile steht ein Kürzel aus zwei Buchstaben.« Er deutete auf die erste Spalte. »Dann folgt eine Aufzählung von Gegenständen. In der letzten Spalte sind wieder zwei Buchstaben.« Benda nahm einen Schluck von seinem kalten Kaffee, verzog das Gesicht und fuhr fort. »Bei manchen steht VMS – was auch immer das bedeuten mag...«

»Bingo!«, rief Anděl aus, der wie gebannt auf den Bildschirm starrte. VMS – das Voynich-Manuskript. Und die Buchstaben vor jeder Zeile – er verglich sie mit der anderen Liste. »Die Buchstaben aus der ersten Spalte sind Initialen, Felix – die Initialen der Leute von der ersten Liste... Aber die letzte Spalte...«

»Stimmt, du hast recht«, bestätigte Benda, »tja, die Buchstaben der letzten Spalte gehören zu keinem der Namen von der anderen Liste. BB, KB, JG und EB...« Er zuckte die Achseln. »Keine Ahnung, was das...«

Anděl war wie elektrisiert. BB sagte ihm nichts, aber EB – stand das für Emil Blábolil? Immerhin hatten sich diese Listen in Hynek Blábolils Besitz befunden, zusammen mit der Adresse von Karel Berger. Dann stand KB möglicherweise für Karel Berger, den Mann, der die Azoth-Naturheilmittel von Eduard Leonhart *gekauft* hatte, wenn man das so nennen konnte. Der Mann, der wegen seiner Verbindungen zu den Nazis nach dem Krieg verhaftet worden war. Er studierte die Liste aufmerksam und las sie halblaut vor. Beim dritten Eintrag stutzte er.

MS – Schmuck Siegel Silber Faust – BB
EL – Diamanten Siegel Gold Faust – KB
ALAS – Kinder CH – JG

ALAS – Was bedeutete das? CH. Dazu fiel ihm nur ein, dass es das internationale Kürzel für die Schweiz war. Hatte man Kinder in die Schweiz geschickt? In der dritten Spalte stand JG. Das war doch… Er überflog die Liste der entschlüsselten Lederbänder. Ja, JG fand sich darauf: Josefine Gruß, 13. Februar 1945. Aber wieso tauchten ihre Initialen auf dieser Liste in der dritten Spalte auf? Er war sich sicher, dass die Gegenstände, die darauf notiert waren, den Besitzer gewechselt hatten. Alles andere ergab keinen Sinn. Aber auf diesen Eintrag konnte er sich keinen Reim machen.

»Hier«, sagte er, »diese Initialen ALAS. Wofür könnten die stehen? Auf der anderen Liste kommen sie nicht vor…«

Benda überlegte einen Moment. »Doch, vielleicht schon. AL gibt es und auch AS – das sind die Initialen von Agata Löwová und Apolonia Strettiová, nur zusammengeschrieben…«

»Du hast recht, Felix, aber JG steht hier in der dritten Spalte, bei den Empfängern…«

»Hm, vielleicht hat die gute Josefine die Seiten gewechselt?«, sagte Benda nachdenklich. »Kommt vor, so was. Kinder CH… möglicherweise hat sie die Kinder der beiden Frauen in die Schweiz gebracht. Hatten die beiden denn Kinder?«

Anděl nickte. »Apolonia Strettiová hatte eine Tochter, und Agáta Löwová…« Bella und Sebastián… das versteinerte Gesicht der alten Dame… War Agáta Löwová… Möglich, immerhin fand sich auf der Liste der Name Melichar Abrhám… Ihr Ehemann oder Vater? Er las weiter.

AS – Siegel Rosenquarz Terezin – KB
KM – Schmuck Gold Siegel Karneol 1VMS Faust– EB
MA – Villa Gold Siegel Bergkristall 1VMS Faust – KB
GL – Gemälde Gold Siegel Onyx 1VMS Faust – EB
VM – Siegel Mondstein Terezin 1VMS Faust – KB

AL – Schmuck Terezin – BB
HS – Villa Gold Siegel Aventurin 1VMS Faust – KB

Was für ein Schatz, dachte Anděl beeindruckt, Schmuck, Gold, Diamanten, zwei Villen und Teile des Voynich-Manuskripts. Larissa Khek wäre begeistert: Da war er, ihr Schatz. War das der Schatz zu dem roten Kreuz auf dem Grundriss? Möglicherweise war Josef Berger mehr an diesem Schatz interessiert als an dem alten Manuskript. Bei seinem Bedarf an Gold wäre das kein Wunder. Emil Blábolil und Karel Berger hatten, wenn seine Annahmen stimmten, von diesen Leuten Teile des verschollenen Manuskripts erhalten. Insgesamt fünf der acht verschollenen Blätter. Leonhart hatte Larissa Khek erzählt, die verlorenen Pergamente seien im Krieg kurzzeitig aufgetaucht und auf dem Schwarzmarkt angeboten worden – im Tausch für falsche Pässe. Siegel Rosenquarz, las er in der vierten Zeile hinter den Initialen von Apolonia Strettiová. Einer der Siegelringe. Dahinter stand KB. Der Ring mit dem Aventurin, den Bibana Blábolilová getragen hatte, hatte laut dieser Liste einst Hugo Stretti gehört, aber auch hinter diesem stand KB, nicht EB. Wie war der Ring in den Besitz von Emil Blábolil gelangt? Er zählte die aufgelisteten »Siegel«, es waren sechs und dazu eines in Silber und eines in Gold. Das machte acht. Wenn man der seltsamen Geschichte Glauben schenken wollte, die der Professor Larissa erzählt hatte, dann war das einer mehr als die benötigten sieben. Zog man die beiden ohne Steine ab, blieben sechs, dann fehlte ein Ring. Er zählte die Manuskriptblätter. Fünf Stück. Eines hatten Sie bei Apolonia Strettiová gefunden, fehlten noch vier. Die tödliche Jagd nach den verschollenen Seiten des Manuskripts hatte tatsächlich schon im Zweiten Weltkrieg ihren Anfang genommen. Aber warum die lange Pause? Berger senior und der alte Blábolil waren in ihrer Suche ziemlich erfolgreich gewesen, sie hatten fünf der acht Pergamente und sechs von sieben Ringen an sich gebracht – oder acht von neun, je nachdem. Warum hatten sie ihre Suche abgebrochen? Nun, Karel Berger war nach dem Krieg verhaftet worden, verraten von irgendjemandem … Er überflog die beiden Listen noch einmal. Welche Steine hatte Bibiana Blábolilová auf dem Dachboden gefunden? Er blätterte in seinen Notizen. Aventurin, Karneol, Onyx und Mondstein. Von den beiden Siegelringen ohne Stein hatte sie nichts gesagt. Und der Ring mit dem Bergkristall war von der Hand ihres Großvaters verschwunden. Aber hinter dem Bergkristall und dem Mondstein standen die Initialen KB, ebenso wie hinter dem Siegel Gold und dem Aventurin … Laut der Liste hatte Emil Blábolil zwei Pergamente erhalten und Karel Berger drei. Hatte womöglich Emil Blábolil seinen Kumpan verraten und die Ringe mitsamt den Blättern dadurch an sich gebracht? Nach allem, was Bibiana Blábolilová über ihren Großvater gesagt hatte, war das durchaus möglich. Wo war der Ring mit dem Rosenquarz? Möglicherweise im Besitz von Josef Berger … Soweit er sich erinnerte, hatte Berger bei ihrem Gespräch keinen Ring getragen, aber das musste nicht bedeuten, dass er ihn nicht hatte. Das Siegel Gold hatte eine Person mit den Initialen BB erhalten – wer auch immer das sein mochte. Bibiana Blábolilová hatte von sieben Ringen mit gravierten Steinen gesprochen, die beiden aus Gold und Silber konnte man demnach vermutlich vernachlässigen. Es fehlte also noch einer. Auf der Liste tauchte aber kein weiterer auf.

Sein Blick blieb an *Terezín* hängen. Der tschechische Name von Theresienstadt – dem damaligen Konzentrationslager im Norden Böhmens. Terezín stand, wie ihm auffiel, nur hinter den Namen von drei der Frauen auf der Liste. Hatte man sie dorthin deportiert? Wenn ja, dann hatte Apolonia Strettiová das Lager offensichtlich überlebt. Die anderen beiden auch? Das ließ sich möglicherweise noch feststellen. Hatte sie auch eine Tätowierung auf dem Unterarm gehabt wie die Dame in Schwarz aus dem Hotel? Bei dem Zustand der Leiche war das vielleicht nicht mehr feststellbar. Was war mit den Männern geschehen? Hinter ihren Namen stand Faust … Das Faust-Haus … Der überraschte Blick von Josef Berger auf das Gemälde … Und schließlich Bella und Sebastián – was war mit den beiden Kindern geschehen? Schrecklich genug, sich auszumalen, was man den Erwachsenen wegen irgendwelcher alter Pergamente und einiger Ringe angetan haben mochte – das Wort Terezín ließ ihn schaudern –, aber an das wahrscheinliche Schicksal dieser Kinder zu denken, war unerträglich. Andererseits – wenn Josefine Gruß die Kinder tatsächlich in die Schweiz gebracht hatte … Sebastián Gruß …

»Hast du noch was, David?«, unterbrach Benda die fieberhaften Gedankengänge seines alten Studienfreundes. »Meine Maschine und ich sind gerade so gut in Fahrt.«

»Wie? Äh, nein.« Er stellte seine Überlegungen mit Mühe zurück und sah Felix Benda an. »Du hast mir unglaublich geholfen. Vielen Dank, Felix. Ich kann dir leider noch nichts über den Fall sagen, aber du hast uns einen großen Schritt weitergebracht. Das Dickicht beginnt sich zu lichten, glaube ich.«

»Kein Problem. Ich freue mich, dass ich dir behilflich sein konnte. Ist mal was anderes als das übliche Zeug«, sagte Benda zufrieden. Sein Handy klingelte. Er fischte es aus seiner Sakkotasche, warf einen Blick auf das Display, entschuldigte sich und entfernte sich ein paar Meter vom Tisch, um den Anruf in Ruhe entgegennehmen zu können.

Anděl trank ungeduldig den Rest seines Whiskys aus und winkte dem Kellner wegen der Rechnung. Er musste in Ruhe nachdenken, zwei und fünf und sieben zusammenzählen, damit am Ende eins dabei herauskam. Die Quadratur des Kreises. Eigentlich unmöglich, aus *einem* Kreis ließ sich kein Quadrat machen, aus *zweien* allerdings schon, wenn man es nur richtig anstellte.

»So, da bin ich wieder«, sagte Benda und setzte sich wieder. »Mir ist da vorhin noch was aufgefallen, was war es gleich …?« Er starrte einen Moment lang den Bildschirm seines Laptops an, auf dem als Bildschirmschoner irisierende Seifenblasen auf und ab hüpften. »Ah, hier. Bei den Männern auf der zweiten Liste steht *Faust*. Zusammen mit dem Datum von der ersten Liste ergibt das einen interessanten Zusammenhang.«

»Und der wäre?«

»Nun, ich weiß ja nicht, was es mit diesen Namen und Daten auf sich hat, aber es gibt in ein Prag ein Gebäude, das am 14. Februar 1945 von einer Brandbombe getroffen wurde. Angeblich hatte sich ein britischer Pilot, der eigentlich Dresden bombardieren sollte, ein bisschen verflogen und Prag angesteuert. Jedenfalls traf seine Bombe das *Faust-Haus* auf dem Karlsplatz …«

Anděl starrte ihn verblüfft an. Natürlich, dass ihm das nicht eingefallen war – er kannte die Geschichte mit der fehlgeleiteten Bombe. Larissa hatte sogar davon gesprochen, wie er sich nun erinnerte. Die Männer von der Liste waren am 13. Februar verschwunden … Am 14. war das Faust-Haus getroffen worden … Wenn sie bei dem verheerenden Brand des Faust-Hauses noch dort gewesen waren … Larissa Khek hatte erwähnt, dass man im Keller des Faust-Hauses die Skelette von sieben Katzen gefunden hatte … Waren es wirklich Katzen gewesen? »Interessant«, sagte er, »ich werde dem nachgehen. Danke für den Hinweis, Felix. Ich habe übrigens doch noch eine Bitte. Könntest du etwas über ein paar Leute in Erfahrung bringen – inoffiziell, meine ich?«

Benda grinste. »Klar. Wen soll ich in aller Heimlichkeit durchleuchten?«

Anděl riss einen Zettel aus seinem Notizblock und notierte die Namen. »Zum einen die Leute von der Liste. Dann Karel Berger, er ist kurz nach dem Krieg von irgendjemandem angeblich anonym verpfiffen worden – wegen Kollaboration, wie es heißt. Er ist später im Gefängnis gestorben. Und schließlich Emil Blábolil, ein akademischer Maler, der im Krieg wohl nicht nur Bilder, sondern auch Pässe gefälscht hat. Er ist im Sommer eine Treppe hinuntergefallen und an den Folgen gestorben.«

»Die Liste und dieser Berger werden ein paar Tage dauern. Was Emil Blábolil angeht …«

»Ja?«

»Das ist ein – hm, sagen wir ein alter Bekannter.«

»Wie meinst du das?«

Felix Benda sah ihn nachdenklich an. »Ach, was soll's, der Mann ist tot und begraben. Im Krieg war er ein Kollaborateur, aber er hat darauf geachtet, auch zur anderen Seite gute Verbindungen zu pflegen. Der Typ hat immer auf allen Hochzeiten getanzt. Er hatte wohl einige Leute in der Hand, die später hohe Posten bekleidet haben, deshalb ist ihm nie etwas passiert. Man hat ihm nur nahegelegt, aus Prag zu verschwinden. Aber er ist ein Spitzel geblieben. Die Liste der Leute, die er im Laufe der Jahre an die Kommunisten geliefert hat, ist beachtlich. Nach der Samtenen Revolution lief es dann im Grunde genauso wie nach dem Krieg. Viele schützende Hände. Keine Ahnung, was er über seine Schutzengel wusste. Seine Akte hat sich eigenartigerweise in Luft aufgelöst. Sein Deckname war übrigens Raffael. Aber das mit diesen Leuten von der Liste, war mir neu. Ein Scheusal, wie es im Buche steht.«

»Ja, das sagte seine Enkelin auch. Vielleicht hat er ja seinen Kumpan Berger ans Messer geliefert.«

»Möglich, würde zu ihm passen.«

»Sag mal«, wechselte Anděl das unerfreuliche Thema,

»ihr befasst euch doch auch mit allerlei mehr oder weniger geheimen Organisationen, oder?«

»Wie man's nimmt. Warum?«, erwiderte Benda.

»Hast du schon mal von einem *Orden der asiatischen Brüder von Sad-Bhaiů* gehört?«

»Lustiger Name. Sachen gibt's... Der Name sagt mir nichts, aber ich könnte einen Typen fragen, der uns gelegentlich mit solchen Sachen aushilft. Andererseits...«

»Ja?« Anděl war Bendas Zögern nicht entgangen.

»Na ja, sein Nachname taucht auf deiner Liste auf«, erwiderte Benda widerstrebend. »Wenn er mit dieser Sache zu tun haben sollte, wäre es vielleicht nicht so gut, ihn darauf anzusprechen...«

»Welcher Name, Felix?«

Benda warf ihm einen skeptischen Blick zu, dann betrachtete er wieder die Liste mit den Namen und Daten. »Tut mir leid, David, ich kann dir nicht sagen, welcher Name es ist. Der Mann arbeitet gelegentlich für uns, ganz inoffiziell, verstehst du? Eigentlich hätte ich das gar nicht erwähnen dürfen...«

Anděl überlegte. »Verstehe. Dann machen wir es anders, Felix. Ich werde auf einen Namen deuten, und du sagst mir, wenn ich *unrecht* habe, okay?«

Felix Benda lachte. »Du bist ein Schlitzohr, Junge. Na schön. Aber ich habe dir nie etwas gesagt, verstanden?«

Anděl nickte, grinste und deutete mit dem Zeigefinger auf den dritten Namen von unten. Benda sah ihn mit einem veritablen Pokerface an und sagte nichts.

»Interessant, sehr interessant sogar. Tja, dann werde ich mich mal auf den Weg machen«, sagte Anděl, der genau das erwartet hatte. »Bleibst du noch?«

Benda nickte. »Eine Freundin kommt noch her.« Er zwinkerte vielsagend.

»Na, dann noch einen schönen Abend euch beiden. Wenn

das hier erledigt ist, gehen wir einen trinken, ja? Noch mal herzlichen Dank, Felix. Äh, wegen der Listen«, Anděl zog eine Visitenkarte aus seiner Sakkotasche und notierte seine private E-Mail-Adresse darauf, »könntest du sie mir möglichst heute noch schicken?«

Benda nahm die Karte entgegen. »Kein Problem. Ich schicke sie gleich los – mein Rendezvous kommt erst in einer halben Stunde.«

Als Anděl aus dem Imperiál in die Dunkelheit hinaustrat, blieb er auf dem verschneiten Bürgersteig stehen und atmete tief die frische, eiskalte Luft ein. Im Schein der gelblich schimmernden Straßenlampen glitzerten die vereisten Pfützen. Passanten mit großen Einkaufstaschen liefen und rutschten eilig an ihm vorüber, eine Tram bimmelte wild an der Ecke, ein Auto hupte. Irgendwo heulte ein Martinshorn. Die Anspannung der vergangenen Stunden löste sich allmählich. Zumindest in seinem Fall sah er endlich Licht am Ende des Tunnels. Was die Sache mit Eva anging, konnte davon allerdings keine Rede sein. Da war kein Licht, nirgends. Nur niederschmetternde Dunkelheit ohne Hoffnung auf auch nur das kleinste Glühwürmchen. Sie tat ihm unsagbar leid. Und das Kind? Wartete auf das Kind auch diese Dunkelheit in der Blüte seines Lebens? Das stand noch in den Sternen und doch längst fest. Es gab nichts, was er hätte tun können, nur hoffen, dass diesem Kind das grausame Schicksal seiner Mutter erspart bleiben würde. Die Chancen dafür standen fifty-fifty.

Sein Handy klopfte. Er holte es aus seiner Jackentasche und sah auf das Display. Zwei neue Nachrichten. Diesmal war es Ota. Die Nachricht von vorhin hatte er ganz vergessen gehabt. Er klickte zuerst Otas an. *Bingo!*, stand da nur, aber er verstand, was gemeint war: Der Grundriss war der des Faust-Hauses. Er lächelte zufrieden. Dank an Herrn Berger. Dann klickte er die erste Nachricht an. Sie war deutlich länger als Otas. *Sitze noch bis halb neun im Café im Gemeindehaus…*, las er. Und wer bist du?, fragte er halblaut. Wahrscheinlich eine fehlgeleitete Nachricht, dachte er, las aber weiter: *… und warte auf den Götterboten. Falls Sie auch ein Rendezvous mit ihm vereinbaren möchten, seine Nummer ist: …* Darauf folgte einen Handynummer und die Unterschrift: *Larissa Khek*. Das durfte doch gar nicht wahr sein… Großer Gott, wenn das ernst gemeint war… Diese dumme, kleine Gans! Er sah auf die Uhr – kurz nach neun. Sie war nicht mehr dort – aber wo war sie jetzt? Hatte sie sich wirklich mit Hermes getroffen? Er sah wieder auf das Display, die Nachricht ging noch weiter: *PS: Habe heute in Kutná Hora Ektamatri Vajrapani gesehen – sie hat in Blábolils Laden einen Ring gekauft. Habe sie fotografiert.* Was zum Teufel machte die Kleine in Kutná Hora? Und wieso war der Laden geöffnet? Er hatte die Kollegen vor Ort doch angewiesen, ihn zu schließen, verdammt! Larissa hatte die Dame in Schwarz dort gesehen… Woher wusste sie überhaupt…? Natürlich, die Rezeptionistin. Die naseweise Reporterin hatte ein Foto geschossen von der Frau – gutes Mädchen. Leichtsinnig, aber gelegentlich dachte sie mit. Nur bei diesem Rendezvous hatte sie nicht mitgedacht, nicht für fünf Heller. Warum hatte er sich die Nachricht nicht gleich angesehen? Hätte Larissa doch angerufen, statt eine Textnachricht zu schicken! Er wählte Otas Nummer.

»Gut, was?«, meldete sich Nebeský. »Mit dem Notar hab ich auch gesprochen…«

»Klasse, Ota«, unterbrach er ihn ungeduldig. »Wir haben ein Problem. Larissa hat sich auf ein Treffen mit Hermes eingelassen, im Café des Gemeindehauses. Wo bist du?«

»Scheiße – ich hab dir doch gesagt, dass….«

»Wo bist du, Ota?« Auf Vorwürfe konnte er verzichten,

die machte er sich schon selbst. Dass er auch immer wieder auf diese kleine Göre reinfiel.

»Zu Hause. Wo soll ich dich abholen?«

»Florenc. Vor dem McDonald's dort.« Er legte auf. Im nächsten Moment klingelte sein Handy. Es war Cajthaml.

»David, ich laufe dem Verdächtigen hinterher, aber inzwischen bin ich nicht allein, wie es aussieht.«

»Orangefarbener Parka und giftgrüne Tasche?«, fragte Anděl.

»Woher weißt du das?«

»Egal. Das ist Larissa Khek. Pass auf sie auf, Junge. Wo bist du jetzt?«

»Strossmayerovo-Platz. Ich glaube, er nimmt gleich die Tram, die nächste fährt Richtung Markthallen. Ich habe übrigens noch einen Kollegen mitgenommen, den Petr Fiala.«

»Kluger Junge. Ich schätze es geht in die Tusarova-Straße. Verliert sie nicht. Ota und ich kommen hin.« Gott sei Dank war Cajthaml dort, auf den Jungen war Verlass.

Von wegen ruhiger Abend zum Nachdenken, dachte er, als er aufgelegt hatte. Er würde Larissa falten wie Origami-Papier. Hoffentlich passierte ihr nichts.

35

Meda Cyanová lehnte sich nachdenklich in ihrem Stuhl zurück und warf einen Blick aus dem Fenster. Draußen war es inzwischen dunkel geworden. Ob sich das Wetter irgendwie verändert hatte, konnte sie nicht erkennen. Egal, es war kalt, und das würde für die nächsten vier Monate so bleiben. Ein grässlicher Gedanke. Was musste sie auch in Mitteleuropa leben? Die Krähe, die einem Ammenmärchen zufolge in Böhmen die kleinen Mädchen brachte – der Storch war für die kleinen Jungs zuständig –, hatte sich damals bei ihrer Zustellung bestimmt verflogen, dachte sie, anders war nicht zu erklären, wie ein so wärmeliebender Mensch wie sie in diesem Eisloch gelandet sein konnte.

Sie warf einen Blick auf die Uhr. Schon kurz nach acht. Kein Wunder, dass es so ruhig war. Die anderen waren längst weg. David Anděl war bei seinem Treffen mit dem Kryptologen, und Otakar Nebeský war mit dem Grundriss ins Stadtmuseum gegangen. Er werde heute nicht mehr wiederkommen, hatte er gesagt. Der Jüngste im Bunde, Antonín Cajthaml, war, nachdem er ihr das Ergebnis seiner Nachforschungen auf den Tisch geworfen hatte, ebenfalls gegangen. David hatte ihn gebeten, heute Abend ein Auge auf einen Verdächtigen zu haben. Intelligent, wie der Junge war, hatte er noch einen Kollegen organisiert, der mitkam.

Meda seufzte und ließ ihren Blick über den Zettelverhau auf ihrem Schreibtisch schweifen. Wie schaffte David es nur, am Abend immer einen tadellos aufgeräumten Arbeitsplatz zu hinterlassen? Ihr gelang es nur alle halbe Jahre einmal mit fast übermenschlicher Anstrengung, das Chaos zu bändigen – und keine Woche später sah alles wieder aus wie gehabt.

Sie sortierte die Zettel mit ihren Notizen auf ihrem Tisch und nahm einen Block aus der Schublade. Meda und Cajthaml hatten telefoniert, Akten angefordert und Informationen gesammelt, und nun hatte sie einen Berg Mosaiksteinchen, die allerdings in dieser Form noch kein Bild ergaben, zumal sie keine Ahnung hatte, was ihr Kollege ausgegraben hatte. Bisher hatte sie nur ihre eigenen Notizen in eine annehmbare Form gebracht. Sie nahm sich nun seine vor. Der Junge hatte eine schreckliche Klaue, sie konnte seine Zettelsammlung nur mit Mühe entziffern. Sie sollten ihm zu Weihnachten einen Schönschreibkurs schenken, dachte sie verärgert.

Apolonia Strettiová, las sie auf dem ersten Zettel. Dahinter folgten stichpunktartig ihr Geburtsdatum, ihr Familienstand und ihre Adresse. Die Frau hatte offenbar nie geheiratet. In der nächsten Zeile stand *Tochter Isabella, Prag,* und ein Datum, der 22. Februar 1940. Auf einem weiteren Zettel hatte Cajthaml notiert, dass Apolonia Strettiová zusammen mit ihrer Tochter und ihrem Vater Hugo Stretti am 13. Februar 1945 von der Gestapo verhaftet worden war. Danach klaffte eine große Lücke in ihrem Lebenslauf. Es ging erst nach der Samtenen Revolution weiter, als sie ihre Villa gekauft hatte. Erst seit dieser Zeit hatte sie offenbar wieder einen festen Wohnsitz in Prag. Der Verkäufer war – na, da schau her, dachte Meda überrascht: Dan Leonhart. Wem das Haus davor gehört hatte, stand nicht dabei. Sie machte ein Ausrufezeichen hinter seinen Namen. Wo Apolonia zuvor gelebt hatte, hatte Cajthaml offenbar vergessen, in Erfahrung zu bringen; ebenso wie den Namen des Vaters ihrer Tochter und beider Verbleib. Was war mit dem kleinen Mädchen und seinem Vater geschehen, fragte sich Meda irritiert. Und was mit Hugo Stretti? In Cajthamls Notizen fand sie keinen Anhaltspunkt. Die einzige lebende Verwandte Apolonias war die entfernte Cousine in Pilsen gewesen, zumindest war Cajthaml auf keine weiteren Verwandten gestoßen, aber auch die hatte nicht viel mehr beizutragen gehabt, verließ man sich auf sein Gekritzel. Meda hatte allerdings so ihre Zweifel. Cajthaml war weitaus besser darin, jemanden zu beschatten, als etwas zu recherchieren. Sie griff nach dem Telefon und wählte die Nummer der Cousine. Am Ende musste man doch alles selbst machen, dachte sie genervt.

Das Gespräch war kurz, aber durchaus informativ. Apolonia habe nach dem Krieg irgendwo im Ausland gelebt, sagte die Cousine, allerdings sei sie nicht sicher, ob in Frankreich oder Belgien – oder vielleicht Spanien? Möglicherweise auch in Südamerika. Jedenfalls sei sie erst ein oder zwei Jahre nach der Revolution zurückgekommen. Warum, fragte Meda. Na, erwiderte die Cousine erstaunt, sie wollte auf ihre alten Tage nach Hause, was für eine Frage. Meda erkundigte sich nach dem Vater von Apolonias Tochter. Von einer Tochter wisse sie nichts, erwiderte die Cousine erstaunt, Apolonia habe nie eine erwähnt, außerdem sei sie selbst nur sehr entfernt mit Apolonia verwandt gewesen, und überhaupt habe sie der Polizei schon genug Fragen beantwortet. Über Hugo Stretti wusste die Cousine nur, dass er Apolonias Vater gewesen war und von Beruf Arzt oder Architekt oder so was. Meda schien sie eine dumme und ziemlich desinteressierte Person zu sein, die sich von den Fragen belästigt fühlte, und auch wenig Zuneigung zu Apolonia zu empfinden schien. Ein Wunder, dachte Meda, nachdem sie aufgelegt hatte, dass Apolonia sie trotzdem immer wieder besucht hatte. Aber vielleicht waren ja ignorante Verwandte immer noch besser als gar keine.

Der nächste Zettel befasste sich mit Agáta Abrhámová, Apolonias Nachbarin. Geboren am 14. Dezember 1895, verheiratet mit Melichar Abrhám, einem Bankier. Verheiratet mit Gabriel Löw, einem Apotheker. So so, dachte Meda, gleich zweimal verheiratet. Ein Sohn, Sebastián, geboren am 13. Februar 1940 in Prag. Meda stutzte. Was war das denn? David hatte doch gesagt, die Dame sei fast fünfundachtzig, aber hier stand, dass sie Jahrgang 1895 war – das wären ja... einhundertsieben Jahre! Nicht dass das unmöglich wäre, aber dann wäre sie bei der Geburt ihres Sohnes schon fünfundvierzig Jahre alt gewesen... Nun, auch das war nicht unmöglich, aber Meda traute der Sache trotzdem nicht. Vielleicht war Cajthaml einem Irrtum aufgesessen, und es handelte sich um zwei verschiedene Agátas – Mutter und Tochter... Sie rechnete nach – ja, das käme hin. Eltern gaben oft genug ihre Vornamen an ihre Kinder weiter. Was für ein elender Schlamper, dachte sie verärgert. Das musste sie also auch noch überprüfen.

Agáta Abrhámová, ging aus den Zetteln weiter hervor, war, wie Apolonia und ihre kleine Familie, am 13. Februar 1945 von der Gestapo verhaftet worden, zusammen mit ihrem Ehemann, ihrem Sohn und ihrem Vater Melichar. Na also, da war die Bestätigung ihrer Annahme über die Familienverhältnisse. Ach Gott, dachte Meda erschüttert, der arme kleine Junge – der Tag war sein Geburtstag gewesen. Sie verdrängte den Gedanken und las schnell weiter. Agáta war am 14. Februar 1945 mit einem Einzeltransport und Polizeieskorte in Theresienstadt eingetroffen und dort Ende April an Flecktyphus gestorben. Von Agátas Mutter war nirgendwo die Rede. Über ihren Ehemann, ihren kleinen Sohn und ihren Vater fand Meda auch nichts mehr in Cajthamls Notizen. Was war mit den dreien geschehen? Von den zwei Familien waren nur die beiden Frauen übrig geblieben – allerdings war Agáta angeblich seit achtundfünfzig Jahren tot...

Meda schob die Zettel irritiert von sich weg und lehnte sich nachdenklich zurück. Sieben Personen, von denen fünf verschwunden waren und eine angeblich tot war und doch in Prag lebte. Sie verfluchte die schlampigen Recherchen ihres Kollegen. Welcher Abgrund hatte die beiden kleinen Kinder verschlungen? Sie konnten doch nicht einfach vom Erdboden verschluckt worden sein … Wusste Agáta Abrhámová, was mit ihrer Familie passiert war? Oder mit Apolonias Tochter? Warum hatte man nur Agáta Abrhámová nach Theresienstadt gebracht? Mit jeder Information, die sie ausgruben, so schien es, tauchten nur noch mehr Fragen auf. Und was hatte das alles mit Apolonias gewaltsamem Tod zu tun? Und – nicht zu vergessen – mit dem von Hynek Blábolil?

Meda überlegte, ob sie David anrufen und ihm von diesen Merkwürdigkeiten berichten sollte, ließ es aber nach einem Blick auf die Uhr sein. Das konnte bis morgen warten. Sie wusste, dass viele Unterlagen aus jener Zeit vernichtet worden waren, wahrscheinlich lag das Fehlen der Informationen über die Familienmitglieder der beiden Frauen eben darin begründet. Oder in der nachlässigen Recherche von Cajthaml. Das erklärte allerdings nicht, wieso Agáta noch immer als tot galt. Vielleicht, dachte Meda, hatte Agáta sich einfach nie dem Ärger ausgesetzt, die Sache richtigzustellen. Beim Gedanken an die gnadenlose Bürokratie in ihrem Land hatte sie durchaus Verständnis für eine solche Entscheidung. Wahrscheinlich hätte man Agáta Abrhámová damals einfach gesagt, es gebe diesen Totenschein mit allerlei offiziellen Stempeln, also müsse es damit seine Richtigkeit haben. Womöglich hätte man verlangt, dass sie Zeugen für ihre Identität beibringe, die sie vermutlich nicht hatte – zumal ihre nächsten Familienmitglieder ja offensichtlich verschwunden waren. Andererseits … Vielleicht hatte sie einfach die Geburtsurkunde ihrer Mutter verwendet. Eine interessante Variante.

Was für ein Kuddelmuddel. Meda streckte sich und gähnte, sie war hundemüde und von der bruchstückhaften

Geschichte, die die Notizen enthüllten, mehr als deprimiert. Sie packte die Zettel und ihre bisherigen Abschriften in eine Aktenmappe, schloss sie in ihrem Schreibtisch ein und verließ, dick in einen Daunenmantel eingemummelt, das Büro. Die Mosaiksteine waren nach all den Stunden Arbeit zwar teilweise sortiert, aber ein schlüssiges Bild ergaben sie noch immer nicht, nur den Schatten einer großen Tragödie. Einer Tragödie am fünften Geburtstag des kleinen Sebastián und am Vorabend des Valentinstages, dem Fest der Liebe.

36

Anděl sprang in den Oktavia. »In die Tusarova-Straße«, sagte er und befestigte das Blaulicht auf dem Dach des Wagens.

»Nichts als Ärger mit deiner Lieblingsreporterin!« erwiderte Nebeský, schaltete die Sirene ein und fuhr los. Sie rasten durch die nächtliche Stadt Richtung Markthallen nach Holešovice. Der Verkehr hielt sich glücklicherweise in Grenzen. Allerdings hatte es wieder angefangen zu frieren, und die nasse Fahrbahn verwandelte sich stellenweise in Glatteis.

»Der Cajtík ist dort, mit Petr Fiala. Wird schon schiefgehen«, sagte Anděl. Sicher war er sich dessen nicht. »Leg einen Zahn zu, Ota!«

»Willst du zu Berger oder ins Leichenschauhaus? Schneller wäre Selbstmord auf diesem Glatteis. Wie ist sie überhaupt auf Berger gekommen?«

»Keine Ahnung. Sie hat mir eine SMS geschickt, dass sie ein Rendezvous mit Hermes hat, im Gemeindehaus. Ich hab sie aber zu spät gelesen. Sie muss mit jemandem in Kutná Hora gesprochen haben – vermutlich mit diesem Angestellten von Hynek Blábolil.«

»Sie war in Kutná Hora? Was wollte sie denn dort?«

»Bin ich der brennende Busch? Was weiß ich, sie – Herrgott, du Idiot, mach dich vom Acker!«, regte sich der Kommissar über einen silbernen Renault auf, der keine Anstalten machte, zur Seite zu fahren. »Sie hat diese Möchtegern-Inderin aus dem Hotel dort gesehen und fotografiert.«

»Rührig, das Mädel, aber dumm wie Bohnenstroh – ein Treffen mit Hermes! Hoffentlich taugt wenigstens das Foto was … Ich habe übrigens mit dem Notar gesprochen«, sagte

Nebeský und hupte ungeduldig. »Ist der Typ taub, oder was? Schreib dir mal sein Kennzeichen auf.«

»Lass gut sein. Was hat der Notar gesagt?« Der Renault fuhr endlich zur Seite.

»Apolonia hat ihr gesamtes Vermögen nicht etwa ihrer Cousine hinterlassen, sondern ihrer Nachbarin.«

Anděl sah ihn überrascht an. »Der Abrhámová? Warum?«

»Das steht nicht im Testament. Vielleicht – ach, was weiß ich?«

»Mach das Ding aus«, sagte Anděl, als sie noch zwei Blocks von Bergers Firma entfernt waren. Er nahm das Blaulicht vom Dach.

Nebeský bog langsam in die Tusarova-Straße ein und fand gleich einen Parkplatz. »Einsame Gegend abends. Deine Reporterin hat echt einen an der Waffel«, murrte Nebeský.

Ein Wagen fuhr an ihnen vorbei und parkte etwas weiter vorn auf der Straße. Kurz darauf standen sie vor dem geöffneten Gartentor der Azoth-Naturheilmittel und Elixiere. Der Garten dahinter lag in tiefer Dunkelheit, doch durch die Bäume schimmerte aus einem der Fenster des Gebäudes Licht. »Er ist schon drin.«

»Wo stecken die Jungs?«, fragte Anděl ungeduldig und spähte in den dunklen Garten. »Du hast nicht zufällig eines von diesen neuen Nachtsichtgeräten im Auto?«

»Träum weiter. Los, gehen wir rein, bevor die Kleine *noch* eine Dummheit macht.«

»David?« Sie hörten leise, eilige Schritte von rechts. »Da seid ihr ja endlich«, sagte Petr Fiala, dessen lange Gestalt sich wie ein Schatten von einem Busch löste.

»Wo ist Cajtík?«, fragte Anděl.

»Der Verdächtige ist ins Haus gegangen und die Frau hinterher …«

»Sie sind *zusammen* reingegangen?«

»Nein, sie ist ihm gefolgt, und der Cajtík ist ihnen nach. Mir hat er gesagt, ich soll hier auf euch warten – weiß nicht, ob das so eine gute Idee…«

Im nächsten Moment knallten Schüsse durch die Nacht. »Verdammt!«, rief Anděl und zog seine Waffe, »Fiala, du nimmst die Hintertür – lass niemanden raus! Wir gehen vorn rein.« Die drei sprinteten Richtung Haus.

Petr Fiala verschwand um die Ecke des Gebäudes, während Anděl und Nebeský über den Vordereingang ins Haus stürmten, die Pistolen im Anschlag. »Das Licht war im ersten Stock.« Sie nahmen zwei Stufen auf einmal. Nichts rührte sich im Haus, tödliche Stille umgab sie. Auf der ersten Etage waren alle Türen geschlossen. Anděl sah sich schnell um. Unter einer Tür entdeckte er einen Lichtschein. »Dahinten – sein Büro.«

Sie liefen zur Tür, jeder an eine Seite, sahen sich an. »Los!« Anděl nickte seinem Partner zu und stieß die Tür auf. Ein Schrei hallte durch das Gebäude. Irgendetwas fiel krachend zu Boden.

»Großer Gott!«, stieß Anděl hervor.

»Na, das ist vielleicht 'ne Bescherung… Jeder Schuss ein Treffer«, kommentierte Nebeský trocken das Stillleben, das sich ihnen bot.

Links vor dem Schreibtisch lag Josef Berger mit einem Loch in der Stirn, neben ihm ein ziemlich alt aussehender Revolver. Auf der anderen Seite von Bergers Büro saß Professor Leonhart mit dem Rücken an eines der Bücherregale gelehnt ebenfalls auf dem Boden und stöhnte leise. Er hielt seine – deutlich modernere – Waffe noch in der Hand. Anděl warf einen Blick hinter die Tür. Das hatte also den Krach gemacht – Larissa lag auf dem Boden, gefesselt an einen Stuhl, der mit ihr umgefallen war. Neben ihr lag ein dritter Mann in einem braunen Mantel auf dem Boden und rührte sich nicht. Larissa starrte Anděl und Nebeský mit vor Entsetzen geweiteten Augen an und fing im nächsten Moment heftig zu zittern an.

Nebeský sammelte die beiden Waffen ein, während Anděl die seine wieder einsteckte.

»Sind Sie verletzt?«, fragte er Larissa, während er sie mitsamt Stuhl aufhob, als sei sie eine Feder, und sie eher unsanft wieder aufrecht platzierte.

Tränen rannen ihr über das Gesicht. Sie schüttelte den Kopf. »Der Mann …«, schluchzte sie.

Anděl drehte ihn vorsichtig um und fühlte seinen Puls. »Er lebt.« Der Mann stöhnte. Anděl öffnete dessen braunen Mantel, um nach Verletzungen zu suchen. Er hatte einen Schuss abbekommen, in die Schulter. »Was ist mit den anderen?«, fragte er Nebeský.

»Berger ist mausetot. Der Professor hat's wohl überlebt.« Er zog sein Handy aus der Tasche und rief die Zentrale an.

»Wo ist Cajthaml?«, fragte Anděl die Reporterin, während er ein Taschentuch auf die Wunde des Mannes presste.

Larissa sah ihn verständnislos an. Er zog mit einer Hand sein Handy heraus und wählte Fialas Nummer.

»*Pohoda* – alles unter Kontrolle«, sagte er, »aber der Cajtík fehlt. Ist er dir da draußen über den Weg gelaufen?«

»Er ist ins Haus gegangen vorhin …«

»Sicher?«

»Na ja, er hat *gesagt*, er würde ins Haus gehen …«

»Such den Garten ab – ruf ihn an, vielleicht hörst du sein Handy klingeln«, wies ihn Anděl an.

»Aaaaaaah!«

Anděl wirbelte herum und zog seine Waffe. Nebeský ebenfalls. Eine ältere Dame stand in der Tür und schrie.

»*Jéminkote*«, rief sie aus und ließ ihre Handtasche fallen; ihre Hände flogen zu ihrem Hals. »Bitte nicht … nicht schießen, bitte …«, stammelte sie und taumelte.

Nebeský sprang auf sie zu und stützte sie. »Alles in Ordnung, Madame, alles in Ordnung«, versuchte er, sie zu beruhigen. Er half ihr, sich auf einen Stuhl in der Nähe der Tür zu setzen.

»Wer sind Sie?«, fragte Anděl und steckte erleichtert seine Waffe wieder ein.

Sie starrte ihn voller Angst an. »Isabella Gruß. Ich ... ich suche meinen Bruder, er wollte ...« Ihr Blick fiel auf den Mann im braunen Mantel. Sie begann zu zittern. »Nein! ... Bitte – *nein*! Sebastián ...« Sie versuchte aufzustehen, doch ihre Beine gehorchten ihr nicht. »*Bastián* ...« Das Wort ging in ein langgezogenes Schluchzen über.

»Ist das Sebastián Gruß?«, fragte der Kommissar und deutete auf den Mann.

Sie nickte. »Ist er ...?«

»Nein, er lebt. Er ist verletzt, aber er lebt. Der Notarzt kommt jeden Augenblick.« Wie zur Bestätigung hörten sie Sirenen näher kommen.

»Bitte«, flüsterte die Frau, »ich möchte zu ihm ...«

Nebeský half ihr. Sie kniete sich neben ihren Bruder und nahm seinen Kopf auf den Schoß. Mit zitternden Fingern strich sie ihm zärtlich über das Gesicht. »Bastián, Bastián ... du darfst noch nicht gehen – ich habe sie gefunden, Bastián, sie ist nicht tot – *sie lebt* ... Bastián, bitte, du darfst nicht sterben!« Ihre Tränen benetzten sein Gesicht, er stöhnte leise und schlug die Augen auf.

»Bella ...«, murmelte er, »was ... wo?«

Sie hörten Schritte die Treppe hinaufkommen. Im nächsten Moment wimmelte es von Polizisten und Sanitätern.

»Könnte mir vielleicht freundlicherweise jemand die Fesseln abnehmen?«, meldete sich jetzt auch Larissa, die ihre Fassung weitgehend wiedergefunden zu haben schien.

Anděl drehte sich zu ihr um. Er hatte ihre Anwesenheit ganz vergessen, so ruhig hatte sie auf ihrem Stuhl in der

Ecke hinter der Tür gesessen. »Sie – Sie unglaublich …«, begann er wütend.

»Ist sie auch verletzt?«, fragte der Notarzt. »Die anderen hätten wir so weit stabilisiert … Der Leichenwagen kommt sicher auch gleich.«

»Noch nicht«, erwiderte Anděl und unterdrückte mühsam den Wunsch, Larissa gleich hier und jetzt eine Ohrfeige zu verpassen, »aber nehmt sie lieber mit, bevor ich mich vergesse.« Sein Handy klopfte.

»Ich hab ihn«, sagte Fiala atemlos, »unter einem Busch – bewusstlos, aber lebendig. Nur 'ne Beule.«

»Habt ihr noch einen Platz frei?«, fragte Anděl den Notarzt.

»Nur, wenn wir die junge Dame nicht mitnehmen. Ich rufe noch einen Wagen …«

»Nein. Unten ist ein verletzter Kollege, nehmt ihn mit. Um die junge Dame kümmern wir uns.« Anděl sprach wieder in sein Handy. »Der Notarzt nimmt ihn mit, Petr.« Dann legte er auf. »Und jetzt zu Ihnen, Sie Starreporterin …«

37

Anděl saß an seinem Schreibtisch, Larissa vor ihm auf dem Besucherstuhl, Nebeský schräg daneben, den Notizblock aufgeschlagen in der Hand. Sie waren, nachdem die Spurensicherung übernommen hatte, mit der Starreporterin ins Büro gefahren. Im Auto hatte eisiges Schweigen geherrscht. Jetzt hielt sich Larissa an einer Tasse Tee fest, die der Inspektor ihr gebracht hatte. Der Kommissar holte eine zerknautschte Packung aus einer Schublade und nahm ein Aspirin ein, dann sah er sie an.

»Was zum Teufel, haben Sie sich bei dieser Aktion gedacht? Falls Sie überhaupt Ihr Hirn eingeschaltet haben sollten?«, fuhr er sie an. »Ich hatte gesagt, Sie sollten mich anrufen, verdammt noch mal!«

»Ich… ich habe Ihnen doch die SMS geschrieben«, verteidigte Larissa sich lahm. »Ich wollte doch nicht… Ich dachte…«

»So, Sie haben gedacht, ja?« Anděls Stimme triefte vor Sarkasmus. »Offenbar mit einem dafür ungeeigneten Organ. – Also, raus mit der Sprache, was ist in dem Büro passiert? Die Vorgeschichte können Sie nachher erzählen.«

Larissa trank einen Schluck Tee. »Ich bin ihm nachgegangen, vom Gemeindehaus, ich dachte, es sei Hermes, aber als er aus der Tram ausstieg, habe ich ihn erkannt, es war Professor Leonhart… Ich dachte, ich hätte mich geirrt. Wäre es dieser Hermes gewesen, wäre ich ihm doch nicht in das Gebäude gefolgt, aber weil es der Professor war, dachte ich… Ach, ich weiß auch nicht… Ich dachte, Hermes hätte mich versetzt…« Sie starrte eine Weile in die Tasse und fuhr dann trotzig fort: »Na schön, es war leichtsinnig von mir. Aber ich hatte ihn heute in Kutná Hora gesehen, vor Blábolils

Antiquariat, er hat mit dem Angestellten von Blábolil telefoniert …« Sie erzählte, was sie gehört hatte. »Ich dachte, ich könnte ihn fragen, was er dort gewollt hat … Der Kellner im Gemeindehaus hat mir einen Umschlag gegeben, der von ihm war …« Sie kramte in ihrer Jackentasche und zog ihn heraus. »Der Kellner sagte, er sei von einem Mann, der an einem der Tische gesessen hatte … Da dachte ich noch, der Mann sei Hermes … Ich wollte Sie dann ja anrufen …«

»Was steht drin?«, fragte Anděl.

»Keine Ahnung, ich hatte keine Zeit, ihn zu lesen, sonst hätte ich den Mann doch verloren.« Sie riss den Umschlag auf und holte einen gefalteten Zettel heraus.

»Und?«

»*Welcome to my parlor, said the spider to the fly …*«, las sie vor.

»Den hätten Sie mal lieber lesen sollen, Frau Redakteurin«, erwiderte Anděl sarkastisch, »dann wäre sogar Ihnen möglicherweise ein Lichtlein aufgegangen.«

Sie starrte ihn sprachlos an.

»Ich würde sagen, der Professor wollte Sie warnen, ihm nicht zu folgen. Was ist in dem Büro passiert?«

»Er ist in das Haus gegangen und ich hinterher. Und dann hat mich plötzlich jemand von hinten gepackt, aber das war nicht der Professor, sondern der andere. Er hat mich in das Büro gebracht und an den Stuhl gefesselt. Dann kam der Professor rein – er war ziemlich erschrocken, wollte von dem anderen wissen, was das solle. Sie haben gestritten, was sie mit mir machen sollten. Der andere wollte mich verschwinden lassen. Leonhart war dagegen – und dann stand plötzlich dieser dritte Mann in der Tür …«

»Sebastián Gruß?«

Sie nickte. »Aber er hat sich anders genannt, nicht Gruß, sondern Löw.«

»Was wollte er?«

»Das Manuskript. Er sagte, es sei das Eigentum seiner Familie. Und er wollte irgendwelche Ringe oder Siegel – ich habe vor Angst nicht richtig zugehört.« Sie schwieg verlegen.

»Und? Hat Berger sie ihm gegeben?«

»Nein, er hat gelacht. Und dann hat er eine Pistole gezogen und zu Leonhart gesagt, jetzt sei Schluss, er wisse, wo das Zeug sei, und er könne keine Zeugen brauchen. Im Faust-Haus seien noch Plätze frei. Keine Ahnung, was er damit gemeint hat …«

»Sie hatten vermutlich recht mit Ihrer unwahrscheinlichen Geschichte von einem Schatz im Faust-Haus«, erwiderte Anděl. »Und weiter?«

Larissa begann zu zittern. »Er … er hat auf mich angelegt, und Leonhart hatte auch plötzlich eine Pistole in der Hand … Und dann hat ein Handy geklingelt, das von diesem Löw oder Gruß … Und Berger ist erschrocken, und Löw ist vor mich gesprungen, und Berger hat geschossen, und dann fielen noch zwei Schüsse …«

»Ja?«

»Ich hab vor Angst die Augen zugemacht – und als ich sie wieder aufgemacht habe, lagen alle am Boden – und dann ist die Tür aufgeflogen, und ich bin mit dem Stuhl umgefallen …«

»Da hatten Sie aber ein Riesenglück, dass der Professor so ein guter Schütze ist«, sagte Nebeský. »Ihr kleines Abenteuer hätte ganz schön ins Auge gehen können.«

»Mehr Glück als Verstand«, grummelte Anděl, »und Schutzengel, die Überstunden schieben.« Der Professor hatte also mit Hermes gemeinsame Sache gemacht. Er zweifelte keine Sekunde daran, dass diese Zweckgemeinschaft am Ende auch für Leonhart tödlich ausgegangen wäre. Berger hatte sicher nicht vorgehabt, seinen Schatz – aus was auch immer dieser bestehen mochte, und falls es ihn überhaupt noch gab – mit Leonhart zu teilen.

»Sie haben geschrieben, Sie hätten die Inderin in Kutná Hora gesehen. Wo ist das Foto?«, wechselte Anděl das Thema.

Larissa kramte ihr Handy aus der Tasche und rief das Foto auf, dann reichte sie ihm den Apparat. »Es ist recht gut gelungen, glaube ich.«

»In der Tat. So ist das also …«, sagte der Kommissar nachdenklich, »interessant …«

»Sie kennen die Frau?«, fragte Larissa überrascht.

»Wer ist es?«, fragte Nebeský.

Anděl reichte ihm das Handy. Der Inspektor warf einen Blick darauf und stieß einen langen Pfiff aus …

38

Der nächste Morgen kündigte einen märchenhaften Tag an. Sonne, blauer Himmel und blütenweißer Schnee, so weit das Auge reichte. Die ganze Stadt sah aus wie mit Puderzucker überzogen, auf den Ästen der Bäume lagen gute fünf Zentimeter Neuschnee, der in der Sonne glitzerte wie Brillanten.

Nachdem Larissa ihnen am Abend zuvor die ganze Geschichte über ihren Ausflug nach Kutná Hora erzählt hatte, hatte Anděl im Krankenhaus angerufen und nach den drei Verletzten gefragt. Ob Leonhart überleben würde, stand in den Sternen, aber Sebastián Gruß ging es ganz gut, seine Schwester war bei ihm und weigerte sich zu gehen. Anděl bat den Arzt, die Frau bei ihrem Bruder zu lassen, wenn es sich irgendwie einrichten ließ. Und auch Cajthaml hatte sich erholt. Der Arzt wollte ihn aber über Nacht dabehalten, wegen der Gehirnerschütterung, die von einem Schlag auf den Hinterkopf herrührte. Berger vermutlich, dachte Anděl. Er hatte dem Arzt angekündigt, er werde am Vormittag vorbeikommen, um mit den Verletzten zu sprechen.

Zu Hause hatte sich Anděl erschöpft auf sein Sofa fallen lassen und war dort – noch im Mantel – eingeschlafen. Zum ersten Mal seit Tagen hatte er die ganze Nacht durchgeschlafen. Nun stand er frisch geduscht und umgezogen in seiner Küche und sah hinaus auf den Fluss und die dahinter liegende Altstadt. Von Osten her trafen die ersten Strahlen der aufgehenden Sonne die verschneiten Dächer. Prag glitzerte unter einem wolkenlosen blauen Himmel. Er blickte weit hinüber über die Dächer der Stadt bis zum hoch aufragenden Turm der Kirche der Heiligen Ludmilla auf dem Friedensplatz. Rechts neben dem Turm, auf die Entfernung nur zu erahnen, lag Magdas Dachwohnung. Der Kaffee blubberte auf dem Herd in seiner kleinen italienischen Espressokanne. Anděl stellte das Gas ab und goss ihn in eine Tasse, in der schon ein Löffel Zucker wartete. Vor einer Viertelstunde hatte Magda angerufen, sie sei in Paris und würde schon diesen Abend zurückkommen. Sie habe Sehnsucht nach ihm. Er hatte versprochen, sie vom Flughafen abzuholen. Heute Abend also, dachte er niedergeschlagen. Sosehr er sich über ihr Kommen freute, sosehr fürchtete er, was er ihr würde sagen müssen. Aber es graute ihm nicht nur vor dem heutigen Abend, auch vor den kommenden Wochen und Monaten. Hatte er sich mit seinem Angebot an Eva zu weit aus dem Fenster gelehnt? Zu spät. *Que sera, sera, whatever will be, will be …* dudelte Doris Day aus seinem Küchenradio. Er trank einen Schluck Kaffee und stellte das Radio ab. Ein kurzer Blick in die Zukunft … Ach was, dachte er, und straffte die Schultern, Augen zu und durch. Es würde schon alles gut gehen, bisher hatte er immer noch Glück gehabt, am Ende. Der bittere Geschmack tat ihm gut. Er fühlte sich besser. Sein Handy klingelte.

»Ja?«, fragte er, ohne vorher auf das Display zu sehen.

»Ich bin's, Eva.«

Das hatte gerade noch gefehlt. Der Tag verlor schlagartig etwas von seinem Glanz. »Hallo, Eva – wie geht es dir?«, fragte er vorsichtig, gefasst auf eine neue Welle von Vorwürfen. Blöde Frage, schalt er sich, wie sollte es ihr schon gehen?

»Danke, es geht. Doktor Zeman sagte, er habe mit dir gesprochen …«

»Ja. Ich … Eva, es tut mir schrecklich leid … Ich weiß nicht, was ich sagen soll …«

Sie ging nicht weiter auf seine verlegenen Worte ein. »Ich wollte mich bei dir bedanken, David. Du bist wirklich wunderbar.«

»Bedanken? Ich verstehe nicht …«

»Du musst dir keine Sorgen machen, alles wird gut – na ja, so gut es eben werden kann … Ich würde dich gerne sehen, David – bist du heute Abend zu Hause?«

»Zu Hause? Ja, das heißt … Hör zu, Eva, heute Abend geht es nicht, meine Freundin kommt heute Abend zurück. Könnten wir das nicht auf morgen oder übermorgen verschieben?«

Stille am anderen Ende der Leitung.

»Eva? Bist du noch dran?«

»Sagtest du, deine *Freundin*?«, fragte sie leise.

»Ja. Warum? Sie war ein paar Wochen weg, und es gibt einiges zu besprechen, wie du dir sicher vorstellen kannst.«

»Ach so, ich verstehe, du willst ihr sagen, dass es mit euch vorbei ist. Ja, das verstehe ich natürlich …«

Er verstand gar nichts. »Wieso vorbei? Wovon sprichst du? Nichts ist vorbei, ich habe nicht die Absicht, mich von ihr zu trennen.«

»Aber … aber du hast doch gesagt … Doktor Zeman sagte, du würdest dich um mich und das Kind kümmern …«

Großer Gott, was hatte der Arzt ihr da erzählt – oder hatte sie sich das zusammenfabuliert in ihrer Verzweiflung? »Eva, ich habe gesagt, dass ich bereit bin, mich um das Kind zu kümmern, wenn du das nicht kannst oder willst, ja, selbstverständlich. Und ich werde auch dir helfen, so gut ich kann. Aber ich habe weder vor, meine Beziehung zu beenden, noch dich zu heiraten. Davon war nie die Rede …«

»Ich verstehe«, sagte sie, »du lässt mich fallen, wie ein Stück Dreck …« In ihrer Stimme schwang wieder die ihm inzwischen wohlbekannte Hysterie.

»Eva, das ist doch Unsinn – lass uns morgen in Ruhe reden …«

»Es gibt nichts mehr zu bereden, David.«

»Eva – was soll das?« Der eisige Ton ihrer Stimme machte ihn schaudern.

Die Leitung war tot.

Er starrte das Handy an. Was zum Teufel hatte das zu bedeuten?

39

»Hej, du siehst ja richtig ausgeschlafen aus«, sagte Nebeský, als Anděl eine Viertelstunde später zu ihm ins Auto stieg.

»Danke. Lass uns gleich ins Krankenhaus fahren. Gibt's was Neues?«, fragte der Kommissar, der wusste, dass Nebeský schon im Büro gewesen war.

»Meda und der Cajtík waren recht fleißig, es gibt allerlei über die Strettiová und die Abrhámová und ein paar andere Leute. Ich habe die Akte dabei, wenn du sie gleich lesen willst.«

Anděl holte sie vom Rücksitz und begann zu lesen. Die vielen Mosaiksteine ergaben endlich ein fast vollständiges Bild. Was für eine Tragödie, dachte er, und alles wegen eines alten Manuskripts und einiger hübscher Ringe. Den obskuren Schatz nicht zu vergessen. Er vermutete, dass es sich dabei um die Dinge von der verschlüsselten Liste handelte.

»Meda hat heute Morgen Auskunft von Bergers Bank bekommen«, sagte Nebeský, »der Mann hatte ordentlich Schulden. Für seine Firma in Frankreich hat er schon Insolvenz angemeldet. Hast du eine Ahnung, was er im Faust-Haus zu finden hoffte?«

Anděl erzählte ihm von der entschlüsselten Liste mit den Wertgegenständen.

»Du meinst, das ganze Zeug liegt immer noch da unten im Keller? Das Haus ist im Krieg doch fast abgebrannt.«

Anděl zuckte mit den Schultern. »Wir werden nachsehen. Anscheinend war er ziemlich verzweifelt, da klammert man sich vielleicht auch an einen solchen Strohhalm. Was ist mit Leonhart?«

»Keine Schulden. Sonst auch nichts. Keine Ahnung, warum der sich mit Berger zusammengetan hat. Vielleicht flicken sie ihn ja wieder zusammen, damit er es uns erzählen kann. Sag mal, dieser Gruß, ist das der …«

»Das werden wir gleich erfahren, hoffe ich.«

Ein paar Minuten später standen sie, in blauen OP-Kitteln und Plastikfüßlingen, neben dem Bett von Sebastián Gruß. Er war blass, aber soweit Anděl das beurteilen konnte, schien es ihm ganz gut zu gehen. Von Isabella Gruß war nichts zu sehen. Vielleicht war sie einen Kaffee trinken gegangen nach der langen Nacht im Krankenhaus.

»Setzen Sie sich doch, bitte«, sagte Sebastián Gruß mit matter Stimme. Nebeský holte zwei Stühle, und sie nahmen Platz. »Die Herren sind von der Mordparta, nehme ich an?«

Anděl stellte seinen Partner und sich vor. »Wir würden gerne mit Ihnen sprechen, Herr Gruß, wenn Sie sich dazu schon in der Lage fühlen.«

»Doch, ja. Es geht mir einigermaßen gut. Was möchten Sie wissen?«

»Zunächst einmal, was Sie gestern in Bergers Firma wollten«, erwiderte Anděl.

Gruß seufzte. »Ich wollte ihn zur Rede stellen … Sehen Sie, ich bin Historiker, und mein Steckenpferd ist seit jeher die Alchemie. Vor sehr vielen Jahren stieß ich auf das sogenannte Voynich-Manuskript. Es hat mich vom ersten Moment an fasziniert. Als es in den Sechzigerjahren zum Verkauf stand, hatte ich leider nicht genug Geld. Ich habe aber nie aufgehört, nach den verschollenen Seiten zu suchen, dem Schlüssel zum größten Geheimnis der Alchemie. – Das dachte ich jedenfalls, wie viele andere auch … Aber das Manuskript selbst ist völlig wertlos …«

»Wie bitte?«, unterbrach ihn Nebeský überrascht. »Sie meinen, all die Leute, die hinter dem Ding her waren, sind einer Schimäre nachgerannt?«

»In gewissem Sinne. Aber es ging ja nicht nur um die verschollenen Pergamente bei dieser Suche oder eher – Jagd.

Das ist mir aber erst im letzten Winter klar geworden, wissen Sie. Ich habe damals in einem Trödelladen eine Kiste mit alten Kinderbüchern entdeckt …«

»Die Kinderbücher, in denen Bibiana Blábolilová zwei der Blätter und einige Zettel versteckt hatte«, kürzte Anděl die lange Geschichte ab.

Gruß sah ihn überrascht an. »Hyneks Tochter?« Er lächelte. »Ich verstehe, so sind sie also da hineingeraten … Nun, jedenfalls gelang es mir mit Isabellas Hilfe, die Botschaften auf den Zetteln zu entziffern … Und dann kamen die Erinnerungen zurück …« Sein Gesicht verdunkelte sich. »Wo soll ich anfangen? Es ist eine lange Geschichte … Ich habe meine Eltern im Krieg verloren, sie sind erschossen worden, in einem schrecklichen alten Keller … Isabella und ich wurden von einer Frau gerettet, die sich unser angenommen hat, Josefine Gruß. Sie hat uns das Leben gerettet – ich zweifle nicht daran, dass wir ohne sie nicht überlebt hätten. Sie hat uns großgezogen, und nach besten Kräften versucht, ihren tödlichen Fehler wiedergutzumachen. Sie hatte damals mit den Mördern gemeinsame Sache gemacht – zuerst. Erst später hat sie begriffen, was sie getan hatte, erst in jenem Keller, als die Schüsse fielen … Sie und eine andere Frau haben meine und Isabellas Familie verraten, glaube ich.«

»Wissen Sie, wer die andere Frau war?«

»Ich glaube, die Hebamme meiner Mutter – aber beweisen kann ich das natürlich nicht. Außerdem spielt es keine Rolle mehr. Sie sind alle tot. Josef Bergers Vater war derjenige, der diese Manuskriptblätter haben wollte, um jeden Preis. Er kannte Emil Blábolil, einen unbedeutenden Maler, der sein Geld vor allem mit Fälschungen verdiente. Karel Berger arbeitete damals in einer Apotheke, zusammen mit Eduard Leonhart, dessen Familie die *Azoth – Naturheilmittel und Elixiere* gehörten. Ich weiß nicht, wie das damals gelaufen ist, aber ich nehme an, dass Berger und Blábolil gefälschte Ausreisepapiere angeboten haben und als Bezahlung unter anderem die verschollenen Blätter – und die Ringe – verlangten.«

»Was wissen Sie über den *Orden der asiatischen Brüder von Sad-Bhaiů*?«

»Wie ich sehe, sind Sie ausgezeichnet informiert«, erwiderte Gruß lächelnd. »Nicht viel, nur dass meine Familie seit vielen Generationen einige der Mitglieder stellte. Und dass der Orden jahrhundertelang der Hüter der verlorenen Pergamente war. Ich suchte also im Grunde all die Jahre nach meinem Erbe, wenn Sie so wollen – allerdings ohne es zu wissen. Auf Emil Blábolil bin ich schon vor Jahren eher zufällig gestoßen, und im letzten Winter auf die Kiste mit den Kinderbüchern. Dies und einige Recherchen brachten mich der Wahrheit noch näher. Er nannte sich im Krieg Raffael, und Karel Berger legte sich den Namen Hermes zu. Die beiden waren fanatisch – und gierig dazu. Eine böse Kombination.«

»Josef Berger ist also in die Fußstapfen seines Vaters getreten?«

Gruß nickte. »Dann gab es noch einen *Engel*. Ich nehme an, damit war die Hebamme gemeint. Sie ist im Sommer gestorben, bevor ich mit ihr sprechen konnte. Wie Blábolil ist sie eine Treppe hinuntergefallen.«

»Haben Sie zufällig auch herausgefunden, wer Karel Berger verraten hat«, fragte Nebeský.

»Angeblich seine Frau. Aber das ist nur Hörensagen, Herr Inspektor. Ich glaube eher, dass der alte Blábolil seinen Kumpan angeschwärzt hat. Aber seine Frau hat *uns* verraten. Sie war die Hebamme meiner Mutter.«

»Sie haben Emil Blábolil am Tag seines Todes besucht, Herr Gruß«, sagte Anděl. Insgeheim fragte er sich, ob der Tod der Hebamme wohl ein Unfall gewesen war.

»Ja, aber er war tot. Sie müssen mir das natürlich nicht

glauben, Herr Kommissar, nichtsdestotrotz ist es die Wahrheit. Ich habe den alten Teufel nicht auf dem Gewissen. Aber ich gebe zu, dass ich in gewisser Weise ein Dieb bin – ich habe den Ring an mich genommen, den er an seinem Finger trug. Und eine Tarot-Karte, die er in der Hand hielt – den Magier. Hermes war vor mir dort gewesen.«

»Was wollten Sie von ihm?«

»Die Ringe. Sehen Sie, meine Schwester Isabella hatte mir zum Geburtstag einen der Ringe geschenkt. Sie sagte, sie habe ihn in Hynek Blábolils Antiquariat gekauft … Die Kiste mit meinen alten Kinderbüchern stammte auch aus seinem Laden. Da habe ich eins und eins zusammengezählt.«

»Es waren *Ihre* alten Kinderbücher?«, fragte Nebeský überrascht. »Na das ist vielleicht ein Zufall!«

Gruß lächelte versonnen. »Nein, Herr Inspektor, kein Zufall – das war ein Geschenk des Schicksals. So empfinde ich das jedenfalls. Ein Geschenk, das mich auf den richtigen Weg geführt hat.«

»Haben Sie auch mit Hynek Blábolil über die Ringe gesprochen?«

»Ja, aber er sagte, er habe keine anderen. Der Ring, den Isabella gekauft hatte, sei der einzige gewesen. Außerdem hat er abgestritten zu wissen, wo er her sei. Vielleicht hat er gelogen, vielleicht auch nicht. Hynek war nicht besonders helle, ein großer Schwätzer und Scharlatan, aber im Grunde kein schlechter Mensch. Schwach, das ja, zu schwach, um gut sein zu können. Ich vermute, dass Berger ihn auf dem Gewissen hat.«

»Möglich«, sagte Anděl, »aber er ist nicht der Einzige, der hinter diesen Manuskriptblättern und den Ringen her war. Haben auch Sie zufällig Hynek Blábolil am Abend seines Todes aufgesucht? Sie hatten sich doch in dem Hotel eingemietet – mit einer ziemlich hanebüchenen Geschichte …«

»Ich habe für diesen Hotelaufenthalt deutlich mehr bezahlt, als ich mir leisten konnte – ein verzweifelter Versuch, an die Ringe zu kommen. Hynek hatte erzählt, er bringe etwas mit nach Prag, Dinge aus dem Vermächtnis seines Vaters, es gebe Interessenten. Ich habe gesehen, wie er einen Umschlag im Safe deponieren ließ. Er wollte mir die Sachen partout nicht verkaufen, also habe ich mein Glück bei dem naiven Rezeptionisten versucht – ich dachte, wenn er die Geschichte bei meiner Ankunft geschluckt hat, würde er vielleicht auch glauben, dass Hynek den Umschlag für mich hinterlegt hat. Immerhin hatte der Junge uns zusammen in der Lobby gesehen.«

»Waren Sie am Abend von Hynek Blábolils Tod in der Lobby oder im Hotelrestaurant?«

Gruß lächelte erneut. »Ja, im Restaurant. Der Pianist hat an dem Abend eine eigenartige Auswahl an Stücken gespielt, drei Arien aus einer recht unbekannten alchemistischen Oper …« Er schüttelte amüsiert den Kopf. »Vielleicht gehört es ja zur Atmosphäre, gepasst hat es jedenfalls.«

»Ist Ihnen an jenem Abend jemand im Restaurant aufgefallen?«

»Ja, Berger. Aber das wusste ich damals noch nicht. Es waren an dem Abend nicht viele Gäste da, vielleicht eine Handvoll. Und ich habe eine schwarz gekleidete Frau durch den Flur im zweiten Stock huschen sehen, als ich auf mein Zimmer ging. Sah aus wie ein Geist. Ich dachte im ersten Moment, das sei das Hausgespenst, die arme Nonne, die man vor Urzeiten dort irgendwo eingemauert hatte.« Er lachte verlegen. »Sonst ist mir niemand aufgefallen.«

»Waren Sie an dem Abend auf Hynek Blábolils Zimmer?«

»Nein, wir hatten uns ja schon in der Lobby getroffen. Warum?«

»Er hatte an dem Abend mindestens zwei Besucher. Einer war vermutlich Berger, alias Hermes, der andere diese Frau.

Wissen Sie, woher die Frau kam oder wohin sie ging?« In Bergers Büro hatte die Spurensicherung am vergangenen Abend fünf Tarot-Decks gefunden, und in dreien hatte der Magier gefehlt.

»Sie war auf dem Weg zur Wendeltreppe, also ging sie vermutlich. Wer ist die Frau?«

»Sie ist einer der Interessenten, von denen Hynek Blábolil Ihnen erzählt hat. Sie hat ihn aufgesucht an jenem Abend. Sie nannte sich Ektamatri Vajrapani ...«

Gruß starrte ihn verblüfft an. »Was sagen Sie da? Ektamatri? Das kann nicht sein ... Sie ist tot ...«

»Nein, Bastián, das ist sie nicht«, ertönte eine Stimme von der Tür. Sie wandten sich überrascht um.

»Machen Sie das immer so? Ihre dramatischen Auftritte sind gesundheitsgefährdend, gnädige Frau«, sagte Nebeský trocken.

Sie beachtete ihn nicht weiter, sondern sah nur Sebastián Gruß an. »Ektamatri ist nicht tot, Bastián«, wiederholte sie.

Gruß starrte sie an und atmete schwer.

»Ich habe sie gestern gefunden«, sagte Isabella Gruß, »und dann habe ich dich gesucht, ich wollte dich zu ihr bringen, Bastián. Ich habe auf deinem Schreibtisch deine Aufzeichnungen gesehen und bin zu dieser Firma gefahren ...«

»Haben Sie ihn angerufen?«, fragte Anděl, der sich an einen Wagen erinnerte, der an ihnen vorbeigefahren war und weiter die Straße lang geparkt hatte. Ausgestiegen war niemand, soweit er sich erinnern konnte. Larissa hatte gesagt, plötzlich habe ein Handy geklingelt.

»Ja, ich habe ihn angerufen, ich wusste nicht, ob ich hineingehen sollte ... Als er nicht abgenommen hat, habe ich Angst bekommen – ich wusste, dass etwas nicht in Ordnung war ... Und die Polizei war ja schon da, nicht wahr.« Sie lächelte.

»Woher wussten Sie …«, fragte Nebeský, der aus dem Staunen nicht mehr herauskam.

»Ich war auf dem Weg in die Tusarova-Straße, als Sie mich aus dem Weg gehupt haben. Ich entschuldige mich für meine Unaufmerksamkeit, aber ich war ganz in Gedanken … Und dann bin ich Ihnen hinterhergefahren, Sie fuhren ja in die gleiche Richtung. Ich wusste zwar nicht, ob Sie das gleiche Ziel hatten wie ich, aber wenigstens kam ich so schneller voran … Ein glücklicher Zufall.«

»Ihr Anruf hat Ihrem Bruder das Leben gerettet«, sagte Anděl, »und nicht nur ihm.«

»Du hast sie *wirklich* gefunden, Bella?«, flüsterte Gruß, der endlich seine Sprache wiedergefunden hatte. »*Lebendig*?«

»Ja, Bastián. Bist du bereit?« Sie wandte sich halb um und rief Richtung Flur. »Tante Aja?«

Sie hörten klappernde Schritte, dann stand Agáta Abrhámová in der Tür des Krankenzimmers. »Bastián, mein Junge …«, flüsterte sie. Tränen liefen über ihre Wangen, als sie zitternd näher kam.

»Mama …«

40

Anděl und Nebeský hatten leise das Zimmer verlassen, um den intimen Augenblick nicht zu stören. Nach einer Weile waren die beiden Frauen dann herausgekommen. Isabella Gruß hielt Agáta Abrhámovás Arm. Das Gesicht der alten Dame strahlte wie von einem inneren Feuer erhellt.

»Er ist müde«, sagte Isabella Gruß, »und braucht etwas Ruhe.«

»Meine Herren«, sagte Agáta Abrhámová zu den beiden Ermittlern.

»Frau Abrhámová, wir würden gerne mit Ihnen sprechen ...«, begann Anděl.

»Natürlich. Ich bin sicher, Sie haben eine Menge Fragen. Aber vielleicht könnten wir das bei mir zu Hause tun – ich mag Krankenhäuser nicht besonders.«

»Herr Kommissar!«, rief jemand vom Ende des Flurs.

Anděl drehte sich um. Ein Arzt lief auf ihn zu und blieb atemlos vor dem Grüppchen stehen. »Es tut mir sehr leid ..., aber Herr ... Leonhart ist vor einer halben Stunde verstorben – wir haben versucht, ihn noch einmal zu operieren, es gab Komplikationen. Ich dachte, Sie sollten das gleich erfahren ...«

»Danke, Herr Doktor. Rufen Sie bitte bei meiner Kollegin Inspektor Cyanová an, sie wird sich um alles kümmern.« Er schrieb die Telefonnummer auf eine seiner Visitenkarten und reichte sie ihm.

Eine halbe Stunde später saßen sie in Agáta Abrhámovás Wohnzimmer bei einer Kanne Tee und einer wohlgefüllten Platte mit Weihnachtsgebäck, von der Nebeský sich ausgiebig bediente. Die alte Dame hatte sich verändert, fand Anděl, sie war schon zuvor freundlich und zuvorkommend gewesen, aber nun wirkte sie fast beschwingt, so als sei eine große Last von ihr genommen worden. Kein Wunder, nach dem, was ihr widerfahren war. Was für ein Geschenk, dachte er.

Noch im Wagen hatte er Isabella Gruß gefragt, wie sie Agáta Abrhámová gefunden hatte. Sie arbeite in Bohnice, hatte sie erwidert, und gestern sei eine Frau von der geschlossenen Abteilung auf die offene verlegt worden, in der sie ehrenamtlich arbeite. Die Frau, hatte die zuständige Ärztin erklärt, solle demnächst entlassen werden und hatte Isabella gebeten, sich um sie zu kümmern. Sie habe sich also ihre Akte geholt, und dann habe sie fast der Schlag getroffen, sagte sie. Die Frau war Matylda Blábolilová gewesen, geborene Malinová ... Ihre und Sebastiáns Kindheitsfreundin, wie sich dann schnell herausgestellt hatte. Und Matylda hatte ihr von Apolonia Strettiová erzählt. Sie war vor Jahren auf dem Dachboden ihres Schwiegervaters auf alte Briefe und Papiere gestoßen, aus denen hervorgegangen war, dass Apolonia und die Kinder die Nacht im Keller des Faust-Hauses überlebt hatten. Also habe sie angefangen, nach ihr zu suchen – und hatte ihre Adresse in Erfahrung gebracht, doch Apolonia war damals nicht zu Hause gewesen und Matylda unverrichteter Dinge wieder gefahren. Sie hatte ihren Schwiegervater damit konfrontiert – und nur Tage später war sie nach Bohnice eingeliefert worden.

Von Apolonia Strettiovás Tod hatte Isabella Gruß erst von Agáta Abrhámová erfahren. »Es ist schrecklich«, hatte sie gesagt, »nur ein paar Wochen früher ... Aber wenigstens Tante Aja lebt noch. Ich habe in dem Glauben gelebt, meine ganze Familie sei damals umgekommen – dass wir hier zusammensitzen, ist ein Wunder!« Und für Sebastián sei es die Erfüllung seines größten Traums. Er sei im Grunde seines Herzens noch immer der kleine Junge von damals, deshalb habe sie ihn auch nie verlassen.

»Frau Abrhámová«, sagte Anděl nun, »was ist damals passiert?«

»Wir wollten raus aus Prag und haben uns an die falschen Leute gewandt«, erwiderte sie, »das ist die kurze Fassung…«

»Tante Aja«, unterbrach Isabella sie, »ich würde gerne zu Bastián zurückfahren – kann ich dich alleine lassen?«

Agáta Abrhámová sah sie nachdenklich an. »Ja, Bella, fahr nur – es ist besser so. Danke.«

Isabella nickte und ging hinaus. Erst als sie die Haustür ins Schloss fallen und ihren Wagen wegfahren hörten, fuhr die alte Dame fort. »Nun kann ich Ihnen auch die längere erzählen – ich wollte nicht, dass Isabella das hört. Mein Mann und ihre Mutter haben uns damals verraten.« Sie seufzte und lehnte sich mit ihrer Tasse in der Hand im Sessel zurück. »Ich habe mich gewundert, warum Sie nicht erwähnten, dass in Apolonias Schlafzimmer vier Tagebücher fehlten, Herr Kommissar. Aber ich nehme an, Sie wären deswegen wiedergekommen – wenn diese Sache gestern nicht geschehen wäre. Ich muss Sie aber enttäuschen. Nachdem Isabella gestern Nachmittag so überraschend hier aufgetaucht ist, habe ich sie am Abend verbrannt.« Sie deutete zu dem Kachelofen in der Ecke. »Das Verbrennen hat ebenso gestunken wie der Inhalt. Ich wollte nicht, dass Isabella sie irgendwann liest. Wenn Sie also wollen, werde ich Ihnen erzählen, was damals geschehen ist, aber Sie werden mein Wort dafür nehmen müssen, dass es die Wahrheit ist. Und ich möchte nicht, dass Isabella etwas davon erfährt.«

»Einverstanden. Aber zuvor noch eine andere Frage: Haben Sie die Tagebücher gelesen, *nachdem* Frau Strettiová tot aufgefunden wurde?«

»Danke für Ihre freundliche Formulierung, Herr Kommissar. Sie wollen doch aber wissen, ob *ich* Apolonia auf dem Gewissen habe, nicht wahr?«

Anděl nickte. Es war ein Gedanke, der alles andere als angenehm war.

»Ich habe sie nicht getötet. Aber ich habe sie früher gefunden, als ich Ihnen gesagt habe.«

»Was? Aber ...wann?«, rief Nebeský aus.

»Apolonia erzählte mir *nicht*, dass sie wegfahren werde, aber sie erzählte von einem Besucher, Herrn Hermes, wie er sich nannte. Er war wegen des Manuskripts gekommen, wollte es von ihr haben. Sie weigerte sich erst, doch er versprach ihr dafür gewisse Informationen. Sie war eine leichtgläubige Person, die arme Apolonia, sie wollte sich darauf einlassen. Deshalb kam sie zu mir. Sie wollte die drei Seiten, die sich noch immer in meinem Besitz befinden – und sie wollte meinen Ring.« Agáta Abrhámová stand auf und ging zu einem der Bücherregale, aus dem sie ein in Leder gebundenes Buch zog. Sie schlug es auf und entnahm der Kassette, die sich darin befand, einen Ring. Sie reichte ihn Anděl. »Sie kennen die Ringe inzwischen, nehme ich an?«

»Ja, es waren sieben Stück – aber warum war von diesem Ring nie die Rede?«

»Dieser Ring ist der Kopfstein der Prager Schwelle, das Siegel der Siegel sozusagen. Die Sonne, um die die Planeten kreisen. Ohne ihn sind die anderen nichts weiter als außergewöhnlicher Schmuck. Ich habe ihn nie hergegeben. Nicht diesen Ring und nicht die drei Pergamente, die mein Vater mir gegeben hatte. Sie waren all die Jahre hier versteckt, im Keller ...«

»Dann ist dies hier ... «, fragte Anděl.

Sie lächelte. »Ja, dies ist das Haus zur Letzten Laterne. Es gibt einen geheimen Raum im Keller, das war unser Tempel, wenn Sie so wollen, obwohl wir kein religiöser Orden waren ... Wir waren lediglich die Hüter eines alten Schatzes. Aber das ist alles Vergangenheit, Schall und Rauch vergangener Zeiten ...«

»Dann stimmt das alles doch?«, fragte Nebeský skeptisch. »All diese alten Legenden? Über das Elixier des ewigen Lebens und das Goldmachen und so?«

»Das, Herr Inspektor«, erwiderte Agáta Abrhámová schmunzelnd, »werde ich Ihnen nicht beantworten. Das ist ein Weg, den Sie schon selbst gehen müssen, wenn Ihnen wirklich an der Antwort auf diese Frage liegt.«

»Was hatte Hermes Apolonia denn für Informationen versprochen?«, kam Anděl auf den Ausgangspunkt ihres Gesprächs zurück.

»Er sagte ihr, er wisse, wo mein Sohn und ihre Tochter seien. Ich habe ihr gesagt, der Mann sei ein – bitte verzeihen Sie meine Wortwahl – verdammter Lügner. Die Kinder waren tot – ich hatte sie doch gesehen! Tot, in diesem grauenvollen Keller...« Sie schloss einen Moment bewegt die Augen. »Aber sie *wollte* ihm glauben. Sie hatte ein schrecklich schlechtes Gewissen, die Arme. Sie wollte ihren Fehler von damals wiedergutmachen, das hat sie letztlich das Leben gekostet – in gewissem Sinne bin ich schuld daran. Ich habe ihr die Pergamente und den Ring nicht gegeben. Ich habe nicht gedacht, dass er sie töten würde.«

»Warum kam er nicht auch zu Ihnen?«

»Oh, er hat angerufen...« Sie lächelte, als sie die Überraschung in den Gesichtern der beiden Ermittler sah. »Er fragte nach Agáta Löwová, geborene Abrhámová und ich sagte, da sei er ein bisschen zu spät dran, die sei schon lange tot und begraben. Offenbar hat er mir geglaubt. Immerhin habe ich ihn nicht angelogen. Ich habe die Sache nie richtiggestellt. Offiziell gelte ich seit 1945 als tot. Wenn ich mal eine Geburtsurkunde brauche, benutze ich die Urkunde meiner Mutter, sie hieß auch Agáta, wie alle ältesten Töchter unserer Familie. Ich wäre Ihnen dankbar, wenn Sie auch das für sich behalten könnten, meine Herren. Wenn ich in diese bürokratischen Mühlen gerate...«

Anděl nickte verständnisvoll. »Ja, man sollte keine schlafenden Hunde wecken. Sie sagten vorhin, Sie hätten Apolonia früher gefunden. Wie viel früher?«

»Drei Tage, nachdem sie angeblich fortgefahren war. Sie hatte sich einen Hut von mir geliehen, den ich gerne tragen wollte, also bin ich zu ihr gegangen. Im Flur habe ich den Zettel an Sorina gefunden, es war aber nicht Apolonias Handschrift, und es hat unangenehm gerochen in dem Haus. Ich dachte erst, es sei eine tote Ratte irgendwo, und habe mich umgesehen. Dann fiel mir im Wohnzimmer die fehlende Ikone auf. Apolonia hatte sehr daran gehangen, sie hätte sie niemals abgehängt – schon gar nicht, um stattdessen eine Tarot-Karte an die Wand zu kleben. Und die Karte zeigte auch noch den Magier, Hermes, da war mir klar, dass etwas passiert sein musste ... Ich habe sie im Keller gefunden, unter den Kohlen. Ich habe überlegt, was ich tun sollte – die Polizei rufen, natürlich. Aber ich wollte erst wissen, was damals gegen Ende des Krieges geschehen war. Apolonia hatte seit ihrem fünfzehnten Lebensjahr Tagebuch geführt, also bin ich in ihr Schlafzimmer gegangen und habe vier Bücher mitgenommen – die Jahre 2002, 1943, 44 und 45. Es war keine schöne Lektüre. Wissen Sie, ich hatte sie nie verdächtigt. Ich hatte so eine Ahnung, dass mein Mann an dem Verrat beteiligt gewesen war, aber erst, als ich die Tagebücher las, stellte ich fest, dass mein Verdacht begründet gewesen war. Ich hatte schon damals gewusst, dass Apolonia seine Geliebte gewesen war und Isabella seine Tochter. Aber *dieser* Verrat war von ganz anderer Qualität. Gabriel hat damals einen Pakt mit dem Teufel geschlossen – man hatte ihm Pässe für alle versprochen, wenn er ihnen die Pergamente übergibt. Und allerlei andere Wertgegenstände. Alle haben ihre Wertsachen hergegeben, natürlich.«

»Alle außer Ihnen, nicht wahr?«

Sie nickte. »Ich hatte kein gutes Gefühl dabei – aus vielerlei Gründen, die vor allem mit meinem Mann zusammenhingen – und seinen zweifelhaften Bekannten.«

»Und dann?«

»Dann wurden wir verhaftet. In diesem Keller haben *sie* es sich dann anders überlegt, sie wollten keine Zeugen. Warum, weiß ich nicht, vermutlich war das von Anfang an der Plan.«

»Aber wieso hat Apolonia Strettiová überlebt?«

»Als Gabriel merkte, dass er sich verkalkuliert hatte – das war erst in diesem Keller –, bot er ihnen in seiner Verzweiflung die Ringe an. Das war seine Lebensversicherung gewesen. Aber er hatte nur sechs … Er hat sein Leben damit erkauft – und das von Apolonia. Die anderen sind dort unten erschossen worden. Einer nach dem anderen, vor meinen Augen. Ich war die Letzte in der Reihe. Mein Vater hatte mir zuvor das heilige Versprechen abgenommen, diesen Verbrechern nichts zu übergeben. Ich habe mit ihm gestritten, aber er war sturer als ich.« Nur am Ausdruck ihrer Augen war der Schmerz zu erkennen, den die Erzählung dieser Ereignisse ihr bereiten musste. Die hellen Augen waren zu tiefen dunklen Seen geworden, grundlosen Seen aus ungeweinten Tränen.

»Apolonia und Ihr Mann haben also beide überlebt.«

Sie nickte. »Ja. Das habe ich alles erst aus den Tagebüchern erfahren. Apolonia hat leider kein Detail ausgelassen. All die Jahre dachte ich, die beiden seien tot, wie die anderen. Mich haben die Verbrecher nach Theresienstadt bringen lassen, weil sie hofften, ich würde irgendwann nachgeben und ihnen das Versteck des Ringes verraten. Also bin ich in Terezín an Flecktyphus gestorben.«

»Das war Absicht?«, fragte Anděl erstaunt. »Wie haben Sie das gemacht?«

»Ach, so ähnlich wie Edmont Dantes«, erwiderte sie schmunzelnd.

»Und Ihr Sohn und Isabella?« Anděl wusste, dass er sich auf schwieriges Terrain vorwagte. Hatte Agáta Abrhámová für die Siegel und die verschollenen Blätter des Voynich-Manuskripts – und was auch immer noch hinter diesen Dingen stecken mochte – die beiden Kinder geopfert?

»Sie meinen, warum ich ihnen die Dinge nicht gegeben habe, um die Kinder zu retten?«

Er nickte.

»Dieser Hermes, wie er sich nannte, hatte den Fehler begangen, mir die Leichen der Kinder zu zeigen, *bevor* er mir sagte, was sie eigentlich wollten. Sie hatten die beiden nur betäubt, aber das wusste ich damals natürlich nicht. Und er hatte mir die anderen Ringe gezeigt, die er von Gabriel bekommen hatte. Vermutlich dachte er, ich würde nach diesem Anblick zusammenbrechen und alles verraten. Ich hätte mein Leben gegeben, um meinen Sohn und Isabella zu retten, nicht nur die Ringe und die Pergamente. Aber nachdem ich ihre Leichen gesehen hatte, gab es keinen Grund mehr, diesen Bestien etwas zu verraten.«

»Was geschah mit Ihrem Mann und Apolonia?«

»Sie wurden freigelassen, bekamen falsche Papiere und sind nach Südamerika gegangen. Er hatte ein Konto in der Schweiz, ebenso wie Apolonias Vater. Als Gabriel Anfang der Neunzigerjahre starb, kam sie zurück nach Prag und kaufte die Villa ihres Vaters zurück.«

»Das tut mir schrecklich leid«, sagte Anděl leise.

»Danke. Ich weiß Ihr Mitgefühl zu schätzen.« Sie sah ihn einen Moment lang nachdenklich an, dann fuhr sie fort: »Als Sie mich fragten, ob ich Apolonia gemocht hätte – da habe ich ein bisschen gelogen, wissen Sie. Ich fürchte, ich habe sie nicht wirklich gemocht – nicht meinetwegen, sondern wegen ihrer Tochter, Bella … Dass Apolonia sich in meinen Mann verliebt hat«, sie seufzte und zuckte resigniert die Schultern, »nun, das kommt, wie es so schön heißt, in den besten Familien vor. Das war schmerzhaft, aber zu verkraften. Aber dass sie diesem Mann ihr Kind geopfert hat, das konnte ich ihr nicht verzeihen. Und meinen Mann habe ich auf meine alten Tage hassen gelernt. Ich hätte nie gedacht, dass er ein solch gewissenloses Scheusal war. Er hat uns alle verraten und verkauft – sogar seine eigenen Kinder! Beide hat er ohne mit der Wimper zu zucken in den Tod geschickt. Sie verdanken ihr Leben nur diesem jungen Mädchen.«

»Josefine Gruß.«

»Ja. Ein Schutzengel mit schmutziger Weste. Aber ein Schutzengel immerhin.«

»Was wollten Sie von Hynek Blábolil, Frau Abrhámová?«

Sie lächelte. »Die Ringe natürlich. Aber er hatte nur die kleinen Siegel, das ist nur wertloser Plunder. Novizenringe, wenn Sie so wollen. Bloßes Katzengold.«

»Sie waren gestern in Kutná Hora und haben in seinem Laden einen der Ringe gekauft, nicht wahr?«

»Hat Herr Sobek mich doch verraten, wie?«, fragte sie amüsiert, »dachte ich mir doch, dass er ein Geheimnis nicht für sich behalten kann.«

»Nein, er war es nicht. War der Ring der einzige Grund, warum Sie hingefahren sind?«

»Ich habe Hynek Blábolil nicht geglaubt, dass er keines der Siegel besitze. Von Isabella habe ich gestern erfahren, dass sie den Onyx gekauft hat. Matylda Blábolilová hat den Mondstein und ihre Tochter den Aventurin. Der Rosenquarz und der Karneol waren vermutlich im Besitz von Hermes?«

Anděl nickte, sie hatten die Ringe in seinem Tresor gefunden. »Ich nehme an, dass Sie die Ringe wiederbekommen werden, Frau Abrhámová. Wenn der Fall abgeschlossen ist.« Ihm war bewusst, dass sie seiner Frage geschickt ausgewichen war, aber letztlich war es nicht mehr wichtig, ob sie auch wegen der verschollenen Blätter dort gewesen war.

»Was hat es eigentlich mit diesen Ringen auf sich?«, fragte Nebeský.

Sie musterte ihn eine Weile nachdenklich, dann sagte sie: »Ich verstehe Ihre Neugier, die hermetische Philosophie – und die Alchemie – sind faszinierend. Aber das, was Sie wissen wollen, ist nicht für Laien gedacht. Dazu müssten Sie einen Weg einschlagen, der, wie ich glaube, nicht der Ihre ist. Vielleicht in einem nächsten Leben.« Sie warf einen Blick auf den inzwischen leeren Plätzchenteller und fuhr schmunzelnd fort: »In diesem Leben ist die *materielle* Welt die Ihre, Herr Inspektor.«

»So, hm, na ja …«, murmelte er schuldbewusst, »ist ja auch ziemlich lecker, die Materie. Von Philosophie wird doch keiner satt.« Er grinste.

»Danke, dass Sie meine Abfuhr so sportlich nehmen, Herr Inspektor.«

»Für unseren Fall spielt die wirkliche Bedeutung der Ringe außerdem keine Rolle«, sagte Anděl, »wir gehen offiziell davon aus, dass Berger und Blábolil nur wegen des nicht unbeträchtlichen Wertes der Ringe an ihnen interessiert waren.« Obwohl er an all die Dinge, die sie im Verlauf der Ermittlungen über die Alchemie und die ihr zugrunde liegende Philosophie erfahren hatten, nicht glaubte, hätte er doch zu gerne gewusst, was für eine Bedeutung diese Ringe wirklich hatten. Das Manuskript war wertlos, hatte Sebastián Gruß gesagt, ebenso wie Professor Leonhart. Er dachte an die verworrenen Legenden, von denen Larissa ihm berichtet hatte. »Sagen Sie, Frau Abrhámová, können Sie uns etwas über die Legende eines Gebäudes auf der Burg sagen? Dort soll sich auch ein Haus zur Letzten Laterne befinden.«

Sie zog die Augenbrauen hoch und lachte. »Eine schöne Legende, eine meiner liebsten … Und wie alle Legenden enthält sie ein Körnchen Wahrheit. Sie fragen aber nicht nach der Legende, Herr Kommissar, Sie fragen nach dem Körnchen, nicht wahr? Ich möchte Ihnen ein Buch empfehlen. *Der verlorene Horizont* von James Hilton. Vielleicht führt es sie am Ende auf die Spur dieses Körnchens Wahrheit…«

»Ich kenne das Buch, Frau Abrhámová«, erwiderte Anděl verschmitzt, »es ist eines meiner liebsten«. Und vielleicht, dachte er, habe ich sogar eine Ahnung, was Sie damit sagen wollen.

»Nun, dann brauchen Sie ja nur noch die Quadratur des Kreises zu vollenden – oder, wie es im Englischen heißt, das Quadrat zum Kreis zu machen, wie mein Freund George Ripley sagte: *When thou hast made the quadrangle round, then is all the secret found.* Für einen Mathematiker Ihres Formats dürfte das kein Problem sein, oder?« Sie zwinkerte ihm verschwörerisch zu. »Sie sehen, ich habe mich über Sie informiert. – Und wenn Sie es geschafft haben, dann kommen Sie mich besuchen, ja?« Sie stand auf. »Ich will nicht unhöflich sein, aber ich möchte gerne wieder zu meinem Sohn. – Ich bin sicher, wir werden uns bald wiedersehen, Herr Kommissar. Leben Sie wohl, Herr Inspektor.«

41

»Quadratur des Kreises! So ein Blödsinn … Als ob das gehen würde«, grummelte Nebeský, als sie am späten Nachmittag wieder in Anděls Büro saßen. Sie waren nach ihrem Besuch bei Agáta Abrhámová nach Bohnice gefahren, zu Matylda Blábolilová, die Isabellas Geschichte bestätigt hatte. Ihre Tochter war bei ihr gewesen, und so hatte Anděl eine formelle Befragung auf einen der nächsten Tage verschoben. Es hatte keine Eile mehr. Kurz darauf hatte Vltavský angerufen und berichtet, er habe den Tresor in Apolonia Strettiovás Haus geöffnet. Er war leer gewesen. Blieb nur noch der Keller des Faust-Hauses, aber auch der konnte noch warten. Falls da ein Schatz verborgen lag, so lag er schon seit Jahrzehnten dort, da waren ein paar Tage mehr oder weniger nicht weiter tragisch.

Anděl grinste. »Na, dann schau dir das mal an.« Er nahm ein Blatt Papier und schnitt zwei ungefähr vier Zentimeter breite Streifen der Länge nach ab, formte aus jedem Streifen einen Kreis und klebte die Enden zusammen. Dann klebte er die breiten Ringe im Winkel von neunzig Grad aufeinander.

»Und? Das sind zwei Kreise. Wie eine verdrehte Acht. Weit und breit kein Quadrat.«

»Einen Moment noch.« Anděl nahm eine Schere und schnitt den ersten Papierkreis in der Mitte der Länge nach durch.

»Handschellen – nett, aber …« Nebeský beobachtete ihn skeptisch.

Anděl schnitt auch den zweiten Ring auf und hielt das Ergebnis an zwei Ecken hoch. »Na? Zufrieden?« Er grinste, als er Nebeskýs perplexes Gesicht sah. »Die Quadratur des Kreises.«

»Ach geh doch hin, wo der Pfeffer wächst!«, erwiderte Nebeský und lachte. »Du und deine Spielchen. Wenn wir uns gleich über den Papierkram hermachen, haben wir heute Abend frei… Im Fernsehen gibt's Eishockey.«

»*No way, José.* Magda hat angerufen, sie kommt heute Abend schon. Ich muss noch Blumen besorgen und – vielleicht noch eine Kleinigkeit. Der Papierkram läuft nicht weg. Aber du kannst gern schon mal anfangen. Ich mache mich auf die Socken.«

Draußen streckte Anděl erst mal sein Gesicht in die Sonne und trank in einem kleinen Café um die Ecke einen Espresso. Wann sollte er Magda die ganze Sache erzählen? Gleich auf dem Flughafen? Zu Hause? Bei ihr? Bei ihm? – Wenn es nur schon morgen wäre, dachte er, dann hätte ich es hinter mir. Er schlug den Weg ins Innere der Altstadt ein, dort war ein kleiner Juwelierladen. Vielleicht fand er eine hübsche Kette oder ausgefallene Ohrringe. Und später noch einen Strauß Rosen, ganz alte Schule. Er gab der Kellnerin ein überaus reichliches Trinkgeld und machte sich zufrieden auf den Weg durch eine Stadt, an der er in den letzten Tagen ganz erstaunliche neue Facetten entdeckt hatte. So sollte das Leben sein, alles fügte sich ineinander, nichts störte das Gesamtbild – nicht einmal die Touristen.

42

»Lass uns zu dir fahren«, sagte Magda. Sie saßen endlich in seinem Wagen. Der Flug war pünktlich angekommen, und Anděl hatte, bewaffnet mit einem sehr großen Strauß blutroter Rosen vor dem Ausgang gestanden. Flaues Gefühl im Magen inklusive. Magda war als eine der Letzten durch die Tür gekommen und sie waren sich wortlos und glücklich in die Arme gefallen. Auf dem Weg zum Wagen war Anděl nur teilweise mit der Sprache herausgerückt, er müsse dringend mit ihr reden, es sei etwas passiert, das sie beide betreffe.

»Zu mir?«, fragte er nun erstaunt. Das kam eher selten vor. Magda liebte ihre geräumige Dachwohnung über dem Friedensplatz über alles und war nur ausnahmsweise bereit, den deutlich geringeren Komfort seiner Zweizimmerbude in Kauf zu nehmen.

»Ja, zu dir. Wenn du so ernsthaft mit mir reden willst, muss was Unangenehmes dahinterstecken. Und in dem Fall möchte ich jederzeit gehen können, wenn …« Sie zuckte die Achseln.

»Na schön, aber ich hatte keine Zeit …«

»Ich weiß, deine Putzfrau hat Dauerurlaub. Kein Problem.« Sie lachte fröhlich. »Ich habe gerade zwei Wochen mit meinen pubertierenden Kindern und meinem Exmann verbracht. Da kannst du nicht mithalten, ganz egal wie deine Wohnung aussieht.« Den Rest der Fahrt erzählte sie von den vergangenen Wochen. Sie war bei ihrer Schwester in Franzensbad gewesen, dann bei ihren Eltern in Kanada, eine Woche bei einer Freundin in Berlin und schließlich bei ihren Kindern in Paris. »Und jetzt ist alles gut«, sagte sie zufrieden. »Außer du hast eine echte Hiobsbotschaft – du hast nicht zufällig eine neue Liebe gefunden, oder so was?«, fragte sie leichthin, ohne ihn aber anzusehen.

Hinter der zur Schau getragenen Sorglosigkeit spürte Anděl ihre Anspannung. »Nein. Keine neue Liebe. Ich liebe *dich*, Magda.«

»Dann ist ja alles gut«, sagte sie und drückte ihm einen Kuss auf die Wange. »Vielleicht sollten wir dann doch zu mir fahren … Alles andere kann nicht weiter tragisch sein.«

»Zu spät, wir sind da – und genau vor dem Haus ist ein Parkplatz.« Er manövrierte seinen steinalten, zu einem Combi umgebauten Mini Cooper in die winzige Parklücke, dann stiegen sie aus. »Dein Gepäck nehmen wir vorsichtshalber mit. Letzte Woche haben sie vor dem Haus, direkt unter einer der kamerabestückten Laternen den Wagen meines Nachbarn aufgebrochen.« Er begann, ihre Koffer auf den Bürgersteig zu stellen, während sie schon zur Tür ging, um aufzusperren.

»David!«, ertönte plötzlich eine heisere Frauenstimme.

Er drehte sich um. Sie war von der Kreuzung den Bürgersteig entlanggekommen.

»Ich hatte dir doch gesagt …«

Etwas blitzte auf im Licht der Laterne, dann knallten Schüsse durch die eisige Nacht …

blanvalet

Der Killer in dir

Thriller. 350 Seiten. Übersetzt von Christoph Göhler

ISBN 978-3-442-36908-9